牡丹夫人

姜兆文 著

内蒙古文化出版社

图书在版编目(CIP)数据

牡丹夫人 / 姜兆文著. － 呼伦贝尔:内蒙古文
化出版社，2018.5
ISBN 978 － 7 － 5521 － 1485 － 0

Ⅰ．①牡… Ⅱ．①姜… Ⅲ．①长篇小说 － 中国 － 当代
Ⅳ．①I247.5

中国版本图书馆 CIP 数据核字(2018)第 123129 号

牡 丹 夫 人

姜兆文 著

责任编辑 姜继飞
出版发行 内蒙古文化出版社
（呼伦贝尔市海拉尔区河东新春街 4 付 3 号）
印刷装订 三河市华东印刷有限公司
开 本 710 毫米 × 1000 毫米 1/16
印 张 23
字 数 354 千字
版 次 2018 年 5 月第 1 版
印 次 2020 年 5 月第 2 次印刷

ISBN 978 － 7 － 5521 － 1485 － 0
定价：56.00 元

写 在 前 面

我早就渴望出个全集,对写作生涯作个总结。但又知道,我此生只从事长篇小说创作,全集只能是长篇小说的汇总。这在小说界虽说未必绝无仅有,毕竟少之又少。但内蒙古文化出版社丁永才编审告知,决定给我出全集,这令我喜出望外。

原以为这事很简单,但干起来却很不简单。特别是重新排版后的校对,既繁重,又需细心和耐力。结果,我的家人(妻子傅玉玲、儿子姜耆、儿媳胡小丹、女儿姜睿、女婿苏舟、孙女姜思齐、外孙女苏乔)都加入到这项单调乏味和令人生厌的工作中。特别要提到的是我的儿子姜耆。他才华出众、为人厚道,操作电脑的水平出类拔萃。他的文字功底甚至在我之上。为了我的全集早日问世,他决然放弃了自己宏伟的写作计划。有时为了一个词、一个字的妥帖,不仅要看原书、原稿,甚至翻遍辞书。这使我的全集少了许多遗憾之处。有这样的好儿子,是上天对我的眷顾,我期望他陪我到终老。可是,上天却又在我感到我的儿子如此宝贵的时候,把他夺走了!竟让我这年近八旬的白发人哭送四十四岁的黑发人!呜呼哀哉!痛杀我也!痛杀我也!……

在我的全集付梓之际,我要感谢儿子为我做过的一切,愿他的在天之灵安息。

我还要再一次表达对内蒙古文化出版社和丁永才先生的诚挚的谢忱。没有他们的努力和心血,便不会有我这部全集作为厚礼送给爱子姜耆,送给朋友,送给世人!

姜兆文

2017 年 10 月 31 日于海拉尔

内 容 简 介

牡丹夫人，传奇女性，马上英杰。

她艳若桃花，美若天仙，让多少男人心动；她一马双枪，纵横辽北，名震奉天，使张学良注目，令马贼俯首。

她内心世界极为丰富。在丈夫嘎达梅林与恋人胡俊玉之间，陷于感情的泥潭之中。理智上她无比崇敬丈夫——蒙古族英雄嘎达梅林，而在感情的天平上却偏向胡俊玉。小说通过牡丹与嘎达梅林、胡俊玉之间的纠葛，就爱情与婚姻的问题做了尝试与探索。

她疾恶如仇。小说再现了牡丹叱咤风云的人生经历，情节奇特，石破天惊，令人拍案叫绝。如牡丹身陷二龙山，嘎达梅林斗天龙，照日喇嘛传密信，江洋大盗洪顺公馆取宝，胡俊玉夜围黄寺，牡丹探监劫狱、击毙王祥林等情节，一环扣一环，出生入死的女英雄形象跃然纸上。

1

1924年9月中旬的一天,正当东三省镇威军总司令张作霖亲自统率六路大军,向山海关和热河挺进的时候,有一辆华丽的俄式马车,畅通无阻地驶出戒备森严的奉天城,顺着官道,伴着不间断的辚辚声,朝北疾驰而去。

车厢里坐着一对青年男女。

这男的名叫胡俊玉,今年25岁。他本来就长得挺拔英俊,又穿着笔挺簇新的军官服,更显得飘逸潇洒,威武中透露着青春的朝气。他的脸洁白细嫩,一双秀气的眼睛总是流动着略含羞涩的柔波。正是这股柔波,曾使不少情窦初开的少女和多情的姨太太们神魂颠倒。难怪连少帅张学良也常常牵着他的手赞叹地说:"你真是个美男子!"然而,他却从来没有过和女人调情的记录。如果他不是一直保持着自己的童贞,怎么能在到了25岁的年龄,眼睛仍旧黑白分明,清澈得像秋天的湖水一般呢?

那么,这个美男子是否在男女之情上纯属白痴,或者一直没遇见能使他的感情掀起波澜的女子呢?当然不是这样。看他此刻投向他的旅伴的爱恋的眼神,就证明他不仅是个多情的种子,且已深深陷入情海而不能自拔了。他身边这个少女实在太可爱了。可以毫不夸张地说,这个少女美得有些惊人,男人见到她都免不了为之心荡神驰。如果胡俊玉连这样的少女都不爱,那倒使人难以理喻了。

我们的主角,也就是胡俊玉身边的这个少女,的确太美了。只有亲眼见过她的人,才会知道她到底美到什么程度。数年后,这个少女成了科尔沁草原上的显赫人物,目睹她的风姿的人何止万千?这些人谈起她来,无一例外地啧啧叹道:"唔,天哪,她真是……太美了!"因为他们觉得,无论说她是花容月貌,还是瑶池仙女,都远远不够分量。假如这些人不是数年后,而是眼下看见她和英俊的胡俊玉坐在一个车厢里,会怎样说呢?肯定也会无一例外地啧啧叹道:"唔,天哪,这真是天造地设的一对小情侣!"

　　然而,使人感到奇怪的是,这对青年男女不像是情侣,至少,这个少女始终没有做出一个情人的姿态。她紧靠车壁坐着,使她和胡俊玉之间空出一段避免衣袖厮磨的距离,而且上身又微微侧向外边,眼睛盯在车窗上。在马车的疾驰中,她有时扬起抖动的手臂,轻轻撩起绿色的窗帘,当她看到从眼前闪过的依然是火红的高粱、金黄的谷子和色彩斑斓的玉米时,又很快放下窗帘,流露出不耐烦甚至有些感伤的情绪。即使在这种时候,她也未肯回过身来哪怕睨视胡俊玉一眼。她并非没有发觉对方贪婪的注视。在马车刚一驶出奉天城时,那一束如火如电的视线,就刺得她的眼皮火辣辣地颤动起来。此刻,她就是紧闭双眼,也照样会感觉到这种注视。自从三年前的某一天开始,这种注视就没有离开过她。无论是在餐室就餐,还是在花园散步以及和另一个少女举枪射击,那两束如火的目光总要从明处或隐蔽处扑上她的脸颊。对此,她从未感到害怕,也不讨厌,还隐约产生一种莫名其妙的愉快。因为她心里十分清楚,她迟早要做这个人的妻子。这个人长得英俊,性情温柔,前程似锦,是女人的理想丈夫。而且,他是父亲的恩人,自己能以身相报,正是天经地义,应该是心甘如饴、笑脸生春的。但不知什么缘故,在她脸上,始终没有露出笑容。对胡俊玉的含情脉脉的眼睛,她并不回避,却又从未有过投桃报李的回应。也就是说,她对胡俊玉的注视,既表示了默许,又使这默许带上了冷漠。

　　对于这种冷漠的默许,胡俊玉当然不会感到满足。三年前,他把这个可爱的少女从科尔沁草原带到了奉天城,住进了小河沿的一座漂亮的小公馆。这个少女以她出奇的美貌和对一切都无动于衷的高贵姿态,震惊了奉天城里无数年老的和年轻的军官。胡俊玉为此感到骄傲。同时,他也意识到,他见到这个少女的第一眼骤然燃起的爱火,烧得愈来愈旺,对这个少女的迷恋已经达到了疯狂的程度。只要这个少女在眼前,他周围的一切都不复存在了,世界上只剩下了一个曲线毕呈的、丰满而实在的身体,以及和这美妙的身体和谐地、天衣无缝地搭配在一起的波浪一样披到双肩的秀发,微鼓的鬓角处两缕向前翘起的柔丝,湿润的略呈淡绿的眼窝中滚动的双眸,像鲜嫩的荔枝肉浸润着粉红色的椭圆的脸蛋,有如玉石雕琢的笔直的小巧的鼻子和鲜红柔软的嘴唇。对这个可爱的身体上的每一个细小部分,他都如此迷恋,恨不得一口吞下去,和自己的肉体融化在一起。他的双臂和他的心房一样,

时常处在剧烈的颤抖中；他的双唇和他的血液一样，时常处在炽热的燃烧中。但他知道，他眼下还不能放纵自己的感情，去粗暴地拥抱和热烈地亲吻，虽然他如饥似渴地想亲近这近在眼前的一切。是的，他如果这样做了，就成了言而无信的人。他绝不允许自己用那些只能换取一时痛快的轻薄举动，给自己深爱的少女造成不可信任的心理。再说，他似乎也不忍或不敢这样做。因为在他的眼睛流连在这个少女的令他浑身燥热的性感美的同时，他从对方那双眼睛里看到了叫他不寒而栗的内容，那就是深埋的淡淡的哀愁、言出必行的果决和不容侵犯的威严。这些恰恰构成了这个美丽少女自卫的坚固防线，使胡俊玉很强烈的欲念只能退避三舍，性爱渐渐升华为情爱，并甘心去充当保护者和听候差遣的奴仆。获得感情和占有肉体虽说是截然不同的两码事，却常常密不可分，形成一个和谐的、相得益彰的统一体。事实上，胡俊玉深深眷恋的少女，恰恰是自己亲口答应嫁给他的，是他的名正言顺的未婚妻，无论是感情还是肉体，都应该无可怀疑地属于他。就算眼前还没有到同床共枕那一天，但总该有携手比肩、卿卿我我的内容，来填补洞房花烛前这一段空白啊！遗憾的是，这空白依然是空白，足足延续了三年。这三年里，没有一次接触带有哪怕隐隐约约的谈情说爱的色彩。有时，他不得已而求其次，期望得到对方一个含着娇羞和情意的顾盼。他常常设想四只眼睛火辣辣接触的一瞬，那该怎样销魂？他准会晕过去的。然而，这个少女连一个嫣然的笑也没给过他。难道她永远是这样不动声色地接受，一次也不付出吗？这未免太不公平了。胡俊玉感到强烈的委屈，感到难忍的惆怅。他也曾无数次地暗下决心，去和这个少女直截了当地谈一谈，以便使两人的关系和感情有个突破，明朗起来，至少要弄清她心里究竟打着怎样的谱。但是，小妹和她寝食共处、形影不离，苦于难得有个单独相处的机会；更何况，严厉的高堂对这门亲事一直抱冷淡态度，又不能不有所顾忌。这样，胡俊玉在这变得出奇漫长的三年里，就只能在苦恼和等待中煎熬了。

可是，眼前的情况却不同于以往三年中的任何一天。他们远离了闹市，远离了人群，身边没有小妹，也没有母亲。在一个几乎是封闭的不足一平方米的小天地里，只有他和她。胡俊玉记得，他行前宣布要带她同去科尔沁草原时，她倏然扬起明亮的眼睛，那么痛快地答应了。当时，胡俊玉想在那双美丽的眼睛里进一步探究一下深藏的奥秘，但那长着长睫毛的眼帘又飞快垂落下来，把少女心灵的窗口遮掩得严丝合缝了。可他毕竟看到了那眼里一闪中所流泻出来的快乐。他当然明白，可爱的姑娘之所以快乐，肯定是因为在旅途终点能见到离别了三年的爸爸。但为此，她却必须和胡俊玉单独在一起，经历近两昼夜的长途旅行。仅仅这一点，就足以令胡俊玉喜出望外了。因为这对他实在是个难得的机会。想想吧，在平时，这个少女犹如"宫墙柳"一样，可望而不可即，令他寝不安席、食不甘味；这回却要肩靠肩坐在狭窄的车厢里，他可以毫无顾忌地吐露缠绵的情话，可以放心地去携握那柔软的白嫩的小手，甚至可以大胆地把那可爱的身体拥进怀里。想到这些，他怎能不心花怒放呢？而且他确信，作为未婚妻，连一个拥抱都舍不得恩赐给未婚夫，情理上说不通，也是不可能的。然而，他却无论如何也没预料到，事实竟如此大大有悖于美妙的设想。从坐进车厢那一刻开始，这个少女的眼睛便没有离开过车窗，直到车近彰武，行程已超过二百里地，她也没有改变一下侧身而坐的姿势，看样子，即使这个马车行驶一万里，她也要这样坐到终点。小小车厢里这种咫尺天涯的感觉，使胡俊玉清醒地认识到，不用说温顺的令他甜蜜得浑身战栗的拥抱和热吻，就是一个深情的顾盼，也会像蓬莱仙岛般渺茫而不可期。尤其叫他难以理解的是，对方明明是在有意地回避他，而且在这故意的回避中还带着明显的旁若无人和不屑回眸一顾的味道。这就使一向恃才傲物和受许多女人追捧的胡俊玉，在早就酝酿出的烈烈如焰的欲火中，又渐渐升起一股烈烈如焰的怒火。欲火和怒火烧到一处，终于烧出了炽烈得使他周身燥热和酥软的决心。他一边握紧拳头，一边在心里自我鼓励地发问道："这个少女不是早就属于你吗？你难道没有权利去亲近这个身体？你为什么不伸出胳臂把她揽进怀里，去抚摩她、亲吻她？你的力量足以使两个少女同时窒息，还怕她挣扎反抗不成？"他这样无声地吼着，瞪起烧得通红的眼睛，准备把炽烈的决心变成炽烈的行动。

　　如果不是恰恰在这个时候，发生了一个意外事件，使胡俊玉的粗暴行为带上了一层看似偶然的保护对方的色彩，并因此使他接连施行的亲近对方的举动都变得可以谅解的话，那么，他的恣意的侵犯和轻薄肯定会使这个少女产生反感和憎恶，她心中正在潜滋暗长的对他的爱也会就此冰消瓦解，他自己也将为一时冲动而悔恨终生。

　　的确，胡俊玉应该感到庆幸，那马车的一次巧到不能再巧的大颠簸，帮了他的大忙，不露痕迹地掩盖了他的愚蠢的错误。

　　对马车的骤然颠簸，胡俊玉和那个少女都毫无防备。但胡俊玉当时正

牡丹夫人

要扑向对方,身体的重心集中在脚下,车子颠起时,他只要双手抓住坐垫,就不会摔倒。那个少女则不然。她的思想早就遨游到遥远的地方了,而且,她的两个脚尖,只是轻轻地抵着踏板,身体的重心全部落在座位上。所以,当马车猛地跳起时,她便被一下弹起,来不及去想究竟发生了什么事,应该怎么办,便已斜倾着身体扑进胡俊玉的怀里了。

胡俊玉也是一个颐指气使惯了的人,对于一个连官道上的坑坑坎坎都躲不开的蹩脚车夫,他如何容忍得了? 特别是马车颠起的刹那,他首先想到的是自己的情绪和决心都受到了破坏,而在眼下,他的情绪和决心是占据着超越世上一切的位置的。所以,他不由得怒火中烧,准备对车夫大发雷霆。可是,几乎在同一刹那,他意识到,滚进怀里的柔软而温热的一团,恰恰是他渴望亲近和占有的美妙身体时,他的怒火立即熄灭了,甚至对那个肯定以为自己闯了祸的车夫升起一股感激之情。他当然不会放过这个由低能的车夫促成的天赐良机。他迅即合拢双臂,将那个倏然送上来的身体紧紧拥在胸前。他深感意外且异常激动地发现,他使足劲儿地搂抱,并未引起对方的反感,也没有看出对方要立即挣脱出去的表示。这对如饥似渴的胡俊玉无疑是个非同小可的鼓励,使他产生了一种未曾体验过的胜利者的欢悦心理,欢悦使得整个身体都在战栗了。同时,他清晰地感觉出,那一对小巧的、挺硬而具有弹性的处女的乳峰,正紧紧贴在他宽阔的胸膛上蠕动;那两只诱人的皓腕裸露着搭在他的双肩上,从两侧将那玉石般润泽的柔光袭进他的眼帘;而那由柔发和整个身体散发出的温馨气息,直扑他的鼻孔。他醉了,醉得忘乎所以,醉得如同梦中。他再也无法控制自己波涛汹涌的感情,一面用颤抖的双手抚摩掌下的温软的脊背,一面将燃烧着的嘴唇印向近在眼前的秀美的黑发,同时,如梦呓般地吐出带着火焰的喃喃的轻唤:"牡丹,牡丹……"

这个名叫牡丹也确如牡丹般娇美的姑娘,此刻也是犹如梦中。从某种意义上说,她更希望这真的是梦,希望这梦永远停留在眼前的场面上,而不像胡俊玉希望这是真切的现实,不夹带一点点虚幻。事实上,当她感受到自己的身体已实实在在地投进了一个男人的怀抱,双手正紧紧抓着这个男人的肩头的时候,便确信这只是一场梦,因为她耳畔不存在任何声息,眼前不存在任何清晰的形象,脑海里也寻不出造成这种契机的任何理由和条件,虽然她有一点确信无疑,就是那令她窒息的力量和令她酥软的火焰肯定是胡俊玉幻化出来的另一种形式的诱惑。她并不讨厌这种可能会使她整个失落的诱惑,甚至可以说,她盼望和等待的,恰恰是这种心甘情愿的失落和造成这种失落的诱惑。要知道,她今年已满19岁,这正是妙龄少女春心似水、情意缱绻的年龄。作为女儿,她从慈祥的爸爸那里体验过使她无忧无虑的父爱;作为小妹妹,她从邻居的哥哥们身上体验过使她安然舒爽的兄爱。但作为女人,那种被一个男人占有同时也占有一个男人的、叫她心房战栗、热血沸腾的情爱,她却未曾体验过。还是三年前,这个正在用力拥抱她的胡俊玉闯入了她的生活,而且为了拯救爸爸,她过早地决定把自己的命运交给了这个男人。那时,无论是婚姻,还是爱情,对她仍旧是个谜。她也没预料到,自己竟那么快地对这个比自己大6岁的汉人产生了崇敬和爱情。渐渐地,这个英俊的年轻军官,以越来越高的频率进入她的梦境,隐现在她的心海。在平时,虽然她还能对这个男人的注视表现出淡漠,但在夜晚或独处时,她却常常脸红和周身燥热。她开始渴望见到这个男人,渴望得到这个男人的抚爱。梦境和设想已不能使她满足,她需要异性的切切实实的亲近。然而,她毕竟是个少女,还没有成为真正的女人。而少女的天然的自卫力和矜持,又恰恰造成她和异性间的屏障,即使她终于决定冲破这个屏障时,也总是带着胆怯、不甘心乃至自我反驳。所以,当牡丹从懵懂中清醒过来,意识到不是在梦中,而是在现实中扑进胡俊玉的怀抱时,她首先是一阵快乐的悸动,紧接着就在心里大骂自己的粗心了。她想挣脱出来,但那双箍着她身体的臂膊那么有力,她知道无法挣脱。而且,这异性的有力的、颤抖着的拥抱,使她感到新鲜而甜蜜,她在这种甜蜜中,整个身心都在融化,都在弥散,因而又无力也不愿挣脱了。结果,她身上残存的反抗力走了一个和原来的决心相反的方向。她不仅没有挣扎,反而更紧地抓住了对方宽阔的双肩。她的力量终于耗尽了。她感到舒服、困倦,真想就这样平稳地甜睡过去,直到永远。她又一次希望这是梦境,希望这梦不要完结。可是,她也愈加明白,这肯定不是梦,虽然她仍旧什么也听不到,什么也看不到。因为她异常清晰地感觉到,在她的脊背上,正有两团火在烧来烧去,交叉往复,已渐渐逼近她的旗袍下最隐秘处;而且,还有一股挟带着她的名字的更加炽烈的火已烧到她的发际,接着肯定要烧到她的也开始燃烧的额头、脸颊和嘴唇;她的胸前,也是一堆火,那是男人的雄健的、激烈起伏的胸脯,那胸脯似乎想极力冲开隔绝两个身体的服装,将火直接烧到她的乳峰。这会使任何少女都陷入迷醉的一切,未必不是牡丹所神往的。作为未婚妻,心安理得地接受未婚夫的爱抚,

牡丹夫人

也并非什么过错,何况这又是天作之合,谁能说她轻佻呢? 但此刻的牡丹,却突然有一股悲哀袭上心头,并对自己产生了怨恨。她记起,在三年前决定做胡俊玉未婚妻时,她曾提出一个不容反驳的条件,就是必须等到她满20岁再结婚,这之前,胡俊玉不得动她一指头。当时,胡俊玉慨然应允了。可眼下,离那个约定的日期还有整整一年的时间。如果现在她就允许胡俊玉拥抱、亲吻,这意味着什么呢? 这意味着她牡丹姑娘不是言出必行的人,她的决心和誓言只是一堵沙子堆起的墙,一触即溃;她从此只能永远受制于人,一生做男人的羔羊;她将要说的任何至关重要的话,都会被当作毫无意义的呓语;她的全部价值便只剩下了做一个任男人摆布的女人! 天哪,难道这还是牡丹,这还是自豪的科尔沁草原的女儿吗? 这时,一个久远的如梦如烟的记忆陡然袭进她的脑海。那大约是她8岁的时候,因爸爸的娇宠,她还没有上过马背。有一次,她偷偷找到邻居家的四哥那达木德①,说她想学骑马。比她年长10多岁的那达木德问她:"你有胆量有决心吗?"小牡丹傲然地点了点头。"那好。"那达木德说道,拦腰把她抱起,放在自己坐骑的马鞍上。第一次骑到马背上的小牡丹当即吓哭了,喊着让那达木德把她抱下来。那达木德大怒道:"胆小鬼! 不能兑现自己誓言的姑娘,还配做科尔沁草原的女儿吗? ——抓住缰绳!"说着,也不管小牡丹怎么哭叫,扬起皮鞭向马臀猛抽下去。高大的烈马带着小牡丹在草原上飞奔起来。因为这件事,牡丹的爸爸把那达木德痛骂了一顿,但从此,小牡丹却成了出色的骑手,而且变成了一个刚强的、好胜的、说得出做得到的姑娘。想到这里,紧紧贴在男人宽阔胸脯上的19岁的牡丹,在心里像同自己抗争般狂喊道:"不! 我还是科尔沁草原的女儿,我不能失掉自己!"说也怪,那已经弥散在空中的力量,刹那间又凝聚进她的躯体,她奋力一挣,猛地摆脱了那双搂着她腰肢的胳臂,她的额头到底躲开了燃烧着的正在飞快逼近的嘴唇。

其实,从牡丹跌进胡俊玉的怀抱,到她挣脱出来,也仅仅是瞬间的事。但这一瞬对牡丹却是一次严峻的考验,其意义不亚于她第一次骑马飞奔,足以抵上她的半个生命。或许牡丹认识到这次战胜诱惑、战胜自己的意义,她感到庆幸,感到骄傲。但她毕竟犹豫过,发际上和脊背上毕竟还残留着身边

---

① 即1929—1931年内蒙古东部反垦斗争的领袖嘎达梅林。他是兄弟中最小的一个,因此叫嘎达,梅林是官职。嘎达梅林是人们对他的昵称。

那个男人的余热,这使她感到羞耻。一股怨恨之情猛袭心头,不是对胡俊玉,而是对自己。所以,当她又坐回到原来的位置后,并没有对胡俊玉表现出恼怒,更没有责备对方的意思,她只是羞愧地扫了胡俊玉一眼,然后右手握住窗帘,向车窗外侧过脸去,一汪泪水倏然涌出。刚刚沉浸在巨大的快乐之中而忘乎所以的胡俊玉,被这突然的变故惊呆了,他甚至没弄清牡丹是怎样离开怀抱的,更没弄清对他显然怀有情意的牡丹,为什么像躲避洪水猛兽般躲避他的无可非议的爱抚?难道他的举动带有哪怕一丝一毫的亵渎成分吗?没有。那么,眼前的局面就实在太不合常理了,除非这个少女根本就不爱他。我们知道,最容易煽起男人怒火的,是他们迷恋的女人的绝情。牡丹的表现算不算绝情?此刻的胡俊玉以为是。这是他无论如何无法忍受的。所以,转眼间,他从迷惘中清醒过来,全身快乐的战栗随之发生了质变,同样的战栗的形式,却表达了骤然产生的愤怒。

"牡丹!"胡俊玉咬着牙,声音嘶哑地说道。他的眼睛凝视着牡丹显得散乱的头发和正在痉挛地揪扯着雪白披肩的手。"你为什么这样对待我?"

牡丹回眸扫了胡俊玉一眼,什么也没有说,便又恢复了原来的姿势。那意思分明在说:"这还用我回答吗?"

"至少,你得承认,"胡俊玉接着说,两只拳头握得发出响声,"你是我的未婚妻,你要做我的妻子的!"

牡丹没有做出任何反应。

"你并不想否认,你也不能否认,这是你亲口答应的。对吗?"

牡丹依然沉默着,只是她的头难以觉察地低垂了一点儿。这种沉默和微微颔首,有一半表明她不否认曾答应做胡俊玉的妻子,另一半则表明她对这个选择并不后悔,甚至感到自豪和幸福。但这后一半内容,胡俊玉却没有看出来,反而觉得这种不言不动的冷漠,正是表明对他的厌恶和憎恨。

因而,胡俊玉的声音变得更加激动了:"那么,就是你根本不喜欢我,心里早就有了别的男人!你说,是不是这样?"

他还是没有得到任何回答,终于恼羞成怒了。他用力抓住牡丹的左臂,大声说道:"你说呀!你为什么不说话?"

牡丹并不去挣脱自己的胳臂,只是倏然甩过头来,毫不畏缩地凝视着对方充满血丝的眼睛。虽然胡俊玉在那双明亮深幽的眼睛里并没发现怨恨、谴责和挑衅,但却有一股凛然不可侵犯的正气,利剑一样刺进他的心扉。他

牡
丹
夫
人

几乎是立刻感到自己惨败了。他不敢再正面迎接牡丹的视线,慢慢垂下眼帘,低下惨白的脸,双手也无力地从牡丹的胳臂上滑落下来。他一面坐回到原来的位置,瘫痪般倚在车壁上,一面深怀愧疚地喃喃说道:"原谅我吧……我今天是怎么了?"说着,双手紧紧捂住了充满泪水的眼睛。

牡丹原来就觉得今天的事情不全怪胡俊玉,他的失态是深可谅解的。现在又看到他愧疚难当、缠绵悱恻的狼狈样子,心海里也不由得翻起又爱又怜的浪花。她甚至想说:"俊玉呀,我也是深深地爱着你呀!"但她知道,现在还不能说这句话。如果这样说了,无疑是鼓励对方同时也是鼓励自己违背以往的誓言。她知道,只有她和他都成为信守誓言的人,才能在永远看重对方的气氛中度过幸福的一生。否则,就无法达到互相尊重和互相信任。不过,经过刚才纯属偶然的肉体的短暂接触和感情的大起大落,她和这个男人的关系毕竟深化了一层,让她再用冷若冰霜的态度和责备的话去刺伤对方的心,是难以做到的。这样,在一阵难堪的沉默过后,她才低下粉颈,和缓而又带着羞赧地说道:"俊玉,你和我都不应忘记三年前的约定。"

牡丹第一次叫他俊玉。这带有亲切感的称呼使他的精神为之一振,脸上又开始有了血色。他扬起眼睛,不免庆幸和感激地看着含羞俯首的牡丹,就像看着救命的菩萨。同时,他从牡丹的话里,悟出了刚才牡丹躲避他爱抚的原因,更加看出牡丹是一个刚烈、坚定、言行如一的非凡女子,使他的强烈的情爱又平添一种强烈的敬意,这敬意更使他的情爱变得炽烈如火。他真想再次扑过去,把牡丹拥进怀里,痛快淋漓地哭一场。但有了刚才的经历,他再也没有勇气了。他只是泪眼模糊地盯着牡丹,颤着声音说道:"我会等到那一天的,哪怕为了今天的事,再罚我三年,我也要等……"他嘴上这样说,心里却不无幽怨地喊道:"你可知道,这过去的三年,我是怎么熬过来的吗?"

2

三年前,胡俊玉还没有荣任崔兴武手下的营职参谋,而且还未曾有过一天的军旅生活。那时,他仅仅是张作霖的岳母王老太太使唤的一名不甚起眼的小随从,常常跟着一个老谋深算的管家为王老太太效力。当时的王老太太,由于东床快婿的孝敬,早已是辽河南北大约一千方①肥沃土地的主人。有一天,她去巡视这一片原来的天然牧场上第三次长出的庄稼,偶然发现,和她北边地界毗连的,竟是一带水丰草美、风光旖旎的原野。王老太太斩钉截铁地表示,她一定要获得这一片沃土。办理占买蒙荒这种事,王老太太的管家颇有经验,可他恰巧卧病在床,不能去尽职。忠心耿耿的胡俊玉见王老太太心急如火,便毛遂自荐,主动请缨。王老太太当即照准,授他以全权。张学良知道了这件事,心里一阵叫苦,埋怨王老太太真是利令智昏,办事过于操切了。因为他知道,科尔沁草原多次大量出荒,早已引起达尔罕亲王旗蒙民的不满,再去占买蒙荒,必须谨慎从事,而且要做好防范。可王老太太竟贸然派了一个少不更事的年轻人单枪匹马地上阵,举措稍有失当,就会捅了马蜂窝,闹出一场乱子的。这势必会影响他和父亲拟订的最终占据和开发整个科尔沁草原的计划。至少,这个计划的实施要推迟几年,那损失可就大了。然而,事情的结果却大出所料。这次对蒙民来说应该是十分敏感的大片草场的交易,竟如买卖一匹二岁马一样,轻易地办妥了,没有引起一点点风波。而且,不仅王老太太破格地为胡俊玉开了三天庆功宴,就连出让草场的主人,即牡丹的爸爸仁钦扎木苏,也对他感恩戴德。这个年轻人办事之干练利落,才智之超凡脱俗,一下子为张学良赏识和叹服了,因而决定了他的生命史将步入令人艳羡的黄金时代。

---

① 每方为四十五垧。1916年,张作霖强行开发达尔罕亲王旗辽河南北沃土四千余方,张作霖政权机关、王老太太、鲍贵卿、冯麟阁等各割千余方。

实际上,在进行这笔交易的整个过程中,胡俊玉并没有直接出场。他第一次在牡丹家露面时,事情已近尾声,只剩下办理出荒的手续了。这时的仁钦扎木苏,因占有许多人眼红的肥沃草场而享受了大半生的自豪感以及他的扬眉吐气的仪态,已经荡然无存,变成了一个心灰意冷、萎靡不振和一筹莫展的可怜虫了。他预感到家道即将败落,好日子所剩无几了,因而终日里与烈酒为伴,作践起自己来。当胡俊玉在达尔罕王的亲信王祥林陪同下,经过带有篱笆的院套,进入他的布置堪称华丽的正房时,他仍处于醉意蒙眬之中。

王祥林直截了当地向仁钦扎木苏介绍了胡俊玉的身份和来意。

仁钦扎木苏听后,慢慢睁开浑浊得黑白难辨的眼睛,费劲儿地挣扎一阵,总算从靠椅上站了起来。他趔趔趄趄走到尚未落座的胡俊玉面前,眼睛变得凶狠异常。突然,他举起拳头,张开肮脏的嘴巴,唾沫四溅地吼道:"你是王、王老太太的代表,胡……胡先生吗?我知道你要来!我知道你来干什么!你是来抢我的草场的!臭小子,对不对?对不对?对不对?!"他一声比一声高,不断地在胡俊玉眼前挥着满是油腻的拳头。

胡俊玉没有后退,只是尽量躲避着扑面而来的酒臭。等到仁钦木苏喊完,他才不动声色地说道:

"您醉了。"

"醉了……不!我什么都明白,明白得很!"

王祥林冷然地厉声道:"扎木苏台吉!你既然明白,就应该知道,这次为王老太太出荒,是亲王殿下核准的!"

"亲王殿下,哼!你是说那个只顾想媳妇的那木济勒色楞①吗?"

"扎木苏!就算你喝了过量的酒,也不该如此放肆!"

"住口!还轮不到你来教训我!"仁钦扎木苏鄙夷地瞥了王祥林一眼,咬着牙低声骂了一句"狗仗人势",然后又转向胡俊玉继续高声说下去,"我明白,告诉你,我什么都明白!王老太太是张作霖的丈母娘,张作霖是那木济勒色楞的亲家②。他们串通一气,要联手毁了我们蒙古人,毁了科尔沁草

---

① 那木济勒色楞(1880—1951),第十二代达尔罕亲王。此时,福晋四鸽儿已故,张作霖正在为他和北京的满族姑娘朱尔吉特做媒。

② 张作霖把女儿许配给了那木济勒色楞的长子包晓峰。

原!"

胡俊玉挥手制止住又要发作的王祥林，态度依然很平静地说道："仁钦扎木苏台吉，您说这些话很不聪明，至少对眼前的事毫无意义。其实，您心里应该非常清楚，要不是您的畜群……"

"不！我不清楚！——不不！我清楚！这是个借口，是个阴谋！"

"这是毫无根据的。"

"有根据！我的畜群不会自己跑到王老太太的田地里。它们知道，我的牧场上的草，要比王老太太的高粱叶子好吃得多！"

"就算牧草比高粱叶子好吃，也还是无法否定您的畜群糟蹋了王老太太大片庄稼这个事实。"

"可是，先生，我的那些牧人为什么离开畜群？他们为什么在出事后的第二天就带着家小跑得无影无踪了？"

胡俊玉下意识地扫了王祥林一眼，然后又对仁钦扎木苏说道："您的问题，除了您的无影无踪的牧人，恐怕没有谁能答得出。"

"有。有人答得出！"

胡俊玉略显惊讶地问道："这是谁呢？"

"王老太太、张作霖、那木济勒色楞，还有他们的狗腿子！"

"狗腿子！您这是什么意思？指的是我吗？"

"你？哼！你也许跟我一样，是个傻瓜。但是，那些狗腿子，未必都无颜站到我的面前。"

王祥林早已按捺不住心里的怒火了，再听到这含沙射影的辱骂，如何不气得脸色煞白和四肢抖动？他恶狠狠地凝视着仁钦扎木苏，有些口吃地喊道："什么什么？好哇，仁钦扎木苏，你简直成了一条疯狗！因为你刚才这些对大帅和亲王的恶语中伤，你失掉的将不仅仅是牧场和畜群！"

仁钦扎木苏冷笑了一声，也同样恶狠狠地说道："还有生命吗？嗯？你去报告吧，向你的主子报告，让他们来取我的脑袋吧！我反正已经活够了！活够了！活够了！"说着，他猛地一转身，顺手拿过桌子上的酒碗，咕嘟咕嘟喝得一干二净，呛得流出了眼泪。他把酒碗狠劲儿摔到地上。随着一阵响亮的碎裂声，他又异常凄惨地狂喊一句："活——够——了！"随即颓然坐回到靠椅上，浊泪涌流地叫道："完了！我彻底完了……没有畜群，我怎么活？没有草场，我还算个屁呀！"说完，双手捂住脸，号啕痛哭起来，那悲恸的声音，真是如丧考妣。

胡俊玉半怜悯半憎恶地望了仁钦扎木苏一眼，很快转过身来。他原想叫王祥林结束眼前的场面，以便尽快离开这个不想再多逗留一秒钟的污秽的房间。可是，他刚张开嘴巴，还没有发出声音来，一眼瞥见房门处走进一个美丽无双的少女，当即惊讶得睁大了眼睛，连动也不能动了。

这闻声走进来的脚步稍显匆匆，眼睛微露惊慌的少女，正是年方16岁的牡丹。她原是一直在西侧的套间里陪伴卧病中的母亲的。这个两开间的套房，外面的一间作为起居室，共开有三个门，南侧的门直通外面，东侧的门呈圆月形，和通常用来会客的正房相连。还是胡俊玉和王祥林走进院子时，牡丹就从玻璃窗内看见了。她早就认识王祥林，胡俊玉却未曾见过。她很敏感地猜测出，这两个人的到来，肯定和爸爸的畜群践踏了王老太太的庄稼一案有关。但她历来不参与大人之间的事情，而且由于习惯，爸爸不喊，她也不用去斟茶递水。所以，她轻轻掩好通到起居室的门，继续给妈妈读《清史演义》。但突然传来的酒碗破碎声和爸爸的哭泣声，使她无法安坐，便冲出房门，跑过起居室，直接由月门进入客厅了。她并没注意那个素昧平生的年轻人对她的惊讶的凝视，对爸爸醉酒后的哭泣似乎也司空见惯般没太留神，她只是略略环视一下室内的气氛和局面。当她确信这里并没发生殴斗之后，略微舒了一口气，垂下眼帘，轻盈地走到酒碗碎片处，很麻利地拾起放在桌子上，几乎没有发出些微响动。接着她微露心疼和抱怨的神色，以轻柔而动听的声音对仁钦扎木苏说道："爸爸，您又喝多了。"说完，也不管爸爸是否要发泄一番或诉一通苦，就很快转过身，袅袅婷婷地走了出去。

牡丹就这样倏然而来，又倏然而去了。但是，这短暂到谁也不会留意的几十秒钟，对于胡俊玉却具有超凡的意义。他几乎是经历了整整一个世纪。就在牡丹出现在眼前的一瞬间，他的生命乃至他周围的整个世界，都发生了骤然的、翻天覆地的变化。他看到的，似乎不是一个丰满的正在成熟起来的少女，而是太阳的光辉，月亮的皎洁，早晨的清新，霞光的娇艳，以及幼年白桦林的勃勃生机。由于这个少女的出现，房间里的刚才还令人窒息和作呕空气，也像被洗涤和过滤了一样，变得清亮透彻、沁人心脾了，甚至连肮脏的满脸浊泪的仁钦扎木苏，也不那么讨厌了。胡俊玉不再敦促自己快些离去，却希望这样站到永远。他怪异而又非常兴奋地感觉到，在这一刻，他完全变成了另一个胡俊玉。他以往的对女人毫不动情的铁石心肠，一下子全融化了。如果说他过去的 22 年只是作为一个"人"而活着,那么,从此刻起,他将作为一个"男人"而活着了。

是的,他爱上了牡丹,如此迅速而彻底地……

牡丹已离去好一会儿了,而胡俊玉仍以不变的姿势怔怔地盯着月门垂挂的门帘,似翘盼着那仍在轻轻抖动的门帘创造出的奇迹,再把牡丹抖出并永远奉献到他的面前。

胡俊玉的忘我的痴呆样子,仁钦扎木苏没有留意,当然也无法悟出是女儿的姿容俘虏了这个将决定自己命运的王老太太的代表。王祥林却把这一切都摄进眼里,而且轻易地看出了意图。更明白地看出,胡俊玉不像他王祥林,宁可把精力放在放荡的有夫之妇身上,不去招惹那些连调情都不会的少女;而是真正地迷恋上了牡丹,拿眼下开始流行的一个词儿,就是爱上了牡丹。他一方面觉得胡俊玉的痴情十分可笑,一方面也庆幸自己有了一个为胡俊玉效劳的机会。他曾"笑纳"了胡俊玉的一笔巨款,欠着一份人情,那么,由他作伐,成全胡俊玉的好事,不是责无旁贷吗?他确信,在这件事上,他能从双方都获得不少的好处。想到这里,王祥林不由得微微一笑,并开始在心里设计起做这次媒的详细步骤来。

然而,王祥林怎么也料不到,胡俊玉竟如此急切,连他这个最合适的中间人也不找,自己就展开正面进攻了。他见胡俊玉转向仁钦扎木苏,微俯上身,很客气很恭敬又多少带着紧张和激动地说道:"仁钦扎木苏老爹。"

王祥林在心里叫道:"天哪,叫上老爹了!俨然已经是姑爷了嘛!"可是,更叫他大吃一惊的话还在后头。

"此次亲王殿下出荒,不幸正好是您的牧场,是在下始料未及的。尤其令我深感歉疚和遗憾的,是这件事已无可挽回。但我看出,这件事给您带来了痛苦,造成未来的困境,连您可爱的女儿也忧心忡忡。对此,我深表同情,并决定为您、为您的女儿,略尽绵薄之力。关于您被王老太太扣押之畜群,我将代为斡旋,保证至少有半数重新归您所有。另外,我还准备将多年积蓄的三千银圆,奉赠给您,您可另择地建房,安度晚年。"

胡俊玉这番话,无异于一声春雷,震散了仁钦扎木苏心头的阴云。但他无法相信这是事实,以为这纯粹是梦中的情节。因为在昨天他还听人告诉他,王老太太不会把他的牲畜归还一匹、一头;而且,准备付给他的补偿费,连买一座像样的毡帐都不够。他怎能想到,事情临到末尾,突然有一个英俊

牡丹夫人

而善良的年轻人从天而降，把他从绝境中挽救出来，使他又有了畜群，又可以像富人那样住进青砖瓦房里呢？所以，此刻仁钦扎木苏的表情，与其说是震惊，莫如说是迷惑。

对于王祥林，胡俊玉的话无疑也是一声震雷，使他惊愕得目瞪口呆。在他看来，胡俊玉有些小题大做。不要说牡丹在事实上是一个穷人的女儿，就算是大家闺秀或者高官显宦的少奶奶，也不需如此破费。换上他，是绝不会干出这样蠢事的。他历来主张，在这类事情上，一定要达到色利双收。大约三年以后，他得到那木济勒色楞亲王第二任福晋朱尔吉特的垂青，曾无数次在亲王的雕花牙床上亲近那个年轻而秀艳的身体。为此，他获得了令人咂舌的赏赐。有一次，他见到了胡俊玉，忍不住对自己的艳遇大加炫耀了一番，那意思分明在讥笑对方在这种事上不得要领和得不偿失。而胡俊玉却只是回答他一个鄙夷的冷笑。这是后话，我们暂且按下，仍旧回到眼前的场面。

总之，听了胡俊玉的一番话，仁钦扎木苏和王祥林都一时惊得呆若木鸡，前者不停地嗫嚅着嘴唇，后者不断眨巴着眼睛，竟谁也说不出话来。

胡俊玉似乎已经忘记了王祥林的存在，眼睛始终只盯在仁钦扎木苏的脸上，显得热烈而和悦。他又向前走了一小步，微颤着嘴唇，异常恭敬地俯首道："仁钦扎木苏老爹，我有一句十分冒昧的话，希望您听后不至气冲斗牛和大动肝火，更不要怀疑我是乘人之危和巧取豪夺。我确信，刚才进来的姑娘一定是您的千金。我更确信，她是天下无与伦比的最漂亮、最高贵的姑娘。晚辈今年 22 岁，从未爱上过任何姑娘，从未做过结婚的打算。可今天，从看到令千金第一眼，我的灵魂就被她整个摄走了。我不想掩饰我对她骤然燃起的爱火，而且打定主意眼下就向她求婚。我如此直率地提出这个事关令爱终身的重大请求，也许不合礼仪，也许您会感到受了污辱。但我绝不肯放过这个千载难逢的机会而留下终生的悔恨。当然，令爱可能拒绝我，您也可能对我大发雷霆。果真如此，我会感到痛苦，却不会生气和怨恨，更不会收回我刚才说过的话。仁钦扎木苏老爹，请您慎重地考虑我的请求，在您认为合适的时候给我一个答复。如果您本想回绝我，又怕我会因此出尔反尔取消刚才的许诺，那么，您可以在那一半牲畜和三千银圆赠金到手之后答复我。"

其实，胡俊玉的担心是毫无必要的。因为，正处于绝处逢生的巨大快乐之中的仁钦扎木苏,是巴不得有眼前这样一个英俊慷慨且靠山牢固的女婿的。所以,胡俊玉的话音刚落,仁钦扎木苏便高兴地跳起来,拉过王祥林做媒人,当即痛痛快快地答应了这门亲事,从此确定了他们之间的翁婿关系。随后,他又找来已升任骁骑校的那达木德,帮助他杀羊摆酒,办了一次丰盛宴会,进展得如此快速,胡俊玉深感意外。更使他感到意外的是,宴会之后,仁钦扎木苏竟主动而且极力主张胡俊玉马上就带走牡丹。而以胡俊玉的想法,那是要至少一两年之后才能来迎娶的。不用说,这使胡俊玉喜出望外。除此,他还有一个同样是意外的收获,那就是结识了蒙汉文兼通的那达木德。这位年近三十的达尔罕王旗卫队的骁骑校,不仅粗犷彪悍和威风凛凛,而且具备渊博的学识,军旅之事自不必说,即当今社会的诸般时事,均有独到的见解。胡俊玉很佩服他,并有一种相识恨晚的慨叹。那达木德也很喜欢他,得知他挽救了仁钦扎木苏且成了可爱的牡丹妹妹的未婚夫,感情自然更加亲近了不少。因此,他们成了好朋友。也因此造成了他们之间在未来的生活中以及战阵中极其复杂的关系,演出了一幕幕令人眼花缭乱的戏剧。这是后话。

牡
丹
夫
人

　　胡俊玉此次科尔沁草原之行,其收获是巨大的。他满载而归的时候,理所当然地感到心满意足,喜不自胜。但他怎么也预料不到,还有一个更大的喜事向他快步走来。

　　那是他返回家乡的第三天晚上,他离开王老太太的筵席,回到自己的住所。他觉得总算可以松一口气了,并从此可以神志清醒地去亲近一直不言不动的牡丹了。恰在此时,大病初愈的管家兴冲冲地跑来,说少帅张学良乘着汽车刚刚驶抵王老太太家,正在客厅等着接见他,让他立刻前往。胡俊玉知道张学良是王老太太的外孙,找他去不会有什么坏事。但是,他毕竟外居乡野,没有见过大世面,对少帅和将军之类,有一种天生的畏惧感。不过,在他忐忑不安地站到张学良面前,看到对方温和的眼睛,听到对方温和的声音之后,便在瞬间抖掉了局促,恢复了他特有的彬彬有礼却又不亢不卑的风度。张学良一下子喜欢上了这个年轻人,并在心里将这个年轻人的命运纳入了自己的宏图。大约一个月以后,胡俊玉便带着母亲、妹妹和牡丹,住进了位于奉天城小河沿的一个小公馆,他本人则成了一名由少帅亲自安插在汤玉麟部崔兴武旅的身着笔挺军装的营职参谋了。在他去郑家屯附近崔兴武旅旅部报到之前,张学良对他说,让他先去当参谋,是为了增加他的资历,以免遭到非议,将来时机成熟,一定把他调进帅府任职。

三年的时间一晃过去了。胡俊玉并没有发现他将被简拔到帅府的任何迹象,但他不感到奇怪和受到冷淡的委屈。因为他现在的身份和地位与一个管家随从相比,已是天壤之别,大有平步青云之概。而且,张学良少帅说的是等"时机成熟",眼下不调他进帅府,显然是时机并不成熟。因此,他不允许自己对少帅产生一星半点儿的埋怨。但是,有一点他在开始时不甚理解。那就是,他虽是营职参谋,崔兴武旅长却要他长驻奉天城,而且不给他随军出战的机会。直到他穿上军装的第三年,情况也没有变化。后来,在一次舞会上,张学良很随便地问他和那个高贵的邻居关系如何,他才猛可醒悟。原来,让他住到小河沿是张学良的有意安排,崔旅长不让他参与军务也是张学良的关照。这一切都是一个目的,就是使他在一个较长的时间里,很自然地结交常年住在小河沿豪华王府①里的达尔罕亲王。这就是说,少帅并不想让他真正成为军界人物,而是让他以军官身份为张氏家族拓展耕地效力。细想起来,这也是合情合理的。当初少帅看中他,使他一个身份微末的小人物,陡然具有了足以和上流人物接触的身份,其原因正是他在替王老太太占买蒙荒一事上表现出的超人的才智。俗话说,士为知己者死。既然胡俊玉对少帅的意图已心领神会,剩下来的便只有用实际行动报答少帅的知遇之恩了。这次舞会以后,他很快和达尔罕亲王及其年轻的福晋建立起密切的关系,并随时等待机会,为恩主贡献自己的才智乃至生命。

这样的机会终于来到了。

1924年9月初,即张作霖企图坐镇北京而率军南下前十天,张学良在争分夺秒的忙碌中,几乎用了一个小时,单独召见了胡俊玉。他展开一张达尔罕亲王旗的地图,具体地指出他渴望获得的辽北、西夹、北山里等蒙荒的位置和面积以及目前靠这些草原生活的蒙古人的数目。接着,他讲了促使那木济勒色楞亲王同意出荒的几种设想和可能遇到的困难、阻力。

最后,张学良说道:"子瑾②,这件事只有交给你,我才放心。"

"谢谢少帅的信任。"胡俊玉起身道。

---

① 达尔罕亲王王府实际是在科尔沁草原达尔罕亲王旗内(今科左中旗乌力吉图乡腰营子西北约五华里处)。民国时,张作霖出资在沈阳小河沿为那木济勒色楞盖了一座官府,亲王和福晋常年住在这里。张作霖的目的是显而易见的。

② 子瑾是胡俊玉的字,称字而不呼名,表示亲昵。

"坐下坐下，你我之间不必客气。从我外祖母那里论起，我们也是沾亲带故嘛。"

"小人不敢。"

"好了，不说这些。其实，我所看重的是你的才干，而不是任何别的什么。我们还是回到正题吧。关于刚才提到的几处蒙荒，我并非想即刻到手，原是打算再过一两年考虑，可是没估计到父帅提前了南下的时间。虽说这次出兵是稳操胜券，但究竟需要多少时间却难以预料。所以才决定起兵前向你作一番交代。你要从容地去进行，不要急于求成。尤其眼下，用兵关内，身后稍有骚动，也是很不利的。"

"对少帅的指示，我会竭尽全力去完成的。"

"我相信，非常相信。但我还要重复一遍，凡事要慎重，不可急躁。如果今年不成熟，来年再办。两年不行，可以三年嘛。总之，要像你当年处理你岳父的草场那样天衣无缝。"

"少帅！"胡俊玉轻声叫道，由于内心不满又不便发泄，他的脸涨得通红。

"唔？你好像对我的话很生气？你当初看中的是牡丹而不是仁钦扎木苏，不是这样吗？"

"如果我更早些见到牡丹，就不会眼看着她爸爸破产了。"

"所以你对仁钦扎木苏一直怀有内疚，并且不愿回忆起当时的一些情节？"

"他已经成为我的岳父，我理应尊重他。对于我的过错，我将继续用行动去弥补。"

"这就是说，这件事如果重演一遍，你是不会让仁钦扎木苏失去草场了？"

"是的，哪怕因此会失掉生命。"

"天哪，你的真诚和直率可实在少见！"

"我不允许自己对少帅说一句遮掩心迹的谎话。"

"那么这次呢？你对即将发生的事怎么想？"

"我此生已别无所求，剩下来的生命全部属于少帅。"

"我相信你的话是出自真心。"

"但是，由于我刚才太激动，有失态和失言之处，我愿接受少帅的责罚。"

"不！我会因此更喜欢你，更信赖你。我希望手下多一些你这样真诚的

人,少一些口是心非的人。"

"少帅的宽宏,我将没齿不忘。"

"你打算什么时候去科尔沁草原呢?我听说那木济勒色楞亲王已离开了奉天。"

"他听说镇威军要全部进关,唯恐战事不利时奉天会成为不安全的城市,所以两天前就回王府去了。"

"他回到科尔沁草原也是件好事。你可以亲自去踏看一下那几片沃野,以便切实地拟出一个开垦计划。"

"少帅所说极是。刚才少帅问我何时启程,我想在给少帅送行之后,也就是镇威军开拔时比较合适。"

"就这样定吧。唔,对了,你不想让牡丹陪你做这次有趣的旅行吗?"

"只要她愿意。"

"一定要让她陪你去。亲王的新福晋年轻又风流,如果你身边带着牡丹这样的美人,亲王就不会担心了。要知道,你可是一个叫所有丈夫都不放心的男人啊!"张学良说完,忍不住哈哈大笑起来。

胡俊玉红着脸笑了,并轻声说道:"少帅真会开玩笑。"

　　由于马车意想不到的颠簸,促成一对情侣的首次拥抱并在瞬间分离之
后,他们又经历了一段长时间的沉默。在这一段时间里,他们都微垂着头,
谁都不敢先抬起头来看对方一眼。但是,无论是胡俊玉,还是牡丹,心海都
在翻波舞浪,很难平息下来。他们都意识到,从这一刻起,他们的心贴得更
近了,而且是按着一个节奏在跳动,在互相响应。他们都盼望打破沉默,却
又都等待对方先开口。这是感情的压抑,也是酝酿,更是不甘。这种迅速酝
酿中的不甘永远被压抑的感情,一旦冲决不堪一击的薄纱般的屏障,定会变
成不可遏止的、忘我的、火焰般的爱情,那时,他们都将被融化,变成一团火
热的雾,心甘情愿地融进对方的一团中而永远失掉自我。只是由于牡丹在
离家乡愈来愈近的情况下还不能把过去说过的话忘得一干二净,只是由于
胡俊玉还无法把胆怯的心理抖得精光,使得他们之间感情爆发到来的时刻
推迟了。但是,在他们的旅程进入第二天,马车开始奔驰在尚未开垦的一望
无际的科尔沁草原,牡丹的表情变得豁然开朗的时候,胡俊玉终于打破了沉
默。牡丹则有问必答,谈话渐趋热烈。

　　"牡丹,你今天心绪这么好,是因为看到了草原?"

　　"那还用说? 你看这里多美,多清新!"

　　"的确,又美又清新。"

　　"还有畜群和牧歌。"

　　"是啊,还有畜群和……牧歌。"

　　"怎么,我说喜欢这里你不高兴?"

　　"怎么会? 看到你心情变好,我是非常高兴的。再说,谁不爱家乡?"

　　"你说得可真对。我在这里生活了 16 年……"

　　"你很留恋草原和畜群吗?"

牡
丹
夫
人

20

"还有马背。我多想跳上马背和伙伴们纵情驰骋啊!"

"这是我的过错。"

"你说什么?"

"我早应该想到这些。"

"这不怪你。"

"不,这是我的过错,我要尽力弥补。回去后,我一定买两匹马,等你在城里待烦,我陪你到野外纵马飞驰。"

"真的?"

"我说到的都能做到。"

"你真好。你是我遇到的最好的人。"

"谢谢。"

"可是你看我……"

"不要说那些,我理解你。我决不会违背你的意志的。永远不会。即使你到了 20 岁时仍不愿成为我的妻子,我也不会强迫你服从。"

"我不会那样。我说过的话是不会反悔的。再说,你……这么好,这么……爱我。"

"牡丹,你的话是对我的最高奖赏。我此生再无更高的奢望了。"

胡俊玉确实感动了。他已经热泪盈眶了。

牡丹也感动了,且觉得很难自制了。若不是恰在此时传来一声枪响和喊声,使他们的谈话被打断,那么,胡俊玉的眼泪肯定会使牡丹解除武装,他们的热烈的谈话也肯定要伴随热烈的举动了。

枪声和喊声离他们不远。马车没有停下来,只是减缓了速度,说明车夫知道这枪声并未对他的主人构成威胁。

胡俊玉将头探出早就敞开的车窗,朝传来枪声的地方望去。虽然那些攒聚在一起围观的牧民们挡住了一部分视线,他还是看到了检阅台上方飘动的一排彩旗。他有充分的理由推断出,那里肯定是达尔罕亲王旗的卫队兵在进行秋季操训比武。这时,随着四声连续的枪响,围观者又爆发出更狂热的叫好声和掌声。

胡俊玉命令车夫把马车赶过去,马车很快就停在围观者的后面了。因为人们的注意力都贯注在比武场上,没有谁对这辆马车和马车上的不速之客看一眼。

胡俊玉轻轻打开车门,站在踏板上朝比武场望去。他看到,在检阅台当中的条几后面安然就座的正是他此次拜访的对象那木济勒色楞亲王及其年轻又风流的福晋朱尔吉特。他们身后和两侧垂手站立的除了仆从还有韩舍旺和王祥林等一班本旗官员。对于亲王返回王府不久便亲自检阅自己的卫队兵,胡俊玉深感敬佩和赞叹。还有更叫他赞叹的是检阅台两侧,分立着两个由鞴着鞍子的战马组成的异常整齐的方阵,右侧的是清一色的黑马,左侧的是清一色的白马,泾渭分明,煞是好看。看得出,这些坐骑都是训练有素的,说明带兵的军官一定是一个不同凡响的能人。

胡俊玉又将视线移回到近处。在围观的牧人前边不远处,是一个射击台,一个虎背熊腰斜披彩带的军官背对着围观者,正在往枪膛推进第二个五发子弹。看样子,列队式刚刚结束,正式射击比赛将在这个肯定是总指挥的军官打出第十发子弹后开始。

远处的靶标又全立起来了。一面小红旗挥动了一下,随即隐没在靶标下面了。

只见身披彩带的军官拉动枪栓,轻轻托起枪身,似乎瞄也没瞄一下,便一枪紧接一枪连打了五枪。牧民们和卫队兵们各个都屏息地盯着远处的靶标,当那里举起小旗报了个满堂时,立即沸腾了一样高声叫起好来。看到这样精彩的场面,胡俊玉也忍不住拍手叫道:"好!真是好枪法!"

牡丹夫人

这时,从另一侧跳下车来的牡丹,已经从车后绕过,走到面对比武场的一侧。她本想挤进围观的不相识的乡亲中去,但是,当她意识到自己身上的旗袍和白披肩太扎眼时,又犹豫起来。

胡俊玉看到她,赶紧在踏板上挪动一下,伸手说道:"站上来,这里看得清楚。"

牡丹虽然没有接受他的援手,却顺从地跳上踏板。由于踏板很狭窄,两个人的身体挨得很紧,为了不至于掉下去,牡丹还伸出双手轻轻抓住了对方的胳臂。这使胡俊玉的心里又产生了一阵快乐的悸动,眼前的一切又都像雾中看花一样模糊起来。他偷偷斜视了牡丹一眼,牡丹正全神贯注在比武场上。

比武场上刚射击完毕的军官,此刻正把手里的枪扔给身边的人。然后,转过身,走到不远处的一张桌子后面坐下去,其姿态潇洒从容,令人肃然起敬。

"是他!"牡丹略显惊讶地轻声说道。

"你说谁?"胡俊玉侧过脸问道。

"你刚才喝彩的那个人。"

"他是谁? 你认识?"

"你怎么连他也忘了,那不是我们邻居家的四哥那达木德吗?"

胡俊玉不由得又把视线落在那个披着彩带的军官身上,细看了一会儿,叹道:"你说对了,他真是那达木德。我连想也没想到会是他。我认识他的时候,他刚刚是个昆都①。"

"那可是三年前的事了。"

"一晃三年没见到他了。以他的才干,理应是掌管王府军务的梅伦了。"

"你说他现在是梅伦?"

"当然,那还用说。"

"他是担当得起来的。"

"岂止担当得起来,可以毫不夸张地说,他的能力是绰绰有余的。"

"他的确很精明,心肠又好,人们都很喜欢他。"

"只是他过于精明了。"

"过于精明,这是什么意思?"

胡俊玉迟疑了一下说道:"我只是随便说说。我想,精明当然是优点,但有时……也会带来祸患。"

"你说什么? ——哎呀,真是笨蛋!"

"笨蛋?"

牡丹回头微微一笑说道:"我是说那 5 个打靶的人,他们的子弹全打飞了!"

"是啊,和那达木德比,这些人的枪法就太差劲了。"

"你刚才说,精明也会带来祸患?"

"对,我的确这样想。"

"我不明白。比如那达木德……"

"我指的就是那达木德。他精明、耿直、认真,而亲王却有主见、固执、专断,你想,这样两个人如何合作得起来呢?"

---

① 即骁骑校。

"那达木德不仅仅是个梅伦吗？在亲王面前,他只是个奴仆。"

"问题就在这儿。权柄在亲王手里,而那达木德不会甘心做一个俯仰由人的木偶,这两个人一旦有了分歧,那达木德就可能做出蔑视亲王权威的事,特别是他手里掌握兵权。"

"你说的也许有道理。看来,他还是不当这个梅伦的好。"

"不过,如果有人能劝劝他……"

"你的意思是让我……"

"我只是替他担心。"

"那好吧,我试试看。我也正好想去他家拜访,他的第二个妻子也许早给他生下个胖娃娃了。——天哪,你看呀,又是一群窝囊废,5 个人打了 60 环!"

"真是的,太没看头了。我们还是到车里去坐吧。"

牡丹没有响应胡俊玉的提议,却伸手从他的腰间拔出盒子枪,跳下踏板。

胡俊玉骇然喊道:"牡丹! 你要干什么?"

牡丹头也不回地说:"我要让那些兵痞见识见识。"

"你等一等!"

"别管我!"

牡丹说着,几步走到围观者的背后,伸手拨开第一个挡住她去路的人,不容反驳地轻声喝道:"躲开,让我过去!"

陡然听到一个女人的坚定而固执的声音,人们以为发生了什么事,一边回过头来,一边赶紧地当然也是不大情愿地闪出一个窄窄的空当儿。牡丹走过这个空当儿时,感到无数双眼睛在向她攒射,听到了一阵阵怪异的唏嘘之声。对于这些,她毫不在意,径直走到打靶台,把一个刚刚站到射击位置的士兵不由分说地推到一边。

人们霎时全惊呆了,谁也猜测不出,究竟从什么地方突然降下这样一位衣着华丽,头上和手上以及胸前都闪着珠光宝气的天仙一样的少女。谁也猜测不出,她究竟要干什么,她手上拿的是普通的盒子枪还是可以毁掉世界的法宝。准备射击的 5 个士兵,提着枪,扭着脖颈,一动不动地站在原地,好像他们一直是这样站着,而且就这样站到永远。在打靶台后面拿着小旗的骁骑校哈斯敖其尔更是不知所措,忘了自己是在指挥调度,忘了应该喝退眼前这个胆大包天的少女,至少问问她为什么闯进靶场。就连那达木德和检阅台上的那木济勒色楞亲王也惊疑地站起来,抻起脖子,不知该下一道什么样的命令。

总之,几乎所有在场的人都瞠目结舌地一动不动。他们的视线全都汇集到牡丹身上,那样子,就好像等着这个非凡的女人做出非凡的举动。

时间似乎凝固了。

但是,只有靶标处的人无法看到靶场上的变化。他们照例准时举起补好枪眼的靶标,小旗也挥出可以射击的信号。

只见牡丹举起盒子枪,扣动扳机,连续打了 5 个点射。5 枪之间几乎没有间隔,听起来响成一片,就像一声枪响。

人们还来不及喘息一下,靶标也还来不及落下,那盒子枪已在牡丹的左手上又连续打出 5 颗子弹。

这一切都是一瞬间的事。

靶标落下去了。报靶的人显然被刚才的快速射击和射击者的精湛水平震惊了,似乎犹豫了一会儿。但最后,他还是如实地报出 10 枪均中靶心的成绩。

围观的牧人们从未目睹过这样出类拔萃的枪法,特别又是一位异常漂亮的少女。他们的情绪一下子变得狂热起来,谁也不再想深究这个少女的来历,只想采取一种激烈的方式来表示此刻的兴奋心情。因此,都不约而同地跺脚拍手和疯狂地欢呼起来,巨大的声浪在草原上滚来滚去。

正处于震惊之中的哈斯敖其尔在人们的欢呼声中渐渐清醒过来,他眨了眨眼,猛然间想起一件事来。他听说,近来在洮南和公主岭一带出现了一支盗匪,首领是一个年仅十六七岁的漂亮姑娘,总是身穿红衣,绰号叫红孩儿。这个红孩儿马术超群,善使双枪,左右手均能百发百中。有一次,一个逃犯要入伙,当时盗匪们正在吃鸡蛋,红孩儿随手扔给那个逃犯一个,让他站到二十步以外,将鸡蛋顶在头上。红孩儿则右手拿着鸡蛋慢慢吃着,左手摸起盒子枪,瞄也不瞄地朝那人甩了一枪。只见鸡蛋被打得粉碎,那个人却毫发无损。那个逃犯就这样被收留了。据说,红孩儿常常用这种方法考验要入伙的人,所以她手下的人,各个都是视死如归的好汉。红孩儿的名字从此和草上飞、靠山龙一样令人胆战心惊了。

那么眼前这个少女会不会就是红孩儿呢?她长得漂亮,左右手均能百发百中,这两点都像。衣服虽不是红色,但紫色和红色也相去不远,那雪白的披肩也许是为了掩人耳目临时加上的。如此看来,她肯定就是遐迩闻名的红孩儿,肯定是听说达尔罕亲王旗比武特意来抢夺枪支的,她的凶恶的部下也肯定隐藏在四周,正准备朝这里进攻呢。

想到这里,哈斯敖其尔下意识地向四外瞅了瞅。但是,他毕竟是打靶的指挥和调度,又身为骁骑校,可不能临阵退缩。因而,他壮了壮胆子,扔掉小旗,从怀里抽出盒子枪,几步蹿到牡丹跟前,将枪口抵到牡丹的胸前,克制不住哆嗦地喝问道:"红孩儿,你要干什么?"

他这么一问,其他人也都警觉起来,刷的一声把枪全朝着牡丹举起来。

这时,好不容易挤进来的胡俊玉早已吓出一身冷汗,他知道牡丹闯了祸,他不出面是不行了。所以,他不顾一切地冲过去,劈手夺过哈斯敖其尔的枪,又夺过牡丹手里的枪,然后护在牡丹的前面,对怒不可遏的哈斯敖其尔说道:"她不是什么红孩儿。"说完,把自己的枪插入套内,把对方的枪扔了回去,然后抱怨地看了牡丹一眼,挽住她的胳臂想马上离开这里。看到胡俊玉的笔挺的军装和他在枪口威逼下毫不胆怯的样子,人们猜出此人肯定是镇威军的军官,而且身份一定不低,所以,一下子又都不知该怎么办才好了。

"等一等!想这样溜走吗?"随着一个不太高却异常严厉的声音,那达木德快步走了过来。他站到胡俊玉对面,问道:"你们是什么人,胆敢到靶场捣乱?"说到这里,他突然一怔,惊喜地抓过胡俊玉的手,"这不是子瑾吗?"

"是我。你好吗,孟兄①?"

"早听说你当了军官,却一直没有机会去祝贺。那么这位……"那达木德说着,疑惑地看着牡丹,眼睛又是一亮,拍手笑道:"天哪,这可不正是牡丹!牡丹小妹,这么大了,而且,越发漂亮了!"

"四哥!"牡丹娇羞地叫道,垂下红红的脸颊。

"你的枪法可真是……连我也自愧不如呀!"

牡丹不好意思地说:"我只是胡乱打着玩。"

"可我却真吓了一跳。你干吗要开这么个可怕的玩笑?"

"你的部下太不中用了。"

"唉,这也不能全怪他们。旗内军费不敷,他们很少有实弹演习的机会。

---

① 嘎达梅林的姓氏为莫勒特图,汉音译为孟,汉名为孟青山,故有是称。

不过，咱们别在这儿说话了。——哈斯敖其尔，这是我的朋友，不碍事的，继续打下去吧。"那达木德说完，一手拉着胡俊玉，一手拉着牡丹，朝总指挥的桌子处走去，并不停地问这问那。

这时，王祥林正好跑了过来。不用说，一定是亲王让他来问问到底发生了什么事。他一眼认出了胡俊玉。

"原来是胡先生！"王祥林喘息着说，并放心地微微一笑，准备伸出手去。

那达木德没给王祥林同胡俊玉亲近的机会，很快地说道："请代我禀告亲王殿下，我马上带胡先生和牡丹前去拜见。刚才发生的事情，我会当面解释的。"

4

一年以后,当牡丹回忆起这次故乡之行的某些情节时,依然觉得好笑。最令她忍俊不禁的,当然是那位风流俊俏的朱尔吉特福晋未获报偿的多情了。她常常从不同角度、以不同方式拿这件事和胡俊玉开玩笑,弄得这个美男子又高兴又不好意思地烧出个关公脸。

"你还记得去年到我家乡的事吗?"有一次,他们走马归来,经过一条枝叶披拂的林间小径时,牡丹这样问道。问完后,她扬起绯红的脸,紧抿着嘴唇,故意做出认真的样子,注视着胡俊玉。

由于小径很窄,他们又是并排走着,两匹马挨得很近,黄铜马镫时常碰在一起,发出悦耳的铿锵声。在这种时候,胡俊玉总是把缰绳挂在鞍鞯上,左手搂着牡丹的肩膀,右手不住地撩起垂挂在眼前的柳枝,以保护牡丹的脸不至受到侵扰。当他听到牡丹问话,又看到那火热的深情的眼眸时,便激动地回答道:"和你在一起的事情怎能忘记? 那是我幸福快乐的真正开始!"

"我问的不是你和我在一起的事。"牡丹刚说完,脸上就立刻烧起了大火。因为她随即意识到,胡俊玉的话,说的是他们去科尔沁草原回程时,在奔驰的马车里演出的一幕。当时的牡丹,的确有如置身梦境或者是沉入无边无际的热海而不能自拔了。她的理智再也管束不了汹涌的感情了。她的言行几乎失去了意识的指挥,完全听凭一股外来的无形而巨大的力量摆布,这是一种推动力,也是一种吸引力,这力量全部来自胡俊玉。是的,胡俊玉爱她爱得那么执着,那么专一,连一条可能动摇这种爱的极微小的缝隙都没有。他又那么聪明机敏,谈吐风雅,举止落落大方,连牡丹最敬佩的那达木德哥哥对他也很叹服。他又那么善良和慷慨,看到爸爸生活不太宽裕,临行前还从王府借了一千银圆送去,让爸爸和妈妈颐养天年。这样一个连年轻的福晋都垂涎的美男子,身上又具备那么多高贵的品质,不正是一个真正完

牡
丹
夫
人

28

美的男人形象吗？而这个男人又恰恰是她牡丹的未婚夫，她怎能不感到骄傲，不感到快乐呢？同时，她爱这个人，无比强烈地爱这个人，有她在，谁也休想夺去这个人！在这个感受到爱也感受到被爱的甜蜜而幸福的时刻，她不想再掩饰和压抑自己的感情了。她泪眼模糊地看着胡俊玉，突然说了一句"你真好"，便伏在对方的肩膀上激烈地抽泣起来。一开始，胡俊玉有点儿不知所措，但一刹那后，他明白了这个可爱少女的心理发生的可喜变化，在一阵巨大的快乐浪涛冲击之后，他确信，此刻以一个热烈的拥抱和一个热烈的长吻是使牡丹平静下来的唯一办法。这是开始，却远远不是结束。从此以后，牡丹不再拒绝胡俊玉的有节制的拥抱和亲吻了。

在一瞬间想起上面的情景后，牡丹咬着嘴唇娇嗔地说道："你真坏！就记住那件事了！"

胡俊玉微笑道："那你指的是什么呢？"

牡丹掠了掠落在前额的头发，调皮地看着胡俊玉说道：

"你猜猜。"

"你的谜语总是很难猜破的。"

"我问你，你还敢去达尔罕亲王府吗？"

"有什么不敢？这怕什么？"

"你现在当然敢去。"

"现在？什么意思？"

"你装傻。"

"我真的不明白，别把我往闷葫芦里装了。"

"那我就告诉你吧。你说你敢去王府，是因为亲王和福晋又都回到了奉天。"

"天哪！"胡俊玉红着脸，拍手笑道，"你绕来绕去，又绕到福晋身上了。你比我还坏。"

牡丹竭力绷着脸，模仿着朱尔吉特的表情和声音说道："胡先生此来，和王爷之间有正事要谈。王爷正在沐浴更衣，少说也需一两个钟头才能出来。而牡丹姑娘嘛，一定想尽快见到爸爸。所以嘛，牡丹姑娘无须在这里拘束地坐着，让胡先生自己在这里等，你就先走好了。我在王爷面前替你解释，他不会怪罪的。"

胡俊玉也忍着笑，清了清嗓，学着当时说话的样子。

"谢谢福晋的关照。我想,今天王爷一定累了,我明天再来拜见。而且,我很想和牡丹一起去看望爸爸。"

"好了,到了这里,就一切听我的安排好了。我不会让你和牡丹姑娘分开太久的。——来人!派车送牡丹去仁钦扎木苏家,就便带上9只羊和一坛酒。"

牡丹说到这里,再也忍不住,扑哧一声笑了起来。

胡俊玉也在笑声中说道:"9只羊,一坛酒!……真是一位慷慨的福晋。"

"你当晚真该住在王府。"

胡俊玉止住笑说道:"你在说什么哪?"

"你辜负了福晋的一片……情意。"

"你再这么说,我可真要生气了。"

"我倒很想看看你生气时是个什么样。"

"遗憾的是,在你面前我怎么也生不起来气。不过说真的,我很替王爷担心,娶这么个女人,迟早要败坏他的声誉的。"

"那你以后就别让那个人见到。"

"谁? 别让谁见到?"

"福晋呀。谁让你那么讨人喜欢了。"

"天哪,你以为我会干出见不得人的事吗? 你可知道,你当时被送走后,我在福晋面前真是如坐针毡啊!"

"所以你很快就跑了出来。"

"是的。我无论是独处,还是同别的女人在一起,总感到你在我身边。我不允许自己有对不起你的举动,哪怕刹那间产生这样的想法,也是不可饶恕的罪过。想,我如何忍受得了福晋的那种让我浑身起鸡皮疙瘩的热情啊!"

"其实,我当时对这些是很不在意的。你就是留在王府一个月,我也不会恼恨。"

"什么! 你竟是这样想吗?"

"是的。可现在……"

"现在怎么样?"

"现在,要是有人敢当着我的面向你调情,我就掐死她! 撕碎她!"牡丹说着,眼里涌出一汪泪水。

"牡丹!"胡俊玉激动而深情地叫道,用力把牡丹搂在怀里,在她发烫的嘴唇上接了个长吻。然后如同梦境般地在牡丹耳边喃喃说道:"我一辈子只爱你一个。"

牡丹睁开泪眼,看着胡俊玉说道:"我担心有人会把你从我身边夺走……"

"不会的,永远不会。相信我吧,牡丹。我们结婚的日子快到了,此后,什么力量也休想把我们拆散!我的整个生命都是你的。相信我吧,牡丹!"

"我相信。"牡丹动情地说道:"谁想夺走你,我就和她拼了!"说完,她破涕为笑了。

"我发誓,我永远不会爱上别的女人。我也发誓,有谁夺去你,我就杀死他!"

他们就这样,互相搂着,并辔缓行,不断地发着誓,不断地流泪,不断地欢笑,这当中所有短暂的间隔,都用热吻来填补。当他们终于走出了林间小径,踏上宽阔的官道时,理所当然地要抖起缰绳,用纵马飞奔来显示他们此刻巨大的欢快心情了。

几乎所有达到热恋程度的情侣,在他们热恋之前都有一段艰难的历程。胡俊玉和牡丹也是这样。在他们初识,也就是确定未来夫妻关系的那一天开始,此后整整三年的时间,可以说是在难挨的岁月中度过的。对于胡俊玉,那是在猜疑和惶惑中的焦灼等待;对于牡丹,则是无意和茫然中的强制酝酿。三年后,一个偶然的机会促成他们同车而坐的科尔沁草原之行,由于爱神和马车的合谋,把他们引向了爱情的门口。但这对他们的心灵弦索只是一次有力的拨动,发出一声震响和回声而已,还不能奏出一曲热情奔放的情歌。只是当他们坐上回程的马车时,牡丹心甘情愿地解除了少女的自持和种种疑虑,完全自觉和自动地点燃了感情的火焰,才使他们的热恋真正开始了。而到了眼下,经过他们无数次的爱情的演习,成就了一对默契的爱侣,他们的热恋也终于达到了不可遏止的汹涌澎湃的高潮了。

这个高潮的到来也许迟了些,对胡俊玉尤其如此。如果这个高潮不是现在,而是三年前、两年前的话,他所获得的绝不会仅仅是拥抱和接吻,牡丹早就撤掉最后一道防线了。而作为一个 26 岁的男人,理应有一个小生命在膝前跑来跑去了。但他并不遗憾和后悔,因为他毕竟在牡丹面前塑造了一个言而有信的真正的男子汉形象,他所付出的代价,终于可以得到报偿了。

那么,这个高潮来得太迟,对牡丹是祸是福呢? 这在眼下还无法预测。

但有一点可以肯定,牡丹像胡俊玉一样高兴,而且不掺杂一丝一毫的心灵的不安。她感到世上的女人,顶数她幸福。除了胡俊玉,她什么都可以不要;为了胡俊玉,她什么苦都愿意受。同时,她也很佩服自己,因为她到底保留住了少女的节操,可以在那最快乐一刻到来时,毫无愧色地去交换胡俊玉的童贞了。

不过,这种心灵上的爱情语言的喧哗,不得不暂时收敛一些了。因为随着婚礼那一天的迫近,他们必须把大部分精力放在筹备工作上。他们决心把婚礼办得富丽堂皇,让熟识的和不熟识的人都大吃一惊。

对于他们的婚事,张学良一直很关注,几次派人来询问筹备情况以及有什么需要他帮助的事情。还特意从北京买来了贺礼,提前送到小河沿喜气洋洋的小公馆里。这使胡俊玉一家四口人都深受感动。唔,对了,在这里还应补充一笔,就是胡俊玉的年近花甲的母亲早已赞同了这门亲事,而且越来越喜欢牡丹了,她逢人便讲,怎么也没想到,这个蒙古姑娘不仅长得出奇地漂亮,还非常温顺,非常本分,是一个正派姑娘,配得上自己的儿子。所以,她和待字闺中的女儿月兰,都为婚礼操了不少心,出了不少力。这就更增加了婚礼前的喜悦和谐的气氛。

总之,胡俊玉和牡丹已没有什么感到不满足的了。他们发出了请帖,剩下来便是等待鼓乐喧鸣、五彩缤纷的婚礼和羞对红灯、笑脱青衫的洞房花烛了。

然而,谁也没有料到,在婚礼前 5 天,那达木德的一次拜访,彻底击碎了这一对恋人的美梦。从此,结成了一对不共戴天的仇人,成就了两位顶天立地的英雄。

那是一个下午,胡俊玉送走了一批赠送贺仪的同事,精疲力尽地躲进小客厅寻求片刻的休息时,妹妹跑了进来,说有一个叫那达木德的蒙古人来送贺礼,问他见不见。

听说是那达木德来了,胡俊玉精神为之一振,他跳起来高兴地说道:“当然见。小妹,快把他请到小客厅来。还要烦你到后边,叫人准备酒菜,我要陪那达木德好好喝一场。”

不大一会儿,小妹就把那达木德引进了小客厅。

“孟兄,你好!”胡俊玉热情地打着招呼,快步走上前来。

“我提前来祝贺你们。恭喜了!”

胡俊玉含笑说道:"谢谢,谢谢。"并顺手接过那达木德手中的贺礼,放在桌子上,然后紧紧握住了那达木德的又大又结实的双手,"你能来,我就非常高兴了,为什么要如此破费呢?"

"这不是我的贺礼。仁钦扎木苏老爹不能来参加婚礼,他叫我把四套新衣和五百银圆带来。他说,作为陪嫁,这是太菲薄了,请你谅解。"

"对他,这更是多此一举。早就是一家人了,何须如此拘于礼仪。他的日子并不富裕,我是知道的。"

"不管多少,总该有陪嫁才是。——这里,"那达木德说着,从怀里摸出一个红布包,双手递过去,"是我送给牡丹妹妹的一对玉石镯子。礼物是太轻了,请笑纳。"

"你想得太周到了。"胡俊玉接过红布包,顺手打开,托出一对光洁而润泽的异常名贵的玉石镯子,脸上露出赞赏和感动的表情,"孟兄,你这份礼是太重了。我替牡丹感谢你。——小妹,去把牡丹喊来,她要见到这副手镯,会高兴得跳起来的!"

"不,等一等。"那达木德扬手制止住月兰,"请先别告诉牡丹说我来了,我想同令兄单独谈谈。我想你们兄妹不会介意吧?"

"当然。——小妹,你先去吧。"

月兰不解地看了看始终未露笑容的身材高大、长着络腮胡子的那达木德,又盯了显得有点疑惑的胡俊玉一眼,这才满腹狐疑地退了出去,随手将门轻轻带上。

胡俊玉扫了一眼关合的房门,对那达木德伸手让道:"请坐下谈。"

"我只有几句话。而且,我必须在天黑前去拜见亲王殿下。我们就站着说吧。"

"也好。有何指教,就请照直说,我洗耳恭听。"

"不是指教,而是请教,或者是劝告。"

胡俊玉迷惘地看着那达木德,轻轻耸了耸肩,没有说话。

那达木德环顾了一下小客厅的陈设,问道:"你和牡丹结婚后,准备继续住在这里吗?"

"是的。只要这幢房子的使用权仍旧属于我。不过,你为什么会提出这么个奇怪的问题呢?"

"我以为你会舍弃这所住宅。"

"为什么？它对我不吉利吗？"

"它对你们的确不吉利。"

"我们？包括牡丹？"

"包括牡丹。我原来猜想，你早就意识到了这一点。"

"不，没有。而且，我实在不明白……"

"你心里明白，只是不愿承认它。其实，当你成为这所住宅主人的最初一刻，你就非常清楚地认识到，它对你将是一条锁链，一座魔宫，最终要把你带进不能自拔的窘境。"

"你的话耸人听闻，又异常费解。至少是毫无道理的。"

"你真的不明白？"

"说心里话，我……不明白。也许是我太迟钝了，太蠢了，听不出你这些哑谜的弦外之音。"

"那是因为你被眼前的豪华辉煌的气象以及欢快喜庆的氛围迷住了双眼，使你不能也不愿平心静气地回顾一下你以往走过的道路。"

"以往走过的道路！你这指的什么？"

"看到你惊惶的表情，说明你开始明白我的话了。"

"我不是惊惶，而是惊讶。孟兄，你这是怎么了？你是个爽快人，说话从不绕弯子，今天为什么如此闪烁其词，让我堕入五里雾中呢？"

"我已经说得再明白不过了。我看我们还是回到谈话的起点吧。我劝你在婚礼后尽快离开这所住宅，去你的家乡或者科尔沁草原定居，过你们和乐安稳的日子。这是为了牡丹，也是为了你，更是为了你们两人的白头到老。"

"你是说眼下风云变幻，让我脱离军界？"

"子瑾！"那达木德叫道，显然对胡俊玉的态度很生气，"你在有意回避我的问题！你根本不是军界人物！张学良赏你一个军职，也并非让你带兵打仗，而是让你以军人身份去为他占据蒙荒服务。"

看到那达木德咄咄逼人的注视，胡俊玉已感到心惊肉跳，再听到上面一针见血的话，更觉得有如五雷轰顶，一时竟不知所措了。过了好一会儿，他才咽咽唾沫润泽了一下干燥的喉咙，费劲儿地说道："你这话……怎么讲？"

那达木德迟疑了片刻，突然问道："你去年秋天到科尔沁草原的真正使命是什么？"

"真正的使命？……真正的使命……"胡俊玉神情恍惚地喃喃说道，好像在努力想着什么。渐渐地，他终于恢复到沉静的常态了，因为他听出，那达木德指的是那件刚刚开始的事情，对他还构不成威胁。所以他微微一笑，缓缓地说下去，"唔，我明白了。你指的原来是去年秋天那件事。看来，你已经全知道了，对吗，孟兄？"

"我还不敢说知道了全部细节，但我推测出，在这件事上，你陷得还不深。"

"所以你想挽救我？"

"是的。你必须彻底摆脱张学良对你的束缚，你在这所住宅多待一天，捆在你身上的锁链就会收紧一段，你留给未来的痛苦就会增加一分。"

"不过，你为什么对我如此关切呢？"

"因为你曾经给我留下过美好的印象，因为你就要成为蒙古人的姑爷了，我不希望你的后半生被蒙古人的唾骂所包围；而这种唾骂，肯定也会落在无辜的牡丹妹妹头上。难道你愿意这样吗？"

"我不愿意……我很感谢你的盛情。但有一点我不理解，你为什么对开垦蒙荒这样反感，在我看来，它危及不到你的利益。"

"它危及的是科尔沁草原，是科尔沁草原上所有蒙古人的利益！"

"你的确有高贵的心灵，但你的心灵再高贵，也无法阻挡历史的脚步。——唔，孟兄，请听我说完。——我是想说，一个人光有良好的愿望是不够的，有时必须违心地顺应历史潮流，虽然这是很痛苦的。你知道，现今昌图、康平、法库一带，原来也是'天苍苍，野茫茫，风吹草低见牛羊'的牧场，但是道光帝一道'借地养民'的圣旨，那里就很快变成了万顷良田。从那时到现在，还不到一百年，有多少荒原被开垦了起来？！科尔沁草原的命运，也必然如此。你为什么看不到这个趋势而要演一出螳臂当车的悲剧呢？"

"看来，你对一百年来蒙地横遭掠夺的历史很清楚，那就更应该知道每次放垦的背景。据我所知，无论是道光、同治的'借地养民'，还是光绪、宣统的'移民实边'，抑或是眼前的所谓'屯垦'，都是为了聚敛银两，而且是以牺牲蒙古人的利益为前提的。难道为了弥补国库空虚甚至为了纵情挥霍，就要剥夺蒙古人的衣食之源吗？这太不公平了，理所当然要遭到广大蒙古人的反对。"

"然而事实上，蒙荒的放垦一直没有停止过。"

"你以为这就是潮流和趋势吗？不！这是强权和压迫。这是河水的泛滥，是野兽的横冲直撞。但是，洪水也好，野兽也好，终究有被制服的那一天。真正的潮流和趋势在土地的主人这一边！"

"土地的主人？这只是一句空话而已。"

"以前是，但不能永远是。"

"至少目前还不是。据我所知，那木济勒色楞亲王对放垦并不持坚决反对的态度。"

"那是因为他眼下还认识不到放垦蒙地对他本人也将是灾难。而且，还因为你和张学良手中握有他金额巨大的债券，逼他走向出卖土地的绝境，我看得出来，这是蓄谋已久的。张作霖也好，张学良也罢，都不满足于手中的兵权。他们要做军阀加地主的双料土皇帝。他们需要你这样的人，你也恰恰甘心充当了为虎作伥的角色！"

"孟兄，你太激动了，所以说出这么多对亲王、大帅和少帅不恭的话来，我能理解你此刻的心情。我看，我们别争论下去了，这毫无意义。我们今天争论得面红耳赤，明天还得去做我们命中注定要做的事情。"

"那么说，我刚才说的这些话，对你丝毫没起作用，你仍要继续替张学良卖命？"

"孟兄，我们都不属于自己，我们的言行必须听从别人意志的指挥。"

"你为什么不去做自己的主人呢？"

"做不到，孟兄。你也做不到。比如说，那木济勒色楞亲王给你下的命令，你能违背吗？"

"那要看什么事情，如果……"

"而且，就算我听从你的劝告，不再进行你所耿耿于怀的那件事，可照样会有别人去干，甚至不会如我这样瞻前顾后。难道你能挨个去劝说吗？"

"我并不期望所有人都不这么干，总有人要助纣为虐的。我只是希望，这么干的人不是你。假如换上别人，我也绝不会浪费精力去劝说，而是身怀利刃，刺穿他的胸膛，给那些想步他后尘的人一个教训！"

"我能理解，你很看重我们之间的情谊。"

"你说对了。当我听说……那个曾经给不少人带来不幸的事件，是你一手造成的时候，我是多么痛苦！我不愿相信，不敢相信，我强迫自己不相信。我在心里狂喊：不！这绝不是胡俊玉！可是，不管我怎样努力，还是否定不

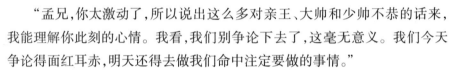

了正是你夺走了牡丹爸爸牧场这个事实。……"听了那达木德的话,胡俊玉的头像被千斤重锤猛击一下,再也站立不稳。他只觉得眼前涌出一片雾,觉得脚下的地板在塌陷。他恐惧地瞪着那达木德,抖动着惨白的嘴唇,一句话也说不出来。而那达木德的宣判一样的声音却还在继续袭进他的耳郭。

"你以为做得天衣无缝,你以为时间会抹掉那些蛛丝马迹,可是……"

"孟兄,"胡俊玉艰难地呻吟道,"原来你……全知道。"

"遗憾的是,我知道得太晚了,太晚了!我本不想在今天提起这件事,甚至永远不提它。可是,你在逼着我,在逼着我提起它……"

"不要说了!求求你,别说了。"胡俊玉哀求道,像身受重伤一样,颓然跌坐到沙发里,双手紧紧捂住了眼睛,凄惨地叫道,"天哪!……"

"不。既然开了头,就让我说完吧。你受王老太太之命,潜入科尔沁草原,用重金贿赂了韩舍旺和王祥林,再由王祥林买通扎木苏大叔的牧人,让他们把畜群赶进王老太太的高粱地,你暗地里派人把畜群扣下。等到逼得扎木苏大叔走投无路,你才以一个几乎是局外人的身份去收拾残局。请问,这是不是事实?你是不是还想让我讲得更详细些?"

"不!孟兄,这已经够了,你说的全是……事实。"胡俊玉没有改变受审者的可怜姿态,费力地说道。稍停片刻,他抬起头,像尽力挣扎一样说道:"可是孟兄,我当时很快就意识到自己办了一件错事,并竭尽全力去补救呀!……"

"那是因为你爱上了牡丹。"

"我是真心地爱她呀!"

"看得出来,你确实真心爱她。否则,以当时的情况,你只要一句话,就可以把她夺去,根本用不着归还一半牲畜又赠送三千银圆。后来,你也一直对她很好。这一切,都证明你还不是那种良心泯灭的恶棍,所以,当我听说是你干了那件不光彩的事后,才仅仅是动摇了一下而不是彻底毁掉了你给我留下的美好形象。"

"可是,孟兄,这件事……"

"你可以放心,对哈斯敖其尔……"

"哈斯敖其尔?"

"他当年曾协同王祥林为你那件事出过力,事情的经过他了如指掌,至今记忆犹新。因为看出我这个梅伦职位能坐得牢,便把你和王祥林的事情向我和盘托出了。但我已花了足够的钱,使他保证对此事守口如瓶。"

"那么说,牡丹的爸爸还……不知道这件事的底蕴?"

"能披露这件事的只有我和哈斯敖其尔,而我和哈斯敖其尔都不会去披露它。仁钦扎木苏总是笑着向人们夸奖他的好女婿,牡丹也因为有一个出色的丈夫而沉浸在幸福之中,我不忍心击碎他们的快乐心情。我也发现,你们爱得很深。我不希望你们未来的生活,因为这件陈迹罩上可怕的阴影,那会使你们都陷入痛苦的。"

"孟兄!"胡俊玉感动而热烈地说道,"你救了我。我一辈子也不会忘记你的恩义的!"

"不过话说回来,你必须立即改弦易辙,不再参与对蒙古人不利的事情。"

"孟兄!……"

"听我说完。你在婚礼后,一定要尽快离开这所可能会给你带来罪恶的住宅,回到你的家乡或者科尔沁草原。如果你选择了科尔沁草原,就不必担心你们全家的衣食住行,我们会让你们过得美满和无忧无虑。我并不要求你现在就做出决定。何去何从,你还有充足时间深思熟虑。再说,你还须打起精神,准备婚礼,让牡丹妹妹和你一起,高高兴兴迎来你们生活中最重要的时刻。"

"谢谢你的指教,孟兄。可是,孟兄……就算我接受了你的提议,也仍旧阻止不了你们草原最终要被开垦起来呀。"

"这个结论下得还太早。而且,我们不能坐以待毙。不奋起抗争,我们就完了。"那达木德说着,打了一个哈欠,眼睛里的光辉也渐渐暗淡下去,"好了,我必须立即去见亲王和福晋。我在这里耽搁得太久了。"

这时,门外传进来一阵响动。胡俊玉问道:"谁在外面?"但却无人回答。他走过去打开门,四外看了看。

那达木德问道:"有人听我们的谈话?"

"不。"胡俊玉说道,随手关上门,"也许是那只淘气的花猫。"他说着,又走到那达木德面前,"孟兄,看样子你很疲劳。是不是在我这里歇一个晚上?至少吃完晚饭再去。"

"不。谢谢。我的时间不多。"那达木德显得无精打采地说道,克制不住地又重重打了个哈欠。接着,他赧颜地瞟了胡俊玉一眼,犹犹豫豫地把手探

入怀里,摸索了好一阵。最后,他一无所获地垂下空空如也的手,脸上露出迷惑而沮丧的神色,嘟嘟囔囔地骂道:"真他妈活见鬼!"

"你丢了什么东西?"

那达木德迟疑了一下,似乎是万不得已地轻声说道:

"芙蓉膏。"

"芙蓉膏! 天哪,你在吸鸦片?"

"已经上瘾了。真倒霉。"

"吸多久了?"

"半年。这都怪该死的王祥林和哈斯敖其尔。"

"你怎么能受他们引诱? 快戒掉吧,孟兄。否则,你会毁了自己!"

那达木德叹口气说道:"谈何容易。——不过,你这儿有吗? 先……借给我一点儿。"

"让我帮助你自杀?"

"我也准备戒掉。可今天……先帮我一次忙吧。我总不能在王爷和福晋面前萎靡不振和老打哈欠啊。"

"唉,你呀!"胡俊玉怜悯而抱怨地说道,思忖了片刻,到底还是摇着头走到柜子跟前,拿出一包鸦片,揪下一块,回身塞到那达木德手里,"这是烟土,好像需要烧一烧。"

"就这样也能对付。"那达木德一边说,一边咬下一块咽了下去,剩下的一些小心翼翼地揣入怀里,"谢谢你。"

"这是王祥林托我买的,赶巧他还没来拿。我都送给你也舍得,但我不想那样做。"

"这就足够了。"

"我劝你,孟兄,今天用一次,明天就下决心戒掉吧! 等到你倾家荡产和骨瘦如柴再后悔就晚了。"

"试试看吧,我也知道这不是好东西。"

"你真是那么急于见到王爷吗?"

"是的。我要在夜里踏上归程,儿子一人在家,我不放心。"

"嫂夫人到底给你生了个儿子?"

"她? 哼,没用的娘儿们。我们早就离婚了。"

"那么……"

"子瑾,我今天没时间讲这些家事了。一会儿,我就进不了王爷的大门了。好了,子瑾,让我最后再重复一句,希望你在婚礼后,明智而准确地选好生活的新起点。我在草原等着你们。再见。"那达木德说完,径直走出小客厅,留下了忧心忡忡的胡俊玉。

牡
丹
夫
人

5

　　那达木德匆匆离去后,胡俊玉骤然间觉得体内残存的力量已飞散得精光,他瘫痪般跌落在沙发里,再也站不起来了。他将昏沉沉的头枕在沙发靠背上,微闭浸满泪水的双眼,苦苦思索起来。对于他,确实面临着一次艰难的关系到后半生命运的抉择。他心里十分清楚,虽然那达木德曾保证对他5年前干的那件事秘而不宣,但假如他继续为张学良开垦科尔沁草原奔波,使达尔罕亲王旗历史上第十次出荒成为现实,那么,那达木德的这个保证就会自动失效。到那时,牡丹肯定也会知道,造成自己家道败落的那个人正是他胡俊玉,那将出现怎样可怕的局面啊!他当然不愿也决不能失去牡丹。没有牡丹,他活着有什么意义?无论是生活的乐趣,还是生命的光彩,都将和他无缘了。那么,是否只有坚决抛却眼下已获得的荣华富贵,才是唯一的途径呢?看来确实如此。可是话说回来,他业已获得的一切以及正在奋力争取的更加辉煌的未来,不正是为牡丹准备的吗?舍掉这些,又怎能使牡丹过得快乐和无忧无虑呢?他挽着牡丹骄傲地参加舞会和出入豪门,不是只能成为梦幻中的情景了吗?是的,问题就是如此简单,要么忍痛割爱,及早和牡丹分手;要么忘恩负义,尽快摆脱张学良的枷锁。二者必居其一。然而这问题又出奇地复杂。他眼前一出现牡丹的笑脸,准伴随着张学良威逼的眼睛;他试着只保留张学良的赞许,却又必然袭入牡丹的哀怨。二者互不相让,顽固地交织在一起,最后竟幻化成一个畸形的可怖的魔影,使他骇然地直想大声喊叫起来。

　　胡俊玉就这样,在残酷的折磨中煎熬着,平时很沉静的脑海被搅得一片混沌。直到守门人轻轻走进来,向他递上一枚名帖,告诉他那木济勒色楞亲王派"高士格"①来请他,有要事相商,他才像梦中惊醒一样,睁开眼睛,并骤然记起,那达木德曾说要去见亲王,看此刻天色已晚,一定是那达木德已离开亲王府邸,所以亲王要找他去商量一下对策。他思忖了一会儿,觉得不能不去,至少要弄清现在亲王态度如何。这样,他便很快站了起来,穿好外衣,心烦意乱地走了出去。

出乎胡俊玉预料的是,亲王找他并非是商量对策,而是告诉他,已经决定这两年内不打算考虑放荒一事了,甚至可能此后不再出荒。亲王提出了好几条很难反驳的理由,诸如祖宗领地不能轻易丢掉了,达尔罕亲王旗的牧场已显狭小了,以及不能让旗民失去衣食之源了,等等。最后,亲王又赧然说道:"烦请胡先生在学良面前解释一下。请他把债券日期暂缓一两年,我会想办法偿还全部本息的。"听了亲王的话,胡俊玉一开始非常惊讶,他怎么也没想到,那达木德竟能说服急等钱用的亲王,而且态度如此明确和坚决。后来,亲王无意地说到朱尔吉特福晋被韩舍旺②的夫人请去赴宴,他才恍然大悟,明白了那达木德轻易获得成功的原因。难怪王祥林曾两次神秘地告诉他,想办成放荒之事,非有福晋暗中相助不可。但是,在这惊讶和恍然大悟之后,胡俊玉并没产生理应产生的不满和忧虑,反而心头一亮,感到很高兴。因为亲王的态度使他隐约想到了一个两全其美的办法。他可以如实地将亲王的话转述给少帅,说明目前让达尔罕亲王旗大面积放荒是不合时宜的,此事须暂时放一放,等待时机成熟再进行。少帅如果同意,他就可以乘机要求做一名真正带兵打仗的军官。只要他能表现出军事才干,少帅未必还要坚持让他去做蒙荒的买卖。他相信自己是具备这方面的才干的,目前又战事频仍,少帅也需要这方面的人才。这么一来,他既不会失掉目前的地位和公馆,也不会因为和蒙荒牵连而失掉牡丹的欢心和爱情。经过这么一番思索,胡俊玉的满腹忧虑倏然间雪化冰消,心情变得明朗而清爽了。甚至当亲王向他发出共进夜餐的邀请时,也没像往常那样客套一番,而且打破了从来不过量饮酒的惯例,喝得酩酊大醉,竟至不知道在什么时候和怎么样躺到亲王专为客人下榻准备的钢丝床上的。等他醒来时,已是第二天清晨了。

---

　　① 即侍从、马弁。

　　② 韩舍旺是达尔罕亲王旗印务扎兰兼荒务局主任、奉天蒙汉交易委员会会长、辽宁省公署咨议。系朱尔吉特福晋的亲信和出荒卖地的得力干将。

为了尽快见到张学良,他忍着头痛,挣扎着跳下床来,既没用早点,也没有回家,只是随便洗了两把脸,便匆匆走出客房,乘上马车直奔帅府了。

然而,胡俊玉万万没想到,在他见到张学良的一刹那,他昨天晚上面对亲王在自己心里设计的美好图景,就当即化作泡影了。事实上,张学良根本没有给他陈述意见的机会,一见面就说道(他当时正急匆匆地把挂着手枪的武装带系到身上):"你来得正好,可以亲自拿去你的新任命状。"

胡俊玉一惊,问道:"新任命状?"

"虽说还是营级,但不再是满天飞的参谋那样的虚职。我已经命令手下人给你拨了一营剽悍的骑兵,待你度过新婚蜜月后,就可以带领你的人马进驻辽北了。"

胡俊玉愈加骇然地说道:"科尔沁草原?"

"是的,达尔罕亲王旗。从此,你就是屯垦军营长了。有职有权,有人有枪,你能更充分地发挥自己的才干,而且可以旗鼓相当地与韩舍旺、王祥林、那达木德乃至亲王本人来往和交涉了。名义上你仍隶属于崔兴武旅,但你完全可以独立行动。"

"少帅!……"

"你不必谦让,也别说什么感激的话,对你的重用,全靠你自己的才干,而不是别的原因。"张学良说着,看了看腕上的手表,"我现在有急事要出去,不能陪你了。你是个聪明人,对你即将肩负的重任,我想,也无须我细加指点。我相信你会干得很出色的。——来人!"

随着张学良的喊声,一个男仆走进门来,毕恭毕敬地垂手立在门口。

"这位先生是我的朋友,你要用心招待,先去准备茶点。"

"是。"

"子瑾,"张学良又对胡俊玉说道,根本没注意到对方神情恍惚和目瞪口呆的样子,"你在这里稍候片刻,我顺便会叫人把任命状送来的。失陪了。"他说着,匆匆扬了一下右手,快步向外走去,到了门口,似乎突然想起了什么,又停下脚步回首问道:"唔,对了,你什么时候举行婚礼?"

胡俊玉嗓音嘶哑地回答道:"四天以后。"

"看来,我很难参加你们的婚礼了。请向牡丹转致我的歉意。祝你和牡丹新婚愉快。"

随着房门的开合,张学良威武的身影在胡俊玉眼前消失了。他怔怔地盯着仍在抖动的房门,久久地一动不动地站在那里。仆人送上茶点,又退了出去,他也未能改变一下这种如痴如呆的姿态。直到有人把任命状送到他的手中,他才猛可惊醒,确信刚才发生的一切绝非噩梦中的情景,而是真实的事情。同时他也意识到,从此,他将被张学良牢牢握进掌心而不能自拔了。他实在不敢也不愿相信,在他举行婚礼前夕张学良竟给他追加了这样一份令他望而却步的贺礼!而且,连一点点谢绝的可能性都没有。

胡俊玉真有些失魂落魄了。他在头脑里一片混乱或者说一片空蒙的状态中,有气无力地走出帅府。外面阳光很强烈,来往的行人和车辆,以及远远近近的房舍,都在闪闪发光,又似乎都交叠混杂地向一处拥挤,并不断地改变着各种奇异的形状。他感到胸口发闷,好像有什么东西堵在那里透不过气来,憋得眼睛都直冒火星。他想立即逃离眼前这个乱成一团的世界,到一个无人的安静的所在,平息一下自己同样是乱成一团的心绪。他恍如梦中地走到他的马车前。他本想一步跨进车厢,命令车夫快马加鞭,尽快把他带回小公馆,可是不知怎么,竟鬼使神差地说了一句"你先回去吧",然后就毫无目的地把自己投入到熙来攘往的人流中去了。他走了多远,时间过去了多久,碰到哪些熟人,说了些什么话,他一概记不清了。他只记得,当他疲惫不堪地走进自己小公馆的大门,奔到他面前的月兰小妹向他报告了牡丹逃跑的消息时,他曾发疯地大叫了一声。至于他如何口吐鲜血倒到地上,人们如何乱成一团、七手八脚把他抬进卧室,母亲又如何着急以及如何请医生抢救,他也只能在苏醒之后听月兰小妹去描述了。

6

那达木德在劝说那木济勒色楞亲王获得意想不到的成功后,当天夜里便兴冲冲地离开了奉天城。途中,他只在彰武略事休息,以便使坐骑补充足够的草料,然后,又马不停蹄地向北奔驰了。第二天下午,当他驰上一带岗顶勒住了坐骑时,达尔罕亲王府掩映在绿树丛中的金黄色的琉璃瓦顶已经遥遥在望了。速度真是快得出奇。

那达木德跳下马来,一面正鞍子紧肚带,一面在心里琢磨是先去王府还是先回家。最后,他决定先回家。因为临行前,他已把军务暂时托付给王祥林了,明天去交割还不算迟,而且,以王祥林对亲王和福晋的耿耿忠心,他是无须挂虑的。对自己的家,他却感到牵肠挂肚,有些放心不下。自从他休了第二个妻子,并从二哥照日喇嘛那里过继了一个儿子之后,聪明伶俐的7岁的阿木冷贵已成了他生活的全部内容,父子俩寝食与共,形影不离,比亲生父子还要亲密。这次去奉天,孩子不便携带,只好放在家中,央求二哥代为照顾。一晃四五天过去了,他心里如何不挂念,又如何能踏实得了呢?

这样,在他又翻身上马后,便毫不迟疑地扯转马头,直奔敖来毛都屯而去。傍晚,他到了家门口。

那达木德关好栅门,急匆匆卸下马鞍,把满身汗水的坐骑送进圈内,便快步走进屋去。经过幽暗的堂屋,走进掌着油灯的寝室,他一眼看见阿木冷贵正躺在被窝里,二哥照日则满面愁云地坐在炕沿上。

“你回来了?”照日冷冷地问道,慢慢站起身来。

奉天劝说的成功使那达木德一路都处于兴奋之中,眼前又见儿子安然无恙地睡在炕上,心头更是一阵甜蜜的快乐。所以,他根本没有注意照日的表情和语气,自顾欣慰而炫耀地朗声说道:“真是争分夺秒啊!连我也没想到,会这样轻易地说服了亲王。谁也预料不到的。二哥,你也不会相信的。”

刚刚进入梦乡的阿木冷贵听到那达木德洪亮的声音,猛地睁开眼,清脆地喊了一声"爸爸",腾地跳了起来。那达木德还没来得及扬起胳臂,那光溜溜、肉乎乎的可爱的小身体早已紧紧盘结到他的身上了,随即在那满是胡楂儿的脸上,感到了一个柔软而火热的亲吻。

　　"乖小子,你会感冒的。快回到被窝里去。"那达木德疼爱地嗔怪道,吻了阿木冷贵稚嫩的小脸蛋一口,把他放回到炕上,盖好被子。然后,回过头来,对沉默地站在地上的照日微微一笑:"二哥,这几天让你受累了。谢谢你。"

　　"如果只是让我受累,你就算个好弟弟了。"

　　那达木德诧异地皱眉道:"二哥,你怎么了? 你不太高兴? 是我做了什么错事?"

　　"这,你自己知道。"

　　"不,二哥,我不知道。"

　　"你先看看你这个家吧,又不是瞎子。"

　　那达木德疑惑地盯了一眼照日的带着抱怨表情的脸,然后移目到室内的陈设上,他觉得一切都正常,室内的东西都还在,虽然看得出八仙桌和柜子上的杂物的位置有些变化,但这也不足为怪。可是,当他的视线落在柜子的被撬得变了形的锁头上时,身体猝然一抖,脸色霎时惨白起来,他一步跳到柜子跟前,又猛地转过身,惊骇而恼怒地问道:"二哥! 这是怎么回事? 是胡匪、马贼①还是小偷? 是被我休掉的妻子还是什么仇人?"

　　"你猜的都不对。是王祥林。"

　　"王祥林?"那达木德愈显吃惊地说道,"他有什么权力到我家来翻箱倒柜? 他……"说到这里,他突然停下了。刹那间,他似乎已经悟出了事情的底蕴,心里不由得一阵寒栗,暗暗叫起苦来。他下意识地回头又看了一眼,那扭曲的锁头正可怜巴巴地挂在那里,证明柜子确实被撬开过。但是,他在担心和惊骇中,总还多少掺杂着一丝侥幸心理,以为王祥林撬开了锁,二哥未必能容忍他乱翻一气;就算乱翻一气,也未必把裹在皮袍里的东西翻出来。这样想着,他便向照日试探着问道:"他撬锁时,你在场吗?"

---

　　①　胡匪、马贼分别指由汉人和蒙古人组成的强盗队伍,他们常常明火执仗地行抢,不同于午夜行窃的"梁上君子"。

"从他们进来,到他们离开,我一直在屋里。"

"那么……你就眼睁睁地看着他翻我的柜子?"

"一开始,我当然不准他们撬锁。我说,你们这样随便抄家,是不合规矩的。如果我家老嘎达确有违法行为,也该等他回来按律例惩处。可王祥林不答应,他说,这是一件涉及贪污军饷的要案,本旗官员业已公议,必须立即查赃。"

"查赃……"那达木德呻吟道,声音变得有气无力,头也渐渐垂落下来,"那么,他们查去了什么?"

"现款和大烟土。他们当我面进行了清点,字据在桌子上,你自己看吧。"

"算了。"那达木德声音嘶哑地说道,泄气地挥了一下胳膊,然后咬住失去血色的嘴唇,靠到柜子上。略停片刻后,他好像自言自语地恨恨地说道:"他妈的,都怪我自己。明明知道王祥林这小子两面三刀,明明知道他眼气我手里的兵权,却偏偏鬼迷心窍,把军务委托给他。他怎么能不利用这个机会寻找我的差错呢? 他巴不得我犯下灭门之罪呢!"

"嘎达,听你的话,确实动用了军饷,是不?"

那达木德点了点头。

"看来,有人说你又开始抽大烟也是真的了。因为没有钱买烟土,就动用了军饷,是不?"

那达木德又点了点头。

"你怎么不学好啊,嘎达?! 以前你跟爸爸一起抽大烟,我就劝过你,你倒是听了我的话,不抽了。怎么现在又偷偷地抽上了? 这且不说。就算你甘心把身子骨搞垮,甘心倾家荡产,别人也无权过问,可怎么也不能贪污军饷啊! 这可是轻则削职,重则坐牢啊! 难道你不知道吗?"

"我知道,二哥。"

"知道还干这种傻事!"

"买烟土时钱不凑手,只好挪用了一些刚刚领到手的军费。原以为,等我的俸银领下来,就能补齐,再落到卫队的账目上也不迟。可哪里想到,为了牡丹,我又用去了两笔现款。……"

"牡丹? 仁钦扎木苏的女儿吗?"

"是的。"

"你呀,嘎达! 牡丹姑娘是嫁出去的人了,胡家又很富有,用得着你瞎操心吗?"

那达木德觉得不便进行解释,便叹了口气说道:"总之,挪用的太多,一时补不上,拖到现在也没能入账。没想到让王祥林钻了这个空子。"

"这怪不得王祥林。听说那笔款子是拨给你购置卫队兵的冬装的⋯⋯"

"还有马匹和弹药。"

"所以,卫队兵们也会很快知道这件事。现在是秋天了,他们的冬装还没有着落,能不问吗? 他们知道是你占用了亲王拨给的经费,也不会宽恕你的。"

"你说得对,二哥。的确是这样。我是咎由自取,怪不得任何人。"

"不管怎么说,你是触犯了刑律。要紧的是,你要及早想个应付的办法。"

"来不及了。⋯⋯ 我明天就去王府⋯⋯"

"什么! 你去投案?"

"事已至此,随他们怎么办吧。"

"要是⋯⋯把这笔钱凑齐呢?"

"凑齐? 天哪,这可不是个小数目啊!"

"数目是太大了些,全部凑齐也许很困难。我这里⋯⋯"照日说着,从怀里摸出一个钱袋,走了几步放在桌子上,"这是我的全部积蓄,送给你应应急吧。我知道还差得很多,我再去想想办法。"

"二哥,你的日子也很艰难,我怎么能用你的钱啊?"

"这种时候还说这些废话! 你毕竟是我的弟弟,只要你往后学好,不再惹事,就算对得起哥哥了。"

"二哥,你真是我的好哥哥。可是,你能有多少积蓄? 你的钱袋就是顷刻间变成两个,也还是杯水车薪。不仅救不了我,还要白白搭上你的家底,这我无论如何不答应。"

"怎么会白搭? 我仔细思量过,尽力缩小短额,至少可以减刑的。"

"这没有用,二哥。"那达木德摇头道,"他们连我的家都抄了,就肯定不会轻饶我。就是把款子全部凑齐,我也还是要担一个占用军款的罪名。莫如⋯⋯"

"罪过呀,嘎达。你说这话就不怕惹恼了佛爷,不觉得愧对你那一百多

个弟兄吗？不为减刑,单为那些辛辛苦苦的士兵能穿上过冬的衣服,也该竭尽所能更多地凑上一些款子呀!"

"那么……就让我自己破产还债吧!"

"你有破产还债的机会,但不是现在。"

"二哥的意思是……"

"听我说,嘎达。也许是佛爷指引,使你今天没先去王府。否则,你还能回家吗?这几天你就别露面了,让人们以为你还在奉天。我去找一些可靠的朋友挪借一些现款。凑得差不多了,你再带着去王府。一定要叫王祥林相信你根本没有回家。怀里揣着钱,话就好说了。要能多借一些,你或许就可以躲过这次灾难了。"

"二哥!"那达木德万分激动地抓过照日的双手,眼眶里充满了泪水,声音也颤抖了,"你什么事情都替我想到了!我听你的,照你说的办吧。等风头一过,我就是把家产全折腾掉,也要还清债务。"

"朋友的债总还是好说的。事不宜迟,我现在就得开始行动。你也吃点儿饭早些歇息吧。阿木冷贵今天受点儿惊吓,你要好好照看他。我走了。但愿佛爷保佑我们一切顺利。"

然而,无论是照日还是那达木德,都没有预料到,这次佛爷并没有保佑他们。就算佛爷有这个济人危困的善心,照日这样的穷喇嘛会有几个能大把大把捧出银圆的富朋友呢?结果,照日骑着马奔波了整整两天,七凑八凑,拢到一起,连他送给那达木德的钱袋里的数目也没达到。

哥儿俩面面相觑,心急如火,却又无可奈何。

后来,还是那达木德下了决心。他倏地站起来,把桌子上零零碎碎的钱一把推到照日面前,果断地咬牙道:"我一文钱也不拿!事到如今,就听天由命吧!"

照日重重打了个唉声,幽幽地说道:"哥哥无能啊。我本打算帮助你,可是,心有余而力不足。"

"你已经尽了最大努力。小弟一生都不会忘了哥哥的恩情的。"那达木德说到这里突然停下了,刹那后,他眼睛一亮又说下去,"二哥,我要是出去躲一躲呢,现在可还来得及?"

"嘎达!"照日跳起来喝道,脸上露出气愤和恐惧的神色,"你怎么会想出这种鬼主意?挪占了军款已经犯了法,还要躲避惩罚,不是罪上加罪吗?快把你心里的魔鬼赶出去吧!"

"二哥,你坐下。"那达木德把照日扶坐到椅子上,羞惭得满脸通红,"你别生气,是我一时鬼迷心窍,说出了这样我自己都感到羞愧的话。好汉做事好汉当,我不会允许自己干出有损名声又会给别人带来不幸的事情的。"

"这才对呀,嘎达。虽说你会遭罪,亲人会痛苦,但总比让人家在背后辱骂强些。听神佛指引,唯王爷之命是从,这才是我们蒙古人的本分。"

"我明天就去王府投案。"

"是啊,已经是山穷水尽,别无出路了。好弟弟,你也别怪罪我,刚才……我不该在这种时候对你发火。"

"二哥!"

"其实,我心灵也不干净,有罪过呀。我想凑足钱,让你躲过惩罚,也是对神佛和王爷的不忠。结果,我白跑了两天,这也是神佛的惩罚呀!"

"二哥,神佛是能看到你的好心肠的。"

"不说这些了。你明天要走,也该打点打点了。我想……嘎达,我今晚把阿木冷贵带走。"

那达木德惊道:"你说什么? 带走阿木冷贵? 他可是……"

"嘎达,我是把他过继给了你,成了你的儿子。可是,你去投案,说不定什么时候回来,让一个7岁孩子守着这个家……"

"我可以求人照看。"

"这不是三天两后晌的事,我能放心吗? 你也不能放心啊。"

"二哥!"

"就这样吧。"

"也许……你是对的。不过,明天吧。明天你再把他领回去,让我再陪他一宿吧。"

"这……"照日沉吟道,"也好。我明早来接他。"

照日说完,忧心忡忡地向外走去。

"二哥,把这些钱都拿去吧。"

"不。"照日回头道,"你带上,到了监狱,身上有钱,能少吃不少皮肉之苦。"说完,猛地转身走了,但那达木德终究看到了他脸上的两行泪水。

照日走后,那达木德怀着惜别心情,强作笑颜地陪着阿木冷贵玩耍了一阵,后来,他把阿木冷贵哄睡了,自己躺在炕上却难以成眠。他披衣下炕,挑

牡丹夫人

亮了油灯,坐在桌子旁边,喝了好一会儿闷酒。大约到了午夜,睡意终于袭上来了,不断地打哈欠,但他却不想睡,他要一整夜守在阿木冷贵身边,不眨眼地瞧着那张可爱的小脸在香甜中的微笑。他突然想起,胡俊玉送给他的烟土还没用完,便找了出来。他点燃了烟灯,吹灭了油灯,侧卧在阿木冷贵的身边,先是烧好几个烟泡,然后就着烟灯,大口大口地吸起来。一个烟泡很快抽光了,他觉得还没有过瘾,紧接着又在烟枪上装好第二个。

恰在此时,外面传来一阵马蹄声。那达木德警觉地侧耳细听,凭经验,他很有把握地判断出,这马是朝他的大门口驰来的。他来不及仔细琢磨这午夜到访的是何许人,"噗"地一口吹灭了烟灯,精神有些紧张地坐了起来。随即他又在心里暗暗嘲笑起自己,怎么会胆怯到如此地步?别说王祥林肯定不会在深夜派人抓他,就算真是王祥林他们来了,又何须如此慌张,自己不是也决定去投案吗?难道会因为抽几口大烟加重刑罚吗?他这样想着,不由得冷然一笑,披衣下地,点燃了油灯,并冷静地朝外走去。

随着马蹄声的顿然消失,那达木德听到了谨慎的叩击栅门的声音和草垛下响起的几声狗吠。他打开房门,走到院子里,喝住了老黄狗,朝栅门处问道:"谁?"

"是我。"这是一个女人的显得疲惫的声音。

那达木德听不出是哪家的女人,也无法猜出在如此漆黑的深夜来找他何干,便迟疑地停下脚步,充满戒心地连珠炮般地问道:"你是谁家的女人?深夜到我家有什么事?不好等亮天再来吗?你是不是走错了门?"

"嘎达哥哥!我是牡丹,听不出来吗?"

"牡丹妹妹!"那达木德吃惊地叫道,霎时懵懂起来,心想:明天就是牡丹和胡俊玉大喜的日子,此刻她怎么会出现在敖来毛都呢?可是,从栅门外传来的分明是牡丹的声音啊!他没有时间细想,带着疑惑和尚属朦胧的种种不祥的猜测,快步迎了上去。

片刻后,他已把身着蒙古装的疲惫不堪的牡丹领到了寝室。

7

　　那达木德本想一进屋就问问牡丹为什么在婚礼前跑了出来,以便解开心里的疑团,但见她饥渴困顿和站立不稳的令人心疼的可怜样子,便打消了这个念头,刚刚张开的嘴唇又紧紧地闭拢了。

　　牡丹却处于和那达木德截然不同的心理状态。即使那达木德不追问,她也渴望把几天来憋在心中苦于无处诉说的话,顷刻间全部倾吐出来。所以,她刚刚一踏上寝室的跳动着灯影的地面,便回过身来求救地盯着那达木德的眼睛,显得费劲儿又异常急切地说道:"嘎达哥哥,我……"

　　"牡丹妹妹,"那达木德制止道,"你先歇一会儿再说吧。"

　　"不。……"

　　"听我的话,牡丹。"那达木德不容反驳地说道,伸手把牡丹扶坐到椅子上,"我更急于听到你要讲述的一切。但是,看你累成什么样子了? 你坐在这里喘口气,平静一下。我去给你弄点儿吃的。然后,你再慢慢地跟我说。不管发生了什么事,到了我这里,你是尽可放心的。"

　　那达木德说完,拿起火柴,走到外屋去了。他很快燃起火炉,烧好了奶茶,又随手在厨子里拿出碗筷和一盘酥饼,这才又回到寝室。而此刻的牡丹,竟已靠着椅背安安稳稳地睡着了。

　　那达木德把盛着奶茶的铜壶和碗筷等轻轻放在桌子上,默默地站在那里,紧蹙着浓眉,凝视起沉睡中的牡丹。牡丹的身体大半隐在灯影里,但那达木德还是看清了在那簇新的蒙古袍上落满了灰尘;交叠着放在隆起的前胸处的小巧的双手显然已被缰绳勒破,带着未干的血迹;那张异常漂亮的细嫩的脸蛋上布满着汗渍和泪痕;乌黑的头发也似乎都黏结到了一起。那达木德忍不住轻叹了一声,心房里也产生一种爱怜、同情和悲哀的搐动。他想象得出,牡丹一定发生了巨大的不幸,而且,从那眼角处浸出的泪珠、紧闭的嘴唇的微微颤抖以及脸上的痛苦表情,他也能看得出,这个巨大的不幸,还在牡丹的梦中继续着。那达木德实在不忍心让牡丹的噩梦残酷地滞留和发展下去,决定立即唤醒她。

那达木德刚张开口,还没有发出声音来,却只见牡丹全身都像挣扎似的动起来,同时伴随着恐惧的喊声:"不——"他毛骨悚然地倒退一步,随即冲过去牢牢抓住牡丹的胳臂,一边摇晃着,一边叫道:"牡丹,你醒醒!"

牡丹猛然睁开眼,显得心有余悸和迷惘。当她终于看清眼前扶持着自己的确实是那达木德时,嘴唇一抖,用力抱住对方那只粗壮的胳臂,失声痛哭起来。

那达木德知道,牡丹已不再是当年的小姑娘,而是一个成熟的按年龄早该结婚的少女了。所以,他对眼前的场面感到手足无措和内心一阵慌乱,一时竟不知说什么才好了。

过了一会儿,牡丹稍稍平静了一些,扬起泪脸问道:"嘎达哥,我这不是做梦吧?"

"当然……不是。可是,你刚才好像确实做了一场梦。是很可怕的梦吧?"

牡丹咬着嘴唇点了点头,接着庆幸和放心地舒了一口气说道:"看来,我是真的回来了。是吗,嘎达哥?"

"回来了?你的意思是说……"

"回到草原,回到家乡了。"

"不过,你现在本应该……"

"嘎达哥。"牡丹抢过话头说道,神色又开始黯然了,"我本应该早就回来。"

那达木德觉出牡丹的手在他的胳臂上开始松动了,趁势脱身后退一步,问道:"究竟发生了什么事?——唔,对了,你该先吃点儿,一定饿坏了吧?还有你的脸,擦一擦吧。"说着,从横悬在墙间的晾绳上扯下一块潮湿的毛巾递到牡丹手中。

"我真的饿透了。"牡丹说道,凄然一笑,顺从地接过毛巾揩净了脸上和手上的污垢。然后,捧起那达木德斟好的满满一碗奶茶,咕嘟咕嘟喝个精光。由于刚才已睡了一小觉,现在又有一碗浓浓的奶茶落进辘辘饥肠,使她在途中消耗殆尽的精力又重新生发出来,周身也开始有了暖意。令她自己也感到惊讶的是,与此同时还产生一种终于抖掉包袱和找到了靠山的轻松感。这种轻松感,无疑将掩盖甚至抵消她内心的巨大痛苦,使她在回答那达木德的问题时,似乎在讲述另一个人的故事,而不是自身的遭遇。

那达木德看着牡丹的因为有了血色又变得娇艳的脸,问道:"再喝一碗吗? 要不,先吃点儿酥饼?"

牡丹摇头道:"喝得太急了,得让我歇一会儿。"

"也好。饿得久了,一下子不能吃得太多。等你再想吃时,我随时给你热吧。"

"谢谢你,嘎达哥哥。"

"那么,你现在讲讲吧,为什么逃婚。牡丹妹妹,你是逃婚吗?"

"就算是吧。"

"你和子瑾吵架了?"

"我们从来没有吵过架。"

"他喜欢上了别的姑娘,或者有了不光彩行为?"

"不。在这方面,他是个正派男人。"

"在婚礼筹备上——唉,真是的!"那达木德自怨自艾地挥了挥手,"干么由我这个摸不着头脑的人瞎问一通? 还是你自己干脆点儿说,是什么原因促使你做出了逃婚这样的行为。"

"嘎达哥,你是明知故问。"

"你说什么? 我怎么会知道?"

"你知道得比我还要早,还要清楚。"

"牡丹妹妹,你可是越说越玄了!"

"嘎达哥,请你告诉我,当年害得我爸爸破产的真正罪魁祸首是谁?"

听了牡丹的话,那达木德大吃一惊。难道牡丹已经知道了四年前那件事情的真相? 那么是谁告诉她的呢? 知道底细的哈斯敖其尔已发誓守口如瓶,而且也没有机会见到牡丹;胡俊玉更不能愚蠢到自己讲出来呀! 那达木德这样想着,思绪变得混乱起来,他怔怔地盯着牡丹,一时竟不知说什么才好了。

牡丹却继续说道:"你再想瞒着我,也没有用了。我知道这个人是胡俊玉。"

"你的话……有什么根据? 是他自己告诉你的吗?"

"他没有这个胆量。而且,从四天前的晚上开始,我就再没见到他。"

那达木德又是一惊,问道:"难道他也出走了? 你知道他到哪儿去了吗?"

"这和我有什么关系? 他从此在这个世界上消失才好。不过,嘎达哥,你对他未免太关心了!"

"怎能这样说! 现在还无法证实你获得的消息的准确性。"

"如果不是你,而是另外一个人讲出来的,我会认为那肯定是编造出来的情节。你敢说四天前在奉天说的那些话是编造出来的吗?"

"怎么! 你……"

"是的,我听到了你和胡俊玉的谈话,在小客厅门外。"

"原来……真是这样!"那达木德沉吟着说道,脸上的表情已不再是惊讶和疑惑,而是悲哀和懊丧了。事实上,当听到牡丹的叫门声的刹那,他就隐约猜测出,牡丹的骤然出现,肯定是逃婚,而造成如此严重局面,除了牡丹获知了那件往事的真相外,不会有别的原因。但他又不希望真的是这样,总想否定自己的预感,竭力把思想引向别的原因上。他甚至决定,当问明了原因后,凭借兄长的威望,去说服牡丹,即使误了去王府投案的时间,也要亲自把这个任性的小妹妹连夜送回奉天。然而,世人经历的诸般事情,常常朝着与愿望相反的方向发展和出现最担心出现的可怕结果。眼下,牡丹的话就彻底击碎了那达木德的设想和愿望。看来,牡丹知道了那件往事的始末,已是无可怀疑的了。而且,正是这个原因,她才跑回草原的。这实在太有悖于那达木德的本意了! 尤其令那达木德疑惑不解和内疚的是,牡丹和胡俊玉的感情破裂和最后分离,竟是他这个极力想成全这门婚事的人一手造成的! 难道是老天爷有意假手于他来拆散这对情侣吗? 否则,为什么如此奇巧,在他和胡俊玉谈起那件事时,牡丹偏偏走到小客厅的门口呢? 是的,这太不合情理、太难以理喻了。当时,他可是确信,他和胡俊玉的谈话,只有天知地知呀。那么,是不是月兰小妹……

"可是,"那达木德杂七杂八地想着,内心的语言不自觉地变成了声音,脱口而出了,"我曾告诉月兰小妹,不去找你呀!"

牡丹当然并不知道那达木德此刻的纷乱思绪,以为他仍旧想进一步证实自己刚才那句话的可靠性,便回答道:"要不是她央求我到小客厅去,我至今还被你们蒙在鼓里。"

"这个……小傻瓜!"

"亏着月兰小妹并不傻。她见你一进院就没好脸,到小客厅连坐也不坐,还把她赶走,就怀疑你是找胡俊玉吵架的。她害怕哥哥吃亏,就跑去找我。"

"所以,你就去了。"

"我并不相信有人会和胡俊玉吵架。但我猜出,月兰小妹说的长着络腮胡子、一脸凶相的人肯定是你。我当时是那么高兴!我知道爸爸不会到奉天来,希望能把你留下,参加我们的婚礼。有一位我当作亲哥哥的人在身边,婚礼上我就不会感到孤单了。可是,我怎么也想不到,当我走到小客厅门口时,听到了那么可怕的话!"牡丹本想平静地讲述这一段经过,可是说到这里,她到底还是无法控制内心的激动了。她从椅子上站起身来,四肢微微抖动,嘴角也似乎在抽搐,那种悲痛欲绝的样子,就好像她所说的那番"可怕的话"不是四天前,而是眼下听到的。"我不愿相信,也不敢相信,当年给我们家带来灾难的人竟会是他!爸爸和我都是一直把他当作救星的呀!"牡丹悲哀而愤然地说着,忍不住泪水簌簌滚落下来。但她旋即意识到,自己不该如此激动。因为这种激动心理,恰恰说明直到此刻她还在留恋着胡俊玉,希望这个被她抛弃的未婚夫不是残酷地夺走了爸爸牧场的人。牡丹由此看出,她的灵魂中还有异常软弱的成分,不由得对自己产生了怨恨,狠狠咬起了苍白的嘴唇,愧疚地垂下头去。她想强制自己进一步坚定在走出那座豪华小公馆的一刻产生的决心,即从心中彻底毁去胡俊玉的形象,对这个人只保留仇恨。可是她自己也觉出,这在事实上是很困难的,也许她一生都做不到。结果,她虽然做出了极大努力,也只是勉强恢复了外表的平静,还多少带着点儿掩饰不住的悲哀,心里却仍在翻波舞浪。

那达木德当然看不透牡丹在此刻的心理状态。在他看来,激动悲愤也好,咬唇垂头也好,只能说明牡丹受到的打击太大了,至于这里面隐藏着的其他内容,他是无论如何猜不出来的。再说,他的思绪正处于巨大的纷扰之中,不可能去仔细琢磨牡丹的表情变化。实际上,他的眼睛虽然定定地盯着牡丹,心里却在尽力回忆与胡俊玉交谈的情节,因自己当时的疏忽感到追悔莫及。这时他猛然想起一件事,随口问道:"唔,记起来了。我和胡俊玉都听到了小客厅门外的响动,那是你……"

"是的,嘎达哥。听到你们的谈话,我险些昏过去,我连忙抓住那个大插屏,结果弄出了声音。"

"胡俊玉还以为是猫碰出了响动。我也没想到会是你。"

"现在想起来,我那时真是太软弱、太没有主意了!"

"你……"

"我为什么要逃回卧室呢?为什么要哭得死去活来?我本应该冲进小客厅,让他当我的面讲讲四年前干的那些罪恶勾当,讲讲怎样欺骗爸爸和我的!我要让他跪在地上,狠狠骂他,打他耳光!然后,和你一起回到科尔沁来!"

"天哪!出现那样的场面不是更可怕吗?"

"可怕!对谁?对你还是胡俊玉?你为什么没想想我当时处于怎样可怕的境遇呢?我能从小客厅门外逃开,可我能逃开比雷殛更可怕的消息吗?能逃开无法否认的事实吗?你哪里知道,我哭了整整一夜!"

"牡丹!……"

"可你,嘎达哥,直到现在还说什么出现那样的场面更可怕!你的意思分明在说,我永远不知道这件事才更合你的意!"

"你说得对,牡丹妹妹。我确实不希望你知道这件事。"

"什么!你竟这样想,那你还是我更加信赖的嘎达哥哥吗?"

"你误解了我的话,牡丹妹妹。我想向你隐瞒那件事,也是出于一片好心……"

"你的好心,却差一点儿把我推进永生的痛苦和悔恨中去!"

"你总是不让我把话说完! —— 其实,那件事我也刚知道不久,并且,曾经打算把这件事告诉你和仁钦扎木苏大叔。后来,我再三考虑,觉得那样做未必是恰当的。"

"你认为最恰当的做法,是让我和爸爸永远把仇敌当作救命恩人!"

"牡丹……"

"嘎达哥,"牡丹截住了那达木德的话,自顾大声地说下去,"你可知道我这几天是在怎样的痛苦中熬过来的吗?我一想到险些和仇人结成夫妻,险些把纯贞的爱情毫无保留地献给他,就感到心惊胆战,好像我已经成了万劫不复的罪人。我真想大哭一场,真想去死啊!"

那达木德无奈地挥手道:"不要再说了。"然后,他垂下眼帘,躲开了牡丹又已莹然欲泪的眼睛,在地上焦躁地踱起步来。过了一会儿,他又站到牡丹面前,右手痉挛地抚摸着长满胡楂儿的下颏,长出一口气说道:"事已如此,我怎么解释也没有意义了,也不想白费口舌劝你回奉天。可是,牡丹妹妹,胡俊玉能任凭你就这样一走了之吗?他会找上来的,这一点你想过没有?"

"除非他没有一丁点儿廉耻心!"

"也许……他是来赔罪的。也许,他要亲自向你和仁钦扎木苏大叔讲述那件事情的经过,诚恳地道歉,求得你们的宽恕。事实上,这几年,他也是不断用自己的行动在赎罪……"

"难道杀了人,再为死者买一口棺木就算赎罪了吗?不!他这几年的行动,本身就是一种欺骗。他就是跪地磕头和搬来一座金山,也勾销不了他在我心里欠下的债务。嘎达哥,我不是那种今天这样说,明天那样做的拿不准主意的软弱女人。我做出了决定,就不会走回头路!"

"那样会把事情闹僵闹大的!"

"随它好了,我不怕。要么我把他轰走,要么他开枪打死我。"

"他当然不会这样干。"

"那是他自己的事。我反正是铁了心!"

"可是……"那达木德说道,沉吟了片刻,"牡丹,解除婚约是件大事,总得和你爸爸商量商量啊!"

"没有必要。再说,这已经是无法改变的事实了。"

"你还没有见到爸爸吧?"

"我是直接到你这儿来的。"

"你本应该先回家。仁钦扎木苏大叔是个明白人,他能知道你处于目前状况怎么做才合适。"

"我也想一下子就扑到爸爸身边。可是,爸爸还不知道四年前被逼破产的真实过程,一直以为胡俊玉是世上最好的年轻人。我担心他不能立即相信我的话,会说我是在扯谎,是忘恩负义。"

"可能会这样。"

"所以,我先来找你,想请你……"

"让我去说!"

"你的话,爸爸是肯定能相信的。"

"亏你想得出!"

"你就把好事做到底吧。"

牡丹夫人

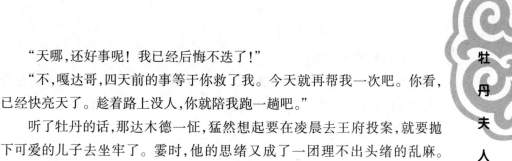

"天哪,还好事呢！我已经后悔不迭了！"

"不,嘎达哥,四天前的事等于你救了我。今天就再帮我一次吧。你看,已经快亮天了。趁着路上没人,你就陪我跑一趟吧。"

听了牡丹的话,那达木德一怔,猛然想起要在凌晨去王府投案,就要抛下可爱的儿子去坐牢了。霎时,他的思绪又成了一团理不出头绪的乱麻。他下意识地瞥了一眼已经变成暗蓝色的玻璃窗,接着,他茫然无措又无限悲哀的眼光在蒙头酣睡的阿木冷贵身上稍事停留,便很快落在牡丹脸上。牡丹也正期待地盯着他。他似乎想说什么,却又流露出犹豫不决的神情。结果,他只是摇了摇头,心神不定地咬住了嘴唇。

牡丹看他欲言又止的样子,满腹不快地追问道:"你是不愿帮助我了?"

"牡丹妹妹,"那达木德叹口气说道,"就算我愿意帮助你,也没有机会了。"

"什么?"牡丹不解地瞪起眼睛。

"我今天要去王府。"

"有剿匪的任务吗?"

"不。"

"那么,"牡丹态度冰冷并带着明显的怨恨说道,"为了被你当作亲妹妹的牡丹,你连耽误一天公务都舍不得吗?"

"舍得。一个月都舍得。可是你不知道,我这一去——唔,等一等。"那达木德正说着,听到炕上有动静,便截住话头,走了过去。他把阿木冷贵蹬开的被子轻轻盖好,凄然地颤着声音说道:"乖儿子,别老蹬被,会受凉的。"

"儿子?"牡丹讶然地暗自叫道,心想:怎么嘎达哥已经有了儿子? 仅仅一年前,她随同胡俊玉来探亲时,那位利索又俊俏的嫂子还依然故我,没有一丁点儿将要开怀儿的迹象啊！怎么会突然间冒出这么个大儿子? 她还以为那蒙头睡觉的是一个大人呢。牡丹并不知道,那达木德的家庭在这一年里发生了巨大变化,怎么也猜不出他会休妻过子。所以,她心里感到纳罕,感到好奇。为了解开谜团,她略略犹豫一下,端起油灯,也走了过去。当她就着灯光终于看清了那张睡得红扑扑的小脸蛋时,就更加迷惑不解了。

"嘎达哥,这不是阿木冷贵吗?"

"是的。"

"他是照日哥的儿子啊！"

"过继给我了。"

"原来是……这么回事。我以为躺在这里的是嫂子呢。我刚才还在寻思,嫂子睡得真死,我们这么大声说话都吵不醒她。可是,嫂子她人呢?回娘家了?"

"我们离婚了。"

"离婚!"牡丹惊骇地叫道,油灯险些脱手掉下去,嘴唇颤抖了半天,"为什么?嘎达哥,你们为什么离婚?你和嫂子的感情不是很好吗?"说着,把油灯放在了炕沿上。

那达木德淡淡地说道:"说不上好,也说不上坏。"他略一停顿,扫了牡丹一眼,又补充了一句,"再说,这和感情也没有关系。"

牡丹更加糊涂起来,追问道:"那究竟为了什么?"

那达木德焦躁地大声说道:"别问了!我已够烦的了!"

"嘎达哥,你……"

那达木德看了看感到委屈和带着抱怨的牡丹,觉得刚才大声训斥她实在有些过分,歉疚地垂下头去,声音又变得柔和地说道:"牡丹妹妹,我的心情很不好,别生我的气。我们别再说那些不愉快的事情了。"

"可我实在不明白……"

"唔,你听!"那达木德侧耳细听地说道,"是不是有马蹄声?"

牡丹听了听,证实道:"谁这么早赶路呢?"

"是照日哥哥。"

"你怎么知道?"

"他要来接阿木冷贵。"

"接回他家去?"

"是的。"

"不是过继给你了吗?"

"是的。"

"没写过子单?"

"写了。"

"那他为什么还要接回去?"

"我要去王府……"

"你刚才说没有剿匪任务,可以带着阿木冷贵啊。"

"可我这一去……"

"这一去!"牡丹骇异地说道,"这一去怎么样? 嘎达哥,你是个痛快人,可今天怎么了? 云山雾罩的,一句明白话都说不出来! 告诉我,你到底……"

"牡丹,"那达木德狠了狠心说道,"我要去坐牢!"

"坐牢!"牡丹震惊道,她盯着垂头丧气的那达木德,心里一片混沌,以为是在梦中。好一会儿,她才把话接下去:"嘎达哥,你犯了什么事? 是杀人,是放火,还是通匪了?"

"我占用了军费。"

"天哪,干这种事!"

那达木德迟疑了片刻,便把自己如何染上鸦片烟瘾和迫不得已用军费买了烟土以及被抄家和想补足款子又取借无门的经过三言两语地讲述了一遍。

牡丹听得目瞪口呆,心惊肉跳,把自己来求助那达木德的事已忘得一干二净,只剩下为眼前这个即将身陷囹圄的人暗自悲叹了。

此刻,外面的马蹄声停下了,传来开栅门的嘎吱声。显然,照日喇嘛已经走进院来。

8

照日马靴的橐橐声在院子里响起来后,曾消失片刻,然后才一声一声响进屋来。那达木德和牡丹都推测出,照日在做出是否立刻进屋的决定时,很是犹疑。

不过,他还是推门进来了。

牡丹屈膝问安道:"照日哥,你好。"

当照日确信听到的是一个少女的声音,并认出这个少女是牡丹的时候,他脸上流露的忐忑不安和疑虑立刻变成了诧异,继而,他疲惫地舒了一口气,冷冷地说道:"原来是牡丹姑娘,我还以为是王祥林又派人来了。你……怎么在这儿?"

"我……"牡丹胆怯而又吞吞吐吐地说道,不知该怎样向这位佛门弟子解释,求救地瞟了那达木德一眼。

那达木德也觉得很为难,因为这可不是一句话就能说清的问题,如果把前因后果都讲述一遍,是需要好多时间和精力的,而他的时间和精力都所剩无几了。他略一思忖,回答牡丹一个无可奈何的眼色,便有意转移话题地说道:"二哥,你坐下。你好像很疲劳。"

其实,照日根本无心去听牡丹的回答。此刻,他更关心的是阿木冷贵和那达木德的命运,还不能一下子想起牡丹将嫁到奉天,今天正是举行婚礼的日子。所以,他随口提了一个对于牡丹和那达木德都难以随口回答的问题后,当即就把自己的问话连同牡丹忘得一干二净了。他拖着麻木的双腿,缓缓走到炕边,坐了下去,一面伸出颤抖的手,疼爱地轻抚着阿木冷贵的脸蛋,一面挑起沉甸甸的眼皮,感伤地看着那达木德说道:"我确实是筋疲力尽了。"

"喝点儿奶茶吗?"

牡丹夫人

照日摇了摇头，叹口气说道："你也该及早上路了。让王祥林赶到前边来找你，就更不利了。我这里……"他说着伸手从怀里掏出一个布包，向那达木德递过去，"我又借了点儿钱，你都拿去吧。多打点打点那些看守，对你有好处。"

"不，二哥。"那达木德把钱包推过去，感愧难当地说道，"我一个铜板都不带。我去坐牢，再让你背上阎王债，这不是一枪俩眼吗？"

"数目不多，我还得上。"照日费劲儿地站起来，固执地拨开那达木德的手，硬是塞进他的怀里，"家里你就放心吧。一会儿，我把阿木冷贵带走，房子和牲畜，我会找到人照看的。要紧的是你自己，服法就要老老实实，再犯犟牛脾气，只会吃亏的。"

"是，二哥。"

"那你就快点儿准备行装吧，尽量少带东西。有什么需要，捎个信来，我求人送去。"照日说完，又伤心地摇摇头，坐下去，把失掉光彩的眼光移到阿木冷贵身上。他一眼又瞥见了站在炕边的牡丹，先是微微一怔，好像才注意到这个过去老邻居的漂亮的独生女的存在，接着，迷惑地皱起了眉头，带着怀疑的语气问道："牡丹姑娘，你怎么会在老嘎达家？记得……"

牡丹没有让照日问下去，显得急切地说道："一会儿我详细地跟你讲。请你先告诉我，照日哥，他……嘎达哥真要去坐牢吗？"

"是的，这还能假？他没跟你讲吗？"

"可我不明白……"

"他买烟土占用了军费。唔，对了，牡丹，他还为了你……"

"二哥！"那达木德制止道，眼里露出埋怨的神色。

"为了我？照日哥，请把话说完，他为了我……什么？"牡丹大惑不解又有点儿惊慌地说道，语气显得异常固执。

那达木德抢着说道："二哥是糊涂了！反正是我贪污了军费，理应投案服法。牡丹妹妹，这能和你挂上边儿吗？"

"嘎达哥，你有话瞒着我。"

"没有，真的，牡丹妹妹。这事和你毫无关系。——唔，对了，二哥可能想说，为了你，我耽误了去投案的时间。是这样吧，二哥？"

牡丹扫了照日一眼，心里明白那达木德是在说谎，她再追问下去，也不会得到真实的回答，便狠狠咬了咬嘴唇，思考了一下说道："你不愿说实话就算了。可我还想问一下，你刚才说，王祥林从你家翻去了烟土和军费余款，军费怎么会全在你这儿？本应该……"

"我根本没入账。"

"没入账?"牡丹说着眉头一皱，沉思起来。

那达木德想结束这场在他看来毫无意义的谈话，便接着飞快地说道："我原想找个可靠的人先买好枪弹和皮袄，把账单拿去就行了，可以减少麻烦。结果，我用去的部分怎么也补不上了。不过，牡丹妹妹，你知道这些有什么用？我劝你别为我的事操心了，还是赶快回家去，和爸爸商量商量你自己的事吧。"

"不，我哪儿也不去!"

那达木德大惊道："什么! 你说?"

"我要留在这儿帮助你。"

照日插话道："牡丹，这儿没有需要你帮助的事。嘎达一走，我就把门钉死了。"

"我说的不是这个。"牡丹说道，态度显得平静而又不容反驳，"我能帮助嘎达哥躲过灾难，平安无事。"

那达木德不满地说道："你在开玩笑，牡丹妹妹。"

"不是开玩笑。嘎达哥，这笔军费既然没入账，就无法证明你贪污了。只要补足款额，王祥林就无话可说了。"

"照日哥早想到这个办法了。可是，除非我有一棵摇钱树或平地冒出座金山!"

"我没有摇钱树，可有这个!"牡丹说着，从脖颈上摘下一串项链，金光闪闪的项链下悬着一颗极大的宝石，"嘎达哥，这东西虽小，却价值连城，拿到奉天或彰武，马上就能换出双倍于那笔军费的款额。"

"牡丹妹妹，你……"

"也许是佛爷有意给我一个报答救命之恩的机会。我离开那座公馆前，把胡俊玉给我的东西都扔下了，唯独这个项链忘在脖子上了，没想到，它真有了大用处。拿去吧，嘎达哥。"

那达木德犹豫了一下，很快接过项链。他感激地看着牡丹显得更加楚楚动人的眼睛，心里一阵惭愧。但是，此刻毕竟是化险为夷甚至是绝路逢生的喜悦占有压倒一切的位置，很快把他的惭愧之情冲得精光了。他本应说

几句感谢话,但不知是因为这事情来得太突然、太出乎预料了,还是觉得几句感谢话不足以表达自己的心情,竟一时开不得口。

"还来得及吗,嘎达哥?"

"当然,来得及。"那达木德似乎喘不过气来吃力地说道,又转向照日,"二哥,来得及的,是吗?"

"来得及。来得及的!"照日很快地说道。他的兴奋和激动绝不亚于那达木德,只是心理状态更复杂一些。他自幼就性情孤僻,加上年龄较大,从未和牡丹有过密切交往,更无从知道那达木德和牡丹情同兄妹,哪里能料得到,在山穷水尽的关键时刻,牡丹竟从天而降,慷慨解囊,成了救命的活菩萨呢?所以,他的兴奋和激动中,免不了还掺杂着似乎在做梦的迷惘。当他回答完那达木德的话以后,又细细地审视了一下眼前的牡丹,确信并非梦境,这才长出一口气,动情地说道:"谢谢你,牡丹妹妹。你是嘎达的救星,也是我们全家的救星啊!可是,听你的话……"

牡丹是个有决断和办事从不拖泥带水的姑娘,她自己没有絮絮叨叨的习惯,也不愿听那些婆婆妈妈的话。再说,她认为帮助那达木德是义不容辞的,甚至是求之不得的,心里只有感到快慰,根本不需要感谢。所以,她看照日好像还要说下去,便情急而又略显羞赧地说道:"二哥,嘎达哥,你们就别说那些没用的话了!天都快亮了,得赶紧去把项链变成钱啊!"

照日点头道:"说得对。这得尽快去办,就是到彰武也得一天时间啊。"

"我这就去,我的马快!"那达木德说道,觉得身上的体力已经恢复了,精神也振奋起来。

照日问道:"你认识钱庄和首饰店的老板吗?"

"不。"那达木德摇了摇头说道。

"不认识怕不行,这么贵重的东西,老板会起疑心的。"

那达木德思忖了一下,说道:"我到宝尔道屯去找色旺嘎尔布,他和钱庄老板是朋友。"

"得有这么个人才好。不过……嘎达,你不能露面。我看还是我去吧,我也认识色旺嘎尔布。我们在彰武换出钱来,再买一百身皮袄,叫色旺嘎尔布连夜送到王府,就说是你委托他代办的。"

"这样最好。"牡丹说道,"那你就快去吧,照日哥。骑我那匹马,它跑得很快。"

那达木德说道:"二哥,又要让你受累了。"

"净说废话!"照日说着,接过项链,细心揣好,便匆匆走了出去。

显得更加幽暗的灯影中,只剩下了那达木德和牡丹。他们的心绪都很纷乱,似乎都有好多话要说,又不知从何说起。特别是发生了刚才牡丹赠送项链一事,使两人的关系增加了更复杂的内容,一时间都觉得先启齿有困难。开始,两个人还能大大方方互相看着,耳送外面渐渐远去的马蹄声。等到马蹄声消失,屋子里出现犹如骤雨乍停的一片宁静时,就都觉得盯着对方有点儿尴尬了。在牡丹,这尴尬中免不了含蓄着成熟少女的天然的娇羞;在那达木德,则纯然是因一个顶天立地的男子汉竟接受小妹妹救助而产生的惭愧。总之,他们不得不垂下眼帘,躲开对方的视线。继而,又互相飞速地瞟了一眼,都把视线移到仍在酣睡的阿木冷贵身上。

后来,还是那达木德打破了沉默。

"牡丹妹妹,我们走吧。"

牡丹一怔,问道:"上哪儿?"

"上你家呀。"

牡丹咬着嘴唇摇了摇头。

"怎么,你刚才不是还很着急吗?"

"和你的处境相比,我的事就算不得什么了。"

"总得把你的事情告诉扎木苏大叔啊。我带上阿木冷贵,趁天亮前出发,夜间就能回来,误不了我的事的。"

"今天……我哪儿也不去。"牡丹说着,满脸绯红地垂下头去。

"那怎么行? 再说,也……不方便。"

"嘎达哥。"牡丹突然扬起脸,睁开水汪汪的眼睛看着神情有些紧张的那达木德,大声说道,"你娶了我吧!"

"什么?!"那达木德大吃一惊,倏然倒退一步,"牡丹妹妹,你在胡说些什么啊?"

"我要嫁给你,做你的妻子!"牡丹依然凝视着那达木德,没有一点儿畏葸和羞怯的样子,语气认真而坚定。

"这不行! 快打消你这个怪念头,我不会答应的!"

"你不喜欢我?"

"牡丹!"

"说呀！你要说一句不喜欢我，我立刻就走！"

"我……天哪！你在逼我！"

"你喜欢我，对吗？"

那达木德焦灼地看了牡丹一眼，急躁地踱起步来。

"我知道你喜欢我，但你为什么不娶我？你怀疑我身子不干净吗？胡俊玉从来没占有过我！"

"不，牡丹，我不是说这个。我是一直把你当作亲妹妹的呀！"

"但我毕竟不是你的亲妹妹。"

"可是……"

"你照样可以把我当作妻子。"

"这不行，牡丹妹妹。我30多岁了，娶过两房妻子。你才20岁，你……"

"这些事我不是今天才知道，我不在乎。"

"可我不能不在乎！别人会怎么说？"

"我们自己愿意，管别人怎么说！"

"而且，胡俊玉会认为我四天前的拜访是为了把你夺过来！"

"遗憾的是你恰好没这样干！"

"你说什么？"

"为了夺过我来，你敢于同他决斗，那才是真正的男子汉！"

"牡丹！你自己也不知道你说了些什么话！"

"我知道！我还知道你很爱我，一直很爱我。只是由于我当时年龄小，不懂得什么叫男女之爱，你才把那种爱变成了哥哥对妹妹的关心。"

"胡说！我一直不允许自己对你的感情超越兄妹关系。"

"不允许！那只能说明你能克制自己。你还记得去年秋天在靶场上你是怎么盯着我的脸吗？"

那达木德涨得满脸通红，无力地叫道："牡丹！"

"你当时眼里流露的感情仅仅是哥哥对妹妹的喜欢吗？不！我不是看不出来。我当时有些惊讶和害怕，因为你的目光告诉我，那是一个男人对女人的爱。我已经不再是一个无知的小姑娘了，看得懂男人的眼睛，分辨得出哥哥对妹妹的疼爱和男人对女人的爱慕是不一样的。后来，我去你家看望嫂子时，你坐立不安，连正眼看我一下都不敢。这更证实了我的猜测，使我很紧张，很心慌，结果连胡俊玉让我劝你别当梅伦的话都忘说了。但是，那时,我还不知道胡俊玉是个骗子,还深深陷在对他的迷恋之中,而且,你是个有妻子的人,我不想也不可能接受你的爱,只有一种失掉了一位好哥哥的悲哀。"

"你别说了,牡丹!"那达木德呻吟般地说道,神情惶然无措,又羞愧难当,显然是牡丹的话击中了他的要害。"别再说下去了……"他又乞求地重复了一句。接着,他像全力同自己抗争似的,挣扎着抬起头,把怀罪的目光胆怯地投到牡丹脸上,喉咙干哑地说道:"牡丹妹妹,你确实看透了我的心。正如你所说,你离开草原三年后,又出现在我面前时,我曾一度产生过有罪的念头。心想,这么漂亮的姑娘,为什么不是我的妻子?但是,这个异常可怕而且异常可耻的想法,没有在我心里停留多久,很快就意识到,即使这样想一想,即使仅仅是刹那间这样想一想,也是对我们以往纯洁兄妹感情的亵渎。难道我还能当之无愧和心安理得地再听你叫我一声哥哥吗?我恨透了我自己,惭愧得无地自容。从此,我决定洗心革面,彻底抛开杂念,像真正的亲哥哥一样,尽全力成全你和胡俊玉的婚事。真的,牡丹妹妹,那已经是过去的事了,回忆起来都觉得不安,我怎么能再允许自己这样想甚至这样做呢?"

"嘎达哥,你过去想的和现在想的都是错的!"

"你说……什么?"

"过去,你有妻子,我有未婚夫。可现在呢?"

"人们会把这一切都联系起来的,我会成为被乡亲指着脊背的人!"

"你是个胆小鬼!"

"而且,胡俊玉……"

"又是胡俊玉!你就是不娶我,他也要把你当作敌人!"

"这怎么可能?"

"不是可能,事实上,他已把你当作敌人了。你在他的小客厅里说过,要为蒙古人的土地奋斗。——你说过吧?"

"是的,说过。"

"你的话使我很受震动,看出只有你才能维护我们蒙古人的利益。请问,你那些话只是随便说说而已吗?"

"当然不是。"

"如果有人与你为敌,你能退让吗?"

牡
丹
夫
人

"绝对不会!"

"可是,胡俊玉是不可能不继续替张家父子侵占蒙荒卖命的!这一点你想过没有?"

"想过。但这和你眼前逼我做的是两码事,它们是不同的。"

"却同样都能证明你是不是真正的男子汉!如果去年你克制感情是条件不允许,还算作高尚,那么现在,当一切障碍都已消除,你仍旧不敢娶我,就是懦弱!而且,你害怕的竟是一个与蒙古人为敌的人!你还配被人们称作草原上的雄鹰吗?"

那达木德怔怔地看着牡丹闪着怨恨光亮的眼睛,听着那一句句带着怨恨的挖苦话,心里惊叹起当年幼稚的小姑娘的迅速成熟,并对自己开始产生了怀疑。他暗问道,自己对牡丹不合时宜的爱,真的彻底埋葬了吗?回答是否定的。虽说那达木德是个很有自制能力的坚强男人,但这种感情一经萌芽,就很难轻易枯萎,而且时常搅得他不得宁静。只是当时他考虑到各种因素和道德的约束,确信那是不可能的,才放弃了表达和追求的权利,却无法做到不去思念牡丹。他不会忘记,牡丹曾无数次进入他的梦境。这说明,对牡丹的爱始终未能泯灭,至今还顽强地保存在心灵中。即是眼前,他又何尝不渴望把牡丹娇美的身体紧紧揽在怀里呢?想到这里,他感到一阵燥热从心口涌上脸颊,赶紧垂下头去,不敢再直视牡丹期待而含恨的眼睛了。与此同时,他萌生了一个新的决心,为什么不可以娶牡丹为妻呢?既然牡丹已决心解除同胡俊玉的婚约,自己又成了独身,这不正是天作之合吗?为什么自己要退缩呢?至于别人的议论,那算得了什么!如果胡俊玉不甘心,想来挑战,让他来好了,更没什么可怕的。然而,这些念头给他带来的兴奋和喜悦,仅仅停留了一瞬间,便化作一缕轻烟倏忽飘散得精光了。一个久蓄心中如芒在背的想法又重新涌出,刺得他骤然一抖。"但是,"他在心里大声问道,"牡丹能真正爱我吗?不!她这只是因为突然受到打击失去了精神依托,才一时冲动地做出了没经深思熟虑的决定。否则,科尔沁草原上最美的姑娘怎么会嫁给一个相貌丑陋和年龄大得多的穷梅伦呢?如果我娶了她,岂不是乘人之危和自欺欺人吗?不,我不能做出愧对牡丹妹妹的蠢事!"他想着,十分悲痛地摇了摇头,脱口喃喃地说道:"不,我不能……"

情绪一直很激动的牡丹,并不知道那达木德在垂下头颅的一刹那思考了上面那么多问题,但却看到他摇头,而且分明听到了他轻轻地说了个"不"

字。牡丹明确地意识到,她被拒绝了,不由得一阵羞愧和恼怒。她咬着嘴唇,狠狠地瞪着那达木德,流着眼泪喊道:"你是个胆小鬼!"

"牡丹妹妹,你听我说。"

"不!我什么也不要听!我恨我自己看错了人!从今天起,别让我再看到你!"牡丹咬牙切齿地说完,头也不回地向外走去。

"可是,牡丹妹妹,还是让我陪你回去吧。"

"用不着!"牡丹边走边说道,"让照日把我的马送回来!"这最后一句话是从门外传进来的。

牡
丹
夫
人

9

　　牡丹离去后,那达木德久久不能平静。他忘了饥渴,忘了疲倦,甚至忘了在照日把项链兑换成救命的银洋返回之前,他时刻都有被抓去坐牢的危险。他的脑海里只剩下一个挥之不去的画面,那就是牡丹最后留给他的无限悲伤和怒气冲冲的一瞥。这双美丽而可怕的眼睛几乎无所不在,把他包围得透不过气来,他几次试图挣扎和冲决出来,却怎么也做不到。最后他索性把自己抛掷到炕上,仰面朝天,任凭那双眼睛从四面八方向他攒射了。太阳升起以后,阿木冷贵醒了,他不得不起身烧奶冲炒米,而自己却一口也吃不下。阿木冷贵吃完跑出去了,他则长叹一声又躺到炕上,头脑也终于恢复了思考的功能。他开始一次又一次地斟酌拒绝牡丹究竟有没有道理:有时他觉得自己做得对,是光明磊落的;有时又觉得不该瞻前顾后、畏首畏尾。有几次他真想立刻跳起来,追上牡丹,大声宣称同意做她的丈夫,可每次又都摇头否定了自己的奢想和不自量。他爱牡丹,又觉得自己不配做牡丹的丈夫,正是这种可怕又可悲的心理矛盾,使他找不到一个两全其美的途径。直到这一天平安无事地过去了,夜色又开始挤进能闷死人的房间,玩累了的阿木冷贵已经睡去,他也未能获得一个不再被自己推翻的最后结论。

　　但是,有一个与他矛盾心理无关的问题,却暗暗潜进他的浊浪翻滚的脑海,并渐渐清晰起来。这就是,他终于意识到,他在凌晨的行动极大地伤害了牡丹。对于牡丹的性情,他是十分了解的。在家时,扎木苏大叔把牡丹看作掌上明珠,这自不必说,后来,又被胡俊玉足足宠了三年,使她具有了强烈的自尊心。在整整二十年的无忧无虑而且十分优裕的生活中,她顺畅得像一条潺潺的小溪带着欢乐的轻歌向前流去,没有谁违拗过她的意愿。可今天,偏偏是自称亲哥哥一样的人伤害了她的自尊心,她如何受得了这样的委屈!天哪,那达木德,那达木德,你这是干了一件什么事啊!

那达木德在心里惊叫着，骨碌一下腾身跃起，飞速看了一眼熟睡的阿木冷贵，帽子也没来得及戴，摸起锁头，大祸临头般向外冲去。此刻，他已不再去推敲拒绝牡丹是否正确，只剩下了伤害牡丹的天理难容的罪过感，以及担心牡丹安全的恐惧了。

大约一个小时后，剽壮的枣红马风驰电掣般跑完了50多里的路程，把心慌意乱的那达木德带到仁钦扎木苏的家，跳下马来，三步并作两步地跑到门口。他见三间房中没有一间亮着灯，担心之情又增加了几分。如果牡丹已经回来，扎木苏大叔能这么早就吹灯睡觉吗？他犹豫了片刻，最后还是提心吊胆地举手敲起门来，并喊道："扎木苏大叔!"可是，他自己也听出，这声音如此陌生，竟像另一个人发出来的。

他努力使自己从慌乱中镇静下来，仔细捕捉房间里的声音。

不一会儿，他隐约听到西屋有下地的窸窣声，继而变成脚步声，并很快传到外间来。

"扎木苏大叔!"那达木德又叫了一声。

外间的脚步声停下了，随即响起一个少女的声音："你是谁?"

"是牡丹!"那达木德在心里叫道，已经悬在喉咙口的心霎时落了下来，绷得几乎要断裂的神经也松弛了。他感到支撑身体的力量消失殆尽，紧紧抓住了门框，眼睛一酸，泪水扑簌簌滚下脸颊，他哽咽着，一时说不出话来。

门里又传来牡丹警觉的声音："你到底是谁? 爸爸不在家，有事明天来吧!"

"牡丹，我是……那达木德。"

"那达木德?"

"是我呀"。

经过瞬间寂静后，牡丹说道："你来干什么?"听得出，异常气愤的语气中还夹带着急促的喘息声。

"牡丹妹妹……"

"别叫我妹妹!"

"我知道你还在生我的气。"

"你是大梅伦，我敢生你的气吗?"

"随你怎么说吧，牡丹。现在知道你平安到家，我也就放心了。"

"我死，我活，是我自己的事，用不着你来关心。"

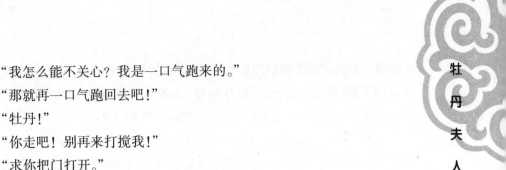

"我怎么能不关心？我是一口气跑来的。"

"那就再一口气跑回去吧！"

"牡丹！"

"你走吧！别再来打搅我！"

"求你把门打开。"

"不。"

"我身上都是汗水，冷透了。"

"这……这我管不着！"

"牡丹，听听我的解释吧，我不是不愿娶……"

"我不听！我什么也不想听！你再不走，我就出去喊人，控告你夜闯民户！"

"那你就……喊好了。"

"别以为我不敢。"

"我也不怕。不是你今天赠送项链，我早就是坐牢的人了，还怕什么？"

"我很后悔！真该让你去……坐牢！"

"还来得及，牡丹妹妹。"那达木德说道，心里竟一阵好笑，20岁的大姑娘了，还这样耍孩子脾气。但他马上又觉得这并不好笑，因为他曾给牡丹造成很难堪的局面。或许这个骄傲的姑娘真的为挽救他而后悔，并永远不会谅解他。想到此，他打了个冷战，紧接着补充道："可现在，至少请你打开门，让我和扎木苏大叔说几句话呀！"

"我说过了，爸爸没在家。"

"撒谎。你刚到家，他怎么会出门呢？"

"他去奉天了，信不信由你。"

"去奉天！"

"去找胡俊玉！"

"天哪，都怪我！不过，牡丹，你是怎么对扎木苏大叔讲的？"

"这和你有什么关系？"

"牡丹！……"

"我再说一遍，爸爸去奉天了。你要见他，四天以后来吧！"

那达木德听到，在门里，牡丹话音刚落，便响起了脚步声。他想喊住牡丹，却只听卧室的门咣当响了一下，里面随即阒然了。他愤愤地咬住嘴唇，举起两只拳头使劲儿捶到门板上。然后，他摇着头哀叹一声，无可奈何地回转身，依门滑坐到地面，双臂抱住肩膀，头抵着门昏倦倦地闭上了眼睛。那样子，好像他要在门口一直坐下去，一直到牡丹开门为止。

不知过了多久，那达木德被一阵细碎而杂乱的马蹄声吵醒。他骤然一惊，睁开眼睛，跳了起来。他影影绰绰地看到，正有两匹马在缓缓行进，看不清马背上的人是男是女，是老是少，但看得出是朝牡丹的房子走来的，而且已经离得很近了。他知道，来人肯定不是照日二哥。就算照日顺利办完了事，总得先返回敖来毛都屯啊，哪里会这么快赶到这里呢？但时间已不由他多想，猛地回身想叫出牡丹，却发现左侧卧室的窗子不知什么时候已亮起灯光。他急忙跑到窗前，轻轻敲响窗棂，压低声音说道："牡丹妹妹，有两个人朝你家走来，很近了。我来不及躲开，如果让他们看见我在门外……"

他还没说完，只听嘎吱一声，房门打开了。他回过头看见牡丹正站在门口。

也正在这时，传来一声压抑而恼怒的喝问："谁站在窗下？想干什么?!"

牡丹一怔，喊道："爸爸，你怎么……"

她的话还没说完，仁钦扎木苏已握着马鞭走到窗前。当他看清是那达木德时，先是诧异地蹙了蹙眉，慢慢垂下鞭子，然后不胜其愤又带着讥讽的语气说道："再着急，也不能深更半夜敲姑娘的窗子啊！"

"扎木苏大叔！"

"爸爸！"

那达木德和牡丹同时叫道，都想做一番解释。

但是，扎木苏哪里容得他们分辩，咬牙哼了一声说道："丢人！"说完，又狠狠瞪了牡丹一眼，怒气冲冲地朝屋里走去。

牡丹心急地问道："爸爸，你怎么这么快就回来了？"

"因为扎木苏大叔在途中碰到了他要找的人。"

牡丹闻声大吃一惊，她倏地回过头来，胡俊玉已经站到她的眼前了。

"是你！"牡丹抖着嘴唇说道，刚才还烧得通红的脸，霎时变得惨白。

"你当然想不到。"胡俊玉平静地看着牡丹说道，并冷冷扫了一眼站在旁边的那达木德。

此刻，仁钦扎木苏的身影已消失在门里。外面，被窗子透出的幽暗灯光照射的三个人成三角形相对而立。这三个人，不用说，都异常尴尬，只是在

牡
丹
夫
人

这尴尬中,胡俊玉多少掺杂着痛苦和高贵的容忍,牡丹带着凄苦和不知所措,而那达木德则表现出羞愧和悔恨。

沉默了一会儿后,牡丹担心地试探问道:"你来……干什么?"

"牡丹,请你放心。"胡俊玉说道,"除了四年前我办了那件无法追悔的错事,不会再有伤害你的行为。我这次来,原也没想强迫你跟我回奉天。我只想认错和接受惩罚。途中巧遇扎木苏大叔后,他说不相信你的话,要我来把你带走。我对他讲,你说的都是实情,没有一点儿编造的成分,你决定离开我是对的,劝他不要难为你。我总算把他劝说住了。但是,对你匆匆忙忙做出的选择,我却认为未必正确。"他说着,冷峻又不无妒意地瞥了那达木德一眼,"这个人是不会给你带来安稳和幸福的……"

那达木德不会听不出,胡俊玉说的"这个人"指的就是他。这使他委屈和气愤,真想高声讲出实情。但他也不会听不出,牡丹已把嫁给他的决心讲给了扎木苏大叔,扎木苏大叔又把这些话转述给了胡俊玉,这对那达木德无异于已成骑虎之势,着实感到意外和为难,就是有话也说不出了。难道他可以当着胡俊玉的面,公开宣称根本不想娶牡丹吗?不,他不能这么干。牡丹在这几天的经历已够可怜和可悲的了,眼前面对突然出现的胡俊玉又紧张得六神无主,显出一副受审判的样子,那达木德怎能忍心再让她陷入无地自容的窘迫之中呢?那会逼疯她的!是的,这话无论如何也不能说,特别是现在。再说,他和牡丹之间意想不到的瓜葛,也并非三言两语能说清的。说得清,胡俊玉和扎木苏大叔也未必相信。还有,刚才窗下的一幕怎么解释?这可是胡俊玉和扎木苏大叔亲眼所见而且又都认定他是等不及结婚而乘夜来偷情的呀!他如何能分辩得明白呢?就算能分辩明白并开脱了自己,又会出现怎样的局面呢?那岂不等于帮助胡俊玉围攻牡丹吗?从刚才胡俊玉的态度看,是已经把他当作了情敌,心怀忌恨,大有势不两立之概,甚至还说什么"这个人是不会给你带来安稳和幸福的",这不是在说他那达木德是个令人鄙弃的恶棍吗?既已如此,就无须再有什么顾忌,更不能去充当为虎驱羊的可怜角色了。想到这里,又有一个虽属朦胧却使他很兴奋的意念侵入那达木德乱成一锅粥的脑海。他觉得牡丹对他是一片真情,不像是一时冲动才说要嫁给他的,否则,她不会贸然讲给扎木苏大叔;而扎木苏大叔虽然内心不一定赞同,最后也似乎不得不默许了牡丹的选择。如果确是如此,他那达木德是绝不会拒绝和牡丹结婚的。结婚对两个人都有好处,无论是现在和将来。

　　总之，那达木德被胡俊玉敌视地瞥了一眼之后，在极短的时间内，产生了上面那些想法。这些无法当场表述的想法，如此复杂而混乱地交织在一起，使他自己也搞不清究竟想了些什么，究竟该怎么办，周围好像是一片混沌，他则站在一片混浊中不知所措，神情恍惚而迷离。

　　结果，他怔怔地盯着脚前的地面，什么话也没说出来。

　　那么，胡俊玉的那句话对牡丹又造成怎样的心理反应呢？不用说，也是异常强烈和复杂的，而且，好似一个做了错事的孩子，被父母一句紧似一句的追问弄得有口难辩一样，显得心慌意乱，手脚都不知放在何处才好了。按说，以牡丹那样做事果断的性格和应对自如的能力，是不怕任何唇枪舌剑的袭击的。但眼前的情况太特殊了。不要说思想准备，就是定一下神的机会都没有。的确，这接连发生的几件事都太出人意料了。她原以为那达木德在她走后很快就会后悔和追上来，可是，她在家等到天黑，也没见那达木德的踪影，直到她疲倦地和衣而卧的时候，才响起她盼望已久的敲门声。她赌气不开门，把那达木德扔在外面，哪里料到，会有人在深夜经过门口，把那达木德当成了偷香窃玉的歹徒！她不得不开门走出去，准备替那达木德解围，竟听到了爸爸的吆喝声，更加想不到的是，她还没来得及喘口气，骤然发现，胡俊玉像从地里冒出来一样站到了面前！这几件事其中任何一件都会搅得牡丹心神不宁，手足无措，更何况是一件一件没有间隔地接踵而至？牡丹怎么能一下子恢复沉着冷静的常态呢？尤其是胡俊玉那句用意十分明白的话，更使她感到猝不及防。她原来计算，胡俊玉最快要四天后才能来到，在这段时间里她是有充分把握让那达木德同意娶她的，可胡俊玉却整整提前了四天，把她的计划全打乱了！如果那达木德要为自己辩解，消除胡俊玉的误会，那就太糟了。不说别人，爸爸也准会大吵大闹起来，弄得她不好收场。本来思想就难以理出头绪，又加上了新的担心，哪里还能说出话来。所以，当胡俊玉又把眼光移到她的脸上时，她赶紧避开，并不安地看了那达木德一眼。

　　胡俊玉再聪明，也不可能猜透眼前这两个人在此刻的心理活动。在他看来，一定是自己那句话击中了要害，起了一箭双雕的奇效。因为，那达木德的欲言又止和低眉垂目，无疑表明了掠人之美的内疚和自谴；而牡丹的讷讷无语和神色惶惑，也无疑表明了——表明了什么？是忘恩负义、朝三暮四

牡
丹
夫
人

还是明珠暗投？显然都不是。那么，究竟是什么呢？胡俊玉想来想去，也未能找到一个能确切描述造成牡丹此刻心理的词语。——"总之"，他退一步想到，"她也表现了于心不安和羞愧难当。"能在同一时间，同一地点，同时看到这两个人的狼狈相，胡俊玉不能不感到快慰。但这快慰在他心中停留得太短暂，可以说稍纵即逝了。随即，他整个心胸全被悲哀和愤怒占据了，而越来越旺的怒火又迅即烧去了悲哀，只剩下了愤怒。曾有那么一瞬，他想从腰间掏出手枪，把口称朋友却用尽心机夺去他唯一心上人的阴险狡诈的那达木德击毙在脚下，以消心头之恨。若不是他异常健全的理智还多少在起作用，当即警告他这样干太愚蠢，若不是他的恨只集中在那达木德一个人身上，那么，他准会在这个夜晚制造一桩血案，打死那达木德，再打死牡丹，然后自杀。说胡俊玉的恨只集中到那达木德一个人身上，并不是他不想恨牡丹，而是想恨却恨不起来。还是在获知牡丹逃走的消息时，骤然袭来的悲痛的巨浪，险些把他冲垮。他是在月兰小妹和妈妈的搀扶下进入卧室的，他闭着泪眼躺在床上，蒙眬中曾极力想动员起自己对牡丹的恨。那样，或许能多少减轻内心痛苦的分量。但不知什么原因，他未能做到。刚才，他意想不到地目睹了那达木德和牡丹隔窗调情之后，又双双站到他的面前，不断交流着眼神，更使他妒火熊熊。他又一度想鼓动自己去恨这个对他如此绝情、这么快就另有所属的姑娘，甚至切齿地去恨。事实上，这一股恚恨的力量未尝不在他的胸膛里喧哗一阵，但不久又被埋进心海的底层，终于未能掀起一个恚恨的小小浪花。为什么就是恨不起来呢？这连胡俊玉自己也感到难于理喻。是对牡丹迷恋到不能自拔的地步了，还是存在出现奇迹和失而复得的痴想？似乎都不是。他转而去恨自己，恨自己太软弱、太窝囊、太可悲了！但是，有一点他忘记了，他是个有血肉之躯的男人，和所有男人一样，对漂亮的女人有一种天然的自己也抗拒不了的趋附心和宽容精神。男人的这种天性，总是暗暗在起作用并且很难走向反面。就连铁面无私的法官，对一个漂亮女犯在量刑上都会有所体惜、容情而做低眉菩萨，何况牡丹不仅出奇地漂亮，而且从没有过可以指责的哪怕微不足道的恶行，对于未能免俗又深深陷入情网的胡俊玉，怎么能一下子恨得起来呢？不过，胡俊玉在此刻没有、在以后也未必能意识到这一点。就算胡俊玉意识到了自己身上存在着男人共有的弱点，也有决心彻底抛弃或挣脱这个束缚精神的力量，把宽容全部变成恨，那么，也还会有一个巨大的心理因素足以减弱甚至抵消他的恨。这便是他对牡丹的怀罪感。这种暗暗啮食心灵的怀罪感，只能把恨变成宽容，却不能把宽容变成恨。特别是，四年来，他和牡丹之间没发生过一次争吵，经过又痛苦又甜蜜的感情酝酿，已达到心心相印的程度了。牡丹逃婚，绝不是因为两人感情破裂，而是因为四年前那件事。这不怪牡丹，只怪自己确实曾使牡丹家破产，更怪那达木德让牡丹在婚礼前知道了这件事。是的，如果不是那达木德插足其间，那么，在眼下的时间，他正和牡丹度着盼望已久的甜蜜的新婚之夜呢！这么一想，胡俊玉不仅觉得不应该去恨牡丹，反而油然生起一股怜惜之情，对那达木德的敌意却成倍地增长起来。

人的思想容量具有奇妙的巨大的伸缩性，而且，和时间的长短并不总成正比。有时通宵达旦，脑海里依然空洞无物，像干涸的小溪，难以寻到一滴水；有时俯仰之间，脑海里思绪万千，犹如长江大河，波涛骤至。比如眼前，胡俊玉说完"这个人是不会给你带来安稳和幸福的"那句话以后，仅仅过去了片刻时间，这三个人却进行了我们上面讲述的那样极为纷繁的心理活动。如此密集的思想状态，在这三个人以后的生活中是否还会出现，我们不得而知；但在他们到此为止的前半生，的确是仅有的一次。

其实，静场的时间是很短暂的，而最先平静下来恢复常态的竟是胡俊玉本人。

牡
丹
夫
人

"不过，"胡俊玉转向那达木德说道，在那达木德听来，他的话是紧承上面一句说出来的，只是敌意更加明显而已，"我还是要祝贺你，那达木德梅伦。"

"胡先生。"那达木德说道，脸上的委屈和懊悔的表情已经被恼怒取代，"你根本没想听听我的解释！"

牡丹飞快看了那达木德一眼，刚想说话，却早已被胡俊玉抢去了话头。

"解释！"胡俊玉冷笑道，"我确实没想让你解释。一切我都能想象得出来。两天的旅途中，我一直弄不明白，听了扎木苏大叔的话，我甚至不相信。但现在我清楚了，明白了，而且确信无疑了！"

"你明白了什么？你什么也没明白！"

"我什么都明白！"胡俊玉克制不住怒火地大声说道，但他立刻意识到自己不应失态，无论如何不能让那达木德看出自己太激动而产生内心的讪笑。他咬了咬嘴唇，喘了一口气，努力使自己平静下来，然后才接着说下去。"那达木德梅伦，我佩服你的心计和精明。你说过，哈斯敖其尔知道当年那件事,为了封住他的嘴,你花了足够的钱。我能推测出,为了得到击败我的那张王牌,你肯定花了更多的钱!这很值得,对吗?你看到有成功的把握,便——仅仅三个月前——休了妻子,竟是因为她不能生育。接着,你在四天前跑到我的小客厅,装出一副怒容引起月兰小妹的担心,使她不能不去找牡丹,在你估计牡丹已走到门口,就天衣无缝地把话头引到当年那件事上,以期使牡丹把我当成恶棍而把你看作蒙古人的英雄!你终于达到了目的。"

"胡说!你是把一些风马牛不相及的事情硬编到了一起!"

"不是硬编,我只是把你做过的事情替你重复一遍而已。否则,你怎么好意思自己讲出来?"

"胡先生!你被鬼迷住了心窍!"

"你深夜敲窗的同时,又把我的心窍敲开了!——不过,我今天来,可不是为了和你争吵。我没必要说更多的话。"胡俊玉说着,留给那达木德一个仇恨的凝视,便不容对方喘息地把脸转向牡丹,紧接着说下去,"牡丹,我特意到此,是为了向你宣布,从即刻起,我把自由还给了你。婚约当然是自动解除了。做出这样的决定,对我是艰难而痛苦的。但想来想去,没有别的办法。你既然知道了我就是那个使令尊破产的罪魁,就不可能做我的妻子了。我觉得,这对我也是件好事,因为我获得了解脱,否则,我们结婚后,我的心不会宁帖,时时刻刻都要担心你获悉四年前那件事的底细。与其日后昼夜提心吊胆,不如今天彻底割断情丝,做个没有精神负担的人。我要说的就是这些。唔,对了,"他略停一下,从口袋里掏出一对玉镯,"这是那达木德梅伦送给你的,我带来了。由我退给那达木德梅伦似乎不妥,还是交给你吧,也算我完成了转交的任务。"说完,也不问牡丹是否同意,就把玉镯塞到她的肘间了。然后,他向那达木德走了一步:"那达木德梅伦,我想单独跟你谈几句话。"

牡丹不无惊恐地说道:"你们……"

"不必担心。"胡俊玉回头一笑说道,"我不会伤害他,他还没有到该结束生命的时候。我也是。"

那达木德恨恨不已地说道:"我确实曾想和你单独详细地谈谈,但冲你刚才说的那些浑话,我打消了这个主意!"

"你是不敢吧?"

"不敢?呸!你现在就把枪掏出来,看我那达木德怕不怕?"

"枪？唔，原来你担心我会开枪？好吧，我可以先把子弹卸下来。"

"少来这一套！"那达木德说道，"上哪儿去，你说吧?!"

"不会太远，只要我们说的话第三者听不到就可以。"

一直没能从紧张迷惘的状态中恢复过来的牡丹，听到这两个不共戴天的男人针锋相对的甚至隐藏杀机的对话，已经忧惧交加，又眼见他们向黑暗深处走去，更感到了臂颤股栗了。她像魇入噩梦，硬是拔不开腿，喊不出声来。而且，即使能拔开腿，能喊出声，她应该去拉谁，应该喊哪一个呢？是胡俊玉还是那达木德？她真是懵懂了，心里究竟担心哪一个会在今晚丧命，她自己也回答不出。所以，她只能把恐惧的视线朝两个背影追射过去，胆寒心裂地等待着肯定会使她昏厥过去的惨剧的发生。

时间好像为了折磨失去主意的可怜的牡丹，故意放慢了脚步，甚至凝滞不动了。时间愈是无限抻长，牡丹心灵所受的折磨也就愈是无穷地增加。她眼望着那两个依然可见的背影，只觉得窒息般难受，只觉得肝肠在一寸寸断裂，只觉得心房里有无数把利剑在穿刺。陡然间，她眼前不见了胡俊玉和那达木德，只剩下了乱舞的群星。乱舞的群星又迅即化作殷红的血，伴随着一声分不出是胡俊玉还是那达木德的凄厉的惨叫，向她劈头盖脑地压来。她不敢再看，赶紧闭上眼睛。

牡丹夫人

换上别的姑娘，在闭上眼睛的一刹那，肯定会昏倒在地。但牡丹毕竟不是一般的姑娘，她的坚强和自制力绝不亚于一个男子汉。所以，她没倒下去，只是身体摇晃了一下，又猛地睁开眼。幻象隐退了，她又看见了那两个尚未被黑暗吞食的身影。此刻她清醒多了。"牡丹哪！"她在心里说道："你怎么还愣在这里？难道你希望这两个人中间的一个倒在枪口下吗？不！"她又在心里大声回答了自己，"他们谁也不应该死。我不愿意看到他们之间任何一个人流血！"

牡丹这样想着，身体中突然产生一股巨大力量。她大喊一声："等一等！"飞步追了过去，顺手把镯子揣入怀里。

刚刚走到拴马桩处的胡俊玉和那达木德听到牡丹的喊声，不约而同地停下脚步，不约而同地回转身来，最后又不约而同地叫道："牡丹！"

"你跑来干什么？"胡俊玉微皱眉头问道。

"你不必参与我们两人之间的事。"那达木德几乎同时说道。只是在这一瞬间，他和胡俊玉有了共同语言。

"不!"牡丹站下后,喘息了一下说,"我不能眼看着你们胡来!"

"胡来?"胡俊玉惊讶地说道,不由自主地扫了那达木德一眼,"牡丹,你担心我们会决斗吗? 我不会这么蠢。我相信那达木德也不想在今天当个杀人犯的。"

"不管怎么说,今天的事是因我引起的,你们有什么话就当我面说好了。"

"不,我不想这么做。这对你没有好处。"

"我什么话都敢听,我不怕。我心里清楚,你恨嘎达哥,更恨我。其实,这事和嘎达哥没有关系。想打,想骂,直接朝我一个人来吧!"

"你想错了,牡丹。你误解了我的话。当然,我恨那达木德,这一点,我不隐讳。但我不允许自己有一星半点儿怨恨落在你的身上。在眼下你毅然离开我,这并没有错。换上我,也会这样做。我承认,我痛苦过,在心里寻找过恨。可找来找去,那里只有对你的爱,而没有恨。我也承认,直到现在,我也还是爱着你,幻想有一天你还会回到我身边。我决定到这里来以前,曾打算把你穿过的衣服全带来,但我终于没有舍得。它们将伴随我终生。看到和抚摸你用过的衣物,会感到你还在我身边,会想起我们在一起的那段快乐日子。因为那是我一生中仅有的快乐。……"

胡俊玉还没说完,牡丹就声音带着惶恐和祈求地叫道:"你别说了!"并倏地扭过脸去。在这一霎,胡俊玉和那达木德分明都看到牡丹的眼睛涌出两行泪水,却谁也听不到她的心灵正在凄惨地喊着:"天哪,为什么使爸爸破产的不是另外一个人而偏偏是他呀?!"

突然看到牡丹椎心泣血的悲痛样子,胡俊玉和那达木德都很吃惊。胡俊玉在吃惊中还带着明显的后悔和自责。因为他刚才的一番话,确是由衷之言,不是有意表白深情,企图打动牡丹,使她回心转意。他和牡丹相处了四年,深知这个倔强的烈性姑娘不是那种优柔寡断和朝令夕改的人,决意要做的事情是不会轻易改变的。就算牡丹不忘旧情,他们存在破镜重圆的可能,也不会是眼前,而要很久很久以后。那么,为什么要说出刚才的那些话,徒然增加牡丹的痛苦呢? 他不由得恨起自己来。继而想到这一场悲剧全然是那达木德造成的,便自然而然地又把心中的恨全部转移到此刻正站在身旁的也带着短枪的男人身上了。

那达木德可没想到要恨谁,他只感到在惊讶中有一种疑惑和妒意侵进来。他有理由猜测出,牡丹心里还留恋着胡俊玉,嘴上说要嫁给他那达木德,实际上却在为和胡俊玉分手而悲伤和后悔。遭遇巨大不幸的人,常常要强迫自己做出违心乃至自戕的事情,仅仅是为了掩盖或冲淡内心的痛苦。牡丹决定嫁给他,是不是也是这样呢?果真如此,他那达木德可就太可悲了!看来今晚不该跑来,更不该不早些离去。那么,现在就走是否合适呢?究竟怎样做对牡丹有利呢?自己当然可以一走了之,可牡丹妹妹怎么办?她在眼前的困境中不是正需要一个人保护吗?想来想去,那达木德也找不到正确的答案,索性什么也不想,决定听天由命了。

正当这两条强性子的男子汉,被一个强性子的少女的眼泪弄得神思慌乱,一时不知所措的时候,房门处传来扎木苏呼喊牡丹的声音。显然是他刚才听到牡丹的异常的喊声,以为发生了什么事,便不放心地跑了出来。

牡丹没有应声,却掉过泪脸,朝着胡俊玉央告般地说道:"求求你快走吧,别再折磨我了!"说完,猛地转过身,捂着脸,向房门处飞跑过去了。

胡俊玉咬着苍白的嘴唇,目送着几乎是逃走的牡丹,心里一阵难忍的搅痛。他知道,牡丹还爱着他。但从这一刻起,牡丹却不会再走近他,而要长期地甚至永远地属于另一个人。这个人便是身边若无其事而且肯定在暗自高兴的那达木德。他恨这个人,恨得想把握紧的拳头砸过去,把这个人的头颅砸得粉碎!

"那达木德!"胡俊玉突然转过身,怒视着那达木德,悲愤填膺地低声吼道,"我恨你!你夺去了我的幸福,也夺去了牡丹的快乐!我恨你!"

"你错了,胡先生。"那达木德平静地说道,心里有点儿可怜眼前这个要发疯的人。

那达木德愈平静,胡俊玉的怒火就愈炽烈。他真有点儿控制不住自己了。他往前走了一步,咬牙切齿地说道:"错的是我过去没看透你。我今天却没有错。你到底让我看到了真实嘴脸!"

"我理解和同情你现在的心境,但我要告诉你,我那达木德为人光明正大,从未做过对不起朋友的事。"

"朋友!哼,你不配说这两个神圣的字。你是我所认识的最卑鄙最阴险的小人!"

那达木德勃然大怒,劈手拽住胡俊玉的衣襟,满脸搐动地说道:"你敢用这样恶毒的语言骂我?!你逼得我忍无可忍了!"

"忍无可忍的是我!"胡俊玉毫不示弱地说道,用力拨开那达木德的手,衣襟在撕裂声中奋拉下来。

那达木德将松开的手慢慢垂下去,自觉撕破了人家的衣服有点儿理亏。他估计胡俊玉会扑上来,做好了挨拳头和不还手的准备。

胡俊玉确实举起了拳头,却没有打过去,只是在那达木德眼前晃动了一下,恶狠狠地说道:"你记住,又欠下我一笔新债!"他挥了挥拳头,像咽下一股恶气似的猛吸了一口,紧接着说下去,"听着,那达木德,别以为我没胆量和你决斗。死和活,对我已经无所谓。但我不愿让人们说我参与了一场情杀。我今天活下去,仅仅为了有一天能堂堂正正地打死你! 你等着吧!"

胡俊玉说完,转身走到拴马桩前,解下坐骑,跳上马鞍,挥鞭飞驰而去。

那达木德怔怔地站在那里,心想:"胡俊玉最后留下的就是要单独对我讲的话吧。"他又细细品味了一下胡俊玉的那几句话,不解地摇了摇头,"这'堂堂正正',是什么意思呢? 跟我打这个哑谜,就不够堂堂正正嘛!"他这样想着,又默默站了一会儿。之后,他觉得继续留在这里已毫无意义,便自我解嘲地苦笑了一下,也骑马回家了。

10

那达木德到家时，天已大亮。他把马送入圈内，头脑昏沉脚步踉跄地向房门走去。到了门口，他一眼看见门锁被撬，陡然记起他把阿木冷贵独自丢在家里整整一夜了！是谁在夜里撬开了门？难道出事了？他的心猛地一颤，惊恐万状地推开门，三步并作两步地冲进卧室，却见照日正眉垂目合地坐在安然熟睡的阿木冷贵身边。

那达木德惊魂甫定，轻声叫道："二哥。"

照日闻声睁开眼，不满地看着那达木德，抱怨地说道："上哪儿逛荡去了？把孩子锁在屋子里一走就是一宿，你也真能放心！"

"都怪我，二哥。"

"告诉你，嘎达，我今天是决计把阿木冷贵带回去了。"

"二哥，你就宽恕我这一次吧，我保证下不为例就是。——不过，二哥，你要带走阿木冷贵，是因为生我的气，还是那件事没办妥？"

"那件事倒是想不到的顺利，但我不能不生你的气。你没把阿木冷贵放在心上。你不心疼，我还心疼呢！"

"我怎么不心疼啊，二哥！今天确实因为牡丹家的事把我缠住了，一时脱不开身。"

"自己的事还没个着落，还有闲心去掺和别人的事情！"

"牡丹救了我，她有事要我帮忙，怎好拒绝呀。"

照日觉得那达木德的话有点儿道理，确实是牡丹送的项链解了急难，人家有事，哪能不管，总要知恩图报嘛。这么一想，他心中的火气也自消去了一半。他沉吟了一会儿，缓和地说道："算你做得对，可也不能把孩子一个人扔下呀。如果出了事，你后悔也来不及了。"

"是，二哥。我是太粗心了。"

"好了，不说这个了。我们商量商量下一步怎么做吧。"

"你说吧，二哥，我一切听你的吩咐。"

"我先把经过讲一讲吧。"照日说着，把身子挪下炕来，走到桌边坐到椅子上。那达木德随着坐到另一把椅子上，期待地看着照日。

"项链是真货，可值那么些钱，我倒没想到。色旺嘎尔布的那个朋友很讲情义，说他给的不是最高价，暂时也不想出手，等你手头有了钱，还可以赎回去，只当借款，用项链抵押好了。昨天——晤，对，昨天早晨我们就把钱拿到手了。我们没敢在彰武停留，吃了一碗饸饹就往回赶路了。"

"怎么？没买皮袄？"

"听我说呀！色旺嘎尔布正做皮货买卖，家里存有几百身皮袄。临去彰武前他就说，如换不出现洋，他就先把自己的皮袄借给你，钱以后再说，为朋友要两肋插刀嘛。"

"他……真是义气如山啊！"

"看来还得多交朋友啊。——后来，我们回到宝尔道屯，色旺嘎尔布雇了几个人，套上四辆牛车……"

"牛车！为什么不用马车？"

"马车当然快些，但怕王祥林起疑心。我们草原运送货物，都是用牛车啊。再说，牛车在当天夜里也能走到王府，王祥林却不能不想到，牛车从奉天到王府至少要走七八天啊！就是说，他抄家之前，你就在奉天买好皮袄了。"

"你们想得真是太周到了！"

"这都是色旺嘎尔布细心。——我算计着，色旺嘎尔布带领四辆牛车，在昨天夜里就已到了王府。色旺嘎尔布能言善辩，会把事情说得滴水不漏。王祥林势必认为抄家抄错了，也势必赶紧跑来赔礼道歉的。我约莫着，最迟在今天中午，他就会把抄去的钱和烟土恭恭敬敬地送来。"

"哼！王祥林！我不会善罢甘休的。"

"叱责他几句，让他以后别再算计你就得了。得饶人处且饶人嘛，不要结怨太深。"

"这种势利小人，你不把他制服，让他不算计你是做不到的。"

"身正不怕影歪，自己规规矩矩做人，谁也奈何不了。说起来，这回也是你的错啊。"

"可我的本意没想贪污一文军费呀!"

"别再跟我犟嘴了。两天前你就不敢这么说,因为那时你有一条腿已经迈进牢房了。要不是牡丹——真的,我倒忘问了,你说牡丹家有事要你帮忙,她家发生了什么事?"

那达木德哀叹了一声,简略地讲了一遍牡丹逃婚以及胡俊玉到牡丹家的经过。

"原来是这样。"照日慨叹道,"牡丹还算有骨气,怎么可以和仇人结婚呢? 不过,她以后怎么办呢? 谁不知道她在胡俊玉家住了四年? 再漂亮也是很难嫁出去了。"

那达木德未置可否地耸了耸肩,什么也没有说。

照日唏嘘叹息了一阵,又说道:"不管怎么说,牡丹还是个好姑娘,对你更是恩重如山,要好好感谢她。——我的马是她骑走了吧?"

那达木德点了点头,有些心不在焉的样子。

"我那匹劣马照牡丹的马可差多了。明天,我把她的马送回去,就便表示表示我的谢意。——嘎达,你好像魂不守舍,你怎么了?"

"我……"那达木德支支吾吾地说道,"我在听你说话呀。"

"不,你在想着什么事,是不是牡丹……"

"二哥!"那达木德连忙辩解道,"真的没什么。我只是有点儿……累。"说完,垂下眼帘,避开了照日的注视。照日虽然猜出那达木德心里藏着什么难办的事,而且这事肯定和牡丹有关,但是,看他此刻心烦和浮躁的样子,又显然不肯说出来,也不便追问下去。再说,牡丹的事同那达木德面临的事相比,其重要性毕竟是第二位的,更无须在此刻非弄个明白不可。所以,照日便不再追问,只是疑惑地摇摇头,然后暗含警告地说道:"眼下不要为别人的事分神。你还有一道难关要过,也不是太好应付的。看来你确实精疲力尽了,足足两天没合眼了嘛。你睡一觉吧,趁阿木冷贵还没醒。"

"我能睡得着吗,二哥?"

"那就闭目养神好了。我还要忙活一阵。"照日说着,站起身来。

"还忙活什么? 你也歇着吧。"

"我好在已经打了个瞌睡。再说,我们必须准备一下。等王祥林来时,要让他看到满桌子的肉和酒,确信你是刚刚到家,我在给你接风。酒,我带来了几瓶,是色旺嘎尔布存的奉天烧锅的老酒。我这就去杀一只羊。"

"那……我和你一起干。"

"嘎达……"

"一忙起来,我就有精神了。"

"你呀!——好吧,你把刀找来,我去抓羊。"

兄弟俩都是耍刀的好手,要不了多久,一只又肥又大的绵羊就被拾掇得利利索索,没到中午,已经变成了热腾腾的熟肉块了。估计王祥林快到了,阿木冷贵又几次吵着要吃手扒肉,他们便放好炕桌,端上一大盘羊肉,让阿木冷贵先吃,兄弟俩则相对坐在桌子两边,每人面前摆着一个酒碗,只等这场戏敲响开场的锣鼓了。

果然不出所料,没过一袋烟的工夫,外面就传来了马蹄声。霎时,两个人都抖擞起精神来。

"来了。"照日说道,捧起酒碗,"喝酒,别往外看。"

对于照日的吩咐,那达木德当然遵照执行。但当他放下酒碗想去拿肉时,却忍不住笑出声来。

"对,大点声儿笑。"照日说着,紧张地咽了口唾沫。

"我是笑你呀,二哥。"

"笑我?"

"你这哪里是给我接风,倒像赴鸿门宴,担心我刺你一剑。看你的酒,全倒在衣服上了!"

照日赶紧放下酒碗,局促不安地用衣袖拭去胸襟上的酒渍,摇头苦笑道:"弄虚作假……真是一件难事。"

"这可是你的主意呀,二哥。"

"都是为了你!"

"不管怎么说,这出戏也得演完啊。你就当什么事也没有,只管喝酒就是。"

"我太不中用了,偏偏到了节骨眼儿上发起慌来!"

"我看你再喝一口酒,好让脸上有点儿血色。"那达木德说着,侧耳细听了一下外面的动静,然后朝照日轻"嘘"了一声,"进院了。走得好急呀!"

那达木德这么一说,照日愈觉心里紧张。照日本是个老实人,又是极虔诚的佛教徒和天天顶礼诵经的喇嘛,从来不做欺心骗人的事情,让他坐在酒桌旁演戏,是太难为他了。可这的确是他的主意,是自己要干的呀。为什么鬼使神差地竟充当起这种自欺欺人的角色呀！他有些后悔，暗骂自己已经变成不诚实的人了。但他忘了，这两天干的都是弄虚作假的事。只是由于一心想着要搭救弟弟，把做喇嘛乃至做人的第一要义——诚实，丢到脑后了，即使偶尔想起来了，也因为正是千钧一发的紧急关头和需要争分夺秒、马不停蹄的奔波，又随即忘却了。眼下的情况就大不相同了。该做的都在忙碌中做完，并相信危险已经过去，紧缩的心便松弛下来。这就使他又渐渐恢复了虔诚的佛教徒的本色，必然要用佛家的道德规范来检验自己的行为了。坐在桌旁等待王祥林拜访的一段闲暇，当然就成了他从哥哥又变回到喇嘛的最合适的机遇了，然而，他毕竟身在虎背，而且是自己跳上去的。现在，王祥林已到了门口，为了弟弟又不能中途打退堂鼓，还得硬着头皮，带着欺骗佛爷的罪过感，继续演下去。他怎能不悲哀，又怎能不惶恐呢？他正是在这种又悲哀又惶恐的心境中，叹息了一声，第二次捧起酒碗的。而堂屋响起的脚步声，更使他感到一阵恐惧，因为从那震地有声的脚步听得出来，来人显然带着怒气，根本不像来赔礼道歉的！难道是色旺嘎尔布露馅了吗？照日着实感到下地狱一样的可怕，脸色更加惨白起来，他胆战心惊地朝房门看去。

恰在此时，房门当的被一脚踹开。照日一抖，酒碗脱手而落，酒全洒光了。

那达木德到底是行伍出身，还能做到临危不惊。他这时喝了一口酒，放下酒碗，慢慢转过头来。但当他看清站在眼前喘着粗气的人时，却还是猛吃一惊，惊慌失措地跳下炕来，疑惑而忐忑地轻声叫道："扎木苏……大叔！"

这气势汹汹破门而入的人，确实是仁钦扎木苏。他本来就是带着恼恨一路狂奔而来的，冲进门后，又一眼瞥见丰盛的席面，这心中的怒火便像被浇上烧酒一样，愈加炽烈了。他没等那达木德镇定下来，就胡须掀动、唾沫飞溅地骂道："好哇，臭小子！你倒清闲得很哪。屁也没放一个，就跑回来灌上马尿了！"

一大早就毫无来由地遭到这样一顿臭骂，那达本德心中很不是滋味。他本想也说几句不客气的话，却只是又叫了一声"大叔"，就再也找不到合适的词儿了。因为他猛可醒悟过来，意识到昨天夜里不告而辞是太失策了。要知道，昨天接连发生的几件事，都和他有关。牡丹说要嫁给他，胡俊玉说他存心夺去未婚妻，扎木苏又目睹了他深夜敲窗。这些纷繁复杂的情节，如

牡
丹
夫
人

此偶然、奇妙而且看似合情合理地与牡丹的逃婚和胡俊玉的解除婚约交织到一起，扎木苏怎能不认为都是"情争"这条主干上派生出来的枝杈呢？又怎能不认为他那达木德默认了这一切，自觉问心有愧并且无颜露面才逃之夭夭的呢？那么，那达木德真的能问心无愧和理直气壮地替自己分辩吗？他突然觉得做不到这一点。因为他无法否认很久以前就在思念牡丹了，无数次梦想娶牡丹为妻，就是昨天夜里还在为胡俊玉解除婚约而暗自高兴啊！这就是说，自己的灵魂也并非白璧无瑕，占有牡丹和妒忌胡俊玉的不光彩的念头，早就在潜滋暗长了。眼下，连他自己也弄不清，这几天的举动究竟和隐私的念头有无联系？哪些是有意的，哪些是无意的？甚至那一系列可见的举动和心海里无形的念头，竟残酷而戏谑地纠葛到一起，交叉乃至重合，使他无法把自己的行为和思想泾渭分明地排成两列。想到这些，那达木德更觉思绪混乱，哪里还寻得到回敬扎木苏的话？他怔怔而略带赧颜地盯着盛怒中的扎木苏，一面在心里悲哀地叫道："天哪，这真是难以说清的问题啊！"一面听天由命地准备迎接更凶更狠的责骂了。

扎木苏见那达木德叫了一声"大叔"，就难为情地闭拢了嘴巴，更有理不让人地怒喝道："说呀！我就知道你无话可说！你心里明白，你他妈干了一件多缺德的事！"

"大叔！"

"别叫我'大叔'！在你把话说清以前，我不想听你喊我大叔！我看你是存心跟我过不去，非弄得我家破人亡才舒坦！"

刚刚从紧张中镇定下来，随即又被扎木苏的一阵狂风暴雨袭击得胆寒心骇而且感到莫名其妙的照日，这时走了过来，劝解道："扎木苏大叔，先消消气，有话坐下慢慢讲。"

"消消气！这气能消吗？——对了，正好你老二在这儿，你是深明大义的人，让你们老嘎达说说他干的好事吧！"

照日询问和责备地扫了那达木德一眼，又和悦地说道："我当然要问他。他有得罪您老的地方，我会惩治他的。不过，请您先坐下。您大概还没吃早饭吧？先吃点儿喝点儿，嘎达跑不了的。"

"他敢跑，我就敲断他的腿！"扎木苏说着，威吓地瞪了那达木德一眼，不客气地坐到桌边，端起酒碗，咕嘟咕嘟喝得一滴不剩，然后抹了一下胡须，审讯般朝着尴尬站立的那达木德说道："说吧，臭小子！你打算怎么办？"

已经陪着扎木苏落座的照日,对这句问话依然丈二和尚摸不着头脑。那达木德心里多少明白点儿来由,却一时回答不出,竟不自觉地反问了一句:"您指的是……什么?"

"别跟我装糊涂!"扎木苏厉声道,"你觉着腿快,说溜就溜,我他妈也有腿!你跑不了!"

"大叔,"照日忍不住说道,"你说了半天,我还是不明白究竟出了什么事?"

"你不会不知道。"

"真的,大叔,我真的不知道。"

扎木苏看着那达木德,愤然道:"看你这个坏小子,这么大的事,连你二哥都不告诉!我看你根本没安好心!——老二,你知道牡丹回来了吗?"

"知道。"

"知道她为什么回来吗?"

"知道,她是……逃婚。"

"逃婚!多光彩的词儿!哼,逃婚!牡丹是逃婚回来的!"

"照我看,牡丹做得对呀!胡俊玉可是您的仇人啊!"

"仇人……"扎木苏沉吟着停顿了一霎,并顺手拿过酒瓶替自己斟满碗,"我不管她对不对。我是说,她怎么办?"

"您是说……"

"是的,牡丹怎么办?她得嫁人哪!"

"嫁人……我想迟早会有人愿意娶她的。"

"眼前就有这么个人!说得好好的要娶牡丹,可一叫真章,拍拍屁股跑了!"

照日大吃一惊地朝那达木德扬起眼睛,有点儿不敢相信地问道:"嘎达,这个人是你吗?"

"二哥!……"那达木德说道,无奈地摇摇头,并悲哀地叹了口气,"让我怎么对你说呀?"

扎木苏大声道:"怎么说?怎么做的就怎么说嘛!还摇头叹气呢,犯愁了?哼,知道今天为难,当初就别把牡丹鼓捣回来。看看你干的这是什么事?把人家的家庭搅成一锅粥,自己倒跑回来没事一样又是吃又是喝!你他妈可知道,牡丹一天多滴水未进了!说不准这会儿已经悬梁自尽了!"

牡
丹
夫
人

90

"什么,您说?!"

"我说你要害死牡丹!"扎木苏吼道,并猛?了一大口酒,"你他妈嘴上说要娶她,心里却不想真娶她。你只是看她长得好,想暗地里,暗地里……哼!你以为牡丹逃婚,再没人敢娶她,就可以上手,偷偷占便宜。这——你休想!我现在就当着老二的面告诉你,明天就把牡丹堂堂正正娶过来!今天下彩礼,顶少五千大洋。"

"大叔!……"

"少啰唆!干也得干,不干也得干!你要是打耙,我就一把火烧了你的房子!"

正在这时,早已躲到窗台下的阿木冷贵喊道:"爸爸!有人来了。是……女的。"

站着的和坐着的三个男人,都不约而同地朝外看去。透过已化去薄霜的玻璃窗,他们看到牡丹正急匆匆走进栅门。

"牡丹!……"那达木德喃喃说道,略一思忖,立即下了一个早就想下的决心,一扭身,毫不犹豫地迎了出去。

11

昨天夜里,牡丹像躲避一场灾难一样从胡俊玉面前逃开之前,可以说经历了她一生中最艰难、最可怕也是最关键的一刻。那时,她曾十分清晰和恐惧地感觉到,正有一股异常强大的力量把她向胡俊玉推去,而且她似乎并不憎恶这股不知从何而来的力量。她更十分清晰和恐惧地意识到,她如果不奋力抗争,那股力量会轻易地把她送进胡俊玉的怀里,然后死心塌地地听凭胡俊玉把她带到任何地方,并从此再也记不起自己是仁钦扎木苏的女儿!这是很容易的。要是这一天的夜色拥抱的只是她和胡俊玉,而没有不容忽略的那达木德,那么,牡丹定会心甘情愿地和那股力量配合,心甘情愿地去做俘虏。但那达木德就在眼前。她也还没有忘记自己是牡丹,和诱惑以及软弱抗争的力量还没有全部消失,这使她终于能苦斗般转过身,咬紧牙关,飞快地逃走了。她战胜了胡俊玉磁石般的引力,也战胜了自己的感情,成了一个令人赞佩的胜利者。但她却没有胜利者的喜悦和轻松,反而像溃败一样悲哀和狼狈。此刻,她的心海中涌动的不再是几天来挥之不去的各种驳杂混乱的念头,只剩下了一个想法在翻滚呼啸,那便是,从她猛然转过身拔腿跑开的一刹那开始,她将彻底地、永远地、切切实实地失去了胡俊玉,失去了至今还无法割断情丝的爱侣;胡俊玉也将彻底地、永远地、切切实实地失去了她,失去了至今还梦想有朝一日破镜重圆的情人。而且,他们都将继续活下去,带着痛苦,带着回忆,甚至带着思念。"思念!天哪……"牡丹在心里叫道,"我究竟是个好女人还是个坏女人啊!我已经决定离开他,解除了婚约,并宣布嫁给那达木德,为什么还要先给自己一个去思念胡俊玉的许诺呀!可是,不再思念他,我做得到吗? 做得到吗? 神佛呀,快招来一个震雷,把我劈碎吧!"牡丹边跑,边这样无声地狂喊着。她已经什么也看不到了,只觉得四周是向她汹涌压迫过来的闪着可怕黑光的浊浪,而她正向这汹涌的

牡丹夫人

浊浪深处扑去。她透不过气来,胸膛里不断抽搐、膨胀,就要爆裂。她记不清跑了多久,记不清经过了几处坎坷,最后,她再没有力量跑下去,分明看到那汹涌的浊浪排山倒海般砸过来,她则任凭瘫软失重的身体扑到浪峰下,并随着胸膛的猝然炸裂,发出一声狂吼般的惨叫,接着便无声无息了。

不过,在扎木苏看来,牡丹只是发疯般跑过来,双手捂着泪脸,和他擦身而过,然后飞奔进卧室去了。他不知道是那两个男人中的哪一个欺侮了牡丹,也无心跑过去把他们怒骂一顿,便扬起紧握的拳头向黑黝黝的拴马桩处狠狠挥了一下,回转身来,随着牡丹跑进卧室了。

这时,扑到炕上的牡丹终于缓过一口气,在从胡俊玉面前转身的一瞬就抑制着的哭泣,经过一路的酝酿,聚集了足够的力量,顷刻间一发倾泻出来,形成了一阵令人回肠九转的恸哭。她的双手痉挛地抓着枕头,肩头在剧烈起伏,哭声无限悲哀,眼泪小河般涌流。那样子,就像要用号啕的哭声震碎五脏六腑,驱出体肤,让它们弥散到夜空之中;就像要用汹涌的泪水冲去旧日的全部快乐和痛苦,冲出一个新的世界;就像要用哭声和泪水重新塑造出一个牡丹来。

看到爱女牡丹哭得如此伤心,而且似乎要一直这样哭下去,站在炕边的扎木苏急得直搓手。他怎么呼唤也没有用,他伸手想拉起牡丹,却又力不从心。他几次想冲到拴马桩处,用皮鞭狠狠去抽打那两个折磨女儿的混账东西,但每次跑到门口,又不放心地奔回卧室。直到他听见那两个混账东西相继"畏罪潜逃"的马蹄狂奔声,他才懊悔地挥了挥胳臂,坐到哭声渐渐低下去的牡丹身边,一会儿"妈妈""奶奶"地痛骂胡俊玉和那达木德,一会儿又好言抚慰牡丹。

大约过了午夜,牡丹终于止住哭泣,渐渐安静下来。可是她像猛地想起了什么,一下子爬起来,带着自责和担忧地问道:"爸爸,您听到……枪声了吗?"

"枪声?哪儿来的枪声?"

"那……他们……"

"他们?你是说那两个浑小子吧?都他妈溜了!"

"他们一起走的吗?"

"一前一后,隔了半袋烟的工夫。"

"那就是说,他们没打起来。……"牡丹放心地舒口气。

"打什么? 把你害成这样,他们还有脸打架! 我倒恨不得打他们一顿!"

"他们走了,就好了。一切都过去了。"

"胡俊玉走就走了,我不想再难为人家。可那达木德休想一走完事,我非找他算账不可!"

"您找嘎达哥算什么账?"

"他该走吗? 既然说好要娶你,怎么屁也不放一个就跑了?"

"爸爸,我知道嘎达哥……为什么回去。"

"他是想出尔反尔、自食其言! 为什么,就是为这个!"

"……其言?……"

"对,他想赖婚!"

牡丹苦笑了一下说道:"他会来找我的。"

"等他来找你? 不! 一会儿我就去找他!"

"爸爸!……"

"哼,我要让他当我面讲清楚,他的葫芦里究竟卖的什么药?"

"您不要去,爸爸!"

"我非去不行! 用不了两天,全旗的人都会听说是那达木德鼓动你逃婚和讲好要娶你的。他要是真的不娶你,我们还有脸面抬头做人吗?"

"要是非找嘎达哥不可,那就我自己去找。"牡丹说着,准备下炕。

"别动!"扎木苏着急地叫道,"你哭了这么半天,哪还有力量骑马?"

"那您就别去。"

扎木苏想了想,无奈地说道:"好吧,都由你。可你怎么也得睡一觉呀。看你让他们折磨得啥样了,脸白得像张纸。快躺下,躺下吧。"

"您呢,爸爸?"

"我? 当然……也睡。对,躺下。我去吹灯。我们……都睡,都睡。"

牡丹确实是精疲力尽了,刚一躺下,就倦怠得话也说不出来了,眼皮也变得沉甸甸、黏糊糊。开始,她还能使劲儿把眼皮撬开个缝隙,模模糊糊看到爸爸的身影毫无声息地走向放着油灯的柜子,片刻后,她就什么也看不到了,只觉得自己的身体和灵魂化成了轻飘飘的一团,缓缓沉入舒爽而空蒙的乌有之乡,并渐渐融进了空蒙之中,自我意识随之涣散和迅速走向消失。至于爸爸怎样吹灭了油灯,屋子里怎样暗下来,爸爸又怎样蹑手蹑脚走到炕边,俯身细听她的轻而匀的呼吸,她是一点儿也不知道了。如果不是扎木苏过于急切,以为牡丹已经睡熟,在走出房门时不小心碰出了响动,那么,她这一觉准会睡到太阳东升甚至中午,她的意识也就不会在即将全部消失的当口儿,又被召回到漆黑的现实了。

牡丹并不是立即就确信她听到的响声是爸爸弄出来的,她甚至以为自己睁开眼依稀看到的一切也都是梦境中的情景,以为一会儿又要幻化成另一种样子。所以,她连动也没有动一下,只是眼皮又慢慢垂落下去。可是,随后从外面传来的马蹄声却使她完全清醒过来。她这回可确信是爸爸骑马走了,而且肯定去敖来毛都屯找那达木德。她一骨碌坐起身,跳下炕,奔到屋外。马蹄声已离她很远了,呼唤是没有用的。她迅速整整衣服,拢拢散乱的头发,便鞴好照日那匹跑不快的老马,跃上马鞍,尾随爸爸而去。等她好不容易跑到那达木德家的栅门外,天已近中午了。她一眼看到爸爸的坐骑正拴在栅门外的木桩上,知道爸爸确实在这里。她拴好自己的马,毫不迟疑地走进栅门。

"牡丹!"那达木德动情地喊道,快步迎上去。看到牡丹患了一场大病般的虚弱样子,喉头不由得哽咽了一下,并果断地把那双冰冷的小手握进掌中。"牡丹……"他又轻轻叫了一声,眼泪便扑簌簌地落了下来。

牡丹没有抽回自己的手,只是略显疑惑地盯着那达木德,缓声问道:"爸爸没骂你吗?"

"骂了。他……骂得好,我是该骂的。"

"嘎达哥……"

"是的,牡丹妹妹,你也有理由骂我。我恨自己。昨天夜里我怎么能离开你呢?"

"我能理解,嘎达哥。我知道你为什么走开……"

"你……知道?"

"我知道。在胡俊玉面前,我是太软弱了,对吗?"

"是我的气度太狭小了。"

"不,只怪我对那件事知道得太晚,它对我变得过于遥远了,使我想恨他却恨不起来。……"

"所以我想,你人嫁给我,心还会拴在另一个人身上。"

"真会的。"

"牡丹!

"但是，那个牡丹在昨天夜里死去了。"

"是……真的吗？"

"嘎达哥，我会成为你的好妻子的。"

"我相信，相信，相信你的，牡丹妹妹！"

"我们结婚吧，嘎达哥。"

"当然，那还用说吗？"

"走，我们去告诉爸爸。"

那达木德很快带着牡丹走进屋里，站到扎木苏面前了。扎木苏早就从玻璃窗看到了他们手拉着手说话又手拉着手走，进屋来，不用他们说一句话，就明白这婚事已经定了。他早晨跑来原是要逼着那达木德娶牡丹的，临到这两个人真的以身相许，他就又有点儿不是滋味了。他总觉得让那达木德做女婿不称心，对牡丹也太委屈了。但事到如今，他还能厚着脸皮收回自己的话吗？只好打落门牙吞下肚了。然而，让他表示很高兴，说几句使在场的人都感到快乐的话，他也做不到。那满腹的火气不发泄出来，是不会舒坦的。所以，他懊丧而怨恨地看了那达木德一眼，把手中的酒碗猛地送到唇边，一口喝干了里面的酒，然后，"啪"的一声把碗蹾到桌子上，又威逼地瞪着那达木德说道：

"你是决定娶牡丹了，对不？"

"是的。"

"可你不配！"

"大叔！……"

"听着！我说话时你少插嘴！——看看牡丹，再看看你这副德行，你配吗？"

"爸爸！"

"你也闭上嘴！三条腿蛤蟆找不着，两条腿的人哪儿没有？你却……哼！真是瞎了眼！"

"爸爸，你这话对嘎达哥是不公平的。嘎达哥是我们蒙古人中真正的男子汉。您不也常夸他吗？"

"夸他！我什么时候夸过他？我早就忘了。——不，是没有的事！"

"倒是我觉得配不上嘎达哥。"

"胡说！你哪点儿不如他？是他配不上你！——嘎达，你说，到底谁配

不上谁,是牡丹还是你?"

"当然是我配不上牡丹。"

"对,我要的就是这句话!"

"不过……"

"够了!别的废话就少啰唆。总之,是你嘎达配不上我的牡丹,这就够了!那你就当着我和你们老二的面说说清楚,你打算怎么办?"

那达木德没有料到,在前后仅仅几分钟的时间里,扎木苏所说的话,竟如此大相径庭。牡丹到来前,扎木苏还威逼他那达木德明天就娶过牡丹来,而眼下,又说出这种话!同样是那个扎木苏,同样是威逼的口气,却分明是让那达木德打消纯属异想天开的念头,逼他亲口表示不再侈想娶牡丹为妻。要是在昨天,那达木德准会毫不犹豫地回答扎木苏的问话,干脆地了结这件谁都会认为不般配的婚事,虽然是牡丹先提出要嫁给他的。他准会说:"我不娶牡丹就是。我宁可打光棍,也不能委屈了牡丹妹妹。"但现在,让那达木德这样说,是无论如何也做不到了。他已不再怀疑牡丹对他的真诚,知道牡丹需要他,自己也需要牡丹。并且开始相信,除了他,没有谁更具备做牡丹丈夫的资格和条件。最要紧的是,他对牡丹的兄爱已迅速变为情爱了。刚才在院子里,他勇敢地把牡丹的手握进掌中,说明他在经过了近两天艰难的心灵角斗后,终于迈出了关键的一步。从这一刹那起,他已把牡丹当作了妻子。也是从这一刹那开始,他决定永远去做牡丹的保护者,不允许任何人夺走或伤害牡丹,包括胡俊玉和扎木苏!可是在眼前的场合,他能这样去回答扎木苏吗?难道他可以说"扎木苏大叔,不管你说什么,我也要娶牡丹"吗?如果他真的这样回答,那么,扎木苏准会暴跳起来,大吵大闹,甚至跑到外面瞎喊,说他那达木德倚仗武力强行娶牡丹。那就把事情弄糟了。特别是,这是当着牡丹的面,怎好和这个颠三倒四的糊涂大叔争吵呢?那达木德这样想着,觉得还是什么也不回答,紧紧咬住嘴唇为妙。

对于扎木苏的问话,牡丹也感到意外。但是,她可不像那达木德,一到紧要关头,总是思前想后,踌躇再三。她既然看到那达木德紧闭嘴巴不敢出声,便决定由自己去回答爸爸。她想告诉爸爸,是她主动要嫁给那达木德的,而且,不管是谁,也休想阻拦她。

"爸爸!你不该这样对待嘎达哥。……"

"我在问嘎达,没问你!"

"可是爸爸,是我先找的嘎达哥,不是他……"

"我不管你们谁先找谁!"扎木苏怒道,并跳到地上,用酒红的眼睛瞪着那达木德,"你哑巴了?你小子以为不出声就算赢了?没门儿!要是你不想说或是不知道怎么回答,我来告诉你。听好,满脸黑毛的臭小子,你是配不上牡丹的。牡丹嫁给你,算你们家烧了八辈子高香!可你要记住,要是你对牡丹有一点儿不好,要是你让牡丹受了一点儿委屈,我就用斧子劈了你!"

"原来问的是这个!"那达木德想道,放心地舒了一口气,并迅速扫了牡丹一眼,似乎在告诉牡丹:这还用说吗?我就是去受轮回之苦,也不能让你受到一丁点儿委屈的呀!

牡丹也听懂了爸爸的话,同时又看明白了那达木德眼神里的内容。她不再担心出现新的波折,而且深深受到了感动,眼睛立时潮湿起来。

扎木苏紧接着厉声问道:"那达木德,你听明白了吗?"

那达木德微微一笑说道:"听明白了。"

"你能做到吗?"

"当然能做到。"

"现在就发誓,当着我和你们老二的面。"

"我发誓,大叔。"

"说明白点儿。"

"是,大叔。我发誓和牡丹一辈子相亲相爱。"

"我想听的不是这句话!"

"听我说完,大叔。——我那达木德当着您和二哥,当着佛爷和皇天后土发誓,如果有一天,我做出对不起牡丹的事,或者让牡丹受了一点点委屈,就叫我遭到五马分尸、五雷轰顶之灾!——牡丹妹妹,这也是我对你的誓言。"

"嘎达哥!"牡丹眼含热泪并有些埋怨地叫道,那意思分明是说:"爸爸是故意赌气,你何必如此认真发这么大的誓?我是相信你的,这你应该知道。"

"牡丹妹妹,"那达木德显得很激动地说道,"就是大叔不逼我,我也要在心里发这个大誓。我知道,我确实不配做你的丈夫。"

"别说了,嘎达哥。我崇拜你,喜欢你,这是真心话。"

"好了!"扎木苏不耐烦地挥手道,"我可不想看你们在我面前谈情说爱。——嘎达,你可得听好,你刚才说的话,我是不会忘记的!你要是违背

牡
丹
夫
人

98

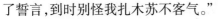

了誓言,到时别怪我扎木苏不客气。"

"放心吧,大叔。我嘎达不是口蜜腹剑的小人。"

"这要看事实。我扎木苏一时半时还死不了。——唔,对了,这件事还必须做到明媒正娶,否则,那些轻口薄舌的人会说是我的牡丹嫁不出去,硬贴上来的呢。"他说到这里,又转向一直低头沉思的照日,"老二,你正好在这里,这媒人就你来做吧。"

"我?"照日抬头惊问道。

"对,就是你。总不能让爸爸给女儿做媒吧?"

"可我是个喇嘛。"

"没关系,反正你是娶过媳妇的。"

"再说……"

"得了!这事就这么定了。我可以再让一步,下彩礼延缓到以三天为限。"

"爸爸!"牡丹红涨着脸叫道。

"少插嘴!——老二,你记住,三天之内必须把彩礼送去,然后随你们在哪天去迎娶牡丹。还有,婚礼要办得热热闹闹,摆下酒席,请来两个屯子的所有乡亲。"

"爸爸,您这不是难为嘎达哥吗?要什么彩礼,摆什么酒席呀?"

"听着,牡丹,你现在就和嘎达联手向我进攻,还为时尚早。至少你眼下还得承认,你仍是我的女儿!"

"爸爸!……"

"再说,要彩礼,摆酒席,也是天经地义的。——嘎达你说,这算不算难为你?"

"当然不算。"那达木德轻快地说道,态度毫不含混。

牡丹急切地警告道:"嘎达哥,你不能答应!"

"放心吧,牡丹妹妹,我会有办法的。"那达木德微笑着宽慰了牡丹一句,又很快转向扎木苏,"大叔,我答应了。您说的,我全答应了。"

"答应了,就得做到。"

"我保证做到。"

"一言既出,驷马难追。我是不会再让步了!"

"我知道,大叔。"

"那好,牡丹,我们回去。"扎木苏说完,拉过牡丹,准备往外走。

牡丹不甘心挪动脚步,面带忧虑地看着那达木德。

那达木德鼓励地看着牡丹说道:"跟大叔回去吧,好好休息几天。我是不会误了日期的。"

牡丹咬了咬苍白的嘴唇,点点头,勉强地和扎木苏向外走去。

照日本想说一句什么,但他犹豫了一下,还是闭拢了刚刚张开的嘴唇,怔怔地凝视着眼前正向外走去的三个人。在这一瞬间,他的思绪变得异常复杂和混乱。他弄不清,对弟弟这桩从天而降的婚事,自己心里究竟是高兴还是担忧。当然,他并不认为牡丹是个坏姑娘,论相貌,牡丹在科尔沁草原上可说是鹤立鸡群、首屈一指的,没有哪一个姑娘敢说自己比牡丹更漂亮。论人品,照日虽然在以前并没有留意和考察过,但从这几天零星听到和看到的,无疑说明牡丹是个非凡的姑娘,不仅很有骨气,又聪明又果断,而且仗义疏财,绝无一般女人那种小家子气。弟弟能和这样一位相貌和人品均属出类拔萃的姑娘结成伉俪,应该说是无可挑剔甚至应该喜出望外的。然而,有一点却是照日无论如何也不能和不敢忽略的。那就是,牡丹是"逃婚"回来的。逃婚可不是个好名声。况且,牡丹在奉天住了三四年,能保证仍是一个干净身体吗?就算事实上和胡俊玉没有同床共枕,又谁会确信无疑呢?人们免不了会议论纷纷,虚构无数不干不净的桃色情节,造出无数耸人听闻的流言蜚语。而这些腌臜难听的流言蜚语,又势必要和嘎达的名字连在一处,以牡丹的名字开始,以嘎达的名字结束!天哪,如果这样,这个包括照日在内的家族的几世清名不是要扫地殆尽了吗?想到这里,照日在心里打了个寒噤。他没有时间进一步仔细推敲,再有几秒钟,扎木苏父女骑马驰离敖来毛都,这事情就算最后拍板而绝无转圜的余地了。假如这桩婚事确实是错误的,那他照日作为兄长,是难以推卸罪责的。所以,他也不再想下去,飞快地向前走了两步,一把拉住刚刚跨过门槛的那达木德,压低声音叫道:"嘎达!……"

那达木德停下脚步,回过头来询问地看着照日,问道:"嗯?二哥,有事吗?"

照日下意识地瞄了一眼已走出外屋门槛的扎木苏父女,心事重重地看着那达木德,说道:"嘎达……"但是,他下面该说些什么,自己心里也不甚了了。因为他事实上还没有获得一个明确的结论,也就是说,他还拿不准自己对眼前这件事究竟反对还是赞成。

那达木德看着照日为难和无措的样子,微微蹙了一下额头,迫不及待地追问道:"二哥,你到底要说什么?"

照日犹豫了一下,终于费劲地说道:"嘎达,这件事,是不是有点儿……操之过急?"

"什么意思?"

"我是说,这不是一件小事,你需要认真和冷静……"

"二哥!"那达木德焦躁地喊道,"你有什么话,就痛痛快快说出来!难道你让我等到牡丹和扎木苏大叔骑上马背,再跑出房门挥手欢送吗?"

"你可以把他们再留一会儿,我们好好商量商量。"

"天哪!我就是不想让扎木苏大叔看到我和王祥林骂祖宗,知道我是个大烟鬼,才同意他们这就回去。再留一会儿!再留一会儿,王祥林就到了!而且,事情已经定了,还有什么好商量的?"

"可是,我认为你娶牡丹不合适。"照日这句话说得非常干脆。他自己清楚地意识到,在说出这句话的同时,他已迅速站到反对这门婚事的立场上,因而,态度也随之变得坚定了。

"不合适?"那达木德惊讶而恼火地反问道。

"是的,嘎达。她会使我们家族蒙受耻辱。"

"为什么?就是因为她逃婚吗?"

"人们会对此说长道短,恶语相加。"

"明白了,二哥。如果这是耻辱,我一个人承当,和别人无关。"

"你是我的弟弟。"

"我已经30多岁了!我的行为完全可以自己负责!哥,这件事就算定了,而且一天也不能拖。就是爸爸在世,也休想改变我的主意。"那达木德说完,倏然回转身,向外疾走。

照日气得脸色煞白,他抖动着嘴唇,朝着那达木德的背影喊道:"听着,嘎达!你既然不听我的劝阻,就随你好了。但是我要告诉你,第一,我不当这个媒人;第二,我今天就带走阿木冷贵,从此我们断绝兄弟关系!"

"随你的便吧!"那达木德头也不回地挥手道,几步就冲到门外去了。令他吃惊的是,恰在此刻,王祥林一行人已在栅门外跳下马来,正和扎木苏打着招呼。

12

王祥林和那达木德在同一年出生在同一个村子,少年时期,又同在另一个村子的同一个村塾中攻读蒙古文。所以,他们既是同龄,又是同乡和同窗。这已经使他们的关系不同寻常了。后来,发生了一个险些闹出人命的事件,那达木德自此成了王祥林的保护神,更使这两个好友之间的关系带上了特殊而又神秘的色彩。那时,他们和村塾中其他二十来名同学一样,大约都是十五六岁光景。这个年龄的男孩子,一般都发育得具备了成年形象的雏形了,各自的相貌特点都豁露无遗。那达木德个头很高,浓眉环眼,鼻梁低而鼻翼宽,嘴唇薄而内陷,下颏尖而前举,皮肤黧黑粗糙,嘴唇上下以及两鬓过早地变成了酱红色。这一切都在向人们预告,未来的那达木德将是一个络腮胡子的粗犷的彪形大汉。王祥林则和那达木德大相径庭,几乎全身都无男人特点。他长得苗条柔嫩,细眉大眼,唇红齿白,而且,顾盼之间常带着少女般的羞涩,举手投足也犹如少女般袅袅婷婷。好多人都取笑说,王祥林本该是个美女坯子,不知阎王爷打的什么主意,偏给他的下体多安了一个物件,才使他错误地生成了一个男孩。正是由于王祥林容貌清丽,甚至较之一般少女更妩媚动人,便不能不引动一些情窦初开的恶少的垂涎,成为他们艳羡、意淫和追逐的目标。为了单独和他亲近,争得携手并肩和耳鬓厮磨的机会,竟至发生了几起头破血流的殴斗。只是因为王祥林隐约猜出这些年龄相仿的同性学友对他怀有肮脏的企图,格外留神,倍加防范,才使这些人始终未能得手。有一次,是个酷热的夏日,几个学友约他去河边洗澡冲凉。他觉得几个人在一起不会有什么危险,况且自己也很想去洗澡而又不敢独自一人前往,便欣然同意了。可他哪里知道,这几个人早就串通好了。当他在河边刚刚脱光衣服,正待要把莹洁如雪的身体送进沁凉的河水时,那几个恶少便欢呼着扑了过来,七手八脚地把他脸朝下按倒沙滩上,其中一个光身

牡
丹
夫
人

子的学友在他的丰腴白嫩的臀部发狠地咬了一口，便想第一个实施强暴。他吓得要死，奋力挣扎，连哭带喊，可是毫无用处。正当他绝望得要眩晕的时候，猛听一声断喝，接着噗的一声，身上那个热乎乎软绵绵的一团早就飞到一边去了。随后，在他还没有完全清醒的时候，那几个急色的恶少都惊慌失措地跳起，丢下那个在沙滩上哼哼唧唧的同伴，胡乱抓过衣服，连滚带爬地逃之夭夭了。王祥林翻身坐起，看清这救他于水火的人，原来是所有同学都望而生畏的那达木德。他坐在那里抱着那达木德的坚硬的胳臂哭了很久。自此以后，王祥林虽然对发生在河边的事绝口不谈，但却变得更加谨慎，无论是上学还是下学，总不敢离开那达木德左右了。这样，两个无论是性情还是相貌都有天壤之别的少年，成了形影不离的莫逆之交。如果不是在后来，这两个人走了两条截然不同的人生道路，永远保持各自在草原上并非高贵的身份，那么，他们一辈子都会是好朋友的。使他们分道扬镳的原因，恰恰又是眉清目秀的色相给王祥林带来的令人咋舌的机遇。大约是发生河边那件事一年之后，偶然巡视牧场的那木济勒色楞亲王见到了王祥林，一下子被这个少年的光艳照人的丰采吸引住了，他握着王祥林柔嫩的小手问，愿不愿意做他的贴身随从。王祥林喜不自胜，痛痛快快地说愿意，并跪地叩谢亲王的恩典。当天晚上，王祥林便坐进亲王的华丽马车，高高兴兴驶入他过去连想都不敢想的王府的大门了。从这一天开始，王祥林的保护人不再是那达木德，而是那木济勒色楞亲王了。此后短短的两三年里，王祥林的爸爸成了一个暴发户，王祥林本人则成了王府内没有官职却有实权的重要人物。王爷无论到哪里，身边总少不了这个美少年，甚至常常是同室而眠。王祥林成了亲王的红人，过着披金挂玉、肉山酒海的惬意生活，则是王府上下和王府内外的人所见明知的。按学识和才干，那达木德远在王祥林之上，可亲王对他却毫不在意，使他宦途渺茫，在王祥林进入王府后的两三年里，只能作为一个普通牧人，终日与牛羊为伍。直到他年满20岁的时候，才经人推荐，充当了训练王府新兵的汉族教官的翻译，获得了一个展示自己才能的机会。亲王也终于偶开慧眼，发现了他的精明强干，提任他当了王府卫队的什长。这之后，那达木德似乎时来运转，官运亨通起来，由什长而骁骑校，由骁骑校而参领。到了1921年，他竟然以一个年仅28岁的青年身份，晋升为统率全旗130名蒙古骑兵的统领，成了达尔罕旗最高的军事长官。

如果获得达尔罕旗兵权的不是那达木德，而是另外一个毫不相干的什么人,那么,王祥林绝不会在一开始就表现出由衷的高兴,但也绝不会在最后产生熊熊的妒火。还是在那达木德初任翻译的时候,王祥林高兴得跳了起来,就像小弟弟看到兄长突然发迹一样。此后,那达木德每次升迁,直到当了参领,他都设酒表示祝贺,而且是十分真诚。可是,在王祥林的由衷高兴和真诚祝贺的背后,除了因为那达木德曾是于他有恩义的同乡和同窗好友之外,还有无其他内容呢? 有的。那就是,王祥林在那达木德面前,与在其他人面前一样,总有一种居高临下的感觉。对于这种深层次的心理因素,正在春风得意和受宠若惊的王祥林当然还意识不到,持身正大和直率天真的那达木德更是无从觉察。但是,当那达木德荣任全旗军务梅伦之后,情形就完全变了。因为这时的王祥林,已经是年近 30 的人了,容貌虽尚称佳丽,但娇艳柔媚大不如从前了。亲王对他的宠幸渐趋冷淡,很少给他单独相伴的机会。如果不是恰在这命途危急、势若悬卵之时,王爷的第二任福晋朱尔吉特承当了他的第三任保护人,那么,他很有可能在瞬息之间失去亲王侍从的荣耀身份,最多被恩赐一个像笔帖式这样无足轻重的官职。由此,王祥林不能不进一步想到,再过几年,垂垂老矣,朱尔吉特对他的欢心也必然会有结束的一天。到了那时,除了成为被委弃沟壑的"残花败柳",还会有什么更好的结局呢?他终于认识到,无论是做亲王的娈童,还是当福晋的面首,这种靠色相取悦于人的身份,实在是太可悲了。正在他真正认识到自己的卑贱,并开始对后半生的命运产生忧惧的时候,那达木德却被亲王简拔为达尔罕旗协理以下最有实权的重要官员了。要知道,在王祥林平步青云、威压王府的时候,那达木德还只是一个没人正眼瞧一下的牧马人啊! 而眼下,这个其貌不扬、满脸胡须的黑大汉,却气宇轩昂、耀武扬威地随意进出王府,并因武功卓著备受王府上下人等敬畏,他王祥林的心里如何能是滋味,如何不产生妒火呢? 他尤其感到后悔,暗骂自己实在太蠢,为什么不早一些给那达木德的宦途设置障碍呢? 要是在那达木德升任骁骑校甚至在升任参领的时候,他在亲王面前说几句坏话,或者干脆向亲王讨取这个军务梅伦的权位,他肯定会易如反掌地达到目的。那样,他就不会产生"人老珠黄"的后顾之忧,也不会因为看到那达木德轻取兵权而妒火中烧了。可现在,悔恨已经太迟了,那达木德用辉煌的战绩和生命的赌注赢得的地位,是谁都难以撼撼得动的,况且,亲王早就不像以前对他爱不释手、百依百顺和言听计从了。但王祥林绝不会甘心,绝不能眼睁睁看着那达木德飞黄腾达而平静地等待自

牡
丹
夫
人

己厄运的到来。他充分评估了自己的身价、处境以及王府的局势,清楚地认识到,要保证自己在后半生依然可以在人们面前昂首阔步和扬眉吐气,就必须把兵权从那达木德手里夺过来。别无他法。因为他知道,亲王之下的最高官位协理,不是他这样出身微末的人敢于奢望的,而笔帖式一类的芝麻官,比仆从强不了多少,对他毫无吸引力,唯一值得争夺和可能获得的有实权的官职,只有军务梅伦。这就是说,为了自己的前程,必须搬倒那达木德。想搬倒那达木德,仅凭自己的巧嘴和媚态在亲王和福晋耳边吹几次冷风是不够的,必须千方百计访查到那达木德足以令亲王和福晋震怒的劣迹。他不信没有这样的机会,更不信那达木德的下属们在足够多的金钱面前也不愿为他王祥林效力。

令王祥林感到异常兴奋的是,这样的机会在极短的时间内便来到了。

这便发生了前面谈到的那达木德被抄家的事件。

然而,王祥林无论如何也没想到,正当他为即将大功告成而踌躇满志的时候,那达木德用军款购置的整车整车的皮袄竟从天而降般运抵王府了。王祥林大吃一惊,满腹的喜悦霎时飞散得精光,懵懵懂懂地以为自己是魇入了噩梦。王祥林惊魂甫定,确信自己弄巧成拙犯了个不可饶恕的错误后,恼怒地叫来哈斯敖其尔。

"哈斯敖其尔,你打的是什么鬼主意,想存心害我吗?"

"您说什么? 我想害您? 我有几个脑袋啊,王大人!"

"你还跟我油腔滑调?"

"王大人! ……"

"你说说看,这运来的皮袄怎么解释? 是那达木德抢来的吗?"

"怎么会是抢来的? 押货的色旺嘎尔布明明说是那达木德在奉天购买的呀!"

"可你是怎么向我报告的? 你不是说他把那笔没入账的军款用到买烟土和赌场上了吗?"

"不,王大人,我并没这样说。"

"别忘了,你的密告信还在我手里!"

"那就好,那就好。"

"什么意思?"

"因为白纸黑字,谁也篡改不了。"

王祥林欲言又止，慢慢移开怒视哈斯敖其尔的目光，垂下眼帘，在心里悲叹一声，想道："是啊，眼前这个人没有错。"他还清楚地记得，哈斯敖其尔的密告信上明明写着"堪属疑案，敢祈查核。没有确证，请按律严办"，并无一句半句表明有人证物证的实据。事实却是，他就根据这样一封密告信，便贸然带人抄了那达木德的家。难道能让一个仅仅说了几句或然和猜度之词的人去承担"诬告反坐"的罪责吗？当然不能。

王祥林这样想着，态度也缓和下来。沉默了片刻后，他自怨自艾地叹息一声说道："你说得对，你没有错，只怪我太不慎重了。"

哈斯敖其尔犹豫了一下说道："当初我再三劝您，别忙着抄家，先查清楚了再说，可您却一天都不想等。"

王祥林懊丧地挥了挥胳臂，心里说道，眼前这个人又说对了，自己错就错在率尔行事，过于急切了。而且，为什么不先禀报住在奉天的王爷或等到协理返回王府呢？如果王爷或协理说可以查抄，那么，即使避免不了眼前的错误，不是也能以"王爷和协理命令，不得不遵照执行"为遁词，来为自己开脱吗？可当时自己为什么头脑发昏，只看到这是个天赐良机，只想到很快可以取代那达木德，借此机会表明自己独立处理事务的才干以及当机立断的魄力，却连想都不想有可能出现差错呢？"是啊，"他在心里继续说道，"这真是利令智昏，乐极生悲啊！"

但是，后悔也好，检讨过去的行为也好，在眼下是毫无用处了，事情绝不会变成另外一种样子。他既不能说服哈斯敖其尔重写一份语气肯定的密告信，更不能祈求亲王给他补一个查抄的命令。解铃还须系铃人，既然是他王祥林闯的祸，就得由他自己硬着头皮去负荆请罪了，而且最迟不能超过明天中午，因为他从色旺嘎尔布的话里获悉，那达木德将在这一两天回到敖来毛都。他深知，那达木德虽然有一副乐于助人的好心肠，却又是一个疾恶如仇、得理不让人的暴躁家伙，简直可以说是桀骜不驯、一戳即跳的儿马！当他看到家里被抄，知道养子和二哥受了委屈，要不火冒三丈跑到王府大闹一场才怪。那样一来，事情就更不好收场，连回旋的余地都没有了。他赔笑脸、说软话，卑躬屈节地当众出丑还在其次，厚着脸皮挺一挺也就过去了，谁让自己鬼使神差地惹了人家呢？但是，如果闹得王府上下尽人皆知、沸沸扬扬，就算那达木德本不想借机惩治他王祥林，也不得不提出诉讼了，那他王祥林可就彻底完蛋了。要知道，他错抄的是达尔罕旗的任职官员，而且是军

牡丹夫人

务梅伦！这可比诬告罪严重得多。只要这案子公开审理，即使亲王和福晋想袒护他也难以启齿，也只能演一出挥泪斩马谡了。所以，他必须在那达木德闯入王府之前赶到敖来毛都。他可以任凭那达木德祖宗三代地责骂，可以表示加倍赔偿损失，甚至可以给那达木德下跪，接受拳脚加身的凌辱。只有这样，让那达木德的怒火在进入王府前就发泄出去，他王祥林才有消弭灾祸的一线希望。

王祥林就是怀着这样一个几乎是死中求活的侥幸心理，带着错抄并已封存的银洋和烟土，在哈斯敖其尔陪同下，急如星火地驰向敖来毛都屯的。他们的坐骑刚刚踏上这个可能给他们带来灾难的小小村落的土地，便同时看到有两个人影走出那达木德家的栅门。他们不由得更加紧张起来，因为用不着猜测，那两个人中肯定有一个是那达木德，而且肯定是准备去王府找他们算账的。他们互相警告地对视了一霎，又同时催动坐骑，想在那达木德上马之前先跳下马来。但是，当他们抵达拴马桩跟前时才看清，那两个人竟是仁钦扎木苏和牡丹，根本没有那达木德的影子。他们大汗淋漓地跳下马背，诧异地看着眼前的父女俩，不明白这两个人何以出现在那达木德家。最令人大惑不解的是，谁都知道牡丹去了奉天，为什么在燕尔新婚的大喜日子里，却离开了丈夫，而且衣着如此马虎、面容如此憔悴呢？正在王祥林不胜疑惑并想询问个究竟的时候，耳边传来房门被飞快推开的嘎吱声，他猛地回过头去，只见那达木德正满脸怒气地大步冲过来。王祥林的心脏以及整个身体不由得一激灵，所有毛孔又在往外排泄冷汗了。他暗自想到："糟了！看他如此气冲斗牛和凶神恶煞的样子，哪里还有善罢甘休的可能？弄不好，白白自找一顿凌辱，仍避免不了接受审判。这不是错上加错、蠢上加蠢"吗？"但是，在此刻重新琢磨一个避祸的主意为时已晚，跳上马背逃开也来不及了，因为那达木德已在瞬息咄咄逼人地站到他的面前，并将令他战栗的粗暴的吼声炸向他的耳畔了。

"王祥林！你来得正好！"

王祥林费了好大劲儿才勉强装出一副笑脸，提心吊胆地后退半步，抱拳施礼道："梅林……"

"梅林？哼！我不是就要成为你王大人的阶下囚了吗？我正要去王府投案呢！"

"嘎达老弟。"王祥林乞怜地看着盛怒的那达木德，讨好地叫道。按着他们出生的时间，王祥林要比那达木德早两个月，少年时一直是互相称为"嘎达老弟"和"祥林小哥"。只是这样亲昵的称呼已多年不用了。今天冷然这样叫起来，就连王祥林自己也觉得生疏和别扭，而且，他又明明听到对方发出一声嘲弄的冷笑，心里如何不感到羞愧，脸上又如何不顿时燃起烈火呢？结果，他本想亲切地叫一声"老弟"之后，紧接着说出一串告罪的软话，却一时忘得精光，只剩下了一个可怜巴巴的苦笑。

瞪着通红的环眼狞视着王祥林的那达木德，并没有因为眼前这个人的尴尬和羞惭而稍减心中的怒火，反而产生了更强烈的憎恶，因为他从来看不得那种虚情假意的亲近和摇尾乞怜的媚态。他紧蹙了一下额头，毫不留情地喝道："少给我转弯抹角、装腔作势！有屁就痛快放，有话就照直说！"

"是是，梅林……大人。"王祥林连忙说道，紧张地咽了口唾沫，同时向两侧飞速地扫视了一眼。他看到，无论是牡丹父女，还是哈斯敖其尔，都不动声色地站在那里，所有目光都攒聚到他的身上。在这一瞬间，他明确地意识到，眼前这五个人当中，只有他是处于最可悲的位置，只有他必须放下架子，做出悔不当初、痛心疾首和乞求宽恕的谦卑姿态。可刚才是怎么了？好不容易逼着自己把早就废置不用的"嘎达老弟"这个称呼柔媚地叫了一遍，却因那达木德一声冷笑和考虑有牡丹父女在场，而骤然涌起一股有损威仪的悲哀和不甘心，那些急需说出的话一时间变成云山雾罩，整理不出头绪了。这说明自己虽然急急忙忙跑到了那达木德面前，而且明知形势险恶，却依然不肯暂时丢开多年养成的高贵身份和凌驾于人的优越感。这在眼前只能坏事，是无论如何要不得的。他这样一想，思绪总算又趋向于清晰，并决心抹下脸来，塑造出一个像真正负罪者的形象了。可这回，不是他自己不情愿，而是那达木德如雷贯耳的声音震得暂停在喉咙口了。

牡
丹
夫
人

"这里没有梅林大人，更没有什么嘎达老弟！站在你面前的那达木德，是触犯刑律的罪人！你不正是来逮捕我押解王府议罪的吗？那就赶快趁着兵权在手把我送进牢房吧！是不是让我自己把枪解下来交给你王大人？"

"不，不不，千万别这样。"王祥林急切地说道，又后退半步，双手抱拳，重又深深鞠了一躬，态度显得很真诚，"嘎达老弟，哥哥我今天是真心登门请罪的。"

"笑话！你王祥林效忠王爷，执法如山，整顿纲纪，惩治坏人，何罪之有！有罪的是那达木德，你不是连他的家都抄了吗？"

"抄家?"站在那里冷眼旁观的仁钦扎木苏听说未来的女婿被抄了家,如何不大吃一惊?他一步跨上前去,惊恐地盯着那达木德,"嘎达,你被抄家了?"那达木德刚想回答,他却又飞快地转向王祥林,"王祥林,你抄了嘎达的家?他干了什么坏事,犯了什么法?"仁钦扎木苏这样连珠炮般发问一通后,依然没给对方回答的机会,又猛地回过头来,怒不可遏地狞视着那达木德,"好哇,嘎达!这么大的事都不告诉我,存心想害我们吗?"

"爸爸!"牡丹迅速飞给那达木德一个只有他俩明白的眼波后说道,"你就愿管闲事,听人家把话说完哪!"

仁钦扎木苏瞪了牡丹一眼责备地说道:"闲事?这怎么能说是管闲事呢?这犯法被抄的可是嘎达呀!"

王祥林当然一时还无法明白仁钦扎木苏激动的缘由以及那些问话里隐藏的内容,但有人当中插这么一杠子,毕竟对紧张气氛起了一个缓冲作用,使他有了喘息和调整神经的机会。这时他已稍稍镇定下来,争取主动地抢过话头说道:"扎木苏台吉,嘎达没干坏事,是我错抄了他的家。"

"你是说嘎达没犯法?他还是梅林?"

"当然当然。"王祥林说道,又低首下心地转向那达木德,"嘎达老弟,我真该死呀!是我误听了别人的诬……唔,是有人写了……唉!"说着,他使劲儿挥了一下胳臂,"不管怎么说,都怪我一时糊涂,受了蒙蔽,让老弟受了大委屈。错误是我自己铸成的,已再无话可说。随你怎么惩罚我吧,要打要骂,要杀要砍都由老弟了。"

"岂敢!"那达木德张开紧抿的嘴唇,讥诮地说道,"再说,你王祥林可是那种唐突行事的粗心人?这么大的案情,怎么会不查核得一清二楚呢?这,连我都不信!"

"嘎达老弟!……"

"算了!在这里说什么也没有意义,我看你还是把我押送王府先关起来。至于到底是我触犯了刑律,还是你错抄了军务梅林,我们在公堂上,当着王爷和众官员的面去析辩好了!"

"嘎达老弟,求你看在同乡同窗的分儿上,饶过我这一回吧!如果弄到公堂上,我就全完了!你就高抬贵手,留给我一个报恩赎罪的机会吧!"如果不是正在此时,照日喇嘛领着阿木冷贵走了过来,把那达木德的视线牵了过去,王祥林准会扑通一声跪到地上。他见那达木德在刹那间把注意力转移到照日和阿木冷贵身上，不由得收住嘴巴，也向那一老一少瞄了一眼。看见照日满脸愁云并隐藏着一股压抑着的怒火，心里又是一阵恐惧。因为在抄那达木德家的时候，照日和阿木冷贵也是被伤害的人。他们这时走过来，肯定是听到了外面的对话，获知那达木德受了冤枉，而来讨伐他王祥林的。如果那样，那达木德更不会轻易息怒，他王祥林可就难逃劫数了。

不过，照日连看也没看一眼王祥林，甚至没看那达木德和在场的任何一个人。只是在他经过那达木德身边时，轻轻拍了阿木冷贵脊背一下，示意他留下，然后什么也没有说，径直朝自己的坐骑走去。

"二哥，"那达木德心绪烦乱地叫道，"你不能等一会儿再走吗？"

照日停下脚步，慢慢回过头来，眼睛里带着兄长对弟弟的关切和虔诚的喇嘛对世俗之人的劝诫，凝视着那达木德，冷幽幽地说道："你拿定主意后，通知我一声，我好决定是不是领走阿木冷贵。"说完，又转过身去，晃晃悠悠朝自己的坐骑走去了。

那达木德欲言又止，紧紧收拢起薄薄的嘴唇，怔怔地目送着照日骑上马朝屯外走去。

突然，直往那达木德身后躲藏的阿木冷贵怯生生地叫道："爸爸，我怕。"

"别怕，别怕。——你怕什么？"那达木德的声音显得有点儿浮躁。

阿木冷贵的小脸伏在那达木德脊背上，伸手指着王祥林和哈斯敖其尔，恐惧地说道："怕……这两个人。"

那达木德恶狠狠瞪了王祥林一眼，低声咒骂道："该死的畜生！"他真想把自己的如石如铁的手掌击向王祥林白嫩的脸颊，但略一思忖，还是控制住了。他突然把视线转向牡丹："牡丹妹妹，请你先把阿木冷贵带进屋里。"

牡丹会意地点点头，牵过阿木冷贵的小手，走进栅门里去了。

王祥林并不明白那达木德让牡丹带走阿木冷贵的真正用意，以为那达木德是不想让这两个软弱的人看到即将出现的恐怖场面。的确，在听到那达木德的咒骂声后，王祥林就预感到有一场更骇人的暴风雨就要劈头盖脸地落下来了。他骤然间产生一种近乎大限已到的感觉，反而连哆嗦也打不起来了。他低下头，只剩下听天由命的等待了。可是，令他感到奇怪的是，这场暴风雨迟迟不见到来，却从眼角瞥见那达木德在来回踱步，而清晰袭进耳鼓的一阵紧似一阵的皮靴踏地的笃笃声，使他的心也一会儿比一会儿悬得更高，最后已悬到喉咙口，似乎刹那间就要冲出体外了。

就在这时,皮靴踏地的笃笃声终于停止了,一个铁塔般的身躯站到王祥林的面前,那全是肌肉的胸脯几乎紧贴着他低垂的头颅。然而,他怎么也想不到,从那达木德嘴里伴随着一股股热气喷出的声音竟组成了这样一句话:"王祥林,三天后,我和牡丹举行婚礼,你来当媒人!"

王祥林猛可怔住了。他飞快扬起头,张着嘴,瞠着眼,直瞪瞪地望着那达木德。眼前,用"吃惊"这个词儿来描述王祥林的心理和表情是远远不够的。我们可以设想一下,一个被推上绞架,绳索已套在脖颈,确信自己的灵魂就要飞升的罪囚,突然接到大赦令,该是怎样一种心情?不用说,首先是吃惊,接着就是迷惘和怀疑,以为听错了;而庆幸和喜出望外的狂欢,则至少要在完全清醒和稳定下来之后才能爆发出来。王祥林就是如此。而且,他的情况更复杂,在真正意识到自己获得大赦之前,还必须经历"做媒人"这样一个同样是意料之外的问题的思考过程。因而,他瞠目结舌的时间,理所当然地显得长了一些。

那达木德看着王祥林怔忡的样子,不耐烦且带着威胁的语气问道:"怎么样,干不干?"

"干,干,当然干。"王祥林下意识地却又忙不迭地回答道。随后,他又怀疑自己听错了。怎么会呢?牡丹不是嫁给胡俊玉了吗?所以,他又马上反问了一句:"你是说和牡丹……结婚?"

"对,和牡丹结婚。"

"这……很好。"王祥林喃喃说道。此时,他终于知道自己的厄运已经奇迹般消逝了。虽然他对牡丹何以改嫁那达木德还不甚了了,但他无论如何也不能愚蠢到失去眼前这个化险为夷的机会。管她牡丹为什么离开胡俊玉,管他胡俊玉会不会因为他王祥林给牡丹做第二次媒人而大动肝火,总归渡过眼前的难关是头等紧要的事。他这样想着,又赶紧退后一步,毕恭毕敬地俯首道:"能给嘎达老弟和牡丹当媒人,真是三生有幸。"

"还有,"那达木德依然态度冷峻地说道,"筹备酒筵,主持婚礼……"

"这些,全交给我好了。"

"我的钱正好在你手里,对吗?"

王祥林克制不住地哆嗦一下,急忙说道:"对,对对。对此,我诚惶诚恐,罪不容诛啊!嘎达老弟,你……"

"算了!口蜜腹剑……"

"嘎达老弟,都是哥哥不好……"

"哼!早就有人告诉我,你是个白面狐狸,对我升任军务梅林心怀忌恨,我还不相信。这回我相信了!"

"对天发誓,我不是存心害你。你就宽恕我这一次吧。"

"一有机会,你还会算计我的!"

"再也不会,再也不敢了。唔,对了,你那钱如果不够,我全包了,就算我……赎罪吧。还有,那烟土……"

"也全换成钱,我不再抽烟了。"

"那好,太好了。总之,请嘎达老弟放心,一切都包你满意。"

"就这样。不过,你可要明白,这次正好碰上我有喜事,算你走运,捡了个大便宜。"

"哥哥我永铭肺腑,没齿不忘。自今而后,我保证和老弟肝胆相照。"

自今而后,王祥林能不能和那达木德肝胆相照,我们还难以预料。但有一点可以肯定,错抄军务梅林家这么严重的事件,竟如此这般地不了了之。甚至因祸得福,在已经看到牢门、预感到铁索加颈的几乎绝望的险境中,摇身一变,成了掌握他命运的恶魔的大媒人,由此产生的巨大庆幸和喜悦心情必将会持续很长很长时间。而且,虽然对那达木德的威望依然耿耿于怀,心存忌恨,但也不会在短时间内轻举妄动了。

事实也确是如此。在此后的两三年内,他无数次回忆这一段神奇的经历,无数次向亲朋乃至福晋夸耀自己吉人天相,总有一种陶然自得的快乐。如果不是有那么一天,他偶然从胡俊玉嘴里获知那达木德买皮袄的用款的真正来历,后悔得捶胸顿足的话,那么,他直到死,也不会明白自己是受了戏弄的。

13

说话已经是 1928 年 6 月了。

这一天，王祥林奉王爷和福晋之命，去会见张作霖驻达尔罕旗的屯垦军营长胡俊玉。他一人单骑，顶着如火的烈日，兴冲冲地快马加鞭，在正午时刻，抵达了屯垦军驻地的营房。

正在饮茶消暑的胡俊玉像对所有人一样，不冷不热而又略显孤傲地接见了王祥林。

"你好。"胡俊玉收拢折扇欠身道，随便指了指茶桌旁的一张空椅子，"请坐。"

"谢谢。"王祥林微微一笑，俯首说道。然后，一面诅咒着该死的热天，一面落座，掏出手帕揩了两把满脸的汗水："胡先生这一阵可好？"

胡俊玉毫无表情地说了一句"一切如常"之后，朝门外喊道："看茶！"

勤务兵懒洋洋地走进来，给王祥林斟上一碗茶水，又懒洋洋退了出去。

"阁下光临，一定有什么指教吧。"胡俊玉打开折扇摇了两下缓缓说道，显得慵倦地眯起双眼仰身靠到椅背上，那样子似乎在表明并不期待对方回答，甚至对这次会见毫无兴趣。

王祥林此时已经端起了香气四溢的茶碗，本待喝几口润润干燥的喉咙，却又很快放回了桌角，紧紧盯住胡俊玉白皙俊美却冷若冰霜的脸，想友好地谈笑几句的心情一下子全被破坏，弥散进茶香之中了。他微微皱起眉头，心里不由得犯起嘀咕。要说他和胡俊玉之间始终情同手足，从未有过龃龉和隔膜，当然不符合实际，比如，他给那达木德和牡丹做媒，就曾使胡俊玉耿耿于怀，以往的友谊濒于崩溃。但在一个偶然的机会里，他作了诚恳的解释，胡俊玉则在获知了彼时彼刻的真实情况后，谅解了他，为自己毫无来由地迁怒于他王祥林表示愧疚，并说："即或你不做媒，他们也照样要结婚的。"从那以后，他们又恢复了以往的交情，甚至显得更加亲密了。连王爷和福晋有时也啧啧叹道："你们这两个美男子，真堪称并蒂莲了。"的确，如果不是王祥林与胡俊玉关系莫逆，王爷和福晋怎么会把本该协理出面的重要使命交付给他呢？然而，事情却大大出乎王祥林的预料，刚刚见面，胡俊玉就毫不掩饰地流露出拒人以千里之外的冷漠态度！这究竟又是什么缘故呢？实在令人难以捉摸，而且实在令人难堪！

王祥林这样想着，满腹的狐疑和不快早已把脸上的笑容冲得一丝不剩了。他略一沉思，决定放弃友好愉快的开场白，开门见山地谈公事。他礼节性地欠了欠身，缓缓说道："胡营长，我此次登门拜见，是受王爷和福晋之命，来和阁下商谈丈量土地的时间以及与此有关的细节。"说着，他从怀里掏出已被汗水浸湿的信函，递了过去。"这是王爷授命的文书，请胡营长过目。"

胡俊玉连看也没看一眼，冷冷说道："不用了。我相信。"

王祥林愈加感到尴尬，犹豫了一下，不得不自己把信函放到桌子上，强忍怒火地说道："既然如此，我们就具体商谈吧。王爷和福晋急等我们洽谈的结果。"

"请说，鄙人洗耳恭听。"胡俊玉说道，并没改变原来的姿势，只是睁开了眼睛，表示自己确实准备去听。那样子分明在告诉对方，你愿意说什么尽管说好了，我今天可对"洽谈"一类的事毫无兴致。

"胡营长！"王祥林叫道，声音中明显带着怒气。他真想拍案而起，严词质问对方，为什么用这种无礼的态度对待王爷的使臣？即便有什么个人恩怨，也不该掺和到公事中来啊！但是就在这一瞬间，他突然发现胡俊玉总是清澈明亮的眼睛却布满着血丝，浑浊一片，就像足有一个月没有睡眠，疲惫而毫无生气，且隐约露出深切的痛苦。王祥林不由得心头一震，收拢了嘴巴，把就要脱口而出的不客气的话全咽了回去。他蹙额凝视着胡俊玉，心里纳罕地想道，看来胡俊玉一定又碰到了什么大的不幸，要不，那双眼睛能说明别的什么呢？这就是说，胡俊玉的冷若冰霜也好，不耐烦也罢，是内心的苦恼和焦虑所致，并非是对他王祥林反感和故意冷落，而自己对一个正沉浮于痛苦海洋中的好友竟毫无根据地猜测甚至打算吵一架，实在是太不应该了。

"你说什么？"这回可轮到胡俊玉惊讶了，而且也皱起了眉头。

"你瞒不过我的，子瑾。你的眼睛告诉我，你正处于五内焦灼的境地。"

"眼睛?"胡俊玉反问道,并凄然一笑,闭上了眼皮。当他在瞬息之间又用力睁开眼睛后,却令王祥林又吃了一惊,因为同是那双眼睛,方才还在涌动的痛苦神情已全然消逝,变成一束怨恚和厌烦的光。紧接着,他又恨恨不已地问道:"我的眼睛现在又告诉了你什么?"

王祥林目睹胡俊玉顷刻间变得截然不同的表情,着实感到骇异和茫然无措。他眨了眨眼睛,讷讷地说道:"你……怎么像看着仇人? 你的眼睛刚才……"

"王先生。"胡俊玉打断王祥林的话头,态度生硬地说道:"阁下屈尊枉驾,并非来研究我的眼睛吧? 我看王先生还是直截了当地说说你的王爷有何指教吧!"

"天哪! 听你这样对我说话,我真不敢相信我面前的人是胡俊玉。"王祥林说着,显得有些颓然地坐了下去。

胡俊玉鄙视地看着王祥林,轻蔑地一笑说道:"我可以告诉你,我正是胡俊玉。而且,对阁下将要代表王爷和福晋说的话,我早了然于胸。"

"是吗? 这就好,这就好。"王祥林不得要领地恭维道,努力镇定着自己的情绪,心里也想尽快把谈话引上正题,免得再去为眼神的瞬息万变弄得心神交瘁。"那么,我们就来洽商一下丈量土地的时间吧。如阁下所知,此事不是今年……"

"干脆说吧,"胡俊玉把折扇丢到茶桌上说道,"王爷和福晋一定认为,现在正是丈量土地的合适时机,对不?"

"正是这样。"

"阁下也是这样看了?"

"我的看法无足轻重。但我相信,王爷和福晋不会错。"

"恰恰相反。"

"你说什么?"

"时机远没成熟。"

"你一年前就这样说过。"

"今年,我必须再重说一遍。"

"你在重复一个错误的估计。"

"是吗?"胡俊玉反问道,不屑与谈地冷冷一笑。

"恕我直言,胡营长。据我所知,大帅和少帅想获得辽北、西夹之地的心情，是很迫切的。"

"据我所知，王爷和福晋出荒的心情比大帅和少帅迫切得多。"

"王爷和福晋只是不愿让一件已开头的事情无限期拖下去。可是——请别打断我，让我把话说完——既然大帅和少帅都急于获得辽北、西夹荒地，又恰恰授权让你办理，按说，你应该比任何人都更急于办成它。"

"说得对。"

"然而，令我百思不得其解的是，恰恰是你一丁点儿也不着急。"

"说得完全不对。"

"那么请问，你带人马进驻本旗是在……"

"两年以前。"

"胡营长，这可不是两个月呀！"

"时间并不是唯一的条件。"

"你早就该行动。"

"一年前？两年前？丈量土地，驱逐牧民，然后结算地价，像喝酒一样顺顺当当完事大吉？"

"我不想跟你对过去进行无谓的争论。而且，退一步讲，就算你过去不行动有道理，那么现在呢，条件仍然不具备吗？"

"阁下一定认为条件具备了？"

"这是无可怀疑的。第一，在福晋说服下，王爷已不再犹豫，并亲自划定了出荒的地域和面积；第二，在大帅的代表和亲王重臣韩舍旺共同努力下，已筹建起'辽北荒务局'和'西夹荒事务局'，出荒已是合法，无人敢提异议的事情；第三，你和你的部下也该活动活动筋骨了。"

"活动活动筋骨？"胡俊玉冷笑道，"照你说，眼下已是万事俱备……"

"正是如此，只欠胡营长一声令下了。"王祥林说着，站起身来，显出一种友好而推心置腹的样子，"老弟，我劝你不要再拖下去了。据我所知，张学良将军对阁下这两年多的无所作为很不满意。说心里话，我本可以一言不发，就告辞而去，只需把你的态度回禀王爷即可。但你我有多年的交情，该说的不能不说。你可不能给少帅造成一个尸位素餐和无所作为的印象啊！"

"看来，我真该说一句'承王兄厚爱，胡某感荷殊甚'了！"

"这——倒大可不必。"

"只可惜，我不得不违拂尊意。因为，我还是不能下令行动。"

“你真固执！”

“固执的不是我。问题在于王爷急等钱用，你和韩舍旺又急于事功，从未在后果上好好想一想。”

“后果！什么后果？你所说的那种后果是不会出现的。”

“请问，达尔罕旗的兵权在谁手里？”

“那达木德。可这和我们谈的事有什么关系？”

“何等愚蠢的想法！”

“什么什么？”

“两年前我就对王爷也对你说过，梅林一职必须换人。”

“这话你确实说过。不过，王爷和福晋都觉得撤掉一个在训练卫队、治安剿匪上卓有成效的文武兼备的梅林，是不合适的。”

“而且，阁下也很赞同王爷的态度，因为，据悉那达木德是有德于你的。”

“我们在谈公务，请不要把这些私事扯进去！”

“当然可以。那你就去转告王爷和福晋，打消出荒的念头好了。想还债，请另寻他法。”

“你这话是什么意思？”

“你和王爷应该比我更明白。”

“不，我不明白。难道那达木德竟是王爷出荒的阻力？”

“看来你还是明白。”

“可事实绝非如此。我和那达木德朝夕相处，还没发现他可能和王爷作对的迹象。”

“那是因为他还不知道王爷已经同意出荒。”

“就算他可能对出荒持反对态度，又能怎样？”

“他手里直接控制着旗卫队。”

“但他必须听命于王爷。”

“假如不呢？”

“这种可能是不存在的。”

“这只能说明你根本不了解那达木德。”

“是吗？”王祥林咧了咧嘴巴，讥诮地说道，“也就是说，阁下比我王某人更了解那达木德，而且知道他是反对王爷出荒的了？”

“正是如此。”

“你的根据呢？”

“根据？”

“是呀，你总得拿出根据来呀！”

“我替你感到害羞，王先生。”

“这话是什么意思？”

“亏你还是王爷的近臣呢！竟连王府里举足轻重的军务梅林对出荒的态度也不知道。”

“我可没说我不知道。我说过了，那达木德……”

胡俊玉不耐烦地挥手道：“你那句话重复一百遍也毫无意义。因为那达木德坚决反对出荒，他手握兵权，王爷四年前就知道。这就是全部事实。”

“什么什么？那达木德坚决反对出荒，而且王爷知道？这是你虚构的吧？我可从来没听王爷说过。”

“王爷不愿承认自己竟以一旗至尊的身份，曾为那达木德左右而把出荒一事足足拖了两年！”

王祥林不无疑惑地眨了眨眼睛，心想，看胡俊玉说话态度如此自然和肯定，不像在凭空编造，而且，王爷推迟出荒，也确实不假。难道这件事竟和那达木德有关而他王祥林却毫无所知吗？他沉吟了一会儿，询问地盯着胡俊玉说道：“你是说，三年前王爷突然决定不再出荒，是那达木德……”

“是的，他说服了王爷，或者说他制止了王爷。”

王祥林思忖着踱了两步，然后从眼角瞄着胡俊玉，缓声说道：“按说，假如事实确如阁下所言，那么，王爷不愿讲出受制于臣下的真相，那达木德也会到处宣扬啊！因为他肯定认为制止了出荒，是替蒙民做了一件功德无量的事，可他却从未讲过……”

“那达木德不是个蠢货。他不能不考虑到，宣扬这件表明自己比王爷更关心蒙民的事，会给自己带来怎样的后果！”

“说得对。那达木德很精明，会想到这一层的。不过，这件事既然王爷和那达木德都不肯讲出去，阁下是怎么知道的呢？”

“你当真对此一无所知？”

“我可以对天发誓！你没看出我如何惊讶吗？”

“我估计，你三年前就该了然于胸，因为你是牡丹的媒人。”

“胡营长……你为什么要提这件事？”

"因为这是同一棵树上结出的苦果。"

"你的话愈加使我如堕五里雾中了!"

"阁下就会明白的。"胡俊玉说着,慢慢站了起来,踌躇片刻后,又接着说下去,"为了改变你对那达木德的错误估价,我就把这段从来不愿回忆起的痛苦经历讲给你吧。那是在我兴奋而紧张地对即将举行的婚礼进行最后筹备的时候,那达木德突然到了奉天。——唔,对了,正是在这时,你抄了他的家。"

"是这样。"

"后来,你确信抄家抄错了,便去赔礼道歉,还充当了他和牡丹的媒人。"

"是的。不过……"

"先不说这件事。刚才说到那达木德去了奉天。他的主要目的是觐见王爷,这之前,他先到了我家,送了贺礼。接着,他大义凛然而且情理交融地讲了劝阻王爷出荒的决心。最后,冷然提到仁钦扎木苏破产一事,警告我不要再介入蒙荒的买卖中去。"

"他……他知道这件事的底细?"

"知道得同你我一样清楚。"

"那么,他说这些话的时候……"

"牡丹恰巧走到门外,全听到了。"

"所以牡丹才离开了你?"

"不错,正是如此。那达木德收到了一石三鸟之效,王爷被他说服了,我的头脑被他搅乱了,而且,牡丹主动投入了他的怀抱!"

"他是故意让牡丹听到你们的谈话吧?"

"这正是他聪明过人的地方。"

"原来是这样! 我还一直以为……子瑾,这可是夺妻之恨啊!"

"是的,我恨那达木德! ……但是,我跟你说这件事,并不是想让你明白我有充分的理由恨他,也不是让你得出我坚持撤换梅林是报私仇的结论。"

"我明白,明白了。看来,我不得不承认,你是对的。那达木德异常执拗,什么事都干得出来,很有可能给王爷带来麻烦。"

"不是可能,是一定! 他不仅控制着军队,还会拉拢无数不愿失去牧场的蒙民。"

"会的,他很有号召力。"

"这就是我不敢鲁莽行事的原因。特别是目前,大帅用兵关内,奉天空虚;如果由于我的过失,引起后院起火,那么,不仅我完成不了少帅的重托,还会使大帅和少帅为此付出比获得几块荒地大得多的代价!请问王先生,你现在还想说我主张撤换军务梅林是为了报私仇吗?

"我……我没有这样说。"

"你心里未必不这样想。"

"是的,我刚才确实这样怀疑过。"

"那木济勒色楞亲王也这样怀疑,而且很难改变看法。他过于自信,对那达木德又过于偏爱。"

"我看不尽然。昨天我对那达木德讲起出荒这件事时,他显得很惊讶。这说明,王爷并没同他商量,对他是存有戒心的。"

胡俊玉惊讶地问道:"你是说,王爷一直瞒着他?"

"我想是的。"

"你却向他透露了消息。"

"他迟早会知道的呀!"

"看来,你我的精明远在王爷之下。"

"你是说……"

"王爷可能是想回避那达木德,甚至会在丈量土地之前,借故把他调开。"

"天哪,这我可实在想不到。"

"结果,你无意间给了他一个事前向王爷进谏和施加压力的机会。"

"我哪知道他反对出荒?况且,我们是多年的朋友,是无话不谈的呀!"

"你一直认为他是个好朋友吗?"

"说实话,有一段时间我很妒忌他。但是,自从他谅解我错抄他家以后,我就把他引为莫逆之交了。"

"你后半生都会为这件大蠢事而愧恨的!"

"是呀,我轻信了别人的诬告。"

"哼!你至今还意识不到上了那达木德的大当!"

"我……上了大当? 这是什么意思?"

"你在可以轻易夺得兵权的情况下,白白丢了天赐的良机!你还不明白吗? ——唔,你等一等。"胡俊玉说着,走到柜橱前,从抽屉里拿出一个精致

牡
丹
夫
人

的小匣,从匣子里拉出一挂金光闪闪的项链,"你好好看看,认识这挂项链不?"

王祥林仔细地看了看,说道:"记得这是你在彰武定做,送给……牡丹的。"

"那么,怎么会在这里?"

"我看不出这有什么奇怪。"

"如果我说这挂项链牡丹走时没有留下,一直戴到敖来毛都,你还要说不奇怪吗?"

"这……我还是不明白。"

胡俊玉收好项链后,突然问道:"你认识照日喇嘛吗?"

"认识,那达木德的二哥。"

"我告诉你,就是照日拿着这挂项链到彰武兑换了现洋,又到宝尔道屯买下了色旺嘎尔布的皮货,连夜运到了王府。而你,就轻信了那些皮货是用拨给卫队的军费从奉天购买的。"

"天哪!"王祥林悲哀地叫道,脸色变得煞白,"难道你说的这一切都是真的吗?"

"你当时就没有想一想,在那达木德家抄出一大包现洋,他怎么会有那么多积蓄?而且,刚抄了他的家,就有成车的皮袄运抵王府,事情就会这么巧?尤其是,那达木德疾恶如仇,对不经王爷批准就偷偷抄了他家这样大的事,竟肯轻易放过?你上当受骗,丢掉了机会,却还沾沾自喜,对骗你的人感恩戴德!"

"别说了!"王祥林充满怨恨地喊道,"你对这件事如此清楚,为什么今天才告诉我?"

"遗憾的是,我也刚知道几天。但是,你却是在三年前就应该觉察到那达木德欺骗了你!"

"说得对。"王祥林咬牙切齿地说道,"我愚蠢,我该死!几秒钟前,心里还在念叨他对我的宽宏大度。"

"现在改变了看法?"

"哼!等着瞧吧。那达木德,还有那个为虎作伥的色旺嘎尔布,我不会饶过他们的!"

"你想向王爷揭发那达木德贪污军款,并将全部经过都披露出去吗?"

王祥林咬着嘴唇,斟酌了一会儿,摇头道:"不,我不能那样干。是的,这不聪明。如果王爷和福晋知道我当了三年大傻瓜,并且让一个贪污了军款的罪犯轻而易举地漏了网,对我是很不利的。"

"确实如此。阁下毕竟聪明过人。"

"我希望……阁下也别对王爷提起这件事。"

"放心,我不会对任何人讲。"

"谢谢。你才是我的好朋友。"

"我想,你现在已经知道该做些什么,并且下了决心。"

"是的……"

正在这时,一个荷枪的卫兵在门外喊了一声"报告"。

"进来!"胡俊玉喊道,同时示意王祥林暂莫谈下去。

卫兵推门进来后说道:"营长,一个叫牡丹的女子要见您。"他的话音刚落,牡丹已飘然走进房间里来了。

牡
丹
夫
人

14

牡丹决定来见胡俊玉,是很费了一番思索的;而且,还因此在她和那达木德的具有三年和睦平静历史的小家庭中,引起了第一场风波。

那是在他们度过了一个久别重逢的夜晚之后。清晨,牡丹早早就起了床,像往常一样仔细地梳洗完毕,然后烧好了早饭。她返回寝室,见那达木德还在酣睡,便走过去轻轻喊道:"喂,该起来了。"

那达木德打了个哈欠,舒展了一下四肢,不情愿地慢慢睁开眼睛。他看到牡丹正站在头前,漆黑的眸子里流动着似笑似怜的眼波,颀长而丰满的身体穿着淡绿色长袍,透着早晨空气般的清新,双颊泛着明媚的玫瑰红,像朝霞一样鲜艳。他不由得回味起夜里匆匆忙忙的、甜蜜却又不能令他满足的一幕,骤然间,闪着渴望光亮的眼睛也无法安静了。

牡丹虽然对夫妻间的颠鸾倒凤始终动员不起浓烈的兴趣,但此刻那达木德眼睛里的文章,她还是一读就懂的。她觉得脸上一阵发烧,娇嗔地说道:"看什么?!"

"牡丹!"那达木德动情地低声叫道,伸出肌肉凸起的双臂,想拦腰把牡丹搂住,紧紧搂到自己的胸前。

牡丹很麻利地退了一步,躲开了那达木德有力的大手,故作生气地责怪道:"别胡闹! 太阳都照到屁股了,还赖在被窝里不起来,不怕人家说你是懒虫?"

"懒虫?"那达木德挤眉弄眼地笑着说,"谁让你昨天夜里……"

牡丹捂着耳朵跺着脚叫道:"别说了,别说了!"并一步冲过去,扬起拳头使劲儿捶向那达木德的肩膀,"你真坏!"

那达木德一边告饶,一边顺势搂住牡丹,在那红润的嘴唇上亲了个长吻,直到累得上气不接下气,才安静下来,慢慢松开对方,像每次亲吻后一样,眼睛里又布上了惘然若失的神色,又似乎在牡丹脸上探寻着什么。

牡丹很熟悉也很明白这种眼色的含意。她感到内疚,总不能在和丈夫同衾或接吻时做出迎合的举动,她常常下决心作出努力,却在每次要实行时又兴味索然了。但这似乎又不能全怪她。那达木德很少在家里过夜。或许这种对丈夫调情的冷淡,正是对自己被长期冷落的幽怨的表示吧。对此,牡丹自己也弄不清。今天,那达木德的长吻和爱抚,使她受了感动,决意在今天夜里来一次新的表现。她把突然燃烧的脸紧紧压在那达木德滚烫的胸脯上,不无感伤地喃喃说道:"我们结婚三年了,有几回像今天这样在一起?"

牡丹说的是事实。三年来,那达木德在家过夜的次数是屈指可数的。甚至在两年前她生下天吉良时,那达木德也仅仅在她身边守了三天。就是有时那达木德抽空回来看看,也总是身边带着两三个随从,吃喝完了,便又匆匆离去了。天吉良周岁以后,牡丹又打发走了几个男女仆人。这样,一年中大部分时间便只剩下牡丹和天吉良过着寂寞难挨的日子了。

听了牡丹带泪的诉苦,那达木德心里产生一股愧疚之情。他抚摩着牡丹柔软的黑发,轻叹一声,自责地说道:"都怪我当了这么个带兵的小头目,饷银不多,麻烦事却没完没了,日夜不得消停,连家也顾不上……"

牡丹夫人

那达木德说的也是实情。作为军务梅林,身负全旗官民僧俗安居乐业的重任,兼顾公务和家事是很难做到的。特别是这几年,军阀混战,天下大乱,盗贼蜂起,胡匪遍地。仅达尔罕旗内外,就有什么天龙、天纲、靠山虎、洪顺、红孩儿、草上飞等十几伙强盗。他们啸聚山林,打家劫舍,搅得农家、牧户儿无宁日,连王府有时也受到骚扰。那达木德既要加强王府守卫,又须四处剿匪,正是枕戈待旦,应接不暇,哪还能分出时间和精力顾到妻子和女儿呢? 更兼那达木德好胜心和荣誉感都极强,不是肯荒于职守的人,这样,就只好因公而忘私了。

这些,牡丹是知道的。她不仅知道丈夫的废寝忘食、餐风宿露的辛苦,也理解这种辛苦对整个达尔罕旗的意义。她也从不要求那达木德放弃公务,和她厮守在家中。但她毕竟是个女人,是个妻子,是个怀抱幼女的少妇,终年独守空房不仅是一种折磨,也太不公平了,尤其是年两岁的女儿天吉良,除了母亲的抚育,难道不该有父亲的关心吗? 为什么别人家的孩子能获得那么多的父爱,偏偏可爱的天吉良却享受不到呢? 想到这些,牡丹又忍不住抽咽起来,万分委屈地说:"你不管我,我不怪。可你总该常回来……看看天吉良啊！"

那达木德动情地紧紧搂了一下牡丹，声音轻柔而坚定地保证道："我以后一定经常回来。"说着，侧过脸去，慈爱地注视起躺在旁边甜睡的天吉良的红扑扑的小脸蛋，忍不住伸出大手，轻轻抚摩。

牡丹趁势抬起上身，坐在炕边上，拭了拭眼角残留的泪珠，半喜半嗔地说道："别把她弄醒了。"

"不会的，我这么轻轻的……"

"嘎达，"牡丹询问地看着那达木德说道，他们婚后，牡丹一直习惯地称他为嘎达，"你这次回来，真能多住几天吗？"

"我不是说了嘛，15 天。"

"王爷怎么会突然给你这么久的假？"

"谁知道，也许他看我太累了。"

"王爷有时也能发发善心？"

"管他什么心，反正我有整整半个月时间陪伴你，还有可爱的天吉良。"那达木德说着，俯过身去，在天吉良的脸蛋上使劲儿亲了一口。

"轻点儿！你要弄哭她咋的？"牡丹埋怨地说道，把那达木德从天吉良身边推开。

那达木德笑道："我可真想听听女儿的哭声啊！"

牡丹带笑地瞪了那达木德一眼。这时，外面传来马蹄声，牡丹朝窗外看去，显得惊讶地说道："有人来了，你还不起来？"

"谁？"

"王祥林。—— 啊呀！你快起来吧，他已经下马了！"

那达木德一骨碌爬起来，一边披衣叠被，一边不满地嘟嚷道："他来干什么？这么早……"

牡丹突然叫道："天哪！我的头发！"说着捂着被那达木德弄乱的头发，跑到里间去了。

那达木德草草放好被子，正坐在炕边蹬靴子的时候王祥林就笑眯眯走进屋来了。

"你好啊，嘎达老弟！"

"你好。有什么急事吗？"

"我是顺路来看看你。"

"顺路？我还以为王爷要调我回去呢。"

"怎么会？王爷不是给了你15天假吗？"

"不过，——唔，请坐下，——你这么早到了敖来毛都，一定是半夜就动身了吧？"

"可不是！"王祥林落座后，摘下帽子说道，"我整整跑了半宿。"

"就你一个人吗？"那达木德心不在焉地问道，用力蹬上第二只靴子。

"是的，一个人走夜路，也蛮有意思呢。——咦，我刚才一踏进外屋门，就闻到一股诱人的香味，可牡丹哪儿去了？"

随着王祥林的声音，牡丹满脸绯红地从里间走了出来。

"你好，祥林哥。"

"你好，牡丹。"王祥林欠了欠身说道，微笑和赞赏地凝视着牡丹，"天哪！牡丹可是越来越漂亮了！而且，身边有一个两岁的女儿，嘎达又管不了一点儿家务，你还能穿戴打扮得这样利索，屋里屋外井井有条，真是我所见的女人中最最整洁、最最能干的一个！"他说着，又转向那达木德，"嘎达老弟，你真有福，真令人羡慕呀！"

牡丹笑了笑说道："祥林哥这么早来，还没吃早饭吧？"

"他吃什么早饭？"那达木德故作认真地插嘴道，"他是专门来捡便宜的。你没听他说，一跨进门就闻到了肉香吗？"

王祥林哈哈笑道："说得对，我就是冲着这顿不花钱的早餐从王府连夜跑来的！只是不知道这里的女主人是否欢迎。"

牡丹说道："只要不是来调嘎达回王府的，我就欢迎。"

"是吗？看来，以后真有这个差事，我是非推给别人不可了！"王祥林说完，又是一阵清脆的大笑。

牡丹的脸愈发红了。她咬了咬嘴唇，看着那达木德，说道："我去准备准备，你也快去洗脸吧。等会儿，你们边吃边说话吧。"她说完，向厨房走去，经过那达木德身边时，又轻声嘟囔了一句，"懒鬼！"结果，又引起了那达木德和王祥林一阵大笑。

不大一会儿，他们就都坐到餐桌上了。席面很丰盛，气氛也好，所以，两个男人还都喝了几口酒。

早餐结束，茶水将足，闲话也谈得差不多了，那达木德突然问道："你这次一定去办一件重要的事，是秘密吗？"

王祥林狡黠地挤了挤眼睛，轻轻推开茶碗说道："对别人秘密，对你却不。"

"那么，是什么事呢？

"可以说，对你，对我，都是一件好事，是一个难得的机会。当然，假如你也想发个小财的话。"

"发财？"那达木德眉毛一耸问道。实在说，那达木德虽然没有想过要发财，也不精于发财之道，但是，如果能改变他和牡丹目前并非富裕的生活境况，又可以不冒有如贪污军费那样的危险，他也未必不愿试试。所以，他的脸上除了惊讶，自然掩盖不住很感兴趣的神情。然而，当王祥林神秘地告诉他，王爷决定出荒，具体实施就在一两日之内时，他心里陡然一颤，胸膛里的血液几乎一下子全冲进头脑和双眼里去了。不要说"发财"两个字早已飞散到九霄云外，就连面前的香气四溢的茶水，也似乎消失得无影无踪了，甚至不住嘴地眉飞色舞地描绘出荒的美妙远景的王祥林，同样变成了模糊的一团，变成了无声蠕动着的一团，再也很难聚成一个人形物体了。

过了好久，那达木德才从震惊后如梦的迷惘中稍许清醒过来。他怔怔地看着王祥林，问道："这……全是真的吗？"

那达木德的声音沙哑而低沉，在场的人勉强能听到。但牡丹却在心灵里感受到，那句话的声音仍在那达木德胸膛里滚动轰响，震得她几乎头晕目眩。在这一瞬间，她预感到，有一个也许是躲避不了的灾难，正大步向她的家庭走来。因为她了解那达木德，深知他反对出荒的决心，理解他此刻何以如此震怒和激动，甚至能料到他会毫不犹豫地扔下妻子、女儿，去劝谏王爷，像三年前在奉天小河沿那样。但是，即便有了第一次王爷被说服的记录，这第二次就肯定能成功吗？要知道，这次放荒是王爷经过三年的犹豫后提出的，不用说已下了难以更改的决心。而且，在这个时候，出人意料地给了那达木德15天长假，显然并非什么善心、关心之类，而是对他怀有戒心，不想给他一个慷慨陈词的机会。在这种情况下，那达木德再风风火火、情绪激昂地去进谏，甚至不考虑有大批臣仆在场与只有两人私下商谈不同，单凭一腔热血指陈放荒之弊，因而伤害了王爷看得比真理还重要的尊严，那么，这种进谏换回来的难道会仅仅是王爷的反感和怒斥吗？不，那后果比这要可怕得多！而以那达木德的火暴脾气和为民请命、力挽狂澜的自信，是肯定不能等到半月以后再返回王府的，看他那义愤填膺的样子，甚至马上就要发作起来,大骂王爷的昏聩了。是的,牡丹必须想办法让那达木德先沉静下来,仔细斟酌一下进谏的策略和言辞,做到进退有度和无懈可击;尤其不能让他在王祥林面前宣泄对王爷的不满情绪,因为王祥林绝非正人君子,今天当面亲亲热热,笑语奉承,明天风头一变,就会在背后射过一支冷箭。

　　牡丹在瞬间想到上面的令她胆战心惊的形势,实在不敢让早餐后的这场谈话继续下去了。因此,听到王祥林对那达木德的问话回答了一句"我还能骗你?这可是机会难得呀!"之后,立即截住话头说道:"嘎达,祥林哥要趁早凉赶路,有些话以后再说吧。"同时,她迅速给那达木德使了个警告的眼色,那达木德疑惑而不情愿地抿起嘴唇,总算把就要脱口而出的对王爷肯定是不敬的话咽了回去。

　　王祥林当然猜不透那达木德的心理,还以为这个莽汉的失态是对"发财"的机会大为动心了呢。他也同样猜不透牡丹的心理,而且对牡丹的"逐客令"并未产生反感,正是所谓新婚不如久别,做客的人确实早点儿告辞为妙。所以,他戏谑而善意地笑了笑,紧接着牡丹的话说道:"真的,我在这里耽搁得太久了。"说着,摸起帽子,戴在头上,站起身来,"嘎达老弟,且莫心急。我们还有时间仔细商量一番的。祝你和牡丹愉快地度过这如黄金般难得的假期。再见!"

　　"等一等!"那达木德倏然站起来,瓮声瓮气地说道,"你今天别去见胡俊玉。"

　　王祥林眨了眨眼说道:"这怎么行?王命难违啊!再说,你何必如此性急,我保证回头再来找你就是。"

　　"不!"那达木德固执地说道。

　　"嘎达!"牡丹半乞求半威吓地说道,"祥林哥有公务在身,让他走吧。王爷的命令,谁敢违抗?你的脾气,好事也会办糟的!"

　　"牡丹说得对,心急喝不上热奶茶嘛!嘎达放心,不等你15天假满,我就会找上门来的。"

　　"祥林哥,你走吧。我送你。"牡丹赶忙说道,同时,又飞给那达木德一个恳求和制止的眼色。

　　实在说,以那达木德此刻的心理,是不想让王祥林去见胡俊玉的,而且有好多激烈的话急于即刻发泄出来。他弄不懂牡丹一再制止他说话,究竟是什么原因。他当然不能不承认,在料事的准确和处事的谨慎上,牡丹比自

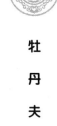

牡
丹
夫
人

己要强得多。但是,他今天错在哪里了? 看牡丹所表现出来的担心和恐惧,好像他说出的和即将说出的每一句话都会带来一场灾难! 他这样想着,犹豫之间已见王祥林和牡丹朝门外走去。他咬了咬嘴唇,朝牡丹背影不理解、不服气甚至怨恨地瞪了一眼,压住怒火说道:"牡丹,我去送他。"

"嘎达!"牡丹回过头来,埋怨地叫道。

"好了!"那达木德吼道,"我什么也不说还不行吗?"

说着,他大步从牡丹身旁走了过去。

那达木德送走了王祥林,确实一句话也没说。但是,当他飞快返回房间后,却再也按捺不住了,一边在地上急躁地走来走去,一边怒气冲冲、声震屋宇地说道:"卖地,卖地,又是卖地! 这几片牧场一卖,达尔罕旗还剩下了什么? 牧民们靠什么过活? 你那木济勒色楞还算哪号王爷? 真是越老越糊涂!"

还是在听到王祥林披露王爷决定放荒的一刹那,牡丹就预料到,在这个小房间里定会出现这样一个狂风暴雨般的场面,并担心这场狂风暴雨会当着王祥林的面就降临下来。现在,王祥林总算走了,不必担心那些大逆不道的话传入王爷的耳朵,也该让那达木德发泄一通了,否则会憋得他七窍生烟的。所以,她发现天吉良被那达木德的声音惊醒时,丝毫没有露出责备的意思,只是很快坐到炕边,轻轻拍着天吉良,不动声色地继续听着那达木德独自一人的宣泄。牡丹知道,那达木德会慢慢安静下来,只有到那个时候,才能帮助他在心平气和的情况下,仔细分析一下形势,认真权衡一下利弊,然后选择一条既可以防止卖荒悲剧重演又不至给自己带来祸患的途径。

那达木德情绪激动地狂喊了半天,终于感到疲惫,也意识到再说也是于事无补的废话,便以无奈地挥手和一声长叹结束了宣泄。稍事停歇后,却又觉得言犹未尽,冷然朝着牡丹说道:"可你——却让我把王祥林放走了!"

牡丹慢慢站起来,思索一下柔声说道:"你留不下他的。"

"我能!"

"对他,王爷命令比你的话有更大的效力。"

"我可以把他拽回王府!"

"想让王爷收回成命?"

"是的。王爷虽然糊涂,却还没有昏庸到一句忠言也听不进的程度。如果我昨天在王府,就不会发生今天的事。"

"你把问题想得太简单了。"

"本来就这么简单。可现在,王祥林去见胡俊玉,事情反而更复杂了。"

"要是王爷见你强行把王祥林拽回王府,肯定会恼怒,那事情倒真会更复杂了。"

"难道你比我更了解王爷?"

"当然不是。但你所了解的也只是过去的王爷。这回,他就不大可能听你的劝谏。"

"为什么?"

"到现在你也没明白王爷怎么会给你15天假。"

"这和放荒有什么关系?"

"你真笨!你刚刚离开王府,王爷就决定派出他的秘密使者,这能仅仅是巧合吗?"

那达木德的浓眉耸然一动,怔怔地看着牡丹毫不含糊的眼神,心想,这话不是没有道理。要不,连他自己也深感意外的15天假期能说明什么呢?眼下,达尔罕旗可不是刀枪入库、马放南山的升平世界呀!但是,他随即又摇头否定了自己的怀疑。这可能吗?这几年,王爷对他虽然说不上宠幸有加、言听计从,但充分信赖和倍加褒奖可是王府上下尽人皆知的。对此,不是连王祥林也常常羡慕得眼红吗?难道王爷在放荒这样重大问题的决策上,竟去和王祥林这样的弄臣商量,反而有意回避一个举足轻重的军务梅林吗?是的,生性孤傲的那达木德不能——准确地说是不愿或不敢——相信事实竟有如牡丹分析的那样。

牡丹见那达木德在似有所悟之后又连连摇头,便问道:"你还不明白吗?"

那达木德沉吟了一下说道:"你是说王爷有意背着我,这……怎么会呢?"

"事实就是如此。"牡丹说道,语气自信而肯定。

"可是,这样重大的事情,是瞒不过任何人,迟早总要公开的。而且,我现在就已经知道了。"

"那是因为王祥林利令智昏,错误地认为你是他这次发财的最合适的同伙,又从来不知道你对出荒是坚决反对的,这才泄了密。"

"可是王爷早就知道我是反对出荒的啊,他为什么不把这一点告诉王祥林呢?"

"那是没有必要的。王爷怎么会想到王祥林竟有泄密的胆量呢?"

"就算你说的都是事实,也没有王祥林来向我泄密,那么15天后呢,我还会一无所知吗?"

"那时你知道也没有用了。"

"没有用?15天后的我不会变成另外一个人,我照样还要反对出荒的!"

"有15天时间做丈量土地的准备是足够了。在出荒已成为事实后,你去反对还有什么意义?而且,如果你真的打算制止王爷已开始干的事情,他就可以不把兵权交还给你。"

"什么什么!不把兵权交还给我?仅仅因为我反对出荒,就罢我的官?"

"其实,给你15天假,就等于收回了你的兵权。"

"15天后,我仍是掌握兵权的军务梅伦!"

"那要看王爷肯不肯给你下一道复职的命令。"

"笑话!我是在度假,不是被撤职。假期一结束,我就会自动复职的。哪里还需要什么复职的命令?"

"你为什么不把15天假期同王爷决定放荒这件事联系起来呢?"

"这是毫无关系的两码事。"

"你不愿动脑,又这样固执!"

"不是我固执,是你瞎猜乱想。王爷知道我对他忠心耿耿,知道旗卫队是离不开我的。"

"还知道你对放荒的态度,对不?所以王爷才没撤你的职,而是让你离开王府半个月。这样,你既不能成为放荒的阻力,又可以在半月后继续为他效力。"

"胡说!王爷有时是挺糊涂,但绝没有那些……花花肠子。"

"那么,我问你,听说官员在休假期间,没有王爷的命令,是不能随意进入王府的,是这样吗?"

那达木德不明白牡丹何以突然提出这么个问题,皱了皱眉头,随口答道:"王府确实有这样的规定。"

"对你也不会例外吧?"

"当然,对谁都一样。"

"王爷会不会为了听听你对放荒的意见,在这15天之内把你召回王府呢?"

听了牡丹的问话，那达木德的心不由得一抖。两片嘴唇本来已张开正准备说什么，但翕动几下，很快又收拢成一条线了。两只紧紧盯着牡丹的显得怔忡的眼睛，也慢慢垂下视线。那样子像在沉思，又像在等待对方继续说下去，却无法掩盖住心绪的混乱和烦躁。

牡丹见那达木德没有回答，便吸了一口气，紧接着说道："是的，肯定不会。原因明显而又异常简单。这就是说，至少在这 15 天里，你作为休假的梅林，是没有资格也应该没有机会干预王府的军政大事的。是不是这样呢?"

"这……难道……"这回，那达木德抬眼看了看牡丹，便咬起嘴唇慢慢踱起步来。

那达木德投送过来的目光虽然极其短暂，牡丹却清楚地看到，那双原本明亮清澈的眼睛，此刻已变得黯然无光了，并有一股梦幻般的浊浪在剧烈涌动。牡丹完全懂得这目光里的复杂内容：既有想信又不愿信的半信半疑的迷惑，也有突然感受到被戏弄的愤然以及终于认识到身价低微的悲哀。看得出，那达木德的信念已开始动摇了。但牡丹更知道，这些年里那达木德在真枪实弹和九死一生的经历中，早就在心里树起了一座丰碑。这座丰碑上刻着自己的忠诚和辉煌的成绩，也刻着那木济勒色楞亲王对他的信任和重用。这是他堂堂做人和受人崇敬的基石。如果让他在顷刻间由自己推倒这座丰碑，不仅是困难的，而且是痛苦的，甚至是不甘心的。然而，让他经历这样一场艰难的思索，重新认识自己，是必要的，特别是，眼前正面临着放荒和反放荒的角斗，尤其显得必要。否则，他仍会站在王爷的左膀右臂和达尔罕旗顶梁柱的位置上，以为自己不仅可以控制旗卫队，还可以左右王府，甚至一句话就能让王爷改变主意。那样不但制止不了放荒，还会带来无穷无尽的灾难。

牡丹这样想着，没容那达木德喘息太久，又进一步紧逼并含着开导地说道："嘎达，你大概不会忘记，在我生天吉良时，王爷给了你几天假。"

那达木德又怔了一下，声音低沉而嘶哑地说道："3 天。"

"王爷不能不知道，你娶过的两房妻子都没给你生下一男半女。在你三十大多已经往四十走去的时候，突然有了女儿，该是多大的喜事！就是在那样的时候，他也没舍得给你 15 天假。而今天……"

"别说了!"那达木德骤然喊道，这声音好似从胸膛深处爆发的悲惨的呻吟。"别说了!"他又以更大的声音一字一顿地重复了一遍。这一次,显然已变成了愤怒和决心。接着,他虎虎地瞪起充血的环眼,咬牙道:"我,全明白了!"最后,他示威地挥了一下拳头,斩钉截铁地结束了他的话,同时也宣告了这一段思考的结论:"想回避我,这做不到! 我是偏要管的!"

牡丹试探地问道:"你是准备犯颜直谏吗?"

"我必须把三年前的话向他重复一遍。"

"这恐怕不行。"

"我没有别的办法。而且我相信能行。王爷是把我三年前的话全忘了!"

"可是,这回王爷好像……"

"牡丹,我承认你刚才的分析有道理,王爷给我假是为了不让我知道放荒这件事,以便偷偷去干。但有一点你不会想到,这肯定不是王爷的主意。"

"不是王爷的主意?"

"是的,不是王爷,甚至也不是福晋。"

"那会是谁呢?"

"韩舍旺。"

"是他?"

"不会错,准是这个老贼! 他从奉天回到王府的第二天,王爷就让我回家度假。除了福晋和胡俊玉,只有他知道我曾成功地劝阻了王爷放荒的打算。——对了,我度假期间,旗卫队就是暂交他代管的。"

牡丹想了想说道:"不管是谁的主意,毕竟是王爷下的命令。而且,放荒还是不放荒,最后一句话还是要由王爷说出来。"

"我今天就是要让王爷说出'不放荒'这句话!"

"今天?"

"我一会儿就去王府。"

"不行,嘎达! 等一等,让我们好好想一想,不能这么匆匆忙忙去见王爷。"

"等什么? 有什么好想的? 该说什么,我心里早有数。"

"那些反对放荒的话暂时还不能说。"

"不说这些,我见王爷还有个屁用!"

"听我说,嘎达。我理解你急切的心情,也不反对你尽快去见王爷。但你必须在行前仔细考虑一下可能出现的后果。你应该知道，韩舍旺能让王爷暂时把你撵出王府，也同样能让王爷解除你的兵权。"

"我不相信会解除我的兵权！"

"这不取决于你是不是相信。再说，这对王爷不是什么难办的事，更何况只要不给你下复职的命令即可，这比宣布撤职容易得多，又不会引起旗卫队的震动。你想，没有了兵权，你说话还有多大分量？"

那达木德焦躁地说道："就算有这个可能……那么，为了避免这个结果，我就得忍耐到半月以后了！可那时……"

"我不是让你忍耐到半月以后。我说过，假满以后再劝谏，可能就失去了意义。"

"你快说，我究竟该怎么办？"

"你可以提前销假。"

"……提前……销假？"

"对。你必须在请求提前复职时，使王爷和韩舍旺相信，你对放荒一事毫无所知。"

"可是你刚才说过，王爷给我假就是为了……"

"所以，你还得虚构一个天龙、天纲等强盗准备联合袭击王府的消息。韩舍旺是不敢带兵打仗的。"

"天哪！我还得先说一通谎话！"

"为了制止放荒，这是值得的。"

那达木德摇摇头，苦笑了一下说道："就照你说的办吧。看来，你比我精明得多。"

"你今天去，还是明天去？"

"今天。我要赶在王祥林前头见到王爷。我担心他和胡俊玉会一拍即合的，那就只能给我增加困难。"

"我想过了。你一走，我就去见胡俊玉。"

"什么！"那达木德吃惊地问道，"你要去见胡俊玉？"

"我劝劝他别再参与蒙荒的买卖，至少求他近期不要做出丈量土地的决定，这样会给你赢得一些时间。"

"不要去找他！"那达木德激烈反对道："更不要去求他！"

"这有什么，大不了白跑一趟。"

"不!"那达木德铁着脸大声说道,"我不准你和他再见面!"

"不准?"牡丹惊讶而含怒地说道,"你是说……不准?"

"我……"那达木德脸色苍白地凝视着生气的牡丹,尽量压低声音,却充满怒火和妒意地说道,"我不希望……"

"不准! 不希望! ……难道我去做坏事吗?"

"当然……不是。可你找他有什么用? 他是死心塌地做张家的爪牙了!"

"我看也未必。王祥林不是说,胡俊玉两年迟迟不丈量土地吗? 也许他不想替张家卖命了。"

"你……真是这样想的吗?"

"这么想有什么过错?"

"牡丹! 你直到现在还把他想得那么好!"

牡丹抖着嘴唇,满脸通红地大声说道:"你是不相信自己的妻子! 对不对? 凭你这句话,我非去不可!"

"这当然随你的便! 但是,我再说一遍,找他没有用。放荒不放荒,关键在王爷!"

"那你就去找王爷,我去找胡俊玉好了!"

就这样,那达木德气鼓鼓地走了以后,牡丹把天吉良暂时托付给邻居,飞骑来到胡俊玉的营房,并站到胡俊玉面前了。

　　面对突然从天而降的牡丹,胡俊玉感到不胜惊讶。他不敢相信,这近在咫尺的漂亮女子竟是他难以忘怀的牡丹。他的眼睛几乎睁到最大限度,死死盯着十分熟悉却恍如隔世的面孔,苍白的嘴唇剧烈地抖动起来,原来就一直无法平静的心海,此刻又掀起一阵无法名状的骚动。他的脸白了红,红了又白。过了好一阵,他才异常费力地轻唤了一声:"牡丹!……"往下就什么也说不出来了。

　　牡丹也感到不自在。特别是有王祥林在场,就更觉得尴尬,虽然在这里遇上王祥林是意料之中的事。看到两个男人都在注视着她,心里骤然慌乱起来,在途中就设计好的第一句话,一下子忘得精光,成了一个怎么也想不起台词的蹩脚演员。她连忙羞赧地垂下绯红的脸颊,咬得嘴唇险些渗出血来。

　　不用说,王祥林也绝想不到,早晨还在敖来毛都自己家中的牡丹,怎么会尾随他也来到屯垦军营房?牡丹和那达木德三年的婚后生活,可以说是恩恩爱爱,但又常常如牛郎织女,清浅相望,这回,难得王爷体恤,给了他们15天相聚的机会,她为什么不陪着丈夫卿卿我我,却跑到旧时的情人而今的仇人面前呢?这实在叫人大惑不解。不过,王祥林没有时间也不想去细细推敲牡丹此行的缘由。因为在这一瞬间,他从牡丹的身上突然想到一条可以使那达木德失去兵权的妙计。一股胜利的喜悦冲击得他手足颤动。他不愿在这里继续逗留,看一场情人重逢的好戏,去徒然浪费贵如黄金的时间了。他在心里阴险地暗自笑了一声,飞动的眼神迅即扫过牡丹曲线毕呈的身体,落在恍如梦中的胡俊玉脸上,抱拳说道:"胡营长,你有贵客,我该告辞了。"

　　胡俊玉像梦中惊醒一样微微抖了一下,四肢也总算又恢复了活动的功能。他机械地侧过脸,仍残留着迷惘地看着王祥林,不自然地做出一个微笑,毫无挽留之意又略显抱歉地说道:"你,请走好。"

王祥林微微一笑,又睨视了牡丹一眼,转身走了出去。步子显得十分轻快和优雅,还伴有轻轻的口哨声。

对于王祥林离去时的心情如此快活,胡俊玉深感奇怪。但他只是皱了皱眉,便不再去想他了。随后,他迫不及待地向仍站在门口的卫兵挥手道:"去吧。别让任何人来打搅我。"

卫兵答应着敬了个礼,低头窃笑地退了出去,随手将门帘落了下来。

屋子里只剩下了胡俊玉和牡丹两个人了。

经过一段难忍的沉默和难忍的闷热后,一直凝视着低头站立的牡丹的胡俊玉,好不容易颤着干燥的喉咙,低声问道:"牡丹,你来找我一定有什么事吧?"

"是的,有事……"牡丹回答道,没有抬起头来,却不知为什么,觉得脸上燃起了一团火,接着说下去实在是太困难了。

胡俊玉并不追问牡丹到底有什么事,而是说了一句没想说但在此情此景中会从嘴边自然而然迸出的话:"我们三年没见面了。"

牡丹在进入营房前,曾下决心不谈以往的旧事,但听了胡俊玉的话,竟也不自觉地重复了一句:"三年了。"而且,这极简单的三个字,勾起她多少愁思,唤醒她多少记忆呀!

她的决心随之溃散了,整个身心也很快被笼罩进往事的烟雾之中。

"这三年,你过得……好吗?"

"我过得很好。你还没有……成家吗?"牡丹这样问了一句后,大胆地抬起头来看胡俊玉一眼。但立即被对方火辣辣的凝视击败了,结果她还没看清胡俊玉的脸和她记忆中是否一样,就很快垂下头来,心中愈加慌乱了。她半疑惑半怨恨地暗问自己:"我为什么要问他成家没有?我到底来干什么来了?我为什么刚刚到他面前,就变得如此软弱呢?"但是,不容她继续责备自己和努力恢复决心,胡俊玉的声音又已飘进耳郭,袭进奔跳的心房了。

"成家?……不,牡丹。我三年前就……死去了!"

牡丹骇然地抬起头。这回她看清了,胡俊玉的脸还是那样英俊动人,只是异常苍白,眼睛也不再明亮清澈,而是布满血丝,涌动着长时间积累起来的深切的痛苦。她的心不由得怦然一动,油然升起一股难以抑制的悲哀而怜悯的思绪。稍许镇静之后，她艰难却是真诚而温柔地说道："胡先生，请你把过去……都忘掉吧。"说完又低下头去。

"我……我能忘掉吗？过去的幸福和快乐，痛苦和悲哀，已深深刻在我心上了！我能忘掉吗？"

牡丹听出胡俊玉的声音里分明带着哽咽。她感到手足无措、进退维艰，愈加不能自持了。陷入如此软弱无力和狼狈可怕的境地，是牡丹怎么也料不到的。她原以为，能像一般熟人那样，和胡俊玉坦诚而严肃地谈谈，劝说这个屯垦军营长别再帮助张学良占买蒙荒。然而，还没有谈到正题，她的思绪已然是一团乱麻了。她弄不懂自己为什么会这样不坚定，胡俊玉的几句话就轻而易举地冲垮了她！难道那达木德真说对了，她的心里始终装着眼前这个美男子形象，始终把这个人想得很好，甚至始终在默默思念着这个人吗？她突然记起，她曾不止一次地在梦境中回到奉天小河沿的那座撩拨人心的小公馆，回到情意缠绵的林间小道，有一次，她睡梦中喊出胡俊玉的名字，惊醒了自己，也惊醒了和她同衾而眠的那达木德。这些情节为什么在早晨没有想起来？如果那达木德当时不是大动肝火，而是心平气和地启发她一下，帮助她回忆起那些可怕的梦，那么，她肯定不会鬼使神差地跑到胡俊玉面前的。她不敢再想下去了。有那么几个刹那，她想立即转过身，夺门而出，飞速逃离这座可能使她晕倒的房间，彻底放弃自己主动承担的使命。但是，努力白费了，她没能做到这一点，反而在朦朦胧胧中再次抬起头来，心甘情愿地把自己柔和的视线接在对方火热的视线上，使两对视线霎时融汇到一起，变得同样柔和，同样火热。牡丹感到浑身已酥软得就要倒下去，眼睛也开始模糊了。

牡丹的柔和而湿润的目光，无疑会掀起胡俊玉心海里的更大的波澜，鼓动起他超规越矩的勇气。此刻，他忘了周围的一切，甚至忘了自己是个切实的存在。他只觉得自己是一个无法遏制的渴望，一个不具形体的幽灵，一个甘受雷殛的决心。

他不再犹豫，不顾一切地抓住牡丹火热的手，发自肺腑地凄惨地喊道："牡丹！你知道我这三年是受着怎样的煎熬吗？"

"不！不准你这样……"牡丹奋力呼喊道，泪水夺眶而出。但是，她的力量源泉已经枯竭，发出的声音是太微弱了。

"牡丹！救救我，回到我身边来吧！"

牡
丹
夫
人

"这是不可能的。这是……不可能的……"

"可能的！我们可以去一个遥远的、谁也找不到的地方。"

"不，不！我不能，不能答应……"

"你会答应我的。这一切都是我的过错，我已经意识到了。当初，我真不该眼看你嫁给那个根本不懂爱情的人。你嫁给他，仅仅是为了逃避感情的折磨，你佩服他，却不爱他。你爱的是我，只是我，直到今天，你还在爱着我。你说，不是这样吗？不是这样吗？"

"别说了！求你别再说下去了。我是那达木德的妻子，是那达木德的人啊！求你松开我，松开我吧！"牡丹徒然挣扎着，已泣不成声了。她明确地感到，自己的身体急需扶持，并正有一股强大的力量把她压向一个强健的跳动着的胸脯上，嘴唇也被一团烈焰封住了。她无力进行抗争，双手痉挛地在这个人脊背上抚摩。她闭上了眼睛，倏地记起三年前，和这个她有生以来第一次钟情的男人之间无数次的手儿携握，无数次的耳边絮语，无数次四臂交叠的拥抱，无数次温馨和狂热的亲吻。眼下，她又一次体验到这种拥抱狂吻给她带来的甜蜜的战栗和舒服的眩晕。她以为这是梦，像以前的几次梦一样。她感到慌恐，又不愿这梦很快结束。

天哪！人类真是奇怪的又可怜又可悲的生物。他们不仅有思想，还有形体，而且把思想和形体看得同等重要。他们从走上世界，直到离开世界，几乎无时无刻不在汲汲于用自己的形体去表现自己的思想，又用自己的思想去强调自己的形体。结果，他们给自己带来了无穷无尽的罪恶和灾难，使人类的思想悲剧和形体悲剧充满了整个世界！或许正是由于人类渐渐苏醒过来，认识到了这一点，才在冥冥中生出另一种心理，渴望自己不再具备形骸，是个非物质的生命，犹如梦一样，这样就可以在无限的宇宙中无所不在，可以随意和另一个梦聚合弥散，而绝无痛苦和罪恶感。是的，此刻在牡丹的心灵中，便突然产生了这样的愿望，甚至在默默祈祷，求上帝把眼前的一切就变成一场梦吧！无论她踮起脚尖迎接亲吻的肉体，还是一手紧箍她的腰肢，一手紧托她的头的另一个肉体，千万别是物质存在的生命形式，而仅仅是两个梦的重合吧！这样，她就可以不去考虑应不应该顺从和是否对得起自己的丈夫了。

然而，事实却永远不会按着人的愿望去改变它存在的形式。长时间的窒息和周身热浪奔涌，毕竟使尚未晕倒的牡丹意识到，这绝不是在虚幻中的旧梦重温和对以往恋情的缥缈回忆。不仅她自己是一个切实的存在，并正有一个灵肉俱在的男人的火一样的热唇在她的也是火一样的热唇上实实在在地吮吸着吮吸着。这个男人不是自己的丈夫那达木德，而是胡俊玉！

"天哪！"牡丹自己在心里惊呼着，"胡俊玉是谁？"

她紧接着向自己发问道："我和他有什么关系？他凭什么死死搂着我的身体？凭什么不知餍足地吻着我的嘴唇？"这一个个令人不寒而栗的问题，终于使她清醒过来，明明白白地感到，不是胸前这个人，而是自己在犯罪，在一步步走向万劫不复的地狱。她万分恐惧地睁开眼。透过残留的旧雾，她依稀看到水洗一样的苍白而疯狂的泪脸。她的心不由得一阵搐动，并发出一声痛不欲生的惊呼："天哪！"这次，她真的差一点儿晕过去。

如果牡丹不是随即更紧地闭上了眼睛，并在闭上眼睛的一瞬又陷入迷幻，而是努力保持一段哪怕极短暂的清醒，冷静地对自己刚才提出的异常简单的问题作出回答，使自己重新记起，眼前这个人是张学良的亲信，是屯垦军营长，是曾害得爸爸破产并发誓要把死亡带给丈夫的仇人的话，那么，她肯定会有足够的力量从胡俊玉的臂膊间挣脱出来，迅速恢复一个灵魂纯洁的忠诚妻子。但是，连牡丹自己也预料不到，当她一眼看到胡俊玉那张忘情的热泪飞溅的脸时，心里的一连串的问题就一股脑儿飞散到九霄云外去了，好像那是八辈子以前的事情，好像自己根本没这样责问过，唯一剩下来的，只有"天哪！"这声悲呼的尖利的无限延续的余音。这余音鞭子一样猛抽着牡丹的五脏六腑。她痛苦得用力收拢双臂。她的心在流泪，同时，掀起了一阵紧似一阵的狂波巨浪，挟带着一声声凄惨的令她直想恸哭的自我争辩："他是胡俊玉，真的是胡俊玉呀！他就是那个使我陷入情网，让我迷恋，至今还默默爱着的男人啊！是我绝情，是我给他带来痛苦，是我折磨了他呀！难道他没有权利，难道他不该让我对他的不幸作出补偿吗？三年前，我就决心为他去死。我为什么没有死？为什么是逃跑而不是死啊？我为什么不去死？今天，就让我死在他的怀里吧！…… 天哪，让我死吧！……"牡丹在灵魂深处这样哭喊着，眼泪如泉水般从紧闭的眼睛里奔涌而出，整个身体都在抽搐中蜷曲变形了。她已经不能再去想想是否应该结束这种罪恶而可怕的顺从，也不敢再睁开泪眼看一看那张被痛苦折磨得憔悴的令人心碎的脸，而是任凭自己的嘴唇被吮吸得火辣辣的疼痛，任凭自己的胸脯被压迫得透不过气来，甚至任凭自己的身体被两只有力的胳臂猝然托起并紧接着横陈床

牡
丹
夫
人

上……她没有睁一睁眼睛，没有说一句话，没有做出一丝一毫的反抗……

一个小时飞快地或者也可以说缓慢地过去了。

就像暴风雨停歇下来，大地必然会呈现一阵凝结的寂然疏懒的平静一样，胡俊玉和牡丹在经历了感情的狂波巨澜和身体的激烈交欢后，都陷入了疲惫的沉默。四只被泪水彻底清洗过此刻变得晶亮干涩的眼睛，都怔怔地定定地视而不见地望着屋顶，好像他们要一直保持眼前这种凝固的状态，永远不会想起除此之外还要再干些什么。他们的同样被泪水冲洗过的脸，也早已被肌肤里畅流的热血烤干，显得无比清爽、苍白和宁静。只是在胡俊玉的眼里和脸上，还多少残留着征服者的快感和满足，对情敌报复的愉悦及第一次占有女人身体的新鲜和紧张。而在牡丹的眼里和脸上，却几乎什么也没表露出来，宁静得近于冷漠，就像深冬的月亮，默然无声地发着清冷。

的确，牡丹此刻的心里是太平静了，平静得使她自己也感到难以理喻。她竟没有觉得胡俊玉的暴力是对她的一种凌辱，没有觉得自己的顺从是一种罪恶，甚至没有因为躺在一个并非丈夫的男人身边而产生羞耻感。在她看来，这一切是迟早要发生的，或者早该发生，却迟到今日才进行。眼下，这一切总算已成过去，不久便是陈迹了，也总算结束了她和胡俊玉之间的一段孽缘，从此恩怨了结。这反而使牡丹有一种获得解脱和还清了债务的轻松感。

人的感情和行为常常像谜一样难解，在酝酿时可能决心朝东方前进，临到终于起步时，却坚定地走向了西方，而且并不为这种可能是错误的选择后悔。牡丹就是如此。她在决定来见胡俊玉时，准备做的全然是另外一件事；见到胡俊玉以后，真正付诸行动的，却是原来连想也没想过的。而意外的又是心甘情愿做的一切，反而使她原来想做的事根本无法进行了。难道在感情和行为风平浪静之后，她还可以和胡俊玉谈起放荒一事吗？那岂不等于把自己刚才付出的作为筹码，去交换胡俊玉的同情和怜悯吗？牡丹当然不肯这么干。也就是说，她必须彻底放弃此行的真正目的。但牡丹没有后悔，只是感到轻松，变得冷漠了。直到她想起该返回敖来毛都并从此与胡俊玉再无瓜葛的时候，她的心和她的脸也依然是冻结的死水一般，没再掀起任何意义上的波澜。她动了一下身体，发现胡俊玉的胳臂还搭在自己的身子上，便轻轻地挪开，然后慢慢坐了起来。短暂的眩晕过后，她微微低下头，像局外人一样盯了一眼洁白如玉的大腿，顺手扯过被随意搭在椅背上的衣服，稳重而利落地一点点藏匿起自己的身体。

　　一开始,胡俊玉只是躺在那里默默看着牡丹仔仔细细地穿戴,仔仔细细地梳理散乱的头发,还没有意识到牡丹就要离去,错误地以为这是下一次感情勃发前的间歇。但是,当牡丹挪动脚步,坚定地向外走去时,他突然明白了,那被衣服藏匿起来并向门口移动的不仅是一个可爱的光洁的身体,还有对他来讲是不能缺少、不甘失去的一个女人的爱情,而且一旦离去,就不会再回到他的生命中! 一股寒流从脊梁扩散到全身,心房也战栗起来。他恐慌地喊了一声:"牡丹!"倏地坐起,迅速地披衣下床,大步追了上去。

　　牡丹没有停下脚步,只是回头看了胡俊玉一眼,眼里流泻出来的不是憎恶和怨恨,而是轻蔑和怜悯。

　　"牡丹!"胡俊玉带着祈求地喊道。他已追到正想跨出房门的牡丹身后,并伸手要抓住牡丹的胳臂。

　　牡丹站下,骤然转过身来。她的眼睛里此刻迸射出来的已是威严、凛然和决绝的目光。她没有说话,但胡俊玉却听到了一个如雷贯耳的声音:"从现在起,你再无权动我一指头!"胡俊玉胆怯而悔恨地慢慢放下胳臂,一句话也没说出来,眼睁睁地看着牡丹走出去。等外面传来牡丹果断而飞快离去的马蹄声时,胡俊玉疯了一样回身一脚踢翻了茶桌,捂着泪脸扑到余温尚存的床上,在心里撕肝裂肺地悲喊道:"胡俊玉呀胡俊玉! 你怎么能让自己犯了这样一个不能饶恕、无可弥补的错误呀!"

牡
丹
夫
人

　　骑在马背上风驰电掣般狂奔的牡丹也哭了,直哭到她的坐骑在一条小溪岸边停下脚步。她跳下马背,昏倦倦地看了一会儿脚前的吟唱着流淌的溪水,然后慢慢蹲下来,捧起溪水洗了几把脸。这时她才发现脖颈上戴着一串项链,竟是曾经救那达木德于危难的那一串,不知怎么又在胡俊玉手中,更不知道又怎么到了自己脖颈上的。她觉得那是火、是蛇,一把扯了下来,抛进流水中,然后,逃跑一样离开了小溪。

　　太阳快落山时,牡丹回到了自己的家。

　　那达木德还没有回来。

　　牡丹搂着天吉良,艰难地度过了一个无法成眠的长夜。这一夜,她终于在纷乱复杂的思绪中明白了一个道理,那就是,她的行为在客观上伤害了那达木德,她成了那达木德面前的罪人。她不准备宽容自己,也不想对那达木德隐瞒。她盼望尽快向那达木德讲出发生的一切,随便那达木德怎样惩罚她！她下决心从此和胡俊玉彻底割断情丝，否则她将毫不犹豫地把匕首捅进自己的心脏！

她又等了一个白天，仍不见丈夫归来。她守在天吉良身边，一直坐到半夜。后来，她感到疲倦，便和衣躺到炕上，她打算，到明早还不见那达木德回来，就自己去王府找他。牡丹热切地盼望那达木德的皮鞭狠狠地抽在自己的脊背上、脸上和胸脯上。

牡丹很快就进入了梦乡。她梦见那达木德怒发冲冠地站在她的面前，一边不住口地詈骂，一边用皮鞭抽她的四肢。她听见天吉良大声地哭叫。那达木德举起皮鞭准备向天吉良抽去。牡丹想喊，却怎么也发不出声音。她猛地睁开眼，清晰地感到四肢疼痛和闷得喘不过气来，感到身体捆着绳索，嘴里堵着毛巾，但是她依稀看到的却不是那达木德，而是两个蒙面大汉。这两个蒙面大汉把她抬起来，向外走去。她拼命挣扎，也是徒劳。不大一会儿，她被捆在马背上。她怎么也猜不出，是谁和为什么抢走她，究竟要在这满天星斗的深夜把她带向何方？……

16

"王爷身体欠安,暂不能召见梅林大人。福晋殿下说,请梅林大人自便好了。"

三天前,那达木德急如星火赶到王府,声称有极重要的话要向王爷启奏,焦急而满怀希望地恭候在王府正殿台阶下时,他听到的就是这样一句回答。现在,他已是第五次恭候在台阶下,第五次听到由同一个白脸小童、操着同样平淡的女孩声音、带着同样出奇的耐心说出的同样一句话了。随后,这女孩一样的男童,当然照例不失礼仪地俯身倒退一步,转过去,不焦不躁地缓步走进殿门了。

可是,那达木德的耐心却已达到了极限。他瞪着冒火的眼睛,看着白脸小童悠然自得地将身影融进大殿肃穆的阴森的黑暗里,直气得浑身颤抖,嘴唇发青。他知道,近来王爷的身体和情绪一直很好,哪里会可巧就卧床不起? 而且,连日来,他丝毫没看出王府内因王爷病重理应呈现的那种紧张气氛。所谓"王爷身体欠安",只不过是拒不接见他的托词而已。看来全让牡丹说对了。王爷连续三天把他拒之殿外这个事实,不仅证实王爷对他存有戒心,在放荒问题上有意回避他,而且表明王爷根本没把他这个军务梅林放在心上,轻视、蔑视甚至无视他的存在。这是那达木德最无法忍受的。他感到愤愤不平,胸膛里的愤怒像头顶的炎阳烈烈如焰。如果不是在这一瞬间,残存的一点儿理智使他陡然想起牡丹的话,他准会腾身跳上台阶,奔进大殿,直冲到躲在后殿的王爷面前,质问这个一旗之长为什么对有要事启奏的重要官员托病不见、置之不理? 为什么竟打发一个乳臭未干的小童对付他整整三天? 难道他那达木德是一个普通牧马人或不屑一顾的奴仆吗? 是的,他不能这么干。牡丹说的不是没有道理,王爷会借故免去他梅林之职的。真的失去了兵权,他不是更加一文不值了吗? 所以,他只是在心里狂喊

牡
丹
夫
人

144

了一阵,留给威严耸立的大殿一个恶狠狠的注视,猛地转过身,踏着滚烫的石板甬道,以超常的大步走到王府大门外,任凭近午的炎阳炙烤他早已热得冒火的身体了。

不知过了多久,昏昏然的那达木德突然听到一阵马蹄声。他抬起直冒金星的眼睛不经意地看去,却见王祥林正催马向王府驰来。他的精神不由一震,想到:王祥林是可以随意进出王爷乃至福晋卧室的,何不利用此人去通融一下,使王爷答应接见他呢? 只要不提放荒之事,而按牡丹的指点,编一个匪患骤起的情节,王祥林是不会拒绝去向王爷代陈的。

王爷一旦确信,他那达木德并非获悉放荒消息跑来劝谏,而是要带兵去剿匪,或许不仅能召见他,甚至还会认为在如此紧急的情况下让他提前复职是最合适的。只要眼下能收回兵权,剩下的事就好办了。那达木德这样想着,喊了一声:"王祥林!"便快步迎了上去。

王祥林勒住马缰,惊讶地说道:"是你!"随即跳下马来,扬袖擦了擦汗水,"嘎达,你怎么在这儿?"

"我想见王爷?"

"那……见到了吗?"

"还没有。"

"见王爷是为了……"

"盗匪猖獗……"

"你是说天龙、天纲他们?"

"是的。"

"这些该死的强盗! 他们竟敢……"

"我一会儿详细跟你谈。你先说说,怎么今天才回来? 让我等得好苦!"

"这……我就便回家看看,耽搁了两天。"

"你和胡俊玉谈妥了?"

"唉,别提了,胡俊玉这小子真能刁难人!"

"怎么回事?"

"我怎么也没想到,他提出要王爷换一个军务梅林。"

"想撤掉我? 这个浑蛋!"

"我当然没有答应。我相信王爷也不会答应。你说,除了你嘎达,还有谁胜任军务梅林之职啊?"

"他为什么提出这个条件？"

"那还用说，还不是因为牡丹。"

"算了，不说这些。祥林，你是不是要马上去见王爷？"

"是呀。"

"走，我们边走边谈。"

"好吧，有话尽管说好了。我理解你现在的心情，我深表同情。"王祥林边走边说，并睨视了那达木德一眼。

"理解？同情？"

"我说的全是真心话。"

"可你怎么能猜出我找王爷有什么事？"

"我当然能猜出。你一定是请求王爷派旗卫队去剿匪，我没说错吧？"

那达木德万分惊讶地看着王祥林说道："真猜对了！"

"我处在你的位置，也会这么做的。"

"不过，我不是请求王爷派出旗卫队，而是请求允许我带兵去剿匪。"

"提前复职？"

"是的。你认为这不合适？"

"恰恰相反，这非常合适。因为你是带着夺妻之恨去剿匪，是肯定能打胜仗的。"

"夺妻之恨？！你这话怎么讲？"

"天龙、天纲抢去的是你的妻子呀！"

"什么？！"那达木德猝然停下脚步，一把拽住王祥林的胸襟，满脸的惊骇，"天龙、天纲抢走了谁？"

"天哪，原来你还不知道！"

"快说！究竟是怎么回事？抢走了谁？"

"牡丹啊！——快松开我吧，衣服都被你扯烂了！"

那达木德松开手，狠劲地攥起拳头，瞪着失魂落魄的眼睛，愤怒地吼道："牡丹！你说他们抢走了牡丹？"

"是啊。正是这么回事。"

"为什么不早说？"

"这能怨我？我几次想说，都让你打断了。我还以为你全知道，以为你正是为了这件事来找王爷呢！"

"告诉我,这是什么时候的事? 你怎么知道?"

"昨天夜里你没在家?"

"废话! 我来王府三天了!"

"是这样! ……那就让我告诉你吧。我今天早晨路过敖来毛都,打算去看看你和牡丹。一进院子,就听到天吉良大声哭闹。进院后一看,你和牡丹都不在,是你们邻居的女人在哄着天吉良。我问她,你和牡丹到哪儿去了。那个女人说,半夜里,天龙、天纲下山来到敖来毛都,抢走牡丹就离开了。她说,谁也不知道天龙、天纲为什么单单抢走了牡丹,谁也不知你嘎达到什么地方去了。"

"是半夜的事,你说?"

"那女人就是这么告诉我的。"

"好哇! 天龙、天纲,欺侮到爷爷头上了!"

"你打算怎么办,嘎达?"

"我饶不了他们的!"

"可这事不能拖啊! 也许天龙、天纲对牡丹的美貌早就垂涎三尺了,要是耽误了,恐怕……"

那达木德完全能猜出王祥林在"恐怕"后面没有说出口的话。他的心一阵紧缩,急得犹如热锅上的蚂蚁,走也不是,站也不是。后来,他思索了一下,又一把抓住王祥林的胳臂,带着祈求和不容对方反驳的语气费劲儿地说道:"祥林,能不能救出牡丹,全靠你了。你今天必须帮我一把。念在我以往的好处,别拒绝我。"

"那还用说吗? 只要我能。"

"你能。只有你能。"

"请说,我一定竭尽全力。"

"你这就去见王爷,对吗?"

"对,这就去。"

"你也知道,旗卫队眼下由韩舍旺代管。要救牡丹,就得……"

"不用说了,我明白了。你需要旗卫队的指挥权。"

"是的。你一定要说服王爷让我今天就复职。"

"没问题,王爷肯定会答应的。"

"你有这个把握?"

"当然。"

"有你这句话，我就放心了。我先要替牡丹谢谢你。"

"你这么说就是见外了，我们谁和谁呀？好，事不宜迟，我立刻就去见王爷。"王祥林说着，便引镫上马。

那达木德仰起脸询问道："那么我……"

"你在后边慢慢走吧。等你站到大殿门前时，准会听到如愿以偿的好消息。"王祥林说完，催马朝王府大门奔去。按王府的严格规定，非十万火急的军情，王爷以外的任何官民均不得纵骑驰过离王府大门一里处的下马石，这回，王祥林却让自己的马一直飞奔到大门处，显然是为那达木德的事甘冒风险了。看到他的侠肝义胆，那达木德感动得哽咽起来，一边拭泪，一边紧随马后朝王府大门走去。

十分钟后，那达木德已带着希望同时也带着焦急和忐忑，又默立在静悄悄的大殿前的台阶下了。王祥林也果如其言地就在这时走出大殿。和王祥林一起出现在那达木德面前的还有韩舍旺。这两个人缓缓地步下台阶。

看到王祥林满脸的忧虑和韩舍旺满脸的冰霜，不同他说话，那达木德就意识到希望完全落空了。他不由得打了个寒战，脸色也霎时苍白起来，紧张和胆怯使他连话也说不出来了。

最先开口的是王祥林。此刻，他已停下脚步，站到那达木德对面。他斜视了韩舍旺一眼，对那达木德充满歉疚和同情地说道："嘎达——唔，那达木德梅林，我知道你比任何人都着急。碰到这种事，谁又能不火冒三丈，谁又能泰然处之，谁又能不火烧火燎不着急呢？……"

那达木德在心里骂道："浑蛋！什么时候还来说这些废话！王爷究竟答应不答应，你就痛痛快快放个屁好了！"

王祥林从那达木德的眼睛里听到了怒骂声，却毫不在意，吸了一口长气，接着说道："是的，我理解你的心情和处境，知道这事得抓紧办，争分夺秒地办，使你早一点儿见到可爱的妻子。这也是我做朋友应尽的义务。为了尽快办成此事，尽快使你安心，我便先拜见了韩舍旺大人，求他和我一同去拜见王爷。韩舍旺大人知情达理，当即表示赞同，决定求得王爷首肯，就把兵权交还给你。这样，我和韩舍旺大人急急忙忙到了王爷的病榻前。……"

听了王祥林不厌其烦地讲述到这里，那达木德一阵疑惑，心想："韩舍旺竟能如此痛快地答应交还兵权？还有，难道王爷真的卧床不起了？"但是，他只是抖动了几下眼皮,却没有说出声来。

王祥林又看了看不动声色的韩舍旺,继续说道:"虽然王爷病得不轻,还是坚持听完了我的讲述。王爷对牡丹的遭遇深表同情,对你救妻剿匪的肝胆也深为赞许。"

那达木德突然又升起一线希望,紧忙问道:"王爷准了我的请求?"

王祥林摇头叹息道:"可惜,正在这时,王爷陷入昏迷。我和韩舍旺大人不得不惶然告退。但我相信,王爷不昏迷,是肯定会答应的。"

"那……怎么办?"那达木德明知这样问是毫无意义的,但还是脱口而出了。

一直沉默着的韩舍旺这时说道:"那达木德梅林,我和祥林也与你一样着急。可着急是没有用的,我们只好耐着性子等个一两天了。王爷的病情总会有好转的时候。"

"等? 等个一两天! 这可是能等的事吗?"那达木德忘掉礼仪地大声喊道,又气又急地在石板甬道上团团转,眼睛已经在冒火了。后来,他突然站下,盯着韩舍旺,狠狠咽了口唾沫,压抑着恼怒问道:"你既然知道王爷对我的请求表示赞许,知道王爷会恩准,为什么不把兵权交还给我,为什么还要我等呢?"

"那达木德梅林,你在王爷手下为官多年了,不能不知道王爷点头和不点头是大不一样的。不要以为我对兵权爱不释手,我巴不得今天就息肩落得个轻松逍遥呢!"

"不交还我兵权可以,我也毫无怨恨。但你呢,韩舍旺大人,你现在手里掌握着旗卫队,有权也有责任带兵去剿匪呀。就算我恳求你吧,韩舍旺大人,立即出动,我愿以一名普通兵丁的身份参战,听你指挥。这总可以吧?"

"去剿匪也好,去救你的妻子也罢,我是很乐意效犬马之劳的,这也要有王爷的指令才行。"

"韩舍旺大人! ……"

"等一等,那达木德梅林,先别发火,听我说完。你应该明白,我们想做或应该做的事情,又常常是不能做的事情。比方说,近来盗匪为患,我也偶有所闻;这次,天龙、天纲竟敢抢走达尔罕旗军务梅林的妻子,更证明这些盗匪胆大包天到何种地步,可谓猖狂至极。按说,旗卫队应有所行动,以挫盗匪之嚣张气焰。这似乎是情理之中的事。我虽暂代梅林之职,却也不是贪生怕死之辈，或以一己之私心，而置全旗安危于不顾。但是话说回来，这些盗匪既然敢于抢走你的妻子，也同样敢于袭击王府。要攻打盗匪巢穴，救出牡丹，非旗卫队全员出动不可，否则等于以卵击石。设若天龙、天纲使的是调虎离山之计，我们发兵山林之日，便是他们攻打王府之时。其后果不堪设想。我说过，只要王爷下令剿匪，我会二话不说，立即行动。但没有王爷的话，不要说祥林，你我谁敢去冒这个风险？"

那达木德终于听出，韩舍旺说话的声音虽然很平和，却句句都在封他的门，堵他的路，分明在向他宣布不要指望旗卫队去救他的妻子了。同时他也明白了，争吵也好，哀求也罢，不仅没用，而且还是徒然浪费时间。他又气又急，又恨得入骨又无可奈何。他决定立刻离开王府，去单骑冒险、死中求活了。他本想在临行前，痛骂一顿眼前这个皮笑肉不笑、幸灾乐祸的比强盗更可恶的坏蛋，但他只从牙缝发狠地挤出"韩、舍、旺！"三个字，就再也说不出话来了。随即猛然转过身，大步朝大门走去。

恰巧在这时，有一个人出现在王府大门处，并迎着那达木德走过来。此人正是胡俊玉。

这两个曾做了三年好友又做了三年对头的军官，意想不到地在王府的石板甬道上擦肩而过时，谁也没说一句话，只是互相投送个极短的仇恨和疑惑的一瞥，便背对背地急速拉开了距离。

那达木德离开王府后，飞骑朝二龙山奔去。他知道，那里是天龙、天纲的巢穴，他必须在入夜前赶到那里，能不能使牡丹免遭凌辱，就全凭坐骑的速度和佛爷保佑了。

17

　　正如王祥林所说,牡丹确实是被天龙、天纲抢去的。但是,牡丹胆战心惊地意识到自己不幸落到凶残的强盗的魔掌里,已是经过半宿的马背颠簸,到了曙色亮起的时候了。

　　那时,他们正艰难地走在一条山路上。十几个强盗都牵马步行,只有牡丹被捆绑着伏在马背上。她从半昏迷状态中渐渐竟清醒过来,睁眼朝路旁看去,依稀认出这是通向二龙山山顶的路。牡丹在幼年时,和爸爸一起到过二龙山,记得山顶有一座不算小的古庙。据说,这座当年很辉煌的庙宇,是明朝时女真人修建的,不知什么原因,后来竟废置不用了。大约十几年前,这座长期无人问津的古庙里,出了一件四肢折断的垂死猎人被神仙救活的奇事,香火又正正经经鼎盛了一阵。仁钦扎木苏就是为了求神仙保佑牡丹摆脱病魔,才背着她十分虔诚地登上二龙山的。这一去,牡丹的病果然好了,仁钦扎木苏却险些掉到悬崖下丧命。以后,牡丹再没犯过病,仁钦扎木苏也就没再带着她上山冒第二次险。但是,山路的艰险难行,松涛的轰响可怖,庙宇的破败阴森,以及顶礼膜拜、敬香祈祷的人群,都深深刻在牡丹的心上了,至今还时时浮现在眼前。这几年,盗贼蜂起,乘机拉起杆子的天龙、天纲,因为知道二龙山形势险恶,只有一条狭窄的山路通到三面壁立的峰顶,进可攻,退可守,官兵很难打上去,便抢先把大营安扎到山上。牡丹常听那达木德讲最难剿灭而且至今未敢贸然攻打的就是二龙山这伙强盗。

　　所以,牡丹在认出那条山路的同时,也就知遭劫持她的人究竟是谁了。至于天龙、天纲为什么劫持她,这不仅牡丹本人,就是那目睹甚至口耳相传的人们也能毫不费劲儿地猜到。牡丹的美貌,是科尔沁草原无人不知、无人不晓的,见过她的男人们,无一例外地啧啧赞叹,目眩神迷,以为面对的是下凡的神女,有的甚至朝思暮想,魂牵梦萦,恨不得有朝一日将她据为己有。

更何况那些对杀人越货已感不满足的盗匪呢？虽然人们还没听到天龙、天纲有抢夺女人的记录，但谁都知道，眼下二龙山固若金汤、兵强马壮，在不愁大碗喝酒、大块吃肉的安枕无忧的闲暇之中，怎能不生出找几个漂亮女人陪伴的念头呢？天龙、天纲毕竟不是吃素的呀！因而，第一个被想到并以劫持的特殊方式"请"到山寨的，如果不是牡丹，反而是不合情理的了。

牡丹既然知道是谁和为什么劫持她，知道难逃厄运，知道恐惧和挣扎都失去了意义，当然也就确信自己的生命已到了最后的时刻。她似乎已经看到了那可怕的一幕，看到了一双淫荡的眼睛和一双邪恶的手，也看到了自己的奋力拼搏和结束这一切的血花飞溅。是的，牡丹下决心在那个时刻到来时以死相拼，即使不能与对她实施强暴的恶棍同归于尽，至少也要亲手撕断自己颈上的动脉，成为一具死尸，让异想天开和不知羞耻的天龙、天纲们枉费心机，镜花水月般空欢喜，捶胸顿足地懊恨终生。只有这样，她才能使自己宝贵的身体和贞操不惨遭强盗们的玷污。这么一想，牡丹倒觉得自己平静多了。她甚至用力动了一下被束缚的肢体，以期伏卧得舒适些，恢复和保存住足够的体力。

走在两侧的已除去脸上布块的强盗，见牡丹挪动了几下身体，便有一个走近前把她嘴里的毛巾扯出来，轻声问道："你要解手吗？"

牡丹摇摇头，脸上飞起了一阵羞红。

"那你有什么事？"

牡丹犹豫了一下说道："让我坐到马鞍上，这样趴着太难受。"

那人和善而略显惊讶地笑了笑说道："当然可以。真委屈你了，美人。"说着，示意另一侧的人帮他把牡丹身上的绳索解开并小心翼翼地扶坐到马鞍上。

牡丹这回舒服多了，只是因为路太陡，坐骑几乎坡成 30 度斜角，她须前倾身体伏在马颈上才行。

牡丹缓了几口气，潮湿、清新而略含苦涩的松香味使她的胸膛洗涤了一样感到清爽，突然解放的四肢也舒展松快起来。令她自己也觉得奇怪的是，她心中残存的恐惧感已经荡然无存，甚至产生了一个观察那些在夜里曾对她施行暴力的强盗的想法。一开始，她只是睨视和偷觑两眼，渐渐地，她明亮而有神的双眸变得肆无忌惮的静观默察了。

她的前后左右都是身强力壮的年轻人。这些强盗虽然并非各个都像给她松绑的那两人眉清目秀，却也不像人们传说那样面目狰狞、野蛮凶恶和杀气腾腾，似乎和她平常看到的普通牧人没什么区别。特别是此刻，他们像常人登山一样，各个曲背躬腰，呼哧带喘，汗冒流水，没有吆三喝四的呼叫，也没有喊爹骂娘的谑浪，实在不像杀人越货、抢男霸女之流。牡丹又仔细看了看不时从两边扶持她的那两个人，年龄约莫都是三十以往，一个是白净面皮，没留胡须，很像一个书生；另一个紫糖脸色，和那达木德一样长着连鬓胡子，梳理得倒还干净整齐，与前一个人比，显得壮些和威武些，却也不令人觉得讨厌和望而生畏。牡丹想，这两个人肯定是这伙强盗的头目，因为刚才正是这两个人给她松绑的，而且没有征询其他人的意见。强盗中敢于这样自作主张的人，无疑具有超越同伙的较高身份。至于这两个人是不是天龙和天纲，牡丹就不得而知，也无法猜测出来。她倒希望这正是天龙、天纲两个声名赫赫的盗魁。他们表面看来，还不是那种残忍到灭绝天良和野蛮到肯对女人施暴的恶棍。和这样的劫持者周旋，牡丹只要始终表现得宁死不从，受到凌辱的危险就一定会小些。

牡丹就这样一边在心里琢磨着抵达峰顶后可能出现的场面，一边目观这些可恶、可恨却不太可怕的强盗，耳听松涛阵阵，马蹄、皮靴攀登小路的踢踏声，心里竟不由得好笑起来。看这眼前的场面，哪里像一群强盗押解他们的俘虏？简直可以说酷似一群徒步的马弁和扈从谨慎地簇拥着一位稳坐雕鞍的贵夫人！真的，这些人为什么对她如此客气呢？就算他们确信走上山路以后，牡丹想跑也跑不了，因而肯于给她松绑，但也没必要对她和颜悦色和细心而无轻仇之意的扶持啊！这究竟是什么原因呢？难道她不是被抢来的而是被请来的吗？

牡丹突然觉得这件事确有难解的怪异之处，不是没有道理的。按说，天龙、天纲是不敢如此猖狂的。他们不是不知道那达木德的身份和威名，不是不知道那达木德训练的达尔罕旗卫队兵的英勇善战，不是不知道名震遐迩的白马队、黑马队剿匪的辉煌战绩。所有的强盗队伍，当然也包括二龙山的一伙，没有谁敢于同这支所向披靡的队伍正面交锋，甚至唯恐避之而不及。这几年，强盗队伍四出活动，马蹄几乎踏遍了科尔沁草原，唯有敖来毛都屯平安无事，从未有强盗骚扰；即使他们被追击和逃窜时，也宁可绕道而行，而不让自己的人马踏进敖来毛都半步，究其原因就是这里有那达木德的家。强盗首领们不愿因为一次可有可无的掳掠或仅仅为了假道敖来毛都引起牧民的恐慌而惹恼了这位智勇双全的军务梅林。因为那无异于引火烧身，肯定会把那达木德剿匪的矛头引向自己的队伍。可这次，天龙、天纲却偏偏袭击了敖来毛都，偏偏劫持了那达木德的妻子，并且好像这是此次行动的唯一目的。这不是明明在给二龙山找麻烦吗？如果不是他们错误地估计了形势，以为二龙山固若金汤和有足够的力量与那达木德统率的旗卫队抗衡，那么，准是喝了过量的烈酒在干一件大错特错的蠢事。但是，牡丹相信，天龙、天纲绝不会在一觉醒来突然变得夜郎自大，竟主动挑衅，想和那达木德较量一番。而且，看样子，这些人并没有喝过酒，是在完全清醒的状态对她实施暴力的。那么，到底是什么原因，使天龙、天纲才在她牡丹身上打主意呢？要仅仅是想抢个女人去做什么压寨夫人，漂亮的女人不有的是吗？何必太岁头上动土，非要招惹肯定不会善罢甘休的那达木德呢？

"对了！"牡丹突然心头一亮，想到，"我猜出来了。天龙、天纲把我抓来只是当人质，以此要挟那达木德，让他出某种许诺。比如保证不清剿二龙山，或在遭遇时退避三舍。现在是盛夏，转眼就是秋天，是强盗们四出抢掠的黄金季节了，那达木德要是能作出回避的许诺该是多么重要啊！是的，一定是这样！"

牡丹这样想着，心里踏实多了，除了天吉良，已别无挂虑。在他们这伙人马终于登上峰顶，走到庙宇前的平坦地面时，她不仅不用人扶持，自己潇洒地跳下马背，还能蛮有兴趣并带着对旧事的回忆看了看已被修葺一新的高耸的神殿。她这种对自己的命运满不在乎的平静而坦然的样子，着实使那些劫持者和从神殿里出来迎接的人感到惊讶，互相交换了一阵大惑不解的眼神。

从神殿走出的几个人中，有一位丰骨天然、衣履整洁的长者，年龄在五十上下。牡丹一眼看出，这是一个精明而稳健的人，身上流露出一种令人折服和敬畏的家长的威严。她心里一动，想道："这才像坐第一把交椅的山大王。原来天龙并没下山！"

果然叫牡丹猜对了，这人正是天龙。

这时，只见那曾亲手给牡丹松绑的"书生"趋前几步，朝天龙打躬道："老大！"

"你回来了，二弟？看来很顺当？"

"是的，很顺当。"

　　牡丹睨视了一眼被天龙称为"二弟"的书生模样的人,心里说道:"你就是大名鼎鼎的天纲啊!和天龙比,你可只配坐第十把交椅呢!"

　　天龙继续关切地问道:"已经人困马乏了吧?"

　　"是的,很累。"

　　"你好像不如下山前那么高兴?"

　　"您说对了,老大。我一路都在琢磨您的忠告。"

　　"这话一会儿再说。我看……"

　　天龙还没说完,牡丹突然问道:"看来,你们二位就是天龙和天纲了?"

　　"别打岔!"天纲横眉立目地喝道,"还没到你说话的时候!"

　　牡丹不由得一惊,暗自想道:"好凶的白脸书生!看来,你骨子里可不像在路上表现的和善。但你路上为什么不敢跟我发火?"她刚想以对等的态度回敬一句,却被天龙抢过话头。

　　"二弟,说话要和气点儿嘛。"天龙说着,转向牡丹微微一笑,"他性情急了点儿,人却特别好,又识文断字,枪法超群。不过,先不忙向你介绍这些。你刚才说我们俩是天龙、天纲,告诉你,你说对了。"

　　牡丹毫无惧色地盯着天纲,不客气地问道:"天纲,我的天吉良呢?你把她怎么样了?"

　　"鬼知道谁是天吉良!"

　　"二弟,那一定是牡丹的女儿了。你应该告诉她,她的女儿现在怎样。"

　　天纲不耐烦地说道:"我叫人送到那达木德邻居家了。"

　　"这回你该放心了吧,梅林夫人?"

　　牡丹略一思忖,紧接着问道:"请你们马上告诉我,把我弄到山上来究竟想干什么?"

　　天纲冷然一笑说道:"这你猜得出来。"

　　"不,我猜不出来。"

　　天龙向天纲使了个眼色,不容反驳地扬手说道:"这些话暂且不说。我看你们都很疲劳了,先歇一歇,养足精神,然后心平气和地再详谈。你说好吗,梅林夫人?"天龙这样问了一句,也不等天纲和牡丹表态,便吩咐开身边的人了,"把梅林夫人请到准备好的房间,茶饭侍候,不得怠慢。"说着,又将视线投向天纲身后那些疲惫不堪的人,"你们都去用饭和休息吧!——天纲二弟,你也该去睡一觉,睡醒后来见我。"最后,他又和悦地看着似乎有话要说的牡丹,"请吧,梅林夫人。"说完,转身走开了。

牡丹只好咬住嘴唇,把想说的话暂时咽进肚子里。

不大一会儿,牡丹便被恭恭敬敬地带到那个"准备好的房间"里了。

这是一个不大的、严密的、光线不足的房间。布置虽谈不上豪华,却很舒适,衣橱、几案、床铺一应俱全,而且事先就有三四名衣着整洁的中年妇女等在里面,见牡丹进来,又是端洗脸水,又是摆茶饭地忙活开了。牡丹听这几个妇女谈笑中互称"嫂子"和"弟妹",便知道她们是有夫之妇,而且夫妻都在山上。她在心里慨叹道:"盗匪们还可以带家眷,夫妻厮守一处,这不比旗卫队强得多吗?再且,看她们各个脸色红润、体态轻盈和无拘无束地谈笑风生,好像什么忧愁都没有。可真怪!"但牡丹不愿也无力再去多想这些身外闲事了,因为她此刻实在感到异常困倦,四肢无力,眼皮不住地打架。她使劲儿挺了一阵,虚应故事地吃了几口饭菜,那只是为了乘机把铜盘中的割肉刀藏进怀里。然后,她就离开餐桌,和衣躺到软乎乎的床铺上了。一开始,她还能留意到身下是一张双人床,摆放的也是双人的新铺盖,心中不免怦然一动,下意识地摸了摸那把刀子和掖衣襟;但一刹那后,眼皮不听控制地往下一黏合,便即刻进入梦乡了。

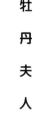

牡丹几天来欠下不少睡眠,似乎要在二龙山匪巢的房间里一次补足。她躺下时还是晨光乍起,醒来时已是金乌西坠了。不过,说她是睡足了觉从梦中返回现实,还不如说她是被一个男人的专注目光刺醒的。当她在一种莫名的惊悸中猛然睁开眼睛时,发现天纲正站在床边俯首凝视着她,在那双与自己近在咫尺的干燥发亮的眼睛里,耀动着贪婪如火、淫邪似焰的光,好像要一下把她烧成灰烬。她过去就熟悉和异常厌恶这种目光,不少登徒子都曾这样摄取过她的美貌。但眼前这个迸射着同样欲念的目光,带给她的却不只是厌恶,更多的是恐惧和愤怒。在这一瞬间,她骤然清醒过来,彻悟到自己在山路上和庙门前的设想都是天真而愚蠢的错误,天纲把她抢来,除了强行占有她的身体,绝无别的目的。而自己置身并酣睡过的所在,肯定是天纲为她准备下的"新房"。她甚至震悚而绝望地猜想,吃过的饭菜中混有迷药,在昏睡中她的身体早已被人面兽心的天纲恣意摧残过了。想到此,牡丹的身体在痛不欲生的悔恨中搐动了一下,搭在胸口的手拳起准备去撕扯自己的脖颈,就此了结和捐弃不应再留在世间的肮脏身体和不幸的灵魂。但她突然觉出掌下碰到一个硬硬的物件,倏地记起胸襟里藏着一把拼命的割肉刀,并马上确信,酣睡中自己的衣服未曾被人解开过,因而身体也未曾被天纲糟蹋过,否则,那刀子怎么还在?她总算有点儿安心了,但愤怒丝毫未减,而且由于知道自己未遭玷辱,使原来的恐惧和绝望都加入愤怒之中变成了一股可怕的力量。这力量把她从床上弹起,推到地上,并将她的颤抖的手掌狠命地送到天纲的脸上,随即发出一声响亮的"啪"!

牡丹从睁开眼,到腾身下床,只是几秒钟的事。天纲站在那里,圆睁着色眯眯的眼睛,还没能从淫邪的梦幻中醒来。所以,这一记突袭的重重耳光,对他来讲是猝不及防的。他打了个趔趄,不由得后退一步,怔忡且含着羞恼地盯着气喘吁吁的发疯了一样的牡丹,伸手捂了一把左脸,却又很快放下了。

牡丹见天纲没有做出还手的姿态,反而不知道下一步该干些什么了。她犹豫而疑惑地看着天纲的红脸。因为这是一座西厢房,后墙又开有敞亮的窗子,离后墙不远便是峰顶平坦地面的西缘,早晨虽不易射进阳光,晚间却能收进太阳的余晖和红彤彤的霞光。所以,牡丹不知道天纲的脸是被她打红的还是羞红的抑或是被晚霞抹红的,总之红得像血,像野百合。

在沉默中凝结的一刻过后,终于从天纲的牙齿中迸出恶狠狠的话来:"你太放肆了!别忘记,这里是二龙山,不是敖来毛都!"

"二龙山又怎么样?"牡丹针锋相对地大声说道,"就是天龙、天纲的臭名也休想把我吓昏!"

"你这样不知进退,不识时务,是没有好结果的。而且我告诉你,我天纲长的不是白白挨打的脸!"

"脸?哼!我看你这张脸该撕掉,换上个牛头马面!"

"住口!你再敢骂一句,我就马上让这个房间变成你的香冢!"天纲说着,真的伸手去摸腰间的短枪。

牡丹一边做出要扯开衣襟的样子,一边无半点儿畏葸地说道:"有胆量就往我胸口打一枪!"

说时迟,那时快,天纲的手还没握住枪把,牡丹早已从怀里扯出锋利的割肉刀发狠地举起来准备迅猛地刺下去。但是,牡丹怎么也想不到,天纲反应得如此迅速,动作又如此利索。她的割肉刀刚要落下去,便感到自己的手腕已被紧紧地攥在一只刚劲有力的掌中了。

天纲的左手又一用劲儿,险些把掌中的柔软的手腕攥碎,牡丹在一阵疼痛中怪异地想到:"这个白面书生怎么会有这么大的劲儿?"身体竟不自觉地蜷缩起来,使劲儿咬牙也没能忍住那声呻吟。天纲趁势抬起右手,轻轻捏过牡丹差点儿掉到地上的割肉刀,左手随即用力一甩,松开了。这回是牡丹打了个趔趄。

牡丹勉强站稳后,知道自己拼命的企图失败了,而且,在这样一个力大无穷的中年汉子面前,她显得太柔弱了,很难再有还手的机会。想到可能接踵而来的场面,她的心凉了,脸上却腾起了大火。不过,天纲同样也看不出牡丹的脸是羞红的还是气红的抑或是被晚霞染红的。

令牡丹深感奇怪的是,天纲既没有进行反击,也没有准备把她扑倒床铺上的迹象。却见他似乎在努力克制恼怒,紧蹙眉头一动不动地站了一会儿。然后,他摇头呼出一口浊气,掂起指间的割肉刀,又用同一只手接握住刀柄,缓步走到西窗下的案几前,把刀子轻轻扎进木质桌面上。这就更叫牡丹诧异了:他为什么不把刀子收起来或至少用力深深刺入桌面呢? 要知道,只要他一走神儿,牡丹就会一步冲过去,重新占有那把可能刺进两人中任何一人胸膛的割肉刀的! 天纲可并不像这样粗心的傻瓜呀!

天纲当然并不粗心。也许他从脊背上就已感觉到牡丹盯在割肉刀上的目光并猜出这目光的内容了。但当他思忖片刻,转过身来时,却好像根本没留意牡丹警觉地从刀锋上迅即掉开的视线,反而微垂眼皮,一步步走到牡丹面前。

"牡丹,"天纲压抑着声音说道,"如果我想让你死,那只是举手之间的事!"

牡丹下意识地瞥了刀锋一眼,讥讽地说道:"那你就举举手好了!"

"要不是你长得太美……"

"天纲! 你就死了那条心吧!"

"你真就不怕死?"

"我死了也不会让你得逞的! 你白折腾!"

"你嘴上硬,心里未必不在求神灵保佑。"

"那你就试试看!"

"毫无必要。我不相信,一个做母亲的舍得丢下嗷嗷待哺的 3 岁婴儿!"

"你……真卑鄙!"

"遗憾的是,我还没卑鄙到灭绝天良的地步。如果我不是突然产生了某

158

种疑问和生出恻隐之心,你的天吉良早就上地狱等着你去了!但是,这一点,我随时都可以做到!"

"你会的,因为你是魔鬼!但是,你这种禽兽不如的行径是会得到报应的!而且——不!你不敢!是的,我敢断定,你不敢!"

"不敢!为什么?我天纲杀死个把人从不皱眉头的!"

"你别忘了,我是那达木德的妻子,天吉良是那达木德的女儿!"

"那又怎么样?"

"那达木德会带兵来剿灭你们!你杀了他的妻子和女儿,是要用二龙山上百条性命偿还的,甚至搭上你的老大!"

"以前可能会这样,但今天却不会出现这样的结果。"

"做梦!现在那达木德的人马可能早已包围了二龙山!"

天纲冷笑道:"你倒像在说梦话。我告诉你,我和你一样清楚,那达木德被罢了官,手中无一兵一卒了!"

"胡说!那达木德还是军务梅林!"

"应该说曾经是军务梅林。因为,四天以前,他确实还是达尔罕旗卫队兵的统领。"

"四天以前?"牡丹疑惑地反问道,心里似乎隐约明白了事情的缘由。

"是呀,正好是四天以前,那达木德被夺去了兵权,成了个微不足道的白身人。其实,你在被捆到马背上时,就应该明白,我已获知了那达木德被免职的确切消息。否则,我吃了豹子胆也不敢去碰梅林夫人一指头呀!就算我老早就倾慕你的美貌,也只能单相思地偷偷想想而已。所以,你现在再用那达木德来威胁我,是没有一点儿力量的。"

牡丹怜悯而讥诮地微微一笑。

"你笑什么?"

"我笑你获得的'确切消息'并不确切。"

"不确切?这可是王府里一个重要人物告诉我的。"

"不管这个人是谁,安的什么心,这消息也肯定是编造出来的。"

"当然,我也怀疑过。我还没有粗心到对如此事关重大的消息轻信的程度。所以,我在进入你家栅门前,打听了一下,知道那达木德确实没带一个卫兵回到了敖来毛都。昨天夜里,他事先藏起来了,这算他走运。他恐怕还以为我们只是冲着他去的呢。我没说错吗?"

"恰恰相反,你全说错了。那达木德没带随从回家,是因为王爷赞赏他治安剿匪的功绩和体恤他夙兴夜寐的辛劳,特别准了他15天假。"

"什么?"天纲显得吃惊地说道,"他回家是度假?"

"这根本不值得惊讶。两三年来,那达木德南征北讨,很少回家,难得在家住上两天以上,因为王爷知道,旗卫队是离不开那达木德的。"

"那么昨天……"

"昨天他没在家。他度过第一天假期后,突然觉得不能躲在家里,因为韩舍旺不是个肯骑马冲杀的人,也不会带兵。他便返回王府,准备提前复职,以便随时铲除匪患。这回正好,是你自己让那达木德痛下最先清剿二龙山的决心!"

"你在瞎编! 在虚构并不存在的情节! 这唬不了我。"

"亏你还是个识文断字的人,你的脑袋白长了! 你把我说的和你获得的消息比较一下,哪个像是瞎编,哪个像是虚构? 王爷再糊涂,也不会不明白一个文武兼备的军务梅林在当前对他何等重要! 别说那达木德对王爷忠心耿耿,从没有渎职行为,就是有一天他真的犯了过错,王爷也会体谅他,不会轻易罢他的官的!"

天纲怔怔地看着牡丹,一时似无话可说。但牡丹能看得出来,天纲此刻的心里很烦乱,而且在认真地琢磨她刚才说的一番话,脸上的表情却不是在听到可怕消息后产生的震惊,倒像本不愿被证实的某种猜测又恰恰获得证实而油然升起的不甘和懊丧。

牡丹乘机穷追猛打,继续说道:"再说,这很简单,你只要派一个人去王府打听一下,就会确切地知道那达木德是否被解除了职务。"

"我会弄清楚的。"天纲恚愤地却并非充满信心地说道,然后,猛地转过身,朝门口走去。

如果牡丹沉住气,平静地站在那里,一声也不出,那么,即使天纲走出房门也不会想起那把割肉刀还插在西窗下的案几上,牡丹也就可以顺顺当当重新占有它了。但是,牡丹太急于握起那个可以杀人也可以自杀的武器了,天纲还没走到门口,她便快步向案几冲去,结果,她的急促的脚步声唤醒了天纲的记忆。

"站住!"天纲骤然回头喝道,并迅即掏出手枪扣动了扳机。

随着一声清脆的枪响,那把站立着的割肉刀就在牡丹指前一寸的地方

拦腰断为两截,叮当响了一阵,紧挨着躺在桌面上不动了。

牡丹蓦然转过身,恼恨而惊奇地看着眼前这个神枪手,抖着苍白的嘴唇,一时说不出话来。

那几个被派来侍候或者说看管牡丹的妇女并没走远,天纲进来后,她们一直等在外面。房间里的争吵声她们当然不在意,枪响后就不能不赶快跑进来看个究竟了。

天纲对她们命令道:"去把桌上的刀子收起来。从现在开始,至少有两个人要睁着眼睛,再不能大意到让她连刀子也能偷去。这是一匹没调驯好的母马!"说着,把手枪颠了个过,又接到手中,插进腰带的枪套中,就像他曾经掂起那把割肉刀一样,带着一种自我欣赏的神态。

牡丹哼了一声说道:"看你得意的样子! 我就知道你想在我面前炫耀你的枪法。这没有用!"

"炫耀枪法? 开始我倒真这样想。不过,现在就不是为了炫耀枪法了。"

"那为什么?"

"为了不让你寻短见。"

"想死是容易的。"

"至少在这一两天之内,不会给你死的机会,即使在我的顾忌解除之后,你仍旧不知进退地放肆下去,我也不会让你以自杀的方式去死的!"

"那我就不会去寻死,而是放心地等待了。因为你的顾忌不仅不能解除,还会使你后悔不迭!"

牡丹的话音刚落,便见天龙伴随着一声轻咳走了进来。

"你们这里好热闹!"

"老大!"

"我好像听到一声枪响。"天龙说道。

"是的。"

一个妇女举起手中的断刀给天龙看了看。

"唔!"天龙点头道,"好枪法。二弟,是你打的?"

"是我。刚才……"

"当然,当然。你应该和牡丹较量一下枪法。"

"你说是……较量?"

"那还用说? 牡丹双手打枪,百发百中,几年前曾震惊达尔罕旗包括王爷在内的所有官兵和牧民。"

"我怎么不知道?"

"真的?"

"真不知道。"

"你是怎了? 不过,我们今天都该见识一下。——喂,把那半截刀子再插到原处。对,就这样。你躲开吧。"天龙说着,转向牡丹,"牡丹,我想你是不会拒绝让我们开开眼界的啰。请过来,请过来。"

牡丹当然不能放过这个机会,即使不能用枪挟持天龙或天纲,至少也可让他们看看自己的真功夫,增加与天纲抗衡的精神力量。所以,她毫不犹豫地走过来。

天龙掏出手枪,想了想,没有递过去,却用左手从天纲腰间拔下手枪,说道:"用同一支枪才公平。膛里还有几颗子弹?"

"一颗。"

"少了点儿。不过,就这样吧。"天龙说着,把左手的手枪平举到牡丹眼前,"来吧,牡丹。你可千万别转身碰着我,我的枪是很容易走火的。"

"老狐狸!"牡丹心里骂道。看来,她除了打出这唯一一颗子弹是没有别的办法了。她接过手枪。几乎在她接过手枪的同时,子弹就脆响着飞出枪膛,断刀应声又是一分为二。

"好!"天龙喝彩道,收回手枪交还给天纲。天纲站在那里,目瞪口呆。

"怎么样,二弟? 足可以坐二龙山第一把交椅了吧?"

"没想到。"

"还有呢,你派出去的人回来了。"

"那么……"

"走,我们出去谈吧。"

天龙、天纲并肩向外走去。刚走出房门,天纲就迫不急待地问道:"事情的真相究竟如何?"

"那达木德只是被准了 15 天假。"

"天哪! 我们受骗了!"

"他已经知道牡丹被抢,正准备上二龙山。"

"我们快把牡丹送回去吧!"

"送回去? 不。你不听我劝阻,迫不及待地抢来牡丹,已经是一次错误;

这回,我可不允许你再干蠢事了。"

"可是那达木德……"

"他来了就好办了。或许我们的错误反而能收到一举两得之效。因为他没带旗卫队,是一个人来闯二龙山的。……"

天龙、天纲的对话以渐次减弱的声波传进牡丹的耳朵,下面的话已无法听得真切了。但仅仅这最后一句话,就足以使牡丹大惊失色了。她在心里大声呼喊道:"你真傻呀,嘎达!你不来我还有救。这回……这回我们俩全完了!……"

　　那达木德义愤填膺、心急如焚地驰离王府后，本想直奔二龙山而去。跑出五六十里路时，他觉得自己单枪匹马闯匪巢是不妥当的。虽说他已把生死置之度外了，但设若真的丧命贼寇的刀斧之下，总该有一个知情和能向哥哥们报信的人啊。指望哥哥们替他报仇当然绝无可能，他只希望有亲属收尸、安葬和逢年过节烧烧纸钱。他这样想着，四外看了看，确信拐到宝日道屯多绕不了几里路，便决定去找找好友色旺嘎尔布。自从三年前色旺嘎尔布帮助那达木德摆脱了坐牢的险境后，两人已成了生死之交，关系很密切。那达木德正准备把色旺嘎尔布的长子陶克陶收录到旗卫队里。培养成具有文韬武略的军官。这次邀色旺嘎尔布同去二龙山，他肯定会欣然前往的。

　　然而，令那达木德肝肠寸断和大为震惊的是，他的坐骑一踏进宝日道屯，便听到了色旺嘎尔布的死讯。在色旺嘎尔布被悲哀笼罩的家里，陶克陶向那达木德哭诉了爸爸惨遭杀害的情景，但是，还不知道凶手是谁。那达木德知道，色旺嘎尔布为人忠厚，常常接济邻里的贫困者，施恩而不望回报，在宝日道屯是不可能有仇人的。

　　"陶克陶"，那达木德紧锁愁眉地问道，"这几天，有外人来过宝日道屯吗？"

　　"没有。……唔，对了，爸爸被害的前一天，王祥林来过。"

　　"王祥林！"那达木德恍然大悟地说道，"就是他！"

　　"嘎达叔，您说是王祥林害死了爸爸？这怎么……"

　　"当然，他不会亲自动手。"

　　"可是为什么？"

　　"听我说，陶克陶。你就相信我吧，没错。除了他，再没有人肯对你爸爸下毒手。但是，你暂时要不动声色，细心查访一下，最好能拿到确切的证据。

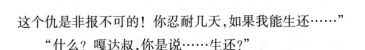

这个仇是非报不可的！你忍耐几天,如果我能生还……"

"什么？嘎达叔,你是说……生还？"

"是的。我必须冒险去干一件可能是九死一生的事。而且,时间紧迫,不能有一分一秒的耽搁,也不能向你做详细解释了。你一定要按我的话去做。色旺兄的大仇不报,我是死不瞑目的！"

那达木德说完,在人们惊疑的目光中冲出门外,翻身上马,疾驰而去了。

在途经扎嘎勒金屯时,他拉上了另一个好友色旺尼玛,并带上了两匹备用马。在狂奔的路上,那达木德约略讲述了牡丹被劫持的经过。义气凛然的色旺尼玛异常愤慨,表示愿为他肝脑涂地,愿与他同生共死。

在距离二龙山仅有百里之遥的地方,他们又巧遇打猎归来的昭色旺。不用说,对朋友同样是肝胆相照的昭色旺,也不肯落在色旺尼玛之后,毫不犹豫地弃掉猎物,轻装同行了。

这时,太阳滚下山坡,大地已是一片苍茫暮色。

最后一段路,坎坷崎岖,他们足足用去了一个小时,在天色大黑以后,才到达树影幢幢、风声飒飒的二龙山山脚。他们勒住通体流汗、呼哧带喘的坐骑,跳到积满枯枝败叶的松软的土地上。还没等喘过一口气,那达木德便要开始下一步的行动了。

他把马拴到树干上,对色旺尼玛和昭色旺命令似的说道："你俩守在这里,我上去。"

"你一个人？"色旺尼玛问道,"为什么不三个人一起上？"

"我一个人去冒这个险就够了！"

"冒险？要贪生怕死就不跟你来了！"

"这我知道,但我不是这个意思,……"

"嘎达,"昭色旺说道,"不管你是什么意思,我们既然来了,就不能躺在这里睡大觉。再说,这样的险路,两个人总比一个人强。多个帮手,也有个照应嘛。我陪你上去,我是走惯了树林和山路的。"

"我说过了,我一个人上,就这样。"

"可是嘎达……"

"二龙山不是草原,也不是猎场。有机会,我一个人就能救出牡丹,没有机会,千军万马也无济于事。而且,多一个人,就多一份暴露的危险。"

"那我们跟你来还有什么用？"

"当然有用。顺利的话，我天亮前就能回来。如果我到明天中午还没下山，就说明我已无生还的可能。你昭色旺就去我二哥处报信，并同他来收尸；色旺尼玛大哥去宝日道屯，帮助陶克陶杀死王祥林，替色旺嘎尔布报仇！"

"色旺嘎尔布怎么了？"

"一会儿让色旺尼玛大哥告诉你吧，时间对我比生命都宝贵。昭色旺，有吃的吗？"

"当然有。"昭色旺说道，把马背上的食物袋取了下来。

那达木德从食物袋里拽出一块腌牛肉，使劲儿咬了一口，二话没说，边咀嚼着，边踏上了陡峭的山路，那急匆匆的样子，就像想一步登上峰顶。至于色旺尼玛和昭色旺两人低声商谈了些什么，他一点儿也没听到。

那达木德明明知道，脚下是通到山顶的唯一一条路，天龙、天纲不会不严加防范和层层设卡的，他每走一步，都有被匪徒发现和抓获的可能，但他还是选择了这条路，而没有钻进肯定较少危险的密林去摸索前进，因为他需要在最短的时间内到达山顶。如果在密林中穿行，特别是夜晚，连星星都看不到，走错一步，就可能白白转悠十几里路，甚至到明天早晨也找不到早已成了匪巢的庙宇。那样，他冒险上山还有什么意义？要知道，从夜幕降落下来开始，牡丹已时刻处于惨遭蹂躏的险境，他不及时赶到，就无异于眼睁睁看着牡丹拼死或受辱自尽，牡丹可不是那种肯于含垢苟活的女人啊！

那达木德心里十分清楚，他的选择是万不得已的情况下的冒险行为。他做好了进行几场搏斗的准备。他身上带着一把匕首，刚走出几步便紧紧握进手中了。他不能用枪去射击挡路的匪徒，至少在最后关头之前不能开枪。他一点儿也不感到疲劳，确信有足够的体力一直砍杀上去。

然而，大大出乎预料，那达木德根本没碰见巡哨的匪徒，一个小时的山路，没受一点儿阻隔，顺顺当当登上了峰顶。他感到奇怪：天龙、天纲怎么如此大意，竟不派人在山路上把守和巡逻呢？早知道二龙山防卫如此松弛，他三年前就率领人马来端掉这个匪巢了，哪里还会有今天的麻烦？过去他不敢贸然攻打二龙山，不仅因为山深林密，道路险恶，更主要的是听说天龙和天纲谙熟兵法，非常厉害。天龙幼年习武，技艺精熟，成年后多谋善断，公正无私，在公中时被乡邻推举为百夫长，直做到骁骑校，要不是触忤了王爷被罢了官，早就当上旗卫队的统领了。而天纲则是行伍出身，曾是盗魁李守信

牡
丹
夫
人

的得力干将,后来,李守信的队伍被热河游击马队统领张连同收编成为地方军,天纲逐渐发现李守信和日本人有勾搭,便弃官投靠了天龙,坐了二龙山第二把交椅。按说,这样两个有勇有谋、经验丰富的匪首,非寻常鸡鸣狗盗之辈可比,怎么连警戒的重要性和有备无患这样起码的道理都不懂呢?这实在太令人难以置信了!

不过,那达木德没让自己的因出乎预料的顺利而产生的疑惑继续发展下去,以便认真分析一下这表面平静的后面,究竟有无另外的或许是异常可怕的内容。因为,他此刻的心里,因顺利而产生的兴奋毕竟是第一位的。而且,随即升起的胜利在望的喜悦和尽快找到牡丹的渴望紧紧攫住了他的心,把他的兴奋推向最高点,以致完全排除了本不该忽略的疑虑。他不再多想,在登上峰顶仅仅数秒钟之后,便开始施行搭救牡丹最关键同时也是最困难的步骤——找到她被拘禁的所在。

这确实是最关键的步骤。找到牡丹的踪迹,成功就可能是瞬息之间的事。否则,与最终目的就永远隔着千山万水。但这太不容易了。二龙山顶方圆四里多,大小神殿六七座,他几乎需要走遍每一个角落,不放过每一扇窗户。而且,这里盘踞着不会少于 70 个亡命之徒,70 个人不会刚一入夜就全部酣然睡去,天龙、天纲再自信、再麻痹也不会不派人巡夜打更,他必须像盗马贼一样胆大心细、谨小慎微,躲避任何一双会给他带来厄运的眼睛。

那达木德小心翼翼地摸索前进一两分钟之后,发现原来灯火通明的窗子一个接一个地变成一片漆黑,最后只剩下包括最高的正殿在内的两三处还透出灯光。他感到幸运和振奋。因为牡丹肯定在一个仍然掌着灯的房子里。他首先在四周林涛声掩护下,脚步极轻、速度极快地闪到大殿前。他清楚地看到,洞开的殿门里灯火辉煌,正有几个人围着餐桌饮酒作乐。他猜测,这几个人里至少有天龙、天纲之中的一个,另一个如果不在牡丹处,也肯定在这里。不用说,他们正在庆贺劫持牡丹的成功!正在这时,有两个持枪的巡夜人走了过来。那达木德急忙藏身在庙前残存的石柱的阴影里,偷偷拔出匕首。不过,这两个巡夜人可能在平安无事的状况中过得太久了,以为不会有人胆大包天地摸上山来送死,把巡夜只当作散步,根本不向四外观察。他们一路哼着小调,开着下流的玩笑,就像两个醉鬼。甚至在经过石柱旁边时,其中一个还朝着庙门挤眉弄眼,笑着说道:"你看咱们的头儿,光顾喝酒,把那个天仙般的娘儿们丢在西房,真可惜。"说完,又深表遗憾地摇头

"啧啧"两声。另一个说道："就是闲在那里一个月,也轮不到你啊,老弟。"那达木德屏气听着,胸脯激烈地起伏着。要不是他还记得牡丹尚未救出,并获悉牡丹被囚禁在西房,他必须立即赶到那里,那么,他准会先结果了这两个下流坏,然后冲进庙门,把天龙、天纲的脑袋全敲得粉碎。

那达木德不敢怠慢。那两个巡夜者的身影刚刚隐进黑暗中,他便飞速奔向西房。他不像牡丹只在幼年时来过二龙山一次,而是有着无数次的经历,还和伙伴们在庙里住过,对山上每一个房间都了如指掌,知道西房的后壁开着窗子。所以,他毫不费力地找到了牡丹被关的房间,趱到射出明亮灯光的西窗下。

他站在窗下看去,房间里的情景一目了然。牡丹托着下颏,侧身坐在窗下的案几旁,离他近在咫尺,且仅一窗之隔。他看得见牡丹脸上流露出的烦乱心绪和准备一死的坚定表情,却不肯朝窗外看一眼。他又不能贸然去敲敲窗子或弄出响声引起牡丹的注意,因为屋子里还有两个窃窃私语的中年妇女。那达木德很焦急,也很后悔,为什么不让昭色旺同来呢? 看来,只好翻墙进入院内,闯入房门,去做一次成功与失败均等的冒险了。

突然,他感觉到有一只手轻轻搭到肩头,心里暗自叫了一声"坏了",猛地转过身。让他惊讶不止和大喜过望的,这人竟是昭色旺! 他差点欢呼起来。

昭色旺以指压唇"嘘"了一下,示意那达木德小心点儿,千万不可声张。然后,拉着那达木德往后退了一步,俯耳低声道:"这不是一个人能办的事。你在这里等着,我从房门进去,让那两个娘儿们老实点儿。牡丹从窗子一出来,你们就走。"

"你呢?"

"我好办。我从这边的悬崖下去过。"

"那么——事不宜迟。"

"你就准备夫妻还家吧!"照色旺说完,闪到与房子相连的围墙处,腾身纵了上去,悄无声息地跳进院子里了。

那达木德又急趋到窗下,紧张地朝里面望去,眼睛一眨也不眨,连喘气都忘了。片刻后,只见黑影一闪,昭色旺已举着明晃晃的短刀跃进刺眼的灯光中了。屋里的三个女人全都大吃一惊,扭着肢体动不得,张着嘴巴喊不出。最先镇定下来并很快认出昭色旺的是牡丹。她心里一下子全明白了,

牡
丹
夫
人

兴奋得一跃而起,轻声叫道:"昭色旺! 嘎达呢?"昭色旺把右手的短刀对准两个魂飞魄散的匪徒的女眷,同时用左手向牡丹指了指窗子。牡丹心领神会,奔到窗前,几下打开窗子,跳了出去,扑到那达木德扬起的臂膊之间了。

那达木德警告道:"现在什么也别说。"又急速转向屋里对照色旺说道,"昭色旺,你也要快! 山下见。"说完,扯起牡丹的手就走。

恰在此时,"当"的一声锣响,随即在一阵震耳欲聋的呐喊中,有十几支火把相继亮起。就像妖魔鬼怪出其不意地从天而降一样,那达木德还没从骤然的懵懂中清醒过来,他和牡丹的周围已全是天龙、天纲的部下了。而且,他还没想一想要不要反抗和搏斗,身上的短枪和匕首就全都被拿走了。接着,便有一个彪悍的中年汉子走了过来,向那达木德恭恭敬敬地行了个抱拳礼,朗声说道:"梅林大人,我们首领天龙、天纲备下酒筵,恭候大驾多时了。请即屈尊移步,随小人去同心堂赴席!"然后他又对手下人命令道,"把梅林夫人送回原处,让那四个婆子悉心服侍,不得有误! 还有,对屋里那条好汉也要酒肉款待。去吧。"

那达木德懊丧而悔恨地盯着牡丹的背影,预感到这次分手大概就是永诀了。他表情凄楚地说道:"我不幸中了他们的圈套。我本想救你,却反而害了你。都怪我太蠢了!"

牡丹回首苦笑道:"事已如此,后悔也无用,就什么也别说了。我还是感谢你,更觉得愧对你的情意了。"

那个中年汉子微笑地说道:"请尊伉俪放心,我们首领请二位上山,是绝无恶意的。一会儿你们就又能高高兴兴到一起了。——梅林大人,请!"

那达木德倏地转过身,凛然道:"走,我正想见识见识天龙和天纲的面目呢!"

19

那达木德走进灯火辉煌的大殿,鄙夷地扫了一眼悬挂在正面的"同心堂"横匾,没等躬身站立的天龙、天纲礼让,便冷然一笑,在餐桌旁的椅子上昂然就座了。

天龙和天纲互相看了一眼,也同时坐下了。三人距离相等地围着餐桌,成三足鼎立之势。天龙击了一掌,立即便有七八个彪悍的年轻汉子,穿梭般忙碌起来,顷刻间,席面上酒菜俱全了。那七八个年轻汉子一律围站在餐桌四周,准备随时斟酒添菜。

天龙欠身举箸道:"那达木德梅林,首先向你告罪,并请原谅,我们弟兄竟以这种方式把你请上山来。其次,现已夜深,无法备下美味珍馐为你接风,容我等明天追补歉疚吧。今天的山肴野蔌、粗食淡酒权作充饥好了。请——"

那达木德什么也没有说,不等天龙、天纲握起酒杯,他杯中的烈酒早已热辣辣冲进喉咙了。"哼!"他在心里冷笑道,"不用说,这是给我的送行酒。来吧,死也要做个饱死鬼!"他把酒杯一放,摸起筷子,很快巡视一遍桌上的足有二十盘的色香味俱佳的菜肴,不客气地把鸡腿、羊脯两盘菜摆到面前,旁若无人地大嚼起来。侍立身后的人给他满上第二杯酒,他又是一饮而尽。他大约一连喝了六七杯。鸡腿和羊脯也一扫而空了。他觉得肚子里已装得很满,连半条鸡腿的空当儿也没剩下,酒也喝得够量了,再喝就可能醉倒,便放下筷子,推开酒杯,往椅背上一靠,擦了擦油腻的嘴唇,说道:"你们谁是天龙?"

"在下便是。"

"不用说,这位是天纲了?"

"是的。"

"那就直截了当地说吧,你们劫持牡丹居心何在? 想把我怎么样?"

天龙沉吟了一下说道:"我可以向你保证,这里的弟兄们是不会伤害二位的。不过,你今天长途跋涉,已够劳累了,又喝了这么多酒,不宜商谈。还是请你好好休息一下,明天我再备酒请教吧。"

"我不劳累,酒也没喝多。你们有屎就拉,有屁就放! 没必要拖到明天!"

天龙扬手制止住气得要发作起来的天纲,对那达木德笑了一下说道:"闻名不如见面。那达木德梅林真比传说的还要爽快。也好,我们现在就谈吧。——来人! 把酒菜撤下看茶!"

席面上二十几个杯盘霎时被三碗浓茶取代了。

天龙端了端茶碗,轻咳一声,继续说道:"我们过去虽说无缘相识,但梅林的令人畏惧的威名和济危扶困的清誉,我等是早有所闻而且深深仰慕的。今日大驾光临,使敝山寨四处生辉。我等终于得见威仪,亦足慰平生了。……"

"一堆令人肉麻的废话。——你就干脆点儿吧! 快讲讲你这葫芦里究竟卖的什么药?"

"痛快! 那么……我们套言不叙,长话短说吧。说简单呢也特别简单,其实也只有一句话:我和天纲想请你入伙。"

"什么什么!"那达木德吃惊地跳起来大声说道,"请我入伙?"

"是的。在下以第一把交椅相让。——请坐下。"

"还让我当你们的首领?"

"绝无戏言。这是我和天纲以及所有弟兄的共同愿望。"

"住口!"那达木德气冲斗牛地喝道,本想痛斥一顿这个异想天开的天龙,但旋即忍住了。他觉得和眼前这两个为非作歹的狂徒大动肝火,实在不值得。而且,请他"入伙",不像天龙的心里话,若不是故意拿他寻开心,就准是隐藏着别的什么企图。他这样想着,又坐了下去,脸上露出不屑与谈的嘲弄表情。

天龙探询地看着那达木德,问道:"怎么,不肯屈就吗?"

那达木德冷笑道:"屈就什么,二龙山第一把交椅?"

"你是当之无愧的。"

"你怎么不请我来当祖宗?"

"那达木德！"天纲怒道，"别敬酒不吃吃罚酒！你面前的是天龙和天纲！"

"你少跟我瞎叫喊！我那达木德是条顶天立地的汉子，敢来闯二龙山，就没想到要害怕，就没管你是天龙、天纲还是天鬼、天狗！"

"你太狂妄了！我恨不得立即把你和牡丹一起砍死！"

"对。这才是天龙、天纲的真实嘴脸。"

"好了！"天龙扬手劝止道，"二位先别忙争吵。我想，这都怪我没把话说清楚。或许那达木德梅林还以为我是开玩笑呢。"

"算你聪明。我劝你把玩笑收起来。敬酒我吃过了，快把罚酒端出来吧！"

"你误会了，那达木德梅林。神灵在上，我天龙可以发誓，刚才的话没有半点儿戏谑的意思。我是诚心诚意请你来坐第一把交椅的。"

天龙说这番话时，态度很认真，那达木德看不出有假惺惺或居心叵测的迹象。而且，此人面目也并不可憎，还很有点儿忠厚的长者风。如果请他那达木德来当二龙山首领是出于真心，以人情而论，倒也不失为一番美意。虽说他绝无动心的可能，宁死也不会去落草为寇，但也不好再用原来的态度去对待天龙了。更何况自己已身陷虎穴，生命危如累卵，设使有那么一线希望，也不能放弃争取的机会。他审视了一会儿天龙诚恳和期待的脸，迟疑了一下说："你说的倒很像真心话。"

"我没必要和你开这个玩笑，相信我好了。"

"你们劫持牡丹，目的就是赚我上山走进你们设下的圈套？"

"是的。……"

"然后逼迫我入伙！"

"我们不得不略施小计，这还请你海涵是幸。不过，你只说对了一半儿。我们不是逼迫你入伙，而是洽商和劝说，请你接受寨主的权位。"

"你以为我会接受吗？"

"这正是我想知道的。"

"那么，我告诉你，我不会接受！"

"这是我事先预料到的。但我同样预料到，你明天就不会再说这句话了。"

"你把我那达木德看错了！我不想干的事，刀架脖颈也不会改变主意

的。你既然承认把我骗来只是想让我入伙,就是说,你我之间并无必报的仇恨,那么,我们还是好聚好散,各走各的路为妙。"

"我劝你还是认真而慎重地考虑考虑。"

"此事绝无考虑的余地。要把我怎样,随你们便好了!"

"我们只想留下你。"

"除非砍下我的脑袋!天龙,你不必再啰唆了,我是不会作出第二种回答的!"那达木德说着,站了起来。

"我并不急于听你作出第二种回答。我们慢慢商量,来日方长嘛。"

"来日方长?不!我什么话也不想再听,要杀要砍,你就下命令吧!"

"我和天纲都已经太累了。你也需要休息。—— 来人!把那达木德梅林请到下榻处。"说完,向天纲使了个眼色,两人并肩走出大殿。

那达木德气愤而无奈地站了一会儿,知道在六七条壮汉面前反抗也没有用,而且,睡一觉和多活一阵,毕竟不比立即死去更令人讨厌,所以,还是顺从地在六七个匪徒的簇拥下,走出大殿,到为他准备的"下榻处"去了。可巧,他要经过关押牡丹的房间。窗子里的灯还没灭掉,看样子整宿也不会灭掉。灯光下,四个中年妇女在轻声谈笑,牡丹眼望屋顶仰卧在床铺上。他多少有些宽心。这一夜,他睡得极香甜。

第二天,太阳升得老高了,那达木德才醒来。刚洗漱完毕,就又有人来请他。在原班人马陪同下,他第二次进入"同心堂"。

又是筵席,比夜里要丰盛多了。

不用说,那达木德又吃得酒足饭饱。这回,他真有些醉意了。但神志还很清晰,记得过去,知道未来,对眼前的处境更是心如明镜。

似乎约好了一样,还是天龙先开口,但已远不如夜里那样带着热情和期待了。他说道:"梅林大人,昨夜酣睡之余,一定又考虑过……"

"天龙!"那达木德不客气地抢过话头,语气很坚定,"如果还是夜里那些话,就不必重复了!"

"遵命就是。对请求阁下俯就寨主一事,在下已不存在希望。但我想知道,你为什么如此鄙视二龙山首领的权位呢?"

"这还用我回答吗?"

"不用。我能准确地猜出,你将怎样轻侮和辱骂这个权位。我还想知道,你为什么对军务梅林这一官职恋恋不舍?——当然,这仍旧无须你来回答。我只是想请阁下把寨主和梅林作一番比较,上下左右、里里外外地仔细斟酌斟酌,周密地权衡一下究竟哪一个更有诱惑力和更适合你的倜傥不羁和刚正不阿的脾性?"

"笑话! 一个保境安民,光明正大;一个危害黎庶,寡廉鲜耻,它们有良莠之分,天壤之别,怎能相提并论?"

"我先不反驳阁下这些充满偏见的话。"

"你反驳不了! 这是真理。"

"可惜,真理并不能给你带来好处。比如现在,你已经不能再光明正大地去保境安民了!"

"那是因为我不慎落入了你们的圈套!"

"我不是这个意思。"

"什么意思?"

"据我所知,你因反对放荒,已被革职了。"

"胡编乱造! 我还没向王爷陈述我的意见。"

"这我知道。但15天假满后,你会向王爷陈述反对放荒的意见,而且不会让步,对吗?"

"我必须这样做。但是,王爷……"

"或者接受你的劝谏,或者革你的职。而王爷是肯定不会接受你的劝谏的。对此,我和你一样清楚。"

"革职我也要反对放荒!"

"凭你的真理和赤手空拳?"

"牧民们都反对放荒!"

"让他们用钩杆铁齿去对付卫队兵和屯垦军的洋枪洋炮?"

"事情未必闹到这步田地。"

"也未必不闹到这步田地。除非你屈从了王爷。你又不能屈从。所以,我再劝阁下一句,与其窝窝囊囊地受制于人,莫如痛痛快快地说一不二!"

"说来说去,你还是想入非非地让我当土匪!"

"张作霖也曾是土匪,可现在是英雄!"

"我并不佩服他。"

"却得畏惧他! 大丈夫逢此乱世,哪一个不想出来闯闯天下? 就算你天官赐福、佛爷保佑,不失去你引以为傲的黑马队白马队,一生都在窝边转悠,有什么出息? 痛快得起来吗? 现在,有现成的近 200 名英雄豪杰放在这里,准备和你去闯荡江湖,放过这个机会,不是太遗憾了吗?"

"你说什么? 英雄豪杰? 你们敢大言不惭地称自己是英雄豪杰?"

"这一点儿也不夸张。"

"恰恰相反!"

"和你的想象的确恰恰相反。二龙山近 200 个弟兄,杀人越货的亡命之徒只是极少数。"

"你们的行径呢? 骚扰村屯,抢男霸女!"

"我们还没人敢去抢男霸女。至于说骚扰,我们即或进入村屯仅仅是讨口水喝,也会被说成是骚扰的。但是,除了彰武的粮仓、洮南的洋行和田家富户、草原牧主外,我们从不去招惹寅食卯粮的穷人的。"

"那只是因为他们没有油水可刮!"

"那达木德!"天龙倏地跳起来,苍白的脸一阵抽搐,两只手用力攥成了拳头,紧紧压在桌面上,狞厉地注视着那达木德,"你太固执了!"

那达木德只回答个讥诮的冷笑,毫不在乎地倚靠在椅背上。

"老大,"一直沉默不语的天纲看着盛怒的天龙说道,"我说过,这是白费力气的。"

天龙咬着嘴唇,放下拳头,在桌边走了几步,连说了两句"没想到",声音很低,却是气呼呼、咬牙切齿的。后来,他又站到原处,杀气腾腾地看着若无其事的那达木德,恨恨不已地说道:"那达木德,我这样好心对你,是因为把你当成英雄豪杰,没想到你如此不识时务! 但我还要问你一遍,你是不是下定了决心?"

"这毫无疑问。"

"不会反悔?"

"反悔就不配叫那达木德!"

"对,你是那达木德,一条刚强的汉子! 那么,你是否认为我该把你放走呢?"

"你肯定会这样做的。"

"你不是在说梦话吧?"

"别忘了,我是达尔罕旗的重要官员。"

"天真的自欺欺人,幼稚的夜郎自大!"

"我在山下留有一个同伴。我中午不下山,他就会飞报王府!"

"去搬救兵?"

"王爷不会允许强盗伤害他的在职梅林的。"

"你心里明白,王爷不可能把他的170名卫队兵全部派到二龙山来,那些官员,更没有哪一个肯为搭救无足轻重的休假梅林甘冒枪林弹雨甚至战死的危险,你还是死了这条心吧!现在改口还来得及。"

"你也死了这条心吧!我那达木德是顶天立地的丈夫,生则走正路,死做清白鬼!"

"听着,那达木德。第一,你休想离开二龙山;第二,你休想痛痛快快死。我要在西边悬崖顶上造一个铁笼,把你捆在里面,叫你求生不得,求死不能,而且,让你终日眼睁睁看着,在西厢房窗子里,我的二弟天纲怎样把你的牡丹抱在怀里寻欢作乐!"

"卑鄙!禽兽不如!"那达木德跳起来疯狂地叫道,伸手就要去操身后的椅子。

不用天龙、天纲下令,几条壮汉早已牢牢把他按捺住了。

天纲站起来,带着胜利和即将夙愿得偿的喜悦,说道:"老大,你去休息,把他交给我。一切都会按着你的意思办好的。"

这时,一个小匪走进来,对天龙说,山路"腰站"哨卡押上来一个要当面向天龙、天纲呈递书信的人。

天龙略一思忖,伸手止住要行动的天纲,说道:"先等一等。我去去就来。"说完,几步跨出"同心堂"。

不到两分钟,殿外传来天龙洪亮的声音:"你辛苦了,朋友。我感谢你给我带来的好消息。你先去用饭,一会儿我会重重赏赐你的!"紧接着,又有一个人说了一句话,至于是小匪还是送信人以及说的是什么,殿里的人是分辨不清的。

天龙很快走回大殿,手里捏着一封信,脸上的表情异常平静,似乎书信传递"好消息"之类,对他是个极平常的事。

"老大,什么事?你刚才说是好消息?"

"你听到了?"

"你声音那么大……"

"是吗?"天龙说着笑了一下,看了看被挟持着的那达木德,"我真不该在这种情况下,让那达木德又听到我们有了好消息。"

"谁写的信? 信中怎么说?"

"你自己看一看吧。"

天纲接过信飞快地看了一遍,一言未发地又还给了天龙。

天龙对那达木德说道:"梅林大人,想过过目吗?"那达木德不屑一顾地扭过头去。

"不看也好,省得你气炸了肺。"天龙边说,边不经意地把信揣入怀里,并慢慢坐下去,定定地看着那达木德。

"老大! ……"

"等一等,二弟,先别着急,让我再问问那达木德。我们总该做到仁至义尽才对。"

"可是……"

"二弟,我比你有经验! ——那达木德梅林,尽管你刚才说了那么多令人难以容忍的蠢话,我还是想再给你一次机会。你说吧,是想和你的漂亮妻子一起在二龙山享尽人间快乐,还是在肉体和精神的折磨中度过后半生?"

"闭上你的臭嘴! 我宁可千刀万剐凌迟而死,也不会和你们这群不知羞耻的狐朋狗党为伍!"

"连牡丹也肯舍出去?"

"日你们八辈祖宗!"

天龙猛地站起来喝道:"住口! 我真该先割掉你的舌头!"

"没有舌头也照样骂你们!"

"死到临头还这么硬!"

"我做了鬼也要找你们算账的!"

"好。我今天就成全你! ——把他推出去,就在门前开膛破肚!"

"老大!"天纲不解地叫道,"你这是……"

"不用劝我,我咽不下这口气!"天龙厉声道。随即又转向那几个犹豫待命的匪徒,"你们聋了吗? 推出去!"

那达木德无所畏惧甚至带着讥笑地高声道:"你早该这么痛快! ——松开,我自己走! 我那达木德绝不会在你们这些鼠辈的屠刀面前皱一下眉头的!"

但是,他怎么挣扎也摆脱不掉三四双强劲有力的手,终于被推搡着向外走去。

天龙扬手止住又要说话的天纲,并送过去一个特异的眼神,分明在告诉天纲:"别惊慌,我自有道理。"嘴上却说道:"拿上铜盘和尖刀,我要亲手剜下他的心!"然后,边往外走,边朝着那达木德的背影喊道:"那达木德,别怪我心狠手辣,这可是你咎由自取!"

已经走到门口的那达木德用力抗拒着挟持者的推搡,停下脚步,怒目回首道:"我只恨活着的时候没把你们赶尽杀绝!"

"我替你感到遗憾。你再没有这样的机会了!"

"你会得到报应的!"

"你只能到阎罗殿去搬救兵了。"

"会的,你等着吧!"

这时,天纲走了过来,拿着铜盘和尖刀,对天龙问道:"你要的是这个吗?"

"对,就是这个。"天龙接过尖刀,在那达木德鼻尖处比画了一下,"我现在就取出你的心肝。——让他转过身来!"

待那达木德的身体在门口处被挟持者转过来之后,天龙又说道:"祷告吧,梅林大人。你的不知天高地厚的高傲灵魂,就要飞出你一文不值的躯壳了!"

"少啰唆! 你就动手吧!"

"扯开他的衣襟!"

那达木德的毛茸茸的胸膛袒露出来了。

"你真就不怕死?"

"怕死就不当军务梅林,怕死就不是大丈夫!"

"你要能说一句告饶的软话,我还可以免你一死。只要一句,或者点点头也行。"

"放屁! 呸!"

"那我可不客气了!"天龙说着,举起尖刀,向前捅去。

那达木德冷笑着,连眼皮也没眨一下。

然而,那把尖刀在已经逼近那达木德的胸口时,突然改变了方向,随后,叮当一声,已落进天纲手持的铜盘里了。包括天纲在内的所有人都被这一场面弄得目瞪口呆,不知天龙究竟玩的什么花样。

天龙做出无可奈何的表情看了天纲一眼,滑稽地耸耸肩膀,说道:"拿他没办法,他真不怕死!"说完,仰脸哈哈大笑起来,弄得在场的人都莫名其妙。

天龙笑毕,对挟持那达木德的几个部下喝道:"还不松开梅林大人,赶快退下!"

那达木德疑惑地皱着眉头说道:"天龙!你想耍什么把戏?"

"把戏?天哪!我在你面前真有点儿黔驴技穷了。——请归座。"

"不!你把话说清。"

"我只是试一试你的决心。所谓惺惺惜惺惺,我哪里就舍得真把你杀死?我现在终于知道你是不肯留在二龙山了。那就请坐下谈,如你所说,我们好聚好散嘛!"

那达木德怀疑地思索片刻,一时找不出准确的答案。既然刚才已经死了一回,还怕什么?他便结好衣纽,走回桌旁坐下了。

天纲有所领悟和如释重负地长吁一口浊气,心悦诚服地看了天龙一眼,微微一笑,也落座了。

天龙高声吩咐手下人上酒上菜,然后,他坐到原来的位置上。

刀光剑影又变成了肉山酒海。

天龙站起来,双手擎着酒杯,恭恭敬敬地递到那达木德面前,和悦地说道:"在下诚惶诚恐、诚心诚意敬阁下这杯水酒。第一,给你压惊;第二,向你谢罪,请千万原谅在下的唐突。请一定赏脸喝下去。"

那达木德还没有从"临死"前的空荡飘忽的失落感中恢复常态,眼前多少有点儿梦境的感觉。而且,天龙的大起大落的怪异举止,令他很纳罕,其中是否掩盖着什么新诡计也一时难以忖度出来。因此,他没有立刻接过酒杯,眉头微蹙,有些不释然地问道:"谢罪?什么意思?"

"喝下这杯酒,我再详细说明。"

"不。你刚才说是想试试我的决心,可是真话?"

"我发誓,是真话。我们设计赚你上山,是真心拉你入伙并以首座相屈。刚才以刀相逼,也是不得已而采取的下策,指望你能答应留在山寨。我失败了,但不后悔。因为你让我看到了,世界上真有不怕死的男子汉,刚烈的大丈夫,光明磊落、威武不屈的真英雄!和你相比,我等怎能不自惭形秽呢?又怎能不为对阁下诱骗、要挟的过错愧疚难当呢?所以,这杯谢罪酒,你一定要喝下去。否则,我会以为你不原谅,而终生不得安宁的。"

"你是说,不再逼我入伙了?"

"最迟在今晚,我就亲自把你和牡丹以及你的朋友送到山下。"

"说话算数?"

"我天龙也是言而有信的堂堂男子汉!"

"那好,这杯酒我喝!"那达木德站起身,接过酒杯,一饮而尽。

"这我就安心了。请坐,请吃菜。"

天纲效仿天龙也擎起一杯酒,说道:"我这杯酒也有同样的意思,那达木德梅林不会驳我的面子吧?"

"当然不会。我现在觉得,你也不那么可恶了。"

"谢谢。"

天龙又说道:"我很高兴,我们心头的乌云总算都散去了。但我还要得寸进尺,对那达木德梅林有一个请求。"

"说吧。只要你真的言而有信,我也不会拒绝为二位效劳的。"

"你知道,你是王府的军务梅林,我们是——拿你的话说——土匪,免不了会有遭遇的时候。而且,我们虽凭二龙山之险,却也并非安枕无忧。我请求梅林阁下,第一,不要带兵上山清剿我们;第二,如果不巧遭遇于草野,也请梅林退避三舍,不知能否慨允?"

"这……"那达木德犹豫地说道,"我是官身不由己呀。不过……如果你们不涉足达尔罕旗……"

"假途达尔罕旗怕是难于避免,但我们可以保证,绝不在阁下管辖的达尔罕旗地面抢掠一牲一畜。"

"那我答应了!"

"你真是个爽快人。从此,我们就是兄弟一样了。"

"只要你们能信守诺言。"

"这毫无疑问。我和天纲都不是朝三暮四、出尔反尔的人。不过,为了使你相信,也为使我们安心,我们三人莫如义结金兰,成为刎颈之交。——唔,我看阁下面有难色,是不是以为我和天纲不配或者对你多有不便?"

"论常情,我们是冰火不同炉的。外人知道,对你我都没有好处。"

"天知、地知、你知、我知而已。你我不说,外人如何能知道?"

"好吧,看你们二位也是好汉,不是那种背信弃义的人,我同意了。"

"这真叫我们喜出望外了!——我们立刻准备香案,对天盟誓!"

20

自从夜里突然响起锣声,发生了火把下的一幕之后,牡丹就确信,她和那达木德已绝无生还的可能。如果说,入夜前天纲还对那达木德的名字有所畏惧,因而不敢贸然对她实施强暴的话,那么现在,这个狂悖无耻的二龙山的二首领,就可以肆无忌惮地把强烈的淫念变成强烈的行动了。牡丹当然不会让这个狂徒达到目的,只有拼却一死而已。她一死,天龙、天纲更不会放走带着夺妻之恨的那达木德而给自己留下可怕的祸根。

夜深人静之后,几个看护她的婆子都困得疲软无力、东倒西歪,牡丹是有机会自戕身亡的。她之所以没有这样做,不能否认,在她的和任何人一样留恋生的心理中,总不能完全排斥掉侥幸和出现奇迹的渺茫却异常顽固的希望;但更主要的是,她企图用自己残喘的延续,给那达木德创造较多的逃跑的机会,至少,她可以在死前能获知那达木德的确切消息,假如可能,将争取两人同时离开这个世界。这样,他们就只剩下夫妻二人,永不分离,也不会再有胡俊玉和天纲这样的人来搅扰他们恩爱和宁静的生活了。

黎明前,牡丹安安稳稳地睡去了,不是因为听天由命的心理平衡和精神松懈,而是因为意识到已走尽了人生畏途的完成使命的疲惫感。酣睡中,她和那达木德携手跳下悬崖,逃离了虎口,置身到一个神奇清白的世界。她哪里知道,正在此刻,那达木德在另外一个房间里也做着相同的梦。这真可谓是异床而同梦了!

当她被客客气气地引进"同心堂",猛然看到饮酒谈笑的那达木德时,还以为这依然是梦的继续呢。

这显然不是梦。

牡丹不由得莫名惊诧起来:那达木德怎么能贵客一样和天龙、天纲同案而坐、举杯共饮呢？这不是与冰火一炉、猫鼠同眠一般不合情理吗？

但牡丹看到的绝不是怪诞而虚妄的幻象，因为这不是梦，她本人就明确地感到自己正活生生站在"同心堂"门口。——她曾下意识地紧捏了一下手指。

看到牡丹怪异和懵懂的样子，桌边的三个人都大笑起来，并同时站起。

那达木德还没开口，天龙就一步跨出座位，朝牡丹深鞠一躬，含笑说道："我这一躬，是为了对你这两天所受的惊扰和委屈表示歉意。请千万宽恕我们好心却异常鲁莽的举动。这一切都过去了。但今后……"他说着，又戏谑地笑了笑，"也就是从我们即将分手的一刻开始，再有见面的机会，该你牡丹先向我施礼了。因为在我们结义三兄弟中，我是老大，那达木德是老嘎达，你就是弟妹了！"

牡丹不胜惊骇地问道："你们三兄弟？难道你们……"

"是的，牡丹。我和天纲刚刚与那达木德对天盟誓，已成金兰之好了。从此，我们三人便是情同手足、祸福与共的把兄弟！"

"那达木德！"牡丹惶惑不安地叫道，"这是开玩笑吧？"

那达木德微笑道："天龙大哥说的是真话。"

"可是——这不是逢场作戏的事？"

"当然不是。——来，你先坐下。"

牡丹夫人

牡丹犹犹豫豫走过去坐下后，那达木德向她详细讲述了天龙如何想拉他入伙直到以义结金兰为结尾的整个经过。

牡丹对这一切依然半信半疑，并觉得这种意料之外同时也是情理之外的结拜，大大有悖于人以群分的常规，总不是正经和令人舒服的滋味。而且，以劫妻开始，以订盟结束，这之间有很多难以解释的疑点，那达木德为什么竟想不到呢？但牡丹又知道，这种神明做证的事不是儿戏，是不能反悔的；那达木德更是一个不肯食言的刚烈汉子，让他取消誓言绝无可能。她就是反对也推翻不了，甚至不能存在推翻的念头。而且从此——不管她是不是情愿——她自己也无法摆脱这个奇怪集合体的从属成员的身份了。因而，她只有垂头不语，表示不得已的默认和服从。但这种曾一度很浓重很强烈的不快，在她的心灵中的统治地位并没有持续多久，就被即将返回家园的兴奋冲击得很淡薄，只剩下一片无足轻重的小小阴影了。因为获得自由在眼前比任何别的事情都重要。她思念和担心天吉良。天吉良需要妈妈尽快回到身边。两天来,积蓄的丰富的乳汁,胀得很硬的乳房的每一次疼痛,都使她想起天吉良的可爱的小嘴和小手,心都快碎了。

只是由于心里还有对那达木德的关切以及将死的绝望和冷漠,把她的感情分割成几块,天吉良只能占去一部分,这有限的一部分感情又常由思念变为凄楚的祝祷。而眼下,她的死的准备陡然间被自由的等待所代替,她对天吉良的母爱和思念怎能不烈火般强烈起来并充满整个心房呢?她恨不得一步扑到山下,一把将天吉良搂在怀里,母女俩痛痛快快地哭一场。想到这里,牡丹差点儿真的哭喊起来。

稍许平静后,牡丹又想到,她和那达木德是天龙、天纲劫持和诱骗到二龙山的,现在,又是这两个强盗首领把自由的曙光和见到天吉良的希望给了他们。劫持和诱骗当然是可恨的,令人深恶痛绝的,但是,把自由又还给他们,又不能不引起心里的感激之情。要知道,天龙、天纲是完全有条件、有理由不付出这一切甚至把她和那达木德处死的。可天龙、天纲给了,客客气气地给了,给了生,给了自由,仅仅以"三结义"作为交换条件!另外,牡丹觉得这两个匪首也并非天良泯灭和形同禽兽。这两天,天龙和天纲大声吼过,露出过凶相,也威胁过,却从未动过她一手指头;就是当她酣睡时,天纲除了饥渴的注视,也没有动手动脚的浮浪举止。这些,无一不在说明,天龙和天纲,与人们传说中的恶魔一样的盗魁是不同的,或者可以说,他们是强盗中有礼义廉耻的一类。这么一想,牡丹倒认为天龙、天纲不是那么使人憎恶,那达木德和他们插香结拜也不那么使人讨厌了。她的心也因而澄净起来。或者说,她的心在不由自主中,屏弃掉包括对天龙、天纲态度骤变的奇怪和对"三结义"的猜疑在内的一切杂念,只保留下对离开二龙山和见到天吉良的愈来愈急切的等待。

牡丹估计,这三个男人刚刚举行完结拜仪式,天龙和天纲不会立即放那达木德走,少说也要欢宴三两天。从情理上讲,这是不可超越的一步,也是那达木德和她不好拒绝的。也就是说,她再着急,也须忍耐到两天之后了。

出乎预料的,就在当天,太阳落山前,天龙就让他们启程了。

没有摆上送行筵席,因为早上开始的宴会在依次加进牡丹和昭色旺后,一直延续到太阳偏西才结束,都还处在酒足饭饱之中,即使面对海陆八珍、琼浆玉液,也不会再有胃口了。

也没有临别赠品。

拜别的仪式只有一杯清茶和"来日方长,后会有期"的祝词。这真是出奇简单的辞行,简单到犹如一泓清泉,使被送的人感到舒爽、纯洁和神圣,感到与送行的人确实已亲如兄弟、心心相印了。

茶杯一放,天龙站起来抱拳道:"嘎达……梅林—— 唔,对了,我以后就叫你嘎达梅林吧。"

"很好,大哥,就这么叫吧。"那达木德笑道。

"嘎达梅林,牡丹弟妹,大哥本该留你们在山上玩几天,但看得出来,你们很挂念天吉良,已是归心似箭了。我们既然成为至交,大哥也不虚留二位了。现在天色已晚,山路又很难走,你们就速速下山吧。"

那达木德站起来还礼道:"谢谢大哥体谅,小弟就此告辞了。"

牡丹夫人

牡丹随同那达木德和昭色旺向外走去的时候,曾充满感激之情地看了天龙、天纲一眼。她觉得天龙这个人,外表上看虽像诡计多端、含而不露、老奸巨猾,心地却极纯善,善解人意,知情达理,令人想起佛口佛心的照日二哥,不免产生一种由衷的敬意。只是天纲这个人使人难以琢磨,样子文质彬彬,举止粗俗稚拙,沉思默想的眼睛,快快不快的神情,实在猜不透他在思考什么,期待什么,恨什么,爱什么以及准备做什么。比如此刻,当他发觉牡丹的目光正射向他时,眼珠曾不安分地闪动一下,随即却迅速垂下眼帘,闭紧了苍白的嘴唇,好像胸腔里全是不可开解的矛盾。在天纲的瞬间遮掩起来的眼波中,牡丹很快明白了和自己密切相关的不甘而又无奈的含意,她赶忙回过发烧的脸,紧随那达木德朝外走去。

他们走下殿外的台阶后,那达木德请天龙、天纲留步。天龙坚持要送到路口。他说,这不过二里地的路程是一定要陪到底的,下山时再由手下人护送。那达木德见天龙态度诚恳,也就恭敬不如从命了。

他们一路说笑着,很快到达了山路端点的草亭。这里竟早已备下酒菜茶点,等在一边的几名乐师在恰到好处的时候,弹奏起一支蒙古人在喜筵上才弹奏的乐曲。

那达木德想不到下山前会有这样隆重的场面,惊讶和感动之余,心中甚是不安。他有些惶悚地谦让道:"天龙、天纲二位兄长,连日叨扰,我已感愧殊深,再如此兴师动众,可要折杀小弟了!请快把这一切免了。"

"嘎达,你这就言重了,你我相识恨晚,又匆匆告别,可谓晨相识而暮又别,不独我和天纲弟恋恋不舍,你也肯定不忍即去。在此共饮一杯,只是略存长亭惜别之意。这酒是不能不喝的。——来,端起来,大家都端起来。"

包括牡丹在内的五个人都端起了酒杯。

那达木德犹豫了一下说道:"兄长盛情,我不好推辞,可我不知何时能补报一二,心中终感难以坦然。"

"你我莫逆之交,不谈'补报'二字。况且,这酒除了祝你一路顺风和希望你记住草亭挥手处有日夜思念你的两位兄长之外,还有大哥向你请罪的意思。"

"请罪?"

"这也许是你不能宽恕的罪过,甚至你会因此断绝我们刚刚建立的友情。但是,在这即将分手的时刻,我不能不说。否则,我一生都会受到良心的谴责的。"

"天龙兄,你这话就叫我不明白了。我们既然……"

"嘎达,请先不要说宽恕的话。先喝下这杯酒,我将披肝沥胆,向你详细供述。那时,你再对大哥做出最后的宣判。"

"这更叫我堕入五里雾中了。——不过好吧,我喝了就是。"那达木德在一片疑云中干了杯中酒。

"大家都干了。请——"

五个人的酒杯都空了之后,那达木德紧拧眉梢地注视着迟疑中的天龙,说道:"天龙兄,你我已是肝胆相照,推心置腹,有什么难言之隐,请尽管说,没有解不开的疙瘩。"

天龙犹豫了一下问道:"嘎达梅林,你不是醉酒后和我们稀里糊涂结拜兄弟的吧?"

"这是从何说起? 第一我没有喝醉,第二我是心甘情愿的呀!"

"这就是说,我们的结拜是出自真心,对天盟誓也绝非虚应故事的儿戏,是这样吧?"

"天龙兄,你好像并不相信我。"

"不,我相信你。"

"可是……"

"等一等,嘎达梅林,请听我说完。记得我们的誓词中有这样几句话:

'我——天龙、天纲、那达木德三人，过去既非同路，今后亦未必合流，但自结拜之日起，便为兄弟。不问旧恶，捐弃前嫌。管鲍之谊长在，手足之情永续。设有寻隙背盟者，人神共愤，天地不容。'不知我说的是否准确？"

"一点儿不错。"

"这'不问旧恶，捐弃前嫌'，当指我们以往的全部行为，说得更明白些，是你宽恕了我和天纲在和你盟誓那一刻之前的所有过错，包括劫持牡丹和诱你上山。"

"这还用说吗？自结拜之时起，我们之间的旧账已一笔勾销。我那达木德不是小肚鸡肠的人，绝不会再去纠缠过去的事情的。"

"如果有一件事，我和天纲一直隐瞒着，而且是一个对你和牡丹夫人的欺骗行为，现在说出来，你会同样宽恕吗？"

"宽恕？天哪，你在说什么哪！我们已经发誓不问旧恶，捐弃前嫌，这是没有条件也没有例外的。哪里还存在谁宽恕谁的问题？再说，我们过去是敌不是友，更不是结拜兄弟，难免有些开罪对方的或者明显或者隐晦的事情，要是一件件回忆，一件件解释，一件件赔罪，一件件宽恕，那还有个完吗？天龙兄，我们相知在今天，相交在今后，过去的事情就权当没发生过，不要再提了。"

"不。这件事是不能不说的，否则，我不会踏实。而且，我一定要恳求你——我还要用那个词儿——宽恕。"

"你真是！"那达木德无奈地苦笑道，"那你就说吧，我听着就是。"

"你发誓能宽恕我和天纲二弟？"

"对，我发誓。"

"谢谢你，三弟。请先受愚兄一拜！"天龙说着，扑通一声跪了下去。

那达木德大吃一惊，慌乱得不知所措，怔了好一刻，才伸手拽住天龙的胳臂，叫道："你这是干什么，天龙兄？快起来，起来呀！"

天龙没有立刻站起来，仰面看着那达木德，愧悔、庆幸又略带乞求地说道："请你再说一遍，真的宽恕了我。"

"叫我说一百遍都行！不管你要讲的是多么严重的事情，我也不会计较的，我那达木德说话算数。你快起来吧！"

天龙这才慢慢站起来，抓住那达木德的双手，诚恳地说道："三弟，你是世界上最宽宏的人。我天龙会一辈子记住你的恩德的。"

"天龙兄,你也是个痛快人,有话就照直说吧。究竟是一件什么事,弄得你如此惶恐不安呢?"

天龙看了看天纲,又看了看牡丹,欲言又止,似乎仍旧有疑虑。

那达木德见状突然抖了一下,担心而且有点儿恼怒地问道:"你们是不是对牡丹……"

天龙明白那达木德想说什么,赶忙截住话头说道:"不,你尽可放心。天纲二弟在劫持牡丹时,难免粗暴些。这事天纲赔过罪,你和牡丹都谅解了的。至于对牡丹的无礼行为,天纲是不敢的,牡丹也可以做证。"

那达木德询问地看着牡丹,牡丹肯定地点点头。

"那么……"那达木德沉思了一下说道,"除此,没有我不能谅解的。你说吧,天龙兄。出尔反尔、自食其言就不是大丈夫!"

"我放心,三弟。——你先看看这个。"天龙说着,从怀里掏出一封信,递到那达木德手里。

那达木德打开信函,只见上面写道:

二龙山大王天龙、天纲麾下:

　　敢向二位大王贺喜:

　　为人者,友伤则悲,敌死则喜。达旗军务梅林那达木德乃二龙山死敌,此不待细言者。近日,那达木德能忤王爷,已被革职,对二位大王何异于敌死? 此可贺者一也。

　　夫美色,人所同好也。贵为山大王,安可无佳丽侍寝? 那达木德之内室牡丹者,色冠群芳,娇艳无双,年正少艾,宛然处子,二位定有所闻。今已为庶人妻,夺之何妨? 天予不取,蠢莫大焉。此可贺者二也。

　　鄙人亦为王府要员,常闻官贼不两立之语,且与二位素昧生平。所以不避风险,通告二位者,实因与那达木德积怨甚深,欲假大王雄风,以泄私愤而已。如不深信,可着人打探,定可证实吾言不谬也。良机难再,失之可惜。切切。切切。

　　　　　　　　　　　　　　　　不具

那达木德读完信,已气得七窍生烟。他狠狠捏着信函,咬牙切齿地说道:"王——祥——林! 我这回是不能再放过你了!"

天龙问道:"这写信的是王祥林?"

187

"绝对错不了！我认识他的字体。——天龙兄,这封信就交给我吧。"

"当然。"

"我指控他犯有通匪罪,你和天纲兄不会介意吧?"

"不会,不会。这是无可否认的事实,也是最有力的证据嘛。"

那达木德仔细揣好信函,想了一下问道:"如此看来,天纲兄劫持牡丹,并非是为了赚我上山了?"

站在一旁始终沉思不语的天纲,红涨着脸,羞愧难当地抱拳开口道:"嘎达梅林,我知罪了。我受了王祥林的蛊惑,又没听天龙兄的劝阻,干了这么一件丢人事。在带牡丹回山途中,我就开始觉得不对劲儿,后来见牡丹威武不屈,枪法超群,又晓我以大义,我就更后悔了。还请三弟高抬贵手,饶恕我的鲁莽吧!"

"亏你没做过头!——算了,此事以后休再提起。二位没有别的话,我就告辞了。"

"等一等,还没有完,请你看这封信。"

"还有信? 也是王祥林的吗?"

"你看吧,信后有落款。"

那达木德莫名其妙地接过这第二封信。信的内容极简单,只有几句话,是这样写的:

天龙、天纲知悉:

　　我的两营屯垦军已将二龙山团团围住。限尔等于今天日落前把牡丹送下山来。稍有差池,就把你们的贼窝夷为平地! 勿谓言之不预也。

屯垦军营长　胡俊玉

几眼看完这封短信,那达木德心里全明白了。他感到恼怒和怨恨,又感到追悔莫及。他把视线迅速地投射到天龙充满期待的脸上,冷笑道:"你真狡猾得出奇,让我步步落进你的圈套!"那样子与其说是指责天龙,莫如说是讥讽自己。

天龙惶悚和怀罪地俯首道:"三弟,这也是不得已而为之,还请海涵是幸。"

"不得已? 哼! 你是不得已才和我结拜,不得已才放我走!"

"我不敢也不想说谎,的确是这样。但我和天纲都可以发誓,和你结拜

牡
丹
夫
人

188

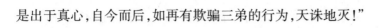

是出于真心,自今而后,如再有欺骗三弟的行为,天诛地灭!"

"你发的誓言已经够多了!"

"请相信我和……"

"算了!我承认你老谋深算,善于机变,直到此刻我才知道上了当。"

"三弟!……"

"别说了!要不是我已经发了誓……"

"我知道三弟是肯定能够不念旧恶、捐弃前嫌的。"

"我只是不想让人家说我言而无信!我只怪我自己太蠢,竟自结藩篱,弄得进退维谷,身不由己!"

"如果三弟已经后悔,亦可撕毁盟约。"

"可惜我不是那种人,还没有过毁约的记录!"

"三弟真可谓气度恢宏、方寸海纳,能和你结交,我和天纲是三生有幸、死而无憾了!"

"我想,你不会有第三封信了吧?"

"哪里会有那么多信?只是还有一位送信人。"

"你没有放他回去?"

"他要陪你一同下山。"

"陪我?"

"他是你的朋友色旺尼玛。"

"是他!好个胡俊玉,竟用我的人来送信。"

正在纳闷中的牡丹,听到"胡俊玉"的名字,不由得一抖,这当然逃不过那达木德的眼睛。他略一犹豫,把信递了过去,带着讥诮的语气说道:"对了,这封信该你先看才是。"

牡丹看完了这封胡俊玉纯粹为了救她而写的信,无异于开读一通对她的道德的宣判书。她的脸或许曾飞起红晕,但一定是稍纵即逝了,因为当她极快又极不自然、极惶惑又极难为情地抬头去看那达木德时,脸色已是一片惨白。她不敢正视那达木德质问和审讯般的眼睛,又赶忙垂下眼帘,紧紧遮住眼窝中涌动的羞愧的浪涛,胸膛里也是一阵热辣辣的翻江倒海。她实在不知如何是好了,哪里还开得口!

那达木德见状,心头一阵抽搐。原来还仅仅是怀疑而且又被这几天繁复的遭遇冲击得淡忘了的念头,此刻竟变成了如山峰、如天盖的庞然大物,

牡
丹
夫
人

轰响着压向他的头颅、砸向他的心房。看来，再也无须去查访和细加推敲，他便可以确信牡丹和胡俊玉之间并没有彻底割断情丝。他甚至想象得出，几天前这两个人见面时如何忘情地亲亲热热！牡丹当初可以不嫁给他，他不会强求。但嫁给他而不忠于他，却是他无法容忍的。而且，眼前还有另外一个事实，他舍命深入虎穴，并未能救了牡丹。真正使牡丹免遭祸患，同时捎带着使他获得自由的，竟是与他不共戴天的仇人胡俊玉！也就是说，妻子是被情人所救，做丈夫的他则沾了妻子的光。这怎能不叫那达木德悻悻然如骨鲠在喉、愤愤然火冒三丈呢？尤其是，这样的"救命之恩"，对他那达木德显然是一种嘲弄和污辱，他本不该接受，却在事实上已经接受了，甚至将接受到底！他总不能因为不齿于借助胡俊玉的力量获得活命机会而永远留在二龙山。他有很多重要事情要做，他必须尽快赶回王府。只要他活着下山，就无法否认自己接受了胡俊玉的"救命之恩"。这对他又何尝不是一种带着奸笑的挑衅呢？想到此，他已气得双颊搐动、臂颤股栗，真想一步扑到山下，把胡俊玉这个可恶的小白脸撕成碎片！

　　站在一旁的天龙当然听不到这两个人的心声，也不能像昭色旺那样很快明白了事情的缘由，但看到牡丹低头不语、无地自容和那达木德紧抿嘴唇、气冲斗牛的样子，多少也能猜出点儿底蕴。他一方面感到庆幸，因为有这种使做丈夫的恼怒和难堪的桃色纠葛骤然掺和进来，那达木德的心里肯定不会剩下计较其他事情的位置；另一方面，他也感到担心，一旦那达木德忍耐不住，当众擂起战鼓，那就不好办了。这种事情是既不能旁观又不好劝说的。况且，以后怎么见面？他必须想出办法，让这两个人在爆发并不光彩的争吵之前离开二龙山。所以，他装作什么也没看出来，微笑了一下说道："三弟，牡丹弟妹，你们该动身了。天色已晚，要紧的是，你们该尽快去看看小天吉良。"

　　其实，天龙的担心是多余的。那达木德确实性情急躁，但又是一个要面子的人，怎肯在外人面前让牡丹难堪更让自己丢人呢，所谓家丑不可外扬嘛。所以，他没叫眼前的僵局发展下去，强压怒火，只说了一个字："走！"便扭身出了草亭，头也不回地向山下走去。

　　牡丹、昭色旺、色旺尼玛三人直到山脚才追上那达木德。

　　等在山下的胡俊玉远远看到他们平安下山，连招呼也没打，就扯转马头走了，他的部下也从两侧撤离了二龙山。

一个屯垦军士兵牵马走过来，朝牡丹行了个军礼说道："梅林夫人，胡营长叫我转告您，少帅已调他去奉天任职，不便当面辞行，特致歉意。"

那达木德吼道："滚！"

那个士兵吓得险些摔倒，连退数步，跳上马背，追赶胡俊玉去了。

21

　　胡俊玉的一封短信，或者说是一纸对二龙山首领的最后通牒，救了濒临绝望的那达木德和牡丹的性命，同时也使这对恩爱夫妻都陷入了异常难堪的境地。尤其对于牡丹，作为一个失掉贞节的女人，赖以安身立命的精神支柱可以说在那达木德冲出草亭的一刹那彻底倒塌了。她不能看不出来，那达木德已猜到她和胡俊玉之间超规越矩的行为，并在心里燃起了熊熊怒火。这怒火有如五雷轰顶，震得她的身体和灵魂支离破碎了。她震骇的当然并不是那达木德终于知道了这件事，而是知道这件事的方式和场合。她原本也不想隐瞒。还是在她把脖颈上的项链扯下来抛进河水时，就决定一见到那达木德便把发生在胡俊玉营房里的一切都供述出来，随那达木德怎样处置她，即或拳脚相加、刀劈斧砍，她也不会躲避和反抗的。对她牡丹，这是罪有应得；对那达木德，也不会蒙受名誉上的耻辱，只要他不向人宣称自己的妻子曾他以外的男人通奸。男人失手打死妻子是算不得什么罪过的。可眼下则不同，这是在二龙山的草亭里，是当着那达木德的两个生死之交和新结拜的弟兄的面儿。这意味着什么呢？意味着那达木德的朋友已经知道他有一个不贞洁的妻子，意味着不久以后，科尔沁草原的牧人们都会知道那达木德戴上了一顶绿帽子。天哪，这对牡丹，不是比五马分尸更可怕吗？要知道，一个男子汉一旦背上这样的耻辱，不要说威风凛凛地站在军务梅林的光荣位置上发号施令，就是高视阔步、堂堂正正地做人也不可能了。她似乎已经看见自己所崇敬的丈夫沦落到市儿争投、群妪乱唾和抱头鼠窜、到处寻找藏身之所的可悲局面。而这种局面的促成，恰恰是由于她的失足。想到这些，牡丹怎能不悔恨，怎能不愧疚，又怎能不失魂落魄呢？所以，她在一阵眩晕之后，尾随着那达木德跌跌撞撞步下草亭，一脚深一脚浅地向山下走去的时候，有一种魔入噩梦或者向地狱跌落下去的感觉。她甚至以为，她的有罪

牡
丹
夫
人

的灵魂已飞出体外,弥散到显得阴森的暮霭之中。而她的躯体之所以还没有成为僵尸,仅仅是为了暂时给那达木德留下一个发泄怒火和湔雪耻辱的凭借物而已,而且,她本人也需凭借这个不该存在的被玷污了的躯体,向那达木德坦白失身的经过。

然而,牡丹始终未能等到这样一个机会。

本来,返回敖来毛都的当天夜里,牡丹是应该有这个机会的。昭色旺是在中途分手的,色旺尼玛也急于回家,不会在敖来毛都停留太久。等只剩下夫妻二人,她便可以毫无顾忌地袒露胸怀了。可是,当她从邻居家回来时,却发现那达木德的情绪变得异常之好,正和色旺尼玛谈笑风生,好像未曾发生过任何不愉快的事情,或者虽然有过不愉快,也早已云消雾散了一样。更令她感到怪异的是,她一走进屋来,那达木德便一步跨到眼前,扬起胳臂,用力把她连同欢笑不已的天吉良搂在怀里,并俯下头来,在天吉良的小脸蛋上一阵狂吻,那欢快而惬意的样子,真像个孩子。随后,那达木德抱过天吉良,兴奋而高声地说道:"牡丹,去弄点儿吃的,找一瓶好酒,我和色旺尼玛痛痛快快喝一顿。天吉良交给我好了。快去吧,又要让你劳累,真对不起。"

牡丹站在那里没有动,只是扬着依然十分苍白的脸,微蹙眉头地看着那达木德,嘴唇颤抖了几下,似乎要说什么,却终于没能说出来。

那达木德咬了咬嘴唇,扫了色旺尼玛一眼,然后盯着牡丹带着歉疚和自责地说道:"牡丹,你在生我的气,对吗?今天的事都怪我。我一路都在想着这件事。我确信,叫你受委屈了。你不会做出使我丢脸的事。是的,你不是那种朝三暮四的女人。只是胡俊玉对你不死心,他想用今天的鬼把戏让我们产生误会,达到他的卑鄙目的。我头脑太简单,险些上了大当。"

"可是,也许……这不是误会。"

"别说了,牡丹,我求求你。难道你看不出来,我心里已悔恨交加了!"

"你这么相信我,才真是上了大当。"

"你这话……牡丹,你话里充满了怨恨和责备。如果你不能原谅我……"

"那达木德,我们还是单独开诚布公地谈谈好。"

"单独谈谈?"那达木德说着,放心地笑了笑,"对,这样最好。等只有我们俩时,你让我下跪都行。只是今天当着色旺尼玛的面,别让我太难堪。"说到这里,他朝色旺尼玛滑稽地挤了挤眼睛。

色旺尼玛忍不住大笑道:"我倒很想看看梅林夫人是怎么训教梅林的这出好戏。"

"你休想。"那达木德故作认真地说道,"牡丹可舍不得让她的丈夫在朋友面前丢人现眼。——牡丹,你说对吗?"

牡丹苦笑了一下,不再说什么,回身走出去,准备酒菜去了。

在那达木德和色旺尼玛饮酒谈笑时,牡丹便一声不响地坐在椅子上,一边轻轻摇晃着不肯睡去的天吉良,一边微皱眉头回忆从二龙山草亭开始的一段迷梦般的经历。她实在弄不明白,那达木德在心境上判若云泥的骤变,究竟是真还是假。按说,那达木德是不会作假的。牡丹幼年时就知道,这个比自己大十几岁的邻居家的老嘎达,是个耿介和率直得出奇的汉子,对事物的好恶也好,对感情的喜怒哀乐也罢,总是毫不犹豫地形诸辞色,从来不加伪装的。牡丹嫁给他后,也没发现他的这种既可爱又可怕的性格有丝毫改变。这就是说,那达木德踏入家门后突然表现出的心平气顺、兴致勃勃乃至怀罪歉疚,绝非因为色旺尼玛在场,有意暂隐心迹,而把夫妻间的大战推迟到一个合适的时机;却是真心地以为自己错怪了牡丹,确信牡丹仍是以夫为天、美玉无瑕的贞洁女子。看他此刻一边频频饮酒,一边眉飞色舞地高谈阔论的样子,以及不时从唇间迸出的对王爷出卖草场的激烈言辞,不恰恰说明,在草亭开读的短信,写这封短信的胡俊玉,乃至由此引起的对胡俊玉和牡丹之间暧昧关系的猜测,已经在作出否定的结论后,成了他思想上的陈迹,而且,此后不会再提起这件事了。这样的结局,牡丹当然没有预料到,也无疑会使她陷入更深刻的自省、自责和更深切的痛苦之中。

牡丹希望和等待的却是另外一种结局。

假如那达木德不轻易地否定自己并非毫无来由的推测,那么,这种关系到男人声誉的事情所造成的感情和心理上的不平衡,必然会导致一场狂风骤雨般的发泄,甚而挥拳砸烂周围的一切乃至给他带来耻辱的女人的头颅。这对牡丹或许更好些,因为她会觉得,她已经以受苦受难的方式赎了罪而且使丈夫在感情和心理上获得了某种补偿。然而,牡丹此刻还没有清晰和自觉地意识到,在她等待和盼望那达木德对她大发雷霆和拳脚相加的时候,一个她自己也不敢相信会隐伏在心海深处的异常诡秘而可怕的念头,在尚属混沌状态中蠢蠢欲动。这便是对夫妻之间爱的怀疑,以及否定这种爱的愿望。是的,她和那达木德结合得太匆忙了。他们——至少是牡丹本人——

来不及或者说在当时的特定情境下不可能去理智地权衡一下崇敬、喜欢与爱情之间有什么不同，来不及也不可能认真考虑考虑，性格上太多的差异究竟能不能组成一个稳固的和谐体。牡丹深爱胡俊玉，达到了失掉自我的程度。她是在爱情受到纯属客观因素的打击后，在精神濒临崩溃的情况下，投身到那达木德怀里的。她并非企图寻求第二次爱情。她当时极其需要的是和爱情完全不同的东西，是对心灵创伤的抚慰，对精神萎落的支撑，以及对生命的强有力的庇护。这一切，她只能从那达木德身上获得。她也确实从那达木德身上获得了这一切。婚后，她感到有一种恬静和安全的氛围笼罩到身上，就像一只迷失了路途的小鹿，在狂乱而茫然的左奔右突之后，突然又得到母鹿温柔的舐舐一样。她那波翻浪涌的心海终于平息下来。她不再产生同胡俊玉在一起时的紧张的心跳、热烈如火的情绪以及因此带来的疲惫和失眠。她也渐渐习惯了有如止水的宁静日子，习惯了每月二十几天独处的寂寞生活，习惯了冷漠地接受那达木德沉重肉体的匆匆忙忙的做爱和随后在耳畔响起的齁齁的鼾声。她觉得，生活也许原本应该如此。她无疑地是个女人。她也应该无疑地像所有女人一样，做丈夫的好妻子，温顺、勤劳，听从丈夫的摆布，还要准备做一个好母亲。她也正是努力这样做的。为了节省那达木德的开销，她在结婚不久，便打发走所有男女仆人，只留下一个管理畜群的长工，还要这个长工回到自己家里吃住。后来，她生下了可爱的女儿天吉良，一日三餐，精心地梳洗打扮，擦拭和摆设家具，再加上女儿和书籍的陪伴，她感到生活内容已够丰富了。她别无他求，只希望那达木德偶尔回家时，对她和这个家感到满意。那达木德对她当然十分满意，因为她无论是作为妻子，还是作为母亲，都是无可挑剔的。那达木德还有一种自卑自贱的心理，总觉得娶牡丹这样娇艳的美女为妻是受之有愧的，免不了惶惑不安，甚至不敢在男女情爱和柔情蜜意上大胆冲刺。然而，又抑制不住对牡丹的渴望，在每次回家前，总要持续着令他脸红耳热、情绪躁动的切盼与牡丹做爱的心理酝酿。这种惶惑和渴望，特别是长时间的心理酝酿，不能不使他在终于和牡丹交合后，在极短的时间内便完结，而且已是身心交瘁了。牡丹在婚前并无和男人肉体交合的体验，因而，无法做一番比较，更无法体察那达木德在占有她时的心理状态。她以为，男女之间的事不过如此，女人只是在男人肉体覆盖下尽妻子的义务而已。如果不发生在屯垦军营房里与胡俊玉之间酣畅淋漓的一幕，她永远不会品味到男女交媾的令人如醉如狂甚失掉自我的乐趣,也永远不会意识到那达木德对她实在并没有尽到做丈夫的职责。无法否认,牡丹确实将那达木德和胡俊玉做了一番比较,但这种比较在她心里只停留了极短暂的时间。在她将胡俊玉第二次戴到她颈项的项链抛进河水里时,就决定不再想胡俊玉,把这个人从记忆中永远和彻底抹掉。牡丹终究还不是那种只追求欢快的女人,她更看重礼法和道德。所以,当她从河边迈开脚步起,心里便只剩下了怀罪、自谴和等待惩罚了。她确信,这个惩罚将在从二龙山返回敖来毛都后迅即到来。她认为应该受到惩罚,却怎么也猜测不到,那达木德一旦真的对她呵斥责罚后,她会不会暗暗询问自己,和那达木德结合是否正确? 要不要结束这种缺少乐趣的夫妻关系? 是的,这个隐伏着的家庭和感情危机,她是预感不到的。

牡丹尤其预料不到的是,那达木德绝无惩罚甚至哪怕是追问的迹象,也不是对她不守妇道的谅解和宽容,却是对她深信不疑,并以为自己一时鬼迷心窍伤害了无辜的妻子而后悔不迭。对此,牡丹没有产生一丝一毫的庆幸心理。她原也不存在求得宽容的希望,那会使她不自在甚至反感;她更不存在被解除怀疑的侥幸,那会使她陷入更深的愧疚和使未来的夫妻关系戴上虚假的面具。而且,眼前的事实无疑在说明,那达木德是一个胸怀宽阔、心地纯善、灵魂高尚的男子汉,对这样的好丈夫,就是想欺骗他也不会忍心的,更何况牡丹一刻也没想过要文过饰非和成为欺骗丈夫的女人呢? 愈是发现那达木德的善良和高贵,牡丹便愈是感到罪孽深重和愧悔。这不仅抑制和掩盖住了她灵魂深处对夫妻情爱怀疑和探究的潜在意识,而且坚定了由自己向丈夫坦白的决心。可是看样子,两个男人的谈话还要没完没了地继续下去,说不定会谈到旭日东升。她不想也不能再等下去了,每拖一秒钟对她都是一种残酷的折磨。她倏地站起来,决定立即讲出和胡俊玉之间发生的事情,有色旺尼玛在场也毫不在乎。

两个饮酒谈话的男人都没有对牡丹的反常举动表示惊讶。因为这时那达木德刚好说到色旺嘎尔布惨遭杀害的情节。色旺嘎尔布曾冒险替那达木德占用军款一事解围,并因此成全了那达木德同牡丹的婚事。听到这样一位生死之交被害,牡丹不震惊得跳起来反而是不近情理的了。

牡丹脑子里想的虽然是毫不相干的另外的事,但毕竟听到了那达木德的话,也确实骇然一惊,自然要将自己的事暂且隐下,脱口问道:"谁害死了色旺嘎尔布?"

那达木德看着脸色苍白的牡丹,回答道:"还没找到凶手,但我有充分理由怀疑是王祥林。"

"是他?"

"他去见胡俊玉,隔了几天才回王府复命。中途他去过宝日道屯。色旺嘎尔布正是这几天中被害的。"

"他为什么要杀害色旺嘎尔布?"

"也许……是的,他一定获悉色旺嘎尔布在三年前帮助过我。"

"三年前……"牡丹沉吟道,猛然记起她抛入河水的那挂项链以及在胡俊玉的房间里看见王祥林脸上的异样表情,猜测出这两个人肯定已经知道三年前这挂项链曾起的作用,不自觉地从嘴唇迸出"项链"两个字。

"项链?"那达木德疑惑地问道。

牡丹说道:"三年前照日二哥拿去兑换银圆的项链,我在胡俊玉那里又看见了。"

那达木德略一思忖,憬然有悟地说道:"是这样。明白了。一切都明白了!"说着,他把酒碗用力蹾到桌子上,跳下炕来。

色旺尼玛问道:"嘎达,你是说可以肯定是王祥林干的了?"

"没错!"那达木德飞快地来回走了两步,咬牙说道,"胡俊玉发现并赎回了那挂项链,不能不向珠宝店询问项链的来历,也不能不把他所了解的底细告诉王祥林。"

"王祥林感到恼怒和窝火,所以就进行报复,对吗?"

"对,正是如此。他不敢公开受骗的事实,便偷偷对帮助我的色旺嘎尔布下毒手,再诱骗二龙山首领抢去牡丹,把我逼上只身闯二龙山的道路。即使天龙、天纲不杀死我,他也会据此给我罗织一个通匪的罪名。"

"这小子真阴险!"

"卑鄙!太卑鄙了!他可以向我报复,哪怕弄得我走投无路,家破人亡。因为我确实欺骗过他。但色旺嘎尔布是无辜的,就算帮助过我,也没犯下死罪。王祥林竟把这样一个不该治罪的人害死,而且采用暗杀的手段,我是绝不会饶他的,我要让他偿命!"

色旺尼玛推开酒碗,跳下炕来,义气凛然地大声说道:"嘎达,你说得对,我们不能让朋友白白丢掉一条命。你说怎么办吧?我能干些什么?为给朋友报仇,我愿赴汤蹈火、肝脑涂地!"

"现在确实是需要我们豁出性命的时刻。"那达木德信任地盯着色旺尼玛的眼睛说道，"刚才谈到的两件事情，都不允许我们犹豫和拖延。王爷卖地必须阻止，色旺嘎尔布的仇必须报。第一件事我去干，第二件事交给你。你尽快赶到宝日道屯，想尽一切办法拿到王祥林暗杀色旺嘎尔布的证据，有了确凿证据，我们就可以起诉了。"

"放心吧，嘎达，我保证不负重托。"

"事情紧急，时间宝贵，我们立即分头行动吧。"

"好。我们去鞴马。"

"等一等，嘎达。"牡丹稍显急切地说道。

"牡丹，你有什么话？是不是担心我会出事？

"不，嘎达。你们肯定知道自己冒着多大风险，也肯定会想出随机应变的对策，这是不需要我啰唆的。我也不想阻止你们，因为你们要干的是光明正大的事情。我只是想请你留给我点儿时间，向你讲讲我跟胡俊玉……"

"牡丹！"那达木德打断牡丹的话，不无抱怨地说道，"我求你不要再提起这件事了。我保证此后永远不再怀疑你。何况胡俊玉已从达旗滚蛋了，他不会再来打搅我们平静和睦的生活了。让我们一起把这件不愉快的事忘掉吧！"

"可是……"

"牡丹！你应该知道我正要去做的事有多重要。你还想让我在悔恨之外再带上你的责怪踏上充满危险的路吗？如果你谅解了我，希望我心情坦然地上路，就不要再说起这件事了！"

牡丹咬着嘴唇，怔怔地看着那达木德恳切的眼睛，心里乱成了一团麻，并产生一种正被凌迟和万箭穿心般的难以忍受的痛楚感。她觉得命运对她太残酷，那达木德也太残忍，都在把她向地狱的最深层推去。她真想大声质问那达木德："你口口声声说欺骗了王祥林，王祥林理应向你报复，却为什么逼我在欺骗中接受比死还可怕的煎熬啊？这太不公平了，太不公平了！"但这些合乎情理和无可指摘的要求在冲到唇边时，又不得不违心地吞咽了回去。因为在这一瞬间，她毕竟权衡出，和那达木德将要进行的事情相比，她个人的痛苦是太微不足道了。她既然已自认是个罪人，多受一段折磨有什么不应该？难道可以为了自己心理上某种纯然是自私的需要，去破坏或者搅乱那达木德此刻的心境，而使自己犯下更严重的罪过吗？要知道，那达木德要做的事涉及整个达旗蒙民的利益,涉及朋友的深仇大恨啊! 她不能为其分忧解难和与其相辅而行已是憾事,怎么能再让自己的言行成为一种干扰和破坏的力量呢? 她只有暂忍痛苦,放弃眼前的坦白机会,待日后接受双倍的惩罚了。但她对那达木德的要求却不能点头表示认可,让她忘掉这件事,等于让她永远隐瞒自己的劣迹,这是她无论如何不肯的。所以,她只是轻声说了一句:

"那你就快走吧。要早些回来。我等着你。"

心地坦荡的那达木德当然听不出牡丹话里隐藏的内容,以为已经获得了妻子的谅解,感到一阵高兴,微微一笑说道:"谢谢你,牡丹。我一定尽早回来。你要照顾好自己。明天,你还是把打发走的仆人叫回来吧,总比你一个人守着空空荡荡的房子好些,我也能稍稍放心。天快亮了,我和色旺尼玛就要上路,你也该收拾收拾早些休息了。——走,色旺尼玛。"

那达木德和色旺尼玛匆匆走出房间。牡丹失神地站在那里,听着窗外传来的鞴马声,心如刀绞,她真想大哭着狂喊:"那达木德,快来惩罚我吧! 否则,我会痛苦而死的!"

然而,牡丹怎么也料不到,此后由于形势急转直下,她和那达木德同时被卷入一场延续了几年的抗垦斗争,死亡时时威胁着他们,直到那达木德战死西拉木伦河,也没有机会再谈起这件事。

22

上午 10 时许,那达木德来到达尔罕王府。

这一天是 1928 年 6 月 23 日。

通禀后,那木济勒色楞亲王立即命人传唤他解下枪支速到正殿晋见。近年来,亲王沉湎酒色,懒于政事,王府的权柄早已暗暗转到协理韩舍旺和福晋朱尔吉特手中,亲王本人大半时间又都住在奉天城小河沿的豪华舒适的别馆享清福,是很少在达尔罕王府的阴森的正殿里露面的。即使需要他亲自发号施令或接见重要客人,也总是在和寝室相连的客厅中进行。今天,亲王如此痛快地答应召见那达木德,地点又在正殿,显然具有不寻常的意义。

对此,那达木德心知肚明。他知道这种"破格"的召见,隐藏着怎样可怕的杀机。他是亲王手下的军务梅林,多年掌管全旗的治安和剿匪大权,无疑是所有啸聚山林的强盗们的死对头,他对土匪未曾容过情,一旦落入这些杀人不眨眼的魔头手中,想活命是绝无可能的。他只身闯二龙山去救牡丹这件事,王祥林和韩舍旺都知道,是不能不向亲王报告的。也就是说,亲王早已获悉他那达木德冒险闯鬼门关,并有理由推断他肯定要丧命于匪窟。而眼下,他竟毫发无损地返回王府,亲王怎能不在惊讶之余感到事情蹊跷甚至迅即得出他已通匪的结论呢?要知道,要亲王允许一个通匪的军务梅林继续活在世上,也是绝无可能的,何况王祥林也好,韩舍旺也罢,都会不误时机地添油加醋,煽起亲王的怒火,促使他那达木德引颈受戮呢?

不过,那达木德并不害怕。他有把握让亲王改变看法。

他坦然地走进正殿,按常礼叩见了端坐王爷宝座的那木济勒色楞亲王,然后神态自若地站起身来,甚至不甚经意地巡视了一遍亲王两边垂手站立的官员。令他感到奇怪的是,正殿里没有王祥林,也没有准备录他口供的笔

牡
丹
夫
人

200

帖式,只有福晋朱尔吉特、协理韩舍旺以及亲王嗣子辅国公林沁色鲁布夫妇,而且都身着素服,林沁色鲁布的夫人——张作霖的女儿——又是双眼红肿、泪痕未干。他还来不及猜测究竟发生了什么事,便听到韩色旺向他大声呵斥:

"那达木德,你是犯下死罪的人,竟敢在王爷面前昂首挺胸,还不跪下去?!"

那达木德冷然一笑,根本不去理睬韩舍旺,而是直视着那木济勒色楞,平静地问道:"王爷殿下也认为我犯了死罪吗?"

"放肆!"韩舍旺恼怒地喝道。

那木济勒色楞朝韩舍旺轻轻摆了摆手,表示自己是很厌恶大吵大叫的。然后,他注视着那达木德,没有表情的脸上微微颤动了一阵,看不出对那达木德的质问是恼怒还是惊讶。

"那达木德,"那木济勒色楞操着嘶哑的男低音说道,"你问我是否也认为你犯了死罪,我告诉你,是的。除非你证明自己并没有上过二龙山。"

"殿下,我不否认,我确实上过二龙山。"

"既然你不否认……"

"殿下,请容卑职陈述只身上二龙山的原因。"

"这个就不必了。韩舍旺协理没有派出旗卫队去救你的妻子,是对还是不对,已无关紧要。问题是你此刻竟毫发无损地站在我的面前。你是不是还想对我说,有神灵相助,使你孤身一人战胜了几百名匪徒,终于胜利归来?"

"不,殿下,我和二龙山的匪徒根本没有动过刀枪。"

"天龙、天纲一定把你奉为上宾吧?"

"是的。而且,还恭恭敬敬地把我和牡丹送下山来。"

"好威风啊,那达木德! 你今天来见我,就是想告诉我这些,并且最后一定要说,我如果依据法律处决了你,二龙山的匪徒们就要拿我抵命吧?"

"殿下是不会处决一个无罪的人的。"

"我同样不会宽恕一个通匪的军务梅林。"

"殿下,卑职没犯通匪罪。"

"你刚才的口供已足够判个'斩立决'了。——韩舍旺,立即追记那达木德的供词,写个判决书,行刑的时间就定在我们启程前。"

"等一等,殿下。"那达木德不慌不忙地说道,"我这里有两件物证。殿下寓目后如仍认为我有通匪嫌疑,卑职定当引颈就戮。"说着,从怀里掏出两封短信,双手呈递过去。

那木济勒色楞亲王对韩舍旺说道:"你看看,那是什么样的物证?"

韩舍旺拿过信纸,很快看完,脸色骤变,嘴唇抖动着,一时作不得声。

那木济勒色楞亲王疑惑地看着韩舍旺,说道:"是信吗?念念我听。"

辅国公林沁色鲁布历来和那达木德交厚,他佩服那达木德的为人和才干,心里早就打算好,在继承达尔罕旗扎萨克后,定要好好重用这个难得的人才。今天,看到那达木德身处被杀头的险境,十分焦急,但是,这是通匪大罪,是不能说情的,只能暗自哀叹而已。恰在此时,那达木德突然拿出自称为物证的两封信,以韩舍旺平素与那达木德的关系以及此刻的怪异的神态不难推断,信的内容一定很奇特且利于那达木德的。他希望这两封信真的能救了那达木德。但看韩舍旺似乎不愿开读这两封信,觉得自己是应该挺身而出了。他没有请示王爷,一步跨到韩舍旺身边,劈手夺过信来,说道:"协理既然有为难之处,就由我来读给父王听吧。"他明知道父王和福晋对他的不合礼仪的举动不会满意,却装出毫无觉察的样子,高声读起信来。

不用说,那木济勒色楞亲王听罢两封信特别是第一封信的内容之后,异常恼怒,问道:"这信是谁写的?"

林沁色鲁布说道:"信的末尾没有具名,但这笔迹是王府内的人都熟悉的,父王也一定能认得出。"说着把信呈给那木济勒色楞亲王。

亲王对王祥林熟悉的程度超过任何人,几乎知道王祥林每个字的习惯写法,无须细加辨认,就确信这第一封信的作者是王祥林。对于胡俊玉的字体,因这几年书信往复不断,也不生疏,即使不具名,他也认得出来。两封信很快看完后,他终于明白了事情真相,也明白了那达木德何以如此自信地回到王府,当着他的面儿为自己折辩。但是,令在场的人都感到奇怪的是,他刚才陡然爆发的怒气似乎消去了一半。

亲王默然沉思了一会儿,慢慢说道:"我说胡俊玉这次来王府,为什么只说了几句话就匆匆告辞了呢,原来他是带兵围困二龙山去了。"

朱尔吉特毫不掩饰自己内心的反感,说道:"真是故作多情!"

"你说什么,故作多情?"

"不是故作多情是什么?要是牡丹不被天龙、天纲抢去,他才不会去替

牡丹夫人

那达木德解围!"

"嘀,听你这话,倒像希望王祥林获得成功。"

朱尔吉特一惊,红涨着脸说道:"王祥林? 这跟王祥林有什么关系?"

"值得庆幸的是,听了你这吃惊的话,我可以确信,王祥林诱使天龙、天纲抢去牡丹,你事先并不知道。"

"什么? 王爷,那封信是王祥林写的?"

"白纸黑字,他自己也狡辩不了。"

"怎么会? 他没必要这么干。"

"可他干了。哼,都是你把他……宠坏了。"

"王爷!"朱尔吉特气急败坏地叫道,"究竟是谁宠坏了他? 是我还是王爷?"

那木济勒色楞亲王马上意识到,刚才说的话是太冒失了。朱尔吉特福晋可是大有来头的,其家族乃至号称"东北王"的红媒都是不能小觑的。再说,这位年轻的福晋,艳丽无比,枕席功夫出类拔萃,他常常被弄得神魂颠倒,以为自己遇到的是巫山神女,娇宠尚恐不及,哪里敢去轻易招惹? 这几年,朱尔吉特常向王祥林暗递秋波,王祥林也有偷香窃玉之嫌,他总是装作视而不见,除了尽量不让朱尔吉特离开左右之外,别无他法。他知道,一旦点破此事,任性的朱尔吉特定会和他长期分居,那就得不偿失,大大苦了他自己了。刚才的话,不恰恰是当众向朱尔吉特作了某种暗示吗? 这实在太愚蠢了。更何况,朱尔吉特也许早就知道王祥林和他这位交贵的亲王之间存在过特殊关系,如果恼羞成怒,保不住会泼妇一样当众毫无顾忌地披露出来呢? 听朱尔吉特蛮横地问他"究竟是谁宠坏了他? 是我还是王爷?"不正是要"披露"他床第秘事的序曲吗? 所以,他只好装出自知理亏的样子,服输地说道:"好了,好了,罪过在我,是我宠坏了他。"

"而且,"朱尔吉特得理不饶人地说道,"一封书信真假难辨,不足为凭。所涉及的又非鸡鸣狗盗的小事,须立案审查才是。"

"这确实不是件小事。至于说到信的真伪……我不相信一封伪造的信,连一个极细小的笔画漏洞都不出现。"

"这也很难说,或许真有这样的能人。"

"证实这一点很容易。——韩舍旺!"

"臣下在。"

"王祥林现在何处？"

"回王爷，王祥林正在检查王爷的车驾和挑选护驾的卫队。"

"把他叫来。"

"是。"

林沁色鲁布抢前一步说道："父王，我去叫他吧。"

朱尔吉特说道："韩舍旺，你还犹豫什么，难道真想让王子替你跑腿吗？"

"不，不，这类小事怎能劳王子大驾？奴才这就去。"韩舍旺似乎明白了朱尔吉特的意思，一边急切地说着，一边很快转过身来，但他随即又怔怔地站住了，因为恰在此刻，王祥林迈着轻快的步子跨进了殿门。

王祥林刚从强烈的阳光中走进阴暗的大殿，一时还看不清里面每个人的脸面，但坐在正面椅子里的是王爷肯定错不了的，便急趋几步俯身道："启禀王爷殿下，一切准备就绪，请王爷、福晋、辅国公、辅国公夫人起驾。"

那木济勒色楞亲王扫了一眼面露焦急和愠怒的朱尔吉特，冷冷地说道"王祥林，你看看你旁边的人是谁？"

王祥林大惑不解地向两侧看了看，当他看清左侧站立的正是那达木德时，猛吃一惊，险些晕倒，一句话也说不出来了。

"你再看看这个。"那木济勒色楞说着，把手里的信扔到王祥林脚前。

王祥林觳觫着弯下腰去，用抖动的双手拾起信纸。

"这可是你亲笔所写？"

"王爷！……"王祥林擎着信纸，犹如被宣判死刑一样哀叫一声，扑通一声跪了下去。

"看来，你是知罪了？"

"王爷！请王爷饶命啊！"

朱尔吉特狠狠瞪了王祥林一眼，心里暗暗骂了一声："软骨头！"

那木济勒色楞亲王依然不动声色地继续说道："亏得胡俊玉救了那达木德和牡丹，也无意间帮了你个大忙。否则，你就犯了弥天大罪。本王姑念你多年效力王府和初犯过失，免你一死。从即日起，罚俸一年，如再有不轨，定斩不赦。"

如此情理之外的结局，实在带有巨大的戏剧性和震动力，使所有在场的人都在刹那间瞠目结舌，呆若木鸡，以为是自己耳朵失灵，听错了。王祥林更是万万料不到，惊疑地张着嘴、瞪着眼，一动不动地盯着那木济勒色楞亲

牡
丹
夫
人

204

王,俨然成了一尊泥塑木雕。

朱尔吉特最先从惊讶中镇静下来,立即理解了王爷是在巧妙地回护王祥林,同时戏谑那达木德。她暗自舒了一口气,表面做出严厉的样子,对仍旧丢了魂一样跪在那里的王祥林喝道:"王祥林!还不谢恩?!"

王祥林这才确信自己已奇迹般死里逃生,也明白了朱尔吉特担心横生枝节,暗示他赶快退下去。他连忙说了一句"谢王爷不杀之恩",磕了个响头,起身急忙退出大殿。

人们怀着截然不同的心情,怔怔看着逃跑一样离开大殿的王祥林,却谁也没有提出甚至谁也没有想起是不该让王祥林带走那封唯一罪证的信的。

那达木德理所当然地对王爷极不公正的裁处感到愤怒,他的胸膛在无限地膨胀,似要瞬间炸裂开来。他用冒火的眼睛狞视着王爷平板的面孔,整个身体都在搐动,费了好大的劲儿才喘过一口气来,咬牙喊道:"王爷!让这样阴险的小人逃脱惩罚,哪里还有天公地道?!"

那木济勒色楞亲王平缓地说道:"我已经惩罚了王祥林。再说,你和牡丹毕竟平安无事嘛。我把王祥林的一年俸禄转赐给你,作为补偿,这还算没有天公地道吗?"

"王爷,王祥林的罪恶难道可以用金钱弥补的吗?而且,他除了这次未得逞的阴谋,还犯有杀人罪。"

"杀人罪?"那木济勒色楞亲王略显吃惊地挑了挑眼皮,隐约流露出很感兴趣的神态,"你说王祥林杀了人?"

"他暗杀了宝日道屯的色旺嘎尔布。"

"你有确切的证据吗?"

"我会拿到证据的。"

那木济勒色楞亲王轻轻摇了摇头,说道:"还没拿到证据就说某某杀了人,不怕担个诬告的罪名吗?等你有了人证、物证再提出控告不迟。"

"王爷!……"

"好了,此事就不必往下说了。那达木德,你这次确实受了委屈,并念你担任军务梅林期间,栉风沐雨,功劳卓著,我命你从即日起升任达尔罕旗舍梅林之职。"

那木济勒色楞亲王突然宣布的任命,又使在场的人惊讶不止。那达木德则感到挨了当头一棒,迫不及待地说道:"王爷!小人系一介武夫,有何德何能掌管刑罚重任？方请王爷收回成命，准小人开复军务梅林之职吧！"

"军务梅林之职已于昨天由王祥林接任。"

"什么！王祥林?"

"那达木德，你历来对我忠心耿耿，总不能因满足自己的要求让人们说我是个朝令夕改的王爷吧?"

"王爷,请恕小人不能遵命。"

"你仔细想一想吧。现在已到了我们该启程的时刻了。我必须在明天赶到奉天城,参加对张大帅的吊唁。我要在奉天住半年左右。你想好了,就去见我,我随时都可以给你签署任命状的。——朱尔吉特,我们走吧。"

林沁色鲁布看出父王已不想把眼前的局面继续下去,并明明白白地向那达木德下了逐客令。他不希望那达木德就这样既丢掉了军权又失去了出任舍梅林的机会,便扬声对那达木德说道:"那达木德,我劝你还是接任舍梅林之职吧！这并不降低你的身价。"

那达木德恚愤而固执地说道:"不！这是有意夺去我的兵权！"

那木济勒色楞亲王微露愠怒地对林沁色鲁布说道:"你眼下最好少参与政务。再说,那达木德也确实需要一段时间深思熟虑。"

那达木德留给那木济勒色楞亲王一个怨恨的眼色,猛地回转身,头也不回地冲出殿门。

林沁色鲁布对发生在眼前的一幕深感奇怪。按说,以父王的崇高、尊贵和在达尔罕旗不可一世的权势,对那达木德肆意冲撞的粗鲁言行是不会容忍的。但父王却始终没有震怒的迹象,甚至那达木德不顾礼仪地愤然冲出殿门,也声色未动。这实在不像平素喜怒无常、意形于色的王爷。而且,在那达木德说了那些足以令王爷大发雷霆的话以后,竟决定把舍梅林这个肥缺双手献上,这种反常的优厚有加的赐予,不是更令人难以理喻吗?想到这里,他心里猛可一动,似乎刹那间明白了父王的用意和苦心。"舍梅林,舍梅林。"他在心里念叨着,"父王毕竟是精明的。可是那达木德这个傻瓜,脑袋里连个弯也不会转！"

23

那达木德和色旺尼玛走后,牡丹仍无睡意。她哄睡了天吉良,自己则托腮默然坐在桌旁的椅子上。无人打搅的寂静,使她得以认真回忆她所度过的二十几个春秋,理智和公正地而不是感情和偏激地对自己的"一生"作出总结。几乎从她记事开始所经历的每一件事都按着原来的样子和次序在眼前重演了一遍,并以旁观者的客观态度重新作出评价。她惊讶地发现,二十几年来,她一直是按着自己的意志真实而独立地表现着自己的存在,没有谁强迫她去做她不愿做的事,或者说,她从未由于别人的强迫和遵照别人的指示去安排自己的生活。这究竟是对还是错?难道说真实和独立是错误的,应该受到谴责;虚假和附庸反是正确的,应该获得赞扬吗?不,这肯定是不对的。失却了真实,便只剩下了欺骗,欺骗他人,也欺骗自己;失却了独立,便只剩下了服从,服从他人,同时压抑自己。如果一个人是这样,他的生命还有什么价值,他的存在还有什么意义?是的,只有真实和独立才是可贵的和可取的。无论对男人还是对女人,都应该这样。

上帝创造的是男人和女人,绝不是主人和仆人。男人可以随心所欲、我行我素地真实而独立地生活,女人为什么偏偏要给自己设下那么多藩篱、那么多戒条和那么多顺从呢?这既不是公正的,肯定也不是天经地义的。

牡丹这样不受外界干扰地真实而独立地思索着,心海已不再是波翻浪涌,也不是空蒙凝固,而是清晰明澈了。她既然有充分的理由肯定自己是真实而独立地生活着,有充分理由要求自己获得同男人相等的权利,那么,她为什么要对自己心甘情愿做过的事情感到羞耻、自我谴责和要求惩罚呢?是的,她不欠丈夫,丈夫也不欠她。

牡丹又变得沉静和自信了。

她很快进入了梦乡。

不知过了多久，她被一阵叩门声惊醒。她确信一定是那达木德回来了。她记得并没有上门栓，而且疲惫得连动也不想动。他自己开门进来好了，何必多此一举？她又合上眼睛，打算寻回被打断的梦。她隐约听到房门吱呀响了一声，显然是推开了门，却没有像每次那样随后响起那达木德皮靴踏地的响亮的声音。"不是那达木德!"牡丹心里说道，不无惊悸地警觉起来，睁开眼细细地谛听。

　　几秒钟以后，传进来一个生疏的显得又急切又犹豫的声音："那达木德睡下了吗？"

　　牡丹坐起来，壮着胆子问道："你是谁？"

　　"我是林沁色鲁布。"

　　牡丹一惊，问道："是王子林沁色鲁布吗？"

　　"正是我。我找那达木德有急事。"

　　"等一等。"牡丹说着，慌里慌张跳下炕来，点燃了油灯，然后打开寝室的门，"请进来，王子殿下。"

　　林沁色鲁布迎着灯光，几步走过堂屋，跨进寝室。他见屋里没有那达木德，疑惑地问道："那达木德没在家？"

　　"他去王府还没回来。殿下应该能见到他呀。"

　　"他中午就离开王府，我以为他一定回家了。"

　　"殿下请坐。殿下的随从在外边吗？"

　　"我是一个人来的。"

　　"一个人，而且是深夜。……"牡丹询问地盯着满脸尘土的林沁色鲁布，心里产生一种恐怖的预感，"殿下！那达木德出了什么事？"

　　"你不必担心。那达木德平安无事，只是被解除了军务梅林职务。"

　　"原来是这样。可是为什么？"

　　"因为这个职务已在昨天由王祥林接替。"

　　"王祥林! ——难道那达木德没把这个坏蛋写给二龙山的信拿给王爷看？"

　　"王爷看了。王祥林也供认不讳。但他没有受到应得的惩罚。"

　　"这太不公平了!"

　　"是不公平。但我看出，爸爸也未必不想惩罚他。"

　　"我不明白殿下的话。"

"爸爸也有难处。……实话对你说吧,我的后母总是全力袒护王祥林,爸爸又不愿同她吵架。"

"这么大的事也听女人的摆布,还算什么王爷?"牡丹说到这里,自知失言,怀罪地垂下眼帘,"对不起,殿下,我不该这样说王爷……"

林沁色鲁布咬了咬嘴唇说道:"我不怪你。——不过,我们不谈这个了。我的时间不多。我是在去奉天的途中借故暂离爸爸的车驾的,我必须在明天天亮前赶到彰武同爸爸会合。"

"殿下一定有非常重要的话急于告诉那达木德吧?"

"是的。他今天在王府办了件错事,如不及时补救,也许会永远失去报仇的机会。"

"报仇?是指王祥林吗?"

"不错。"

"请殿下告诉我,那达木德今天办了什么错事?"

"爸爸任命他为舍梅林,他断然拒绝了。"

"舍梅林是掌管审判和刑罚的官职吧?"

"是的。"

牡丹想了想,又问道:"在王爷作出这个决定前,那达木德说没说过王祥林有杀人嫌疑?"

"说了。"林沁色鲁布不假思索地回答道。

"难怪王爷如此慷慨。"

"爸爸是很看重那达木德的。"

"是呀,王爷把一个比军务梅林身份还高的职位赏给他,真是优厚有加。"牡丹掩饰不住讥诮地说道,"仅仅为了替王爷效力,他也不该拒绝这项任命啊。"

林沁色鲁布心头一震,暗自说道:"这个女人的确不同凡响,其精明程度足以抵得上十个那达木德!"嘴上却装出并未听懂对方的意思似的说道:"是否优厚有加,还在其次。总之,这是一个难得的机会。他本应充分利用这个机会。"

"的确是个难得的机会。有了审判权,不就可以名正言顺地调查和制裁王祥林了吗?福晋再想庇护他也办不到了。"

"你说的很有道理。"林沁色鲁布尴尬而慌乱地说道,感到和牡丹谈话,实难达到旗鼓相当。

"那达木德怎么就明白不了王爷这番苦心呢?"

"他当时很气愤,可能只想到被夺去兵权不公正,不甘心。"林沁色鲁布费劲儿地说道,担心自己就要语无伦次了。

"王子殿下,您是说还可以补救,对吗?"

林沁色鲁布见牡丹转变了话题,长舒一口气,赶忙说道:"这很容易。"

"让他向王爷表示同意出任舍梅林?"

"爸爸说过,他只要肯就职,随时都可以给他签署任命状。"

"这事情可不能拖延。"

"等到我后母意识到必须推翻这项任命,事情就难办了。"

"看来,今天夜里必须找到那达木德,让他尽快赶到奉天,面见王爷。"

"可是,好像你也不知道那达木德的踪迹。"

"我估计,他一定在宝日道屯。"

"宝日道屯?……"林沁色鲁布沉吟着说,突然省悟过来,自怨自艾地挥了一下胳臂,"我真笨得可以,这是本该想到的。如果我直奔宝日道屯,时间就不会如此紧迫了。"

"我倒要感谢殿下给了我一个帮助丈夫的机会。"

"你是说——你去宝日道屯?"

"殿下再去宝日道屯,时间肯定已不够用。而且,这正该我去。"

"明天吗?"

"不,现在。"

"你? 一个女人,又是深夜……"

"我的胆量还够用,又有防身的武器。"牡丹随便而又自信地说道,顺手从枕头底下摸出一把盒子枪。

正在这时,窗外发出一声异常的响动。

"外面有人!"林沁色鲁布吃惊地轻声叫道。

牡丹一步跳到桌前,吹灭了油灯,然后一把扯住林沁色鲁布的手,把他拉到堂屋,命令似的说道:"躲在这里别动,我去看看。"

林沁色鲁布紧张却又带着希冀地说道:"会不会是那达木德?"

"肯定不是。"牡丹说着,几步跨到门外。

幽暗的月光下,正有一个人影穿过庭院,向栅门处飞也似的闪去。

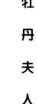

"你是谁？快站下！"

那人既没回答，也没有要站下的迹象。

牡丹大声喝道："你再跑，我就开枪！"说着，熟练地打开了扳机。

逃跑的人依然没有放慢脚步。

牡丹咬牙骂道："蠢货！你大概想领教领教我牡丹的枪法吧！"说着扬手一甩，随着枪口的一团火光，发出一声脆响，同时，那人的帽子被掀到脚下。

那人一下子钉在那里一样站住不动了。只见他伸手摸了摸空空如也的头顶，猛然回转身，噗地一声跪了下去，魂魄俱飞地哀求道："牡丹夫人，饶命吧？"

牡丹毫不含混地命令道："举起双手，走过来！"

"是，牡丹夫人。"那人举起双手，抖作一团地站起身，乖乖地走到牡丹面前。

牡丹在那人身上搜索了一遍，只有一把匕首。

"你的枪呢？"

"回牡丹夫人，奴才没带枪。"

"老老实实地回答我，谁派你来的？什么任务？"

"这……"

"快说！不说实话，就休想活命！"

"我说，我说。是军务梅林王大人叫我来刺杀那达木德的。"

"哼！我猜出准是王祥林。他没告诉你为什么刺杀那达木德吗？"

"没有。王大人只是说，我能杀死那达木德，就提前解除我的徒刑。"

"你是囚犯？"

"是的，夫人。我没办法呀，夫人。王大人说，我要不干，就让我在监狱里不死不活地蹲上一辈子。"

"这个阴险的小人！——他为什么不给你枪？"

"王大人说，只能用匕首。"

"他叫你一个人来，不怕你乘机逃跑吗？"

"他派了一个军官看押我。"

"那个军官是谁？"

"奴才不认识。"

"他在哪儿？"

"在屯子外面等我。"

"恐怕他不会继续等你了。"

"是的，夫人。听到枪声，他肯定知道我已经失败了。"

"不过，你为什么还没动手就逃跑呢？"

"我从窗外看和夫人说话的不是那达木德，而是王子。这两个人我都认识。"

这时，林沁色鲁布走了出来，说道："牡丹夫人，看来，这个亡命徒听到了我们的谈话。"

"所以，"牡丹说道，"此人留下来是很不利的。"

失败的行刺者闻言大惊，立即跪下去，不住地叩头，连声哀告道："夫人饶命，夫人饶命啊！"

林沁色鲁布偷偷握住牡丹的手使劲儿捏了一下，说道：

"我走夜路正好需要一个伴当，就把他留给我吧。他从此不会再为王祥林卖命了。"

牡丹会意地点头道："就照殿下的意思办吧，只是太便宜了他。而且，还请殿下谨慎和严密才好。"

"我会的，放心好了。"

那个行刺者听说王子收用他，大喜过望，不住地千恩万谢，以为自己已真的成了王子的保镖，从此，由一个刀斧之身，摇身变作显赫的人物了。他哪里料得到，他的生命旅程中只剩下了黑夜，不会再有一个白昼了。

牡丹赔上一匹马，送走了林沁色鲁布王子，返身回到寝室，抱起熟睡的天吉良，送到邻居家。然后，她匆匆跳上马背，在月光中朝宝日道屯飞奔而去。

果然不出所料，那达木德确实在宝日道屯，而且，确实在查核王祥林的罪证。

那达木德和色旺尼玛告诉牡丹，他们已经获得了一些王祥林杀害色旺嘎尔布的有价值的线索，而且在调查中有两项意外收获：王祥林在宝日道屯还犯有奸淫罪和逼人至致死罪。那达木德说，等拿到王祥林杀害色旺嘎尔布的确证，就立即起诉，王祥林是逃不脱法律的惩罚的。

牡丹向那达木德讲述了林沁色鲁布王子去敖来毛都的详细经过，劝他把调查一事先交给色旺尼玛，尽快赶到奉天，从王爷手里要来舍梅林的任命状,然后以审判官的身份受理王祥林杀人案件,王祥林一旦伏法,军务梅林之职定会轻而易举地重新得到,甚至可以一身兼二职。

那达木德认真考虑了林沁色鲁布王子和牡丹的意见,觉得很有道理,只怪自己太急躁,头脑太简单,只会像犟牛一样一条道跑到黑,一点儿不知权变,结果白白丢掉了在眼前极难得、极有价值的机会。他后悔得直敲太阳穴,恨不得敲开迟钝得不开窍的脑袋。不过,后悔归后悔,即使肚肠悔青,即使悔死,那达木德也不会接受王子和妻子的建议,跑到奉天,向王爷认错和低声下气地乞讨舍梅林的任命状。说出的话,泼出的水,昨天刚刚当众高声表示"辞不赴命",怎么能在明天就跪在地上改口说出"谢王爷恩典"的话来?他如果真这样做了,或许很快达到目的,但人们会怎样议论呢?仅仅听人说他一句"反复无常",他也会一辈子抬不起头来。是的,那达木德是一条顶天立地的汉子,怎么能朝三暮四、自食其言,干出出尔反尔的事来?况且,他自信正在进行的事是光明正大、天地共鉴的,自信邪恶的小人是不会长久张扬。不出任舍梅林的确会拖延审判和结案的时间,但事情的结局绝不会因此而逆转,因为神佛公正,从来都是惩恶扬善而且赏罚不爽的。

那达木德经过上面一段思考,得出如下结论:

"不,我现在不能去见王爷。"

"为什么?"牡丹问道。

"我那达木德从来没干过丢人现眼的事。"

"这怎么算丢人现眼?"

"你叫我自己推翻当众宣布的决定?不,我做不到!"

"可是……"

"不要再劝我了,牡丹。我理解你的心情。但你不必担心,我会胜利的。"

"王祥林也自信会胜利,因为他兵权在手,第一次刺杀失败,会紧接着安排第二次、第三次刺杀的!"

"他永远不会成功,只能一次又一次地增加罪证。"

"暗箭难防啊,那达木德。这事大意不得的。"

"当然,我自会小心从事。再说,我们的调查已有了眉目,最多再有三五天,就能拿到全部证据和证词。等到刺客追到宝日道屯,我已站在王爷面前对他提出控诉了。"

牡丹知道,那达木德是个异常固执的人,再说下去也毫无用处,便叹了口气说道:"我预料到要徒劳往返,说服不了你的。"

"不,我还是要感谢你。因为你带来的消息,会促使我加紧调查和倍加防范。"

"但愿你一帆风顺、平安无事。——我该回去了。"

"回去吧,我送你。"

两人在上午的骄阳中并辔走到屯外小树林边后,都跳下马来。那达木德先是替牡丹紧了紧马肚带,然后依恋地看着牡丹变得憔悴的脸,有些悲凉地说道:"你瘦了,牡丹。让你跟我受了这么多苦,我心里真感到不安。你不怨恨我吗?"

牡丹侧过脸看着那达木德哀伤和自责的眼睛,不自觉地摇了摇头。她突然觉得受了感动,胸膛里涌起一团热浪,眼睛也潮湿了。她心想,那达木德耿介拔俗、无私无畏自不必说,如果不当什么军务梅林,而只是一个有充分时间与妻子厮守的普通牧人,也肯定能成为一个温柔体贴、情意绵绵的好丈夫的。可是话说回来,那达木德羁身家庭,又怎能承担起达尔罕旗治安和剿匪的重任呢? 除了他,还有谁肯栉风沐雨、废寝忘食,甘愿为旗民的安全赴汤蹈火呢? 如此看来,她实在不该拿那达木德同胡俊玉比较。胡俊玉太自私,她牡丹也太自私了。而且,这几年那达木德没尽到做丈夫的职责,使她没能得到男女之间作为女人一方应该得到的乐趣;那么她自己呢,她是否尽到妻子的职责,给了丈夫感情上的满足呢? 不,她同样没做到。那达木德没尽到丈夫的职责,是因为身负保卫旗民和牧场的重任,无暇细心体验如何使情爱做到尽善尽美;而她没尽到妻子的职责,却是因为她从未对那达木德燃起过情欲,只是认为那达木德是她的保护者,有占有她身体的权利而已。因此,几年来夫妻同榻时的僵冷无味,责任在她而不在那达木德。

牡丹想着,紧接着又摇了摇头。她第一次摇头可以说是下意识的动作,自己也弄不清是否摇了头;第二次摇头她感觉到了,然而却弄不明白,她这摇头是想否定自己思考的哪一部分内容,抑或仅仅是困惑的表示。

那达木德当然是明明白白地看到牡丹在摇头,而且,由于两次摇头几乎没有间隔,便自然误认牡丹只是用一次摇头在否定他刚才表示歉疚的话。所以,他显得轻松地说道:

"你太好了,牡丹。我真心实意感谢你。除了你,谁能这样体谅我? 换

牡
丹
夫
人

了别人,不要说怨恨,恐怕早就离开我了。牡丹,有你的真心,有你的温情,我此生别无所求了!"

牡丹胸膛里的一团热浪又一阵翻滚,她不敢再正视那达木德真诚而坦荡的眼睛,飞快地垂下眼帘,心里却在大声说道:"可怜的嘎达,我对你有几许真心,给过你多少温情啊? 你对妻子像对任何别人一样,索取的太少了,给予的又太多了。我实在不是个好女人,实在不配做你的妻子啊! 可我在昨天还觉得不欠你。不,我欠你,欠的太多了!"

那达木德并不知道牡丹正在进行着残酷的心理斗争,依然感慨万端地说着:"但是,你虽然不怨恨我,我也不会宽恕自己的。我不是个好丈夫。我不仅不能陪伴你,不能和你分担一些本该全由我承担的家务劳作,而且,让你因为我的缘故而担惊受怕,奔波劳累,几无宁日。是的,牡丹,我是个不够格的丈夫。我欠你的太多了!"

"不!"牡丹突然扬起泪光闪动的眼睛,高声喊道。她的表情和声音中,带着一种似乎纯属自然爆发而绝非经过长期酝酿或自我动员起的激动情绪。"不! 嘎达哥,是我欠你,是我欠你的太多了! 你为什么不恨我,为什么还是对我这样好?"

"说什么傻话!"那达木德像哄着小妹妹一样,带着疼爱和批评地说道,并伸出大手轻轻拂去牡丹眼角的泪珠,"你永远不会欠我,我永远不会恨你的。说实话,牡丹,从我们结婚那天开始,我就悲哀地感到自己不配,和你比,我不能不自惭形秽。给我做妻子,是太委屈你了。但是,你却给了我那么多快乐和力量。你使我的生活完全变了样,否则,我早就成了为人们唾弃的赌徒和大烟鬼了。草原上的人,谁不说我有一位漂亮而贤惠的好夫人,那么多人羡慕我,那么多人嫉妒我。真的,牡丹,我说的是实话。我总觉得我是在一场美梦中,我不配获得这样巨大的快乐、幸福和光荣。即使有一天,你对我这个粗人和这个并不富裕的家感到乏味和厌弃,因而离开我,我也会认为是理所当然的,而且依然是我欠你。我就是有两次生命也还不清对你的欠债的。……"

"别说了,嘎达哥。你太好了,是我不配。真的是我不配呀!"牡丹热泪涌流地喊道,不知是一股什么力量骤然推动,她一下子扑到那达木德怀里,不像对方害怕失掉她,而是她害怕失掉对方一样,将自己的双臂用力砸过去。在这一瞬间,她的胸膛里爆发了一种前所未有的烈火般的激情,猝然觉得那达木德比任何男人都崇高,比任何男人都英俊,比任何男人都可爱。她深悔自己在过去的三年里竟没能发现那达木德也具有如眼前表露出的似水的柔情;没能看出那达木德不仅由于忙碌更主要的是由于自卑才使炽烈的感情处于巨大的压抑之中;更没有意识到,正是由于她在事实上依然陷于以往的感情旋涡中而不能自拔,对骤然失去的快乐还暗藏着留恋,对匆匆组成的家庭并非甘之如饴,因而在夫妻生活中表现被动、冷漠和有所保留,才更使那达木德的自卑和压抑有增无已,无法把柔情蜜意淋漓尽致地发挥出来。的确,如果她从结婚那天便割断了本应割断的旧时的情丝,有意识地把感情转移到她执意建立的家庭中,那么,她和那达木德谁都不会在压抑和痛苦中熬过整整三年时间,谁也不会白白丢掉三年的舒心和快乐,也不会有前几天发生在胡俊玉营房里的事情了。

　　然而,女人的感情是最易于执着、专一和走向极端的。(这或许也是女人最易于陷入绝望的深渊的原因吧?)更何况,牡丹的情窦是胡俊玉经过长期不懈的努力一点点打开的,每一点上都留下了不可磨灭的痕迹。可以说,她是一步步被引导同时也是心甘情愿地一步步走向感情的顶峰的。这不能不说是一种机缘,这个机缘也不能不长期而固执地束缚着她。即使有如我们前面讲到的原因,牡丹不能委身给一个仇人,因而毅然逃婚,但让她很快挣脱这种感情的束缚也是异常困难的。因此,牡丹责备自己对那达木德只保持着崇敬和感谢,而没有更早地产生爱侣般的情爱,是不公正的;我们要求牡丹在结婚的当时就该割断旧日的情丝,并把爱情顺畅地转移到丈夫身上,同样也是不公正的。牡丹在事实上没有做到这一点,是情理之中的事,也是无可指责的。牡丹在结婚前,曾对那达木德说过:"我会做你的好妻子的。"这才是彼时彼刻真情实感的自然而毫无掩饰的流露。如果她当时说:"我热烈地、真心地爱你。"并且随即把对胡俊玉同等分量的爱情全部笼罩到那达木德的身心,那么,牡丹就不是个好女人,至少不是个真实的女人,也就不值得那达木德这个好丈夫去全心爱恋了。

　　扑到那达木德身上的不再是旧日的牡丹了。从这一刻起,她不仅是妻子,更是爱人了。尽情抛洒的热泪洗去了灵魂上的尘埃,涤荡了心胸中的种种负担。她不再认为必须对那达木德讲出同胡俊玉之间发生的事,不再认为需要忏悔和需要惩罚,那已经是陈迹,是和那达木德不相干的陈迹,不该再搅得她灵魂不安。因为只是从这一刻,她和那达木德的情侣生活才算真

牡
丹
夫
人

正开始。在起点以前的各自的行为,是不该为起点以后负责的。过去的痛苦、磨难乃至错误,都应该从记忆中抹去。如果说牡丹失身这件事还多少有点儿记忆的价值,那是因为,胡俊玉的一次卑鄙的成功的诱惑,促使了牡丹对情爱的觉醒。从今天开始,牡丹将把这种觉醒的情爱升华为热烈的爱情,一千次一万次地献给那达木德。是的,牡丹与过去彻底决裂了,她的心里只剩下了对丈夫刚刚燃起的爱火。她决心让这爱火热烈地燃烧下去,直到生命的结束。

牡丹就这样哭着、想着,清除着杂念,痛下着决心,她的双臂愈来愈紧地搂抱着那达木德。三年以来,她第一次感到灵魂如此恬静和轻松,感到生命的美好和终于有了依托。

对于那达木德,面对牡丹一反常态的举动,感到新奇、惊讶和激动不已。牡丹从未如今天这样主动投入到他的怀抱。他每次把牡丹揽在怀里时,总感到那是冰冷的一团;而此刻,那可爱的身体突然变得异常温软,似在颤抖中慢慢融化,弥漫到他的四肢,浸润进他的胸膛,流淌进他的心田,令他在从未体验过的舒服的快感中战栗起来。他迷醉了,以为是在梦中。他不知该做些什么,只是用力搂着牡丹,哽咽着轻唤道:"牡丹、牡丹……"

牡丹扬起泪脸,发自肺腑地喊道:"嘎达哥,让我们重新开始,让我们重新开始吧!"

那达木德看到,牡丹的眼睛像刚刚洗涤过一样清明湿润,嘴唇也像刚刚洗涤过一样晶亮湿润,那眼睛也好,嘴唇也罢,都在燃烧,都有烈火在向外喷射,炙烤着他的脸,他的眼,他的唇。他觉得自己也正在燃烧或正在被燃烧,刹那间就会变成灰烬似的。他不再怀疑是梦。他一下子全明白了:牡丹终于真正属于他了,他真正获得了牡丹。仅仅在几天前,那达木德还悲哀和无可奈何地断定,牡丹的心永远不会真正属于他了。这是他根据三年来一系列事实,特别是牡丹拜访胡俊玉以后的一段经历,作出的结论。那达木德直率而单纯,对任何人都愿往好里想。但他并不愚蠢。他不能看不出,他远远配不上牡丹。他是带着一种鹊巢鸠居的非分感娶牡丹为妻的。非分感既使他变得胆怯和自卑,同时也使他在夫妻生活中变得异常敏感和多疑,甚至急躁起来。当他在二龙山读完胡俊玉的短信,联想到之前牡丹曾见过胡俊玉,几乎立刻猜出这两个人一定发生了非同寻常的接触。自我菲薄加上耻辱和忌恨,使他怒气冲天、发指眦裂。他恨不得把这一男一女捆到一起,刀削斧劈得零零碎碎。但当他渐渐沉静下来之后,却又为自己的妒火和怒火感到惭愧了。他问自己:你有权利发怒和惩罚牡丹吗？他的自我回答是否定的。是的,既然明明知道自己不配做牡丹的丈夫,明明知道他们的结合是个太大的错误;既然明明看出牡丹对自己只有尊敬而无爱情,明明看出牡丹只有虚假的安静而毫无真正的欢悦;既然确信自己真心喜欢牡丹,确信自己愿意看到牡丹快乐,那么,自己为什么非要拿出丈夫的威严,为满足自己的虚荣心,用暴力去束缚住牡丹的心而不准许她另有所爱呢？既然这个家庭对两个人都无乐趣,他那达木德甚至断定永远不会出现情意缠绵的气氛,那么,他自己忍受一辈子痛苦就足够了,为什么还要让年轻的牡丹付出同等数量的痛苦在巨大的压抑之中熬过一生呢？这不恰恰在增加自己的罪过吗？事情一旦想开了,一切荣辱反而无所谓了。他决定不再谈起那件使他一度怒火中烧的事了,永远不,即使牡丹要谈,他也要全力回避。这不是不负责的放纵,更不是崇高的宽容,而是以此暗示牡丹,她可以完全摆脱家庭和丈夫的束缚,去随心所欲地追求在家庭和丈夫身上追求不到的快乐。那达木德觉得,他对可爱和可怜的牡丹只能做到这些了,而且,这不是恩赐,是顺理成章和天经地义的。

然而,那达木德哪里想得到,在眼前这个并非合适的时间以及同样不合适的地点,事情竟发生了太过意外的骤变,牡丹的全新的姿态、全新的感情,猝不及防地或者说对他是渴望已久、求之不得地扑到他的快要冰冷的胸膛上,流泪喊出"让我们重新开始吧"的话来!

他在刹那间的震惊之后,立刻激动得泪如泉涌,费了好大的劲儿,才从抖动的双嘴间迸出久已深藏在心底的话来:

"牡丹! 我盼望和等待的就是这一天啊!"

再往下,一切言语都是多余的了。他们的两双燃烧的嘴唇早已飞快而全力地互相迎接着胶合到一起。在这个甘甜而销魂的长吻之后,两人的身体变得更加酥软和温柔,眼帘都疲惫和带着回甘地遮落下来,情绪和不满足却在无限膨胀。他们的思想中所有与眼前无关的事情都已不复存在,只剩下了迫不及待地把热烈的吻推进一步,置身于肯定比热吻更甘甜、更销魂的境界的愿望。

"来吧,就在这儿……"牡丹梦呓般喃喃说道,更紧地依偎在那达木德身上。有生以来,她第一次毫不羞赧地要求于异性。

那达木德的渴望一点儿也不亚于牡丹，甚而犹有过之。所以，他没等牡丹说完，便把那倍觉可爱的美妙得无以复加的身体倏然抱起，几步走进树林的阴影处，轻轻放在柔软的吐着清香的草丛中。他们犹如两个等值的音符，汇合到一起。过了好一阵，共振出悠长而高亢的和声。过了好一阵，他们仍不甘心就此分开，而是在半睡状态中久久搂抱在一起让周身血液中的舒畅在灵魂的一片空蒙中缓缓流淌，似乎他们就这样双双离开世界也不会感到遗憾了。因为他们有充分的理由宣布，为了姗姗来迟的林中草地的一幕，他们各自都付出了巨大的代份；并且，可以毫不夸张地说，这是世界上最完美的一次结合。

不用说，当他们终于不得不分手时，都会盼望着尽快见面的。

"你路上要小心。"那达木德说道。

"你要早点儿回家。"牡丹说道。

那达木德说道："我一定尽早回家。我现在就开始想念你了。"

"我也一样。我等着你。"

24

盼望。热切而无间断的盼望。这便是牡丹单骑返回敖来毛都后生活的全部内容了。

牡丹以前也曾有过寂寞感。但那时的寂寞，仅仅是因为生活内容过于单调、生活环境过于安静所致，并未对精神形成强烈的压迫而陷入凄惘和无所适从的境地。她希望那达木德在家里的日子能多些，也并非出于一日不见如隔三秋的思念。她觉得，虽说这个家对她只是蛰伏和隐居的庇护所，至少应该在表面上与别的家庭一样，屋里屋外能有个男人的影子。事实上，那达木德每次回家，除了给这个死气沉沉的家庭带来一些转瞬即逝的生气外，牡丹并未在心里获得多少欢乐。对那达木德有分寸和有负担的亲近，她仅仅是不拒绝而已，并无热情。

但现在却是大不相同了。在宝日道屯的小树林里，她的原如死水的感情意外地掀起波澜，继而全部复苏，终至于发展成溃堤般的汹涌的狂涛了。无可怀疑地，牡丹的心迸发出第二次爱情的火焰，而且肯定比第一次更炽烈、更真实、更能紧紧攫住她的整个灵魂。她当然还不能用理智去探究一下这第二次爱情有多少无可非议的合理性，去衡量一下与第一次爱情相比有多少本质的区别。真正被爱情俘虏的女人是从不考虑这些的。她们的心里，除了被自己神化了的唯一的男人外，绝不会给任何别的内容留下哪怕极其微小的空间。牡丹也不例外，从她扑到那达木德身上那一瞬间开始，她的心里便只剩下了一个牢固得什么力量也推翻不了的意念，这就是：甘愿为那达木德当一辈子奴隶。她的感情终于有了美好的归宿和永恒的依托。而这，恰恰是女人孜孜以求的最大的快乐。

牡丹感觉到了并且异常珍视这个令她战栗的快乐。

生动而活跃的感情对痛苦也是异常敏感的。

快乐和痛苦却又常常是孪生姊妹,虽然它们是互相排斥和互不相容的。

牡丹在离开宝日道屯后,就感到有一种不可名状的痛苦侵进她的心房。她明明知道与那达木德分别是短暂的,明明知道要不了几天便又可以和那达木德尽情地共同复习林中草地上的新课程了,但还是无法排遣内心深处迅猛升起的怅惘和凄凉。她觉得命运对她太残酷,总是有意捉弄她,偏偏让她在这个时候爆发对那达木德的爱,然后,紧接着把她推进相思的苦海。要知道,热恋中的人,哪怕分别一刻,也是一种折磨呀!

总之,牡丹突然变得温柔而脆弱的感情,同时受着快乐和痛苦的分庭抗礼的进击。在神思恍惚中,她竟弄不明白,这快乐和痛苦何以能相行不悖地交织到一起。

尤有甚者,当牡丹艰难地返回敖来毛都,踏进寂然无声的房间时,她无限恐惧地感到,这个家已变得令人不敢举足向前的空旷和清冷,似有一种凄凉落寞的氛围在无限膨胀并无情地向她压下来,压下来。她险些承受不了而就此晕倒过去。

这一回,是她的心真正感到了寂寞。

接下来,当然是坐立不安地独守空房和五内焦灼地朝思暮盼了。她总算知道那达木德的大致归期,虽然度日如年、衣带渐缓,倒还不至于寝食俱废、憔损无状。

相思中的等待是难以忍受的折磨,但也自有其快乐在。

牡丹想,一个星期的辗转反侧足够了,她该得到报偿了。马蹄声就要响起来的。她快乐得心都要从喉咙口跳出来了!

按说一个星期的时间,那达木德是该回来了。

但是,世事往往不尽遂人意。

牡丹愈是盼望那达木德,那达木德愈是杳无踪影。

第一个漫长的星期空等了,她还能寄希望于第二个星期。心想,那达木德在调查王祥林罪证时一定费了点儿周折,误了去奉天的行期,因而迟迟未归,但总不会拖过半个月的。她知道,那达木德说话算数,而且,盼望相见的急切心情绝不亚于她,只要办完那件事,准会插上翅膀飞回来的。可是,等到第三个星期蜗行牛步地走完,第四个星期的第一个不眠的长夜又迎来缓缓开启的黎明,她是再也无法忍耐了。难道是那达木德有意冷落她,还是找到了比敖来毛都的家更吸引他的所在? 不,这是绝对不可能的。那么,是不是要办的事太棘手或横生枝节,因而延长了预料的期限? 也不可能。要是真这样,他在这二十多天中定会跑回来一两趟进行说明的,至少会派色旺尼玛或色旺嘎尔布的儿子来通一下信息的。是的,肯定出现了意外情况。

"意外! 天哪!"牡丹在心里恐惧地叫道。她被自己突然产生的预感吓坏了,一个翻身,倏然坐起,只感到头脑昏眩,眼前金星乱冒。

她顾不得擦去额头浸出的冷汗,顾不得祈祷佛爷保佑那达木德平安无事,更顾不得梳洗整装,腾地跳下炕来,匆匆蹬上靴子,然后抱起熟睡的天吉良,冲出房门,失魂落魄地向邻居家跑去。

几分钟后,牡丹已催动坐骑,疯狂地奔驰在去宝日道屯的尘土飞扬的土路上了。

她几乎一口气跑进宝日道屯,直趋色旺嘎尔布家。

色旺嘎尔布的儿子陶克陶热情且充满敬意地跑到门外迎接她。

牡丹跳下马背,手握缰绳,气也没喘一口,便火急火燎地问道:"那达木德呢? 他……在哪儿?"

"梅林叔叔拿着证词去奉天了。"

"什么时候走的?"

"走了整整二十天了。"

"色旺尼玛和他同行吗?"

"色旺尼玛叔叔是和梅林叔叔同一天离开宝日道屯的,但他是回自己家了。"

"你是说那达木德只身上路?"

"是的。我和色旺尼玛叔叔都要陪他去,但他说一个人行,不会出事。"

"所以你们就放心让他一个人走! 对吗?"

"牡丹婶婶,怎么了? 发生了什么事吗?"

"音信皆无。"

"牡丹婶婶……"

"我再问你,这二十天听到了什么消息? 那达木德捎回来的,或者是人们传说的。有吗?"

"没有。我们也觉着奇怪,会不会是王爷不接见?"

"王爷巴不得他早一天去求见呢。"

"那么,牡丹婶婶,梅林叔叔会出事吗?"

"哼,你们呀! 你们怎么能让他一个人走? 怎么不想想这路上并不安全,而且,王祥林也不会放过他的!"

"不过,我总觉得……"

"算了,别净说些废话!"

"那就请牡丹姊姊指示吧,我们该做些什么?"

"我担心那达木德发生了什么意外。在我这个猜测获得证实前,我们必须分头去打探打探。你立即骑马去王府,看那达木德在没在那里,一定要问个确实。"

"好,我这就去鞴马。奉天方面是不是也要去一趟?"

"我去找色旺尼玛同去奉天。四天后我们还在这里见面。"

正在这时,从他们身后传来一个戏谑的声音:"四天后吗? 以鄙人之见,牡丹夫人大可不必受此鞍马劳顿了。"

牡丹循声回过头去,却见王祥林姿态优雅地坐在马鞍上,正缓缓向她走过来,俊俏白净的面皮上荡着得意和诡谲的笑。和王祥林并辔而行的是既贪酒又贪财、朝秦暮楚、反复无常的哈斯敖其尔。跟在这两人身后的,是四名显得同样悠闲和傲慢的旗卫队士兵。

牡丹厌恶而充满仇恨地盯了王祥林一眼,很快转开脸,心里痛骂了一声:"人面兽心的恶棍! 不得好死的阴损小人!"她本想立即跳上马背,尽快离开不想再多看一眼的同时也是眼前奈何不了的仇人,尽快踏上奔赴奉天的路。但转念一想,觉得此刻任凭感情去左右自己的行动似乎不妥。愈是容易被煽起怒火的时候,愈该全力克制自己才对。特别是刚才王祥林的言辞中,明显暗示着知道那达木德的遭遇。既然她的当务之急是想马上获知那达木德的踪迹,为什么不让王祥林说出来却非要自己茫无涯际地去寻找呢?

牡丹这样想着,又收住已经离开地面的左脚,忍住内心的憎恶和烦躁,扬起头来看着王祥林,问道:"你这话是什么意思?"

王祥林没有立即作答,却让坐骑又缓行几步,在牡丹面前停下来,慢条斯理地滑落马鞍,左手握着缰绳,右手拿着短鞭轻轻敲打着油亮的马靴。过了一会儿,才在嘴角生硬地拉起一个微笑,故作柔声地说道:"牡丹弟妹,你好像瘦多了。"

牡丹的克制很快失败了,像是受了巨大污辱地怒道:"谁是你的弟妹?

少跟我油腔滑调！别以为我不知道你干的那些无耻的勾当！"

王祥林对牡丹的怒骂只报以一个宽谅和讥诮的微笑，并意味深长地摇了摇头，然后，伴着有节奏的短鞭敲打马靴的声音，微眯双眼说道："你知道了，当然很好。只是这'无耻'二字有点儿不准确。说起来，我略施小计也并非是值得夸耀的事。但是有那达木德欺骗我在前呀。那件事你知我知天知地知，那达木德知，哈斯敖其尔也知嘛！所谓礼尚往来，只是和那达木德扯平而已，单单说我可耻，不是有欠公正吗？"

"你这是狡辩！既然知道那达木德欺骗了你并因而逃脱了惩罚，你为什么不向王爷控告他？"

"第一，我知道的太晚了；第二，上当受骗也不是光彩事，我为什么要宣扬出去？第三，我要向王爷控告，结局是我和那达木德两败俱伤，那不是太蠢了吗？"

"你的话只能证明你太阴险、太卑鄙！——王祥林，我不想在现在这个场合同你争论过去的是非。你迟早要得到报应的。"

"我们都拭目以待好了。"

"我问你，那达木德在哪里？"

"当然，当然。我能理解牡丹夫人更急于见到那达木德的心情。"

"少跟我啰唆。他在奉天还是在王府？"

"可惜，两处都不在。他根本没走到奉天，也就不可能两手空空返回王府了。"

牡丹一惊，脸色顿时一片惨白。她的身体微晃了一下，连忙伸手扶住鞍鞯，毫不掩饰听了王祥林的话陡然袭上心头的担忧、恐惧和愤慨，恶狠狠瞪着王祥林，费劲儿地咬牙说道："十恶不赦的恶棍！又是你的阴谋！你说，你把他怎样了？"

"我的阴谋？这可是冤哉枉也了。这跟我可没半点儿关系啊！"

"我会查清的！"

"只怕未必吧。"

"你！——走开！"

"我走开不难。可是我走开，谁还能告诉你那达木德的确切消息？"

"用不着你告诉我。我不想听！"

"其实，你心里是很想听的。再说，冲着以往的交情，我也不能知而不告啊。不过,你别急,我得从头讲起。如你所说,我干了那件所谓无耻的勾当后,我和那达木德的关系就算扯平了,以往的恩怨也该就此一笔勾销。至于王爷不准他复军务梅林之职,实非我从中作梗。我也不愿干这个没日没夜充满风险的苦差事。那达木德不该对我产生新的怨恨的。更不该伙同三朋四友,煞费苦心地给我编造杀人的罪名。"

站在牡丹身边的陶克陶听了王祥林的话,不胜其愤地说道:"王祥林,你杀害家父是有确凿证据的,你抵赖不了!"

"唔,你一定是色旺嘎尔布的儿子吧?"

"是又怎么样? 我不会让你总能逍遥法外的!"

"誓报杀父之仇,无可非议,且可嘉可赞,只是,得先找到凶手。"

"这凶手就是你!"

"不久你就会改口的。且慢,你先别插嘴,还是让我先对牡丹夫人讲讲那达木德去奉天途中的遭遇吧。那达木德确实是拿着所谓我杀人的证词离开宝日道屯的。对此,我了解得不比任何人少。我并不担心,也没想要阻拦他。冤有头,债有主,王爷明镜高悬,诬陷是不会得逞的。但是那达木德没有想到,去奉天告我的途中会遇到意外的凶险。那达木德再英雄,就算是一只虎,也架不住洪顺的一群狼啊!"

正如王祥林所说,牡丹是想听的,而且仔细地在听。她明明知道王祥林将要告诉她的绝不会是好消息,但每听一句,仍感到心肺被撕去一条一样痛楚难忍。当她听到洪顺的名字,更是被当头击了一棒,险些叫出声来。她知道,洪顺不像二龙山首领除了抢劫财物,对人多少存有恻隐之心,那纯然是个杀人不眨眼的魔头。更何况,此人仇恨那达木德,早就扬言要亲手挖出那达木德的心。如果真如王祥林所说,落到了洪顺手里,还能有活命的可能吗? 想到这里,牡丹的精神已接近崩溃的边缘了。而王祥林的声音仍如雷电一样轰击过来:

"……结果,他打死了洪顺的四个弟兄,自己也身受数创,倒在地上,奄奄一息了。"

此刻的牡丹心里只剩下了对那达木德生死存亡的关注,其他一切都不复存在了,甚至连说话的人是王祥林,究竟该不该相信这个人的讲述,也不在考虑的范围了。她睁大恐怖的近于疯狂的眼睛,迫不及待地追问道:"后来呢? 后来呢?"

"后来嘛……"王祥林拉长声音说道，又故意停顿了一会儿，"后来，我的一个执行特殊任务的军官正好经过那个地方，目睹了那场血肉横飞的搏斗，目睹了那达木德跌下马背的情景。他知道我是不希望那达木德死的，便就近找到十几个散兵游勇，企图救出那达木德。可是，等他率领人马再次赶到现场，连个人影都不见了。我想，那时的那达木德一定没死。洪顺说过，是要活着取出那达木德的心。"

"住口！"牡丹浑身颤抖，发疯一样狂喊道，"魔鬼！你在骗人！骗人！"

"信不信由你。我可是出于好心才告诉你的。我劝你还是别到处去找了，留点儿力量，准备揣着银洋去赎回那达木德的尸体吧！"

"滚！你给我滚开！"牡丹使出全身力量喊道，旋即感到眼前一片漆黑，瘫痪一样向下倒去。

陶克陶慌忙从旁边抱住牡丹，怒视着王祥林。

王祥林冷然一笑，对陶克陶戏弄地说道："年轻人，你还可以让你怀里的女人帮助告状。不过我相信，从今天起，你会变得聪明些。"说完，骑上马背，扬长而去。

牡丹在昏厥过去的瞬间，一定意识到，她这时更需要镇静而不是悲痛，更需要行动而不是躺倒。因为，那达木德遭到了不测虽然可以肯定，但王祥林是工于心计和行骗有术的，这个人所讲述的情节未必全都是事实。牡丹必须亲自去查个水落石出，如果能救出那达木德，她宁愿赴汤蹈火、粉身碎骨。即使那达木德已命丧黄泉，她也要找到尸体才肯罢休。这才是她的当务之急。

所以，牡丹很快苏醒过来。一腔热血流遍了全身，决心取代了悲痛欲绝。一脸冷峻的表情，两束坚毅的目光。

她愤恨而蔑视地看了一眼正徐缓向远处走去的王祥林一行，然后，一言不发，手扶鞍鞯，腾身跳上马背。

陶克陶问道："牡丹姐姐，我还要去王府吗？"

牡丹摇了摇头。

"那您要上哪儿去？"

"奉天。"

"我陪您去吧。"

"不。"

牡丹说完,扯转马头,双腿一夹,上身一俯,那坐骑嘶叫一声,箭离弦一样飞驰而去。

第二天,她到了奉天城。

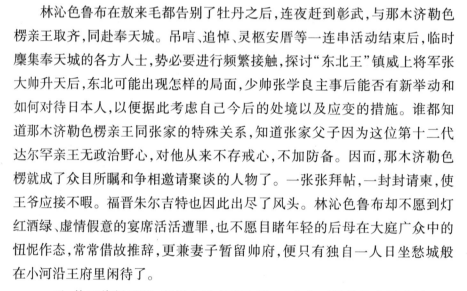

25

林沁色鲁布在敖来毛都告别了牡丹之后,连夜赶到彰武,与那木济勒色楞亲王取齐,同赴奉天城。吊唁、追悼、灵柩安厝等一连串活动结束后,临时麇集奉天城的各方人士,势必要进行频繁接触,探讨"东北王"镇威上将军张大帅升天后,东北可能出现怎样的局面,少帅张学良主事后能否有新举动和如何对待日本人,以便据此考虑自己今后的处境以及应变的措施。谁都知道那木济勒色楞亲王同张家的特殊关系,知道张家父子因为这位第十二代达尔罕亲王无政治野心,对他从来不存戒心,不加防备。因而,那木济勒色楞就成了众目所瞩和争相邀请聚谈的人物了。一张张拜帖,一封封请柬,使王爷应接不暇。福晋朱尔吉特也因此出尽了风头。林沁色鲁布却不愿到灯红酒绿、虚情假意的宴席活活遭罪,也不愿目睹年轻的后母在大庭广众中的忸怩作态,常常借故推辞,更兼妻子暂留帅府,便只有独自一人日坐愁城般在小河沿王府里闲待了。

一天,他正待得无聊,守门人进来禀告说,一个名叫牡丹的女子求见。

"牡丹!"林沁色鲁布眼睛一亮,跳起来说道,"请进来,快去请进来!"说完,急忙振衣弹冠,快步迎了出去。

在庭院石板甬道中段的梅花形花坛旁,他迎住了牡丹。

牡丹显得更加清瘦,且异常疲惫。

"奴婢参见王子殿下。"牡丹俯首道,准备跪下去。

林沁色鲁布急忙伸手握住牡丹的手腕,说道:"万不可对我如此多礼,这不是见外吗? 快,跟我进去说话。"

不大一会儿,他们便进入王子独用的豪华客厅里了。立刻有女仆送来茶点和果品。

"请坐下。为什么不坐下?"

牡
丹
夫
人

"殿下,我只有几句话,说完就走。"

"那也得坐下呀!"

牡丹不得不坐下。

"牡丹夫人,你是今天到的奉天吗?"

"不,已经半个多月了。"

"为什么不早来见我?"

"我不愿在这里碰见福晋。——殿下,我来这里就是想告诉您一件事,那达木德失踪了。"

"什么?!"林沁色鲁布大惊道,倏然站起身来,盯着牡丹黯然失神的眼睛,"那达木德失踪了?"

"是的,殿下。"

"这太意外了! 刚才我见你衣衫不整、满面愁容,知道肯定有什么急事,却万万没料到,我听到的竟是这样令人震惊的消息。我最近也一直奇怪,他为什么还不来见父王? 不是为了等他,我早就返回达尔罕旗了。—— 可是,牡丹,你是什么时候获知这一消息的?"

"半个月前。"

"他大约在什么时候失踪的?"

"我们分手后的第五天,他离开宝日道屯,从此就没了踪影。"

"也就是说,你没能说服他?"

"他决意查清王祥林杀人案再来奉天。"

"真是倔强得可以! ——那么,是谁告诉你那达木德失踪的呢?"

"王祥林。"

"是他! ……"林沁色鲁布觉得事情有些蹊跷,沉吟着踱起步来。

"殿下以为他的话不可信吗?"

"他是怎么说的?"

"他说那达木德遭到洪顺的伏击。"

"洪顺……洪顺何以知道那达木德的行踪?"

"我也认为那达木德不会那么巧遇上洪顺,更不会那么巧被王祥林的部下偷偷目睹了格斗的场面。"

"但王祥林却是非常关注那达木德的行踪的。那达木德又在宝日道屯足足待了五六天!"

"殿下分析的极是。我想,最大的可能是王祥林派人截住了那达木德。他的耳目是很多的。"

林沁色鲁布思索了一会儿说道:"现在下结论还早了一点儿。这事交给我好了。我尽快回达尔罕旗,仔细调查此事。我们也不能轻易排除洪顺这条线索。我派人给洪顺送去一封信,问问他需要多少钱可以赎回那达木德,就可以知道那达木德究竟在不在他手里了。牡丹,你以为如何?"

"一切都仰仗王子殿下了。"

"牡丹,你做事很谨慎。躲开福晋来见我,是很聪明的。损失半个月的时间也值得。否则,王祥林会很快知道你来见我,也就知道我提前返回达尔罕旗的目的了。"

"那我就告辞了,殿下。"

"你还有什么事需要我帮忙吗?"

"我来得匆忙,没带盘缠,坐骑还押在'悦来旅馆'。"

"走,我替你去结算。然后你就即刻回去,安心等着我的消息。"

"谢谢殿下。"

牡丹在林沁色鲁布的两名亲信护送下,安全返回了敖来毛都。她知道,眼下除了依靠王子殿下,再也没有更好的办法了。凭她自己瞎闯以及着急上火,全无意义。她只能待在家里等着王子殿下的消息了。

亏着有可爱的天吉良陪伴,多少慰藉着她的孤寂和焦虑。否则,她准会病倒,甚至亲手扼断自己的喉管。

世上最折磨人心灵的莫过于盼望。绝望反而并不可怕,因为它使人的身心僵化麻木,失去感知痛苦的功能。盼望则不然,它会使人的精神更趋向于敏感、活跃、紧张,折腾得你筋疲力尽、恍惚迷离。

她盼望突然间一个活生生、喜洋洋的那达木德破门而入,立在眼前,接受她的拥抱和热泪;却又恐惧地预感,那达木德生还的可能是微乎其微的,甚至连尸骨也见不到。

盼望已使牡丹寝不安席、食不甘味,无法排除的绝望更使她肠断魂销、心如死灰。

所以,可怜的牡丹既朝思暮盼林沁色鲁布尽快送来那达木德的消息,又惴惴不安地害怕这一时刻的到来。

这个时刻恰恰迟迟没有到来。

牡丹足足等了一个月，既没等来林沁色鲁布，也没等来林沁色鲁布的信使。胸膛中的盼望和绝望迅速地同步膨胀，几欲达到把她整个儿炸碎的程度。

可是为什么？是林沁色鲁布病了，还是调查陷入了困境？给洪顺写信了吗？洪顺又是如何答复的？劫持甚至杀害了那达木德的人究竟是王祥林还是洪顺？

无数的疑问和猜测，都如千斤重锤一样，争先恐后敲向牡丹早已变得脆弱和支离破碎的心上。她感到自己再也没有力气去承受了。

她决定不能等下去了，明天就去王府找林沁色鲁布。

夜里，她久久难以成眠。她觉得屋里闷得慌，起身把上扇窗子打开，又躺在天吉良身旁去数那一块四方形夜空的星星，等着天明。直到午夜，她才稍感困意，不情愿地缓缓闭上眼睛。

半醒半睡中，她似乎听到敲击窗子的声音。她猛地坐起来，心里狂喜地叫道："是那达木德回来了！一定是的！"

可是，她刚想跳起来喊出那达木德的名字，却见窗口一闪，一团好像包裹的东西忽地飞了进来，从眼前掠过，重重落到地上。吓得她顿时屏气噤声，身体一阵搐动，马上意识到，外面的敲窗人肯定不是那达木德。她缩下身体，去枕下摸枪，竟怎么也想不起来那支枪正躺在八仙桌上。

这时，外面传来一个完全生疏的声音："请夫人收好。不必挂念那达木德。在下不便露面。再会。"

牡丹又是一惊，连忙扬起脸来，大声问道："你是谁？那达木德在哪儿？"

外面的人没有回答她。

她一下子跳起来，不顾一切地冲到窗口，并准备腾身飞出，无论如何也要拦住这个知道那达木德消息的人。

但是，她的动作再快，也来不及了。那个依稀可辨的轻捷如燕的身影，正悄无声息地从栅门上边飞越而过，瞬间便踪影全无了。她怔怔地站在窗口，实在弄不明白这是怎么回事，并为自己动作迟缓懊悔不已。

她慢慢放下窗子。

过了好一会儿，牡丹通通震跳的心才稍许平缓下来。她梦游一样走到炕边，滑落到地上，用依然抖动的手好不容易点燃了油灯。

屋子里亮了起来。

地上切切实实的是一个包裹。

牡丹站在桌旁,盯着这深夜里飞进来的看样子一定不轻的包裹,猜测着里面会是什么物件,暗问自己该不该打开看看。

蓦地,她骇然一抖,差点儿叫出声来。她记起人们曾讲过的一件极恐怖的事:一家的男人被几个蒙面强盗绑架了,其妻惶惶不可终日。一天夜里,丈夫的血淋淋的头颅伴着一声狂笑,飞到她的怀里。这个女人活活被吓死了。

"天哪!这会不会……"一股寒流从脊梁迅速扩散到全身,牡丹再也不敢往下想了。

当然,牡丹绝不会像那个女人竟被丈夫的头颅吓死。换上她,是会把丈夫的头颅紧紧抱在怀里的。她的害怕是另外意义上的心理状态,那就是,如果包裹里确是那达木德的头颅,她会接受不了这个事实的残酷打击。

但是不管怎样,正有一股力量把她推向那个包裹。她一点儿也没有抗拒,很快走到包裹前跪下去,毫不犹豫并有点儿急切地扯动扎结着包裹四角的绳索。

一张纸条从松动的绳索间掉了下来。

牡丹拿过纸条,举到眼前,见上面只写有一句话:牡丹夫人笑纳。

牡丹想也没想,把纸条扔到地上,又去解那包裹。

包裹四角落下去,终于显露出里面的东西。

令牡丹长出一口气同时又惊愕万分的是,包裹里竟是白花花的银洋、黄灿灿的金币和珠光宝气的各种首饰,甚至还有几捆大面值的奉票!

看来,包裹飞进来时,她一定吓得魂飞魄散了,否则,怎么会听不出金属落地的铿锵声呢?

这真是个谜!

牡丹又拾起纸条看了一遍,还是那一句话。

她跪在包裹前,久久思索着,不厌其烦地回忆这件怪事的每一个细节,却怎么也找不出答案。最后,只好摇摇头,重新扎好包裹,躺到炕上,直着眼睛去慢慢琢磨了。

第二天,牡丹又出乎意料地迎进一身猎装的林沁色鲁布王子。

"你一定着急了吧?"林沁色鲁布坐下后问道。

"是的,殿下。"

牡
丹
夫
人

"我是该来看你,但我总想有了确切消息再来才好。"

"殿下这次来……是有了确切消息?"

"不。非常遗憾。"

"一点儿线索也没有吗?"

"应该说有点儿线索,如果反常的迹象也可以称作线索的话。"

"殿下指的是王祥林?"

"是的。我发现他很不踏实,我几次装作无意间提到那达木德,他便不像平时那样口齿伶俐了。另外,他经常偷偷派人到敖来毛都和宝日道屯,一定是在关心甚至担心着什么,而且同那达木德有关。"

"殿下的意思是……"

"我猜测那达木德还活着,而且不在王祥林手里。"

牡丹想了想又问道:"洪顺那里怎样?"

林沁色鲁布答道:"我一返回王府,就秘密派人给洪顺送去了一封信。洪顺对我的信使很客气,还赏了酒钱。但他给我的回信却是一张白纸。"

"白纸?"

"一个字也没写。"

"他这是想告诉殿下什么呢?"

"也许是表示他同那达木德失踪这件事无关,或者他知道谁劫持了那达木德却又不便告诉。总之,很难猜透。"

"看来,殿下还得为此继续费神了?"

"放心,牡丹,我不查清这件事是不会罢手的。只是心里深感愧疚,一个月了,事情毫无眉目,而且还不知要多久才能查个水落石出。你一定要怪罪我的。"

"不,殿下,您为我和那达木德费了不少心力,又不避风尘,屈尊寒舍,带来令我兴奋的消息,我应该由衷感谢才是,哪里会怪罪殿下呢?"

"你这是在安慰我,牡丹。在你平静的外表后面,肯定隐藏着悲怨、痛苦和焦虑。"

"我说的是实话。殿下刚才不是告诉我,那达木德还活着,而且不在王祥林手里吗?"

"那仅仅是推测而已。"

"但是,我认为殿下的推测是正确的,因为事实正好如此。"

"什么!"林沁色鲁布惊讶地说道,"事实正好如此? 你怎么知道? 你获得了什么消息吗?"

"是的,殿下。"牡丹肯定地点头说道。接着她向林沁色鲁布讲述了一遍夜里发生的事。

听完牡丹夜里的这段有如神话般的经历,林沁色鲁布也觉得难以理喻。他拧眉蹙额地思索片刻,沉吟着说道:"这隔窗说话馈赠金银的人,显然并无恶意,又肯定知道那达木德在哪里,但为什么不敢露面呢? 有什么必要把事情做得如此诡秘,非要留下一个难解的哑谜呢?"

"对此,我也是百思不得其解。"

"那个包裹……"

"在这里,殿下请看。"

牡丹将桌子里侧的包裹拉到林沁色鲁布面前,先抽出那张纸条递过去,又解开扎着包裹四角的绳索。

林沁色鲁布略略看了一遍解答不了任何疑点的纸条,随手放到桌子上,把视线投向包裹里的金银首饰。不看犹可,这一看,林沁色鲁布愈觉怪异和惊诧莫名了。他甚至有点儿不敢相信自己的眼睛了。他陡然站起一把抓起那些首饰,眼眉搐动着,喃喃说道:"这怎么可能? 这太怪了!"

"怎么了,殿下?"

"这太怪了!"

"殿下,这些首饰……"

"是的,这些首饰! 这全是我的妻子和后母的首饰。"

"真的吗,殿下?"

"不会错,我认识的。这些首饰是六月份带到奉天的。"

"可怎么会……"

"是呀,怎么会在那个怪人的手里?"

"我想,一定是那个人偷的了?"

"可是,既然要拿来送给你,为什么远远跑到奉天去偷?"

"这……这确实不好解释。"

"而且,这馈赠也太慷慨。仅这一只钻石戒指,就足以买下半个敖来毛都!"

"有这般贵重?"

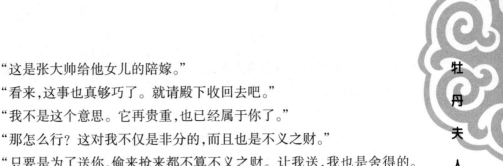

"这是张大帅给他女儿的陪嫁。"

"看来,这事也真够巧了。就请殿下收回去吧。"

"我不是这个意思。它再贵重,也已经属于你了。"

"那怎么行?这对我不仅是非分的,而且也是不义之财。"

"只要是为了送你,偷来抢来都不算不义之财。让我送,我也是舍得的。问题是,这个人为什么要送这样令人咋舌的厚礼,真是咄咄怪事!"

"我也是越来越糊涂了。"

林沁色鲁布把首饰放回包裹,殚精竭虑地揣摩了半晌,也没能想出个所以然。后来,他凝视着同样如堕五里雾中的牡丹,说道:"这事情太蹊跷,让我回去静下心来好好想一想。不过,我们总可以放心,那达木德肯定没有生命之虞。你在家里安心静候吧。我猜想,我们准可以顺藤摸瓜找到这个不愿现身的馈赠者,并从这个人身上追寻到那达木德的下落。我不信,奉天小河沿王府有卫兵、更夫、男女仆从几十号人,窃贼在他们中间闪来躲去,竟会没有一个人撞见!"

林沁色鲁布说的未必毫无道理。但有一点他没想到,哪一个下人会蠢到去承认窃贼是在自己眼皮底下跑掉的?而且,就算真有人向他描述了那个窃贼的相貌,又上哪里去找?总不能画影图形到处张贴吧?

结果时间一天天、一月月地过去了,林沁色鲁布没有丝毫收获,提前独自一人返回达尔罕旗的朱尔吉特福晋,也绝口不谈首饰被窃一事。似乎世上根本不存在那个抢劫王府、馈赠牡丹的怪人。

偏偏在这期间,旗内盗匪活动异常猖獗起来,王祥林本不会带兵,哪里应付得了?林沁色鲁布不得不亲自出马,与土匪四处周旋,调查那达木德失踪的事只好暂时放下了。

冬去春来,牡丹咬紧牙关熬了半个年头。这期间,虽然色旺尼玛、陶克陶时有探问,甚至老父亲和照日二哥也来过几次,但是,听不到那达木德的消息,就是有几十几百人同时来看望,又怎能慰藉牡丹那颗孤寂的心呢?

牡丹终于认识到,半年来的努力和盼望都是没有意义的,那达木德肯定已不在人世。说那达木德活着并且有一天会回到她的身旁,是朋友们出于好心的谎言而已。她也在欺骗自己。她太傻了。

至于那个窗外说话的怪人以及这个怪人投进屋里的包裹,牡丹也突然找到了答案。肯定是杀害那达木德的人受到良心的谴责,企图用金钱的补偿去赎罪,并让牡丹怀着希望活下去。那个怪人要不是真正的凶手,便肯定是凶手派遣的人。

这一次,牡丹是真的绝望了。

她不想再欺骗自己,也不愿再看那隐藏着罪恶的包裹。

一天,她再也忍不住了。她拎起那个未曾动用一块银洋的包裹,向门外冲去。她想把那包裹远远扔出去。她不能接受仇人的恩赐,她要报仇!

但她刚刚冲出房门,却见一个人脚步轻快地闪进栅门,微笑着向她走来。牡丹一下子惊呆了,瞪直眼睛站在那里,再也动不得,再也说不出话了。

这向她飞快走来的不是别人,正是那达木德!

牡
丹
夫
人

26

牡丹欲喊喊不出,想拔腿拔不开,连包裹脱落击地的声音都听不见。继而发现那达木德也毫无声息。

她明白了,这是梦境。

即或是梦境,她也绝不会放过和那达木德亲近的机会。但愿这梦不要消失,永远继续下去吧!

她终于能动起来了。她飞也似的扑向那达木德,投入到那渴望已久的健壮而有弹性的胸脯上。她竟也切实感到那达木德的有力拥抱和在脊背上的热烈的爱抚。

多好的梦啊!

她原是不想说话的,担心一说话就会从梦中醒来,再也难以找回这么美好的梦了。

但她还是忍不住边流泪边说话了:"嘎达,嘎达! 你可让我想死了。"

"我也一样啊,牡丹!"

无论是自己的声音,还是那达木德的声音,牡丹都异常真切地听到了。梦境并没有因此消失,她敢于继续说下去了。

牡丹扬起脸问道:"嘎达,你没有死吗?"

"牡丹,我这不是好好的站在你面前吗?"

"可是,你把我丢得好苦!"

"是我不好。"

"快告诉我,究竟发生了什么可怕的事? 你这半年都在哪儿了? 你一定受了不少折磨吧? 你的身体还好吗?"

那达木德笑道:"天哪,你一下子提了这么多问题,我怎么能用几句话说清? 你总得先让我进屋啊。再说,我还带回几个朋友,也不该把人家冷落在一边啊!"

牡丹从那达木德肩头望去,果然有几个人微笑而立。她皱眉辨认了一会儿,似乎与其中任何一个都未曾谋面。她有些不高兴,心想:你嘎达好不容易回家来,为什么偏偏带来些外人?但既然是梦境,她也不必在生人面前害羞,仍是紧紧地搂着那达木德,心里盼着那几个人像突然出现那样突然从眼前飞散。

"他们是谁?"牡丹问道,"我一个都不认识。"

"你当然不会认识。"那达木德说着,继续留一只胳臂搂着牡丹,腾出半个身子微微侧向后面,看着身后那几个人,"请吧,洪顺兄。到屋里我再把诸位介绍给牡丹吧。"

牡丹吃惊地问道:"你是说洪顺? 就是那个……"

"对,正是大名鼎鼎的洪顺首领。"

"他不是扬言要……"

"是的,牡丹夫人。"站在最前边的个头不大却异常精悍的人,向前走了一步,一边抱拳施礼,一边抢过牡丹的话头说道,"在下确实曾扬言亲手挖出那达木德梅林的心。但现在,连我的心也全交给了他。"

听了洪顺的声音,牡丹愈加惊异地说道:"我听出你的声音了! 原来那天深夜隔窗说话和投掷包裹的人就是你!"

"牡丹夫人的记忆力真是惊人! 那时,我还不便露面,尚祈鉴谅。"

"洪顺兄,进去谈吧。"那达木德说道,"诸位,都请里边坐。"

"梅林和夫人先请!"

"好吧,我前边带路。"

牡丹无奈,只好松开搂着那达木德的双臂,却随即紧紧握住那达木德的大手,像是永远不想放开了。

牡丹和那达木德牵手并肩走进房间,洪顺等人跟随着鱼贯而入。

进入卧室后,那达木德用那只闲着的胳臂抱过站在炕上呼喊"爸爸"的天吉良,忍着热泪,哽咽着使劲儿亲了一阵。然后,掩饰不住激动地对洪顺等人说道:"诸位请坐。"又温柔而怜悯地对牡丹说道,"牡丹,给客人弄点儿吃的吧。"

洪顺微笑着说道:"做饭做菜的事交给我的弟兄好了。你赶快回答牡丹夫人的问题吧。牡丹夫人直到这会儿还像在梦中一样神思恍惚呢。"

牡丹既不逊让，也不阻拦向灶间走去的人，更不放松那达木德极想抽出的手。她不客气地横扫洪顺一眼，心里说道："真是一群讨厌鬼！要不是你们闯入梦境，打搅得我不能尽情和丈夫亲近，我才不会神思恍惚呢。"

那达木德也不愿让牡丹在此刻离开身边，所以，虽然他极想抽出自己的手，却没有真的使出全力，否则，以牡丹的手劲儿是控制不住他的。他发现微笑的洪顺对这一切是看得明明白白的，不由得羞红了脸，带着歉意以及对牡丹、对自己的无奈，轻轻摇头道："让客人自己动手，真不好意思。"

洪顺诚恳地说道："我们是一家兄弟了，原本不该客套。何况，你和牡丹夫人足有半年未通信息了。"

"一家兄弟！"牡丹在心里惊叫道，"嘎达怎么会和这个杀人如麻的魔头成了一家兄弟？"但她随即一想，反正这是梦中的情节，不会是真的事实，愿意怎么说，随他好了。所以也不去计较，显出平静和无所谓的样子，心里和眼睛里又只剩下那达木德了。她急切地催促道："嘎达，你快说呀，这半年……"

"牡丹，就让我站着说吗？我可是累坏了。"

"那就坐下吧，但我不会松开你的。"

"牡丹，当着客人……"

"我不管，反正我不会松开你。"

"好吧。"那达木德无奈地说道，半赧然半炫耀地看了洪顺一眼。

洪顺依然是一脸善意并洋溢着艳羡的微笑。

就这样，牡丹和那达木德并排坐到炕边，两人的手紧紧握在一起。

"让我从头讲吗？"

"当然，愈详细愈好。"

四目相接碰出火花，产生出热流，使两颗心都战栗不止，这是不消说的。

那达木德略微平复一些后，讲述道："事情全怪我太固执，没有听从你和林沁色鲁布的劝告，失去了接任舍梅林的大好机会。古语道，'成大事者不拘小节'，可我过分顾全自己的声誉了。结果，王祥林有了充分时间为我设下圈套。"

"真是王祥林派人伏击了你？"

"是的。你离开宝日道屯的第三天，我带着诉状和足以把王祥林送进死牢的全部证词，信心十足地向奉天进发。不料，走到半路，灌木丛中一声枪响,我的左肩当即中了一枪。"

听到这里,牡丹恐怖地大叫一声,使劲儿抱住了那达木德,凄惨地喊道:"嘎达!"

牡丹这一声喊叫不打紧,可把天吉良吓坏了,她"哇"地哭了起来;那达木德也感到心房一阵紧缩,不由得用力握住牡丹的冰冷的手,担心牡丹会晕过去。

亏得天吉良这一哭,使牡丹深沉的爱心受到了震撼;也亏得那达木德这用力一握,使牡丹的手感知了疼痛。女儿的哭声是真切的,手的疼痛是明确的。这是梦中不可能出现的。牡丹终于从自造的"梦境"中醒来。

她先是一怔,惊异地看了看天吉良,又看了看那达木德,这两个亲近的人都清清楚楚、明明白白地就在眼前;继而,又真切地听到了女儿的哭声,又明确地感知到手指的疼痛。几秒钟后,她的神经便完全复苏了。但是,她的嘴唇搐动着,却久久说不出话来。

那达木德诧异而关切地问道:"牡丹,你怎么了?"

牡丹用残留着迷惘神情的眼睛使足力量凝视着那达木德,费了半天劲儿才不连贯地说道:"嘎达……我这不是……不是……真的不是在做梦吗?"

"不是梦。牡丹,我真的回来了。"

"不是梦……你真的回来了。这不是梦……不是梦啊!"牡丹凄楚多于兴奋地说着,似乎再也支撑不住了,一头倒在那达木德怀里,无限伤心和委屈地大哭起来。

"牡丹,牡丹……"那达木德喃喃叫道,他被自己这揪心的呼声也牵出两行热泪。

过了好半天,牡丹的抽咽声才渐渐平息下去。她已不再怀疑那达木德完好无缺重返家园的真实性了。她自己也完全恢复到现实的存在了。她记起,在屋子里除了天吉良和那达木德,还有几位生客,女人的羞赧顿时返回到她的身上。她从那达木德怀里挣脱出来,下意识地看了看洪顺,满脸刷地一下子烧得朝霞般火红,咬着嘴唇,飞快垂下眼帘。

洪顺见状微微一笑,故意逗趣地说道:"多亏牡丹夫人从梦中醒来。我还担心牡丹夫人一直把我们当成梦境中讨厌的客人而呵斥得无影无踪呢!"

牡丹的心绪骤然大好,即或面前是洪顺,也感到非常亲切。她忍不住扑哧一笑,说道:"我刚才在心里可骂你们好一阵呢!"

"想象得到,想象得到。"洪顺说道,击掌大笑。所有人都笑起来。气氛完全变了。

牡丹在笑声中飞给那达木德一个深情的媚眼,高高兴兴往外急走。

"牡丹夫人,"洪顺叫道,"你不必出去了。"

"不,这饭菜应该我做。"

"放心,我手下的男子汉干起灶边活计不会比女人差。再说,梅林的遭遇你刚刚听个开头啊!"

"没关系,喝酒时你们再讲不迟。"

的确,有那达木德本人安好地坐在屋里,听不听那些"遭遇",对牡丹来说已无关紧要了。

"梦境"中那个期期艾艾、情意缠绵、柔弱无力的女人已不复存在,眼前又是那个落落大方、精明强干、口齿伶俐的活生生的牡丹了。她里里外外地忙乎起来,几个男子汉被她指使得团团转,好像她是今天这个日子的唯一指挥官。没用多久,八仙桌已挪到地当中,长凳、方凳、椅子挤挤插插围了一周。宴会在欢声笑语和酒肉香气中开始了。

洪顺及其部下在这一刻以赞赏的心情目睹了牡丹的雍容大雅和倜傥不羁的风采。但他们谁也没有预料到,在不久的日子里,正是这个美丽可爱的女人,成了他们心甘情愿为之效命的叱咤风云的领袖,带领他们干出了一番惊天动地的伟业,并使他们从戕害百姓的强盗一跃成为万众颂扬、千古流芳的英雄。

在酒宴中大家谈笑风生,免不了话题又回到那达木德的遭遇上。牡丹的心里也重又燃起尽快获知那达木德从左肩中弹到重返敖来毛都这段详细经历的强烈愿望,何况还有些难解的谜也希望在今天获得答案呢? 以牡丹的本意,是只希望听那达木德一人讲述的,不料那达木德说了几句后,洪顺便接过话头滔滔不绝地讲了下去。牡丹觉得这个人太愿显示自己,心里很不高兴。但听到最后她明白了,这原本应该由洪顺讲,因为大部分情节是那达木德也不甚了了的,虽然整个经过并不算复杂。

事情原来是这样:

那达木德左肩中弹后,立即意识到有人想截杀他,这个人肯定是王祥林。他知道两侧灌木丛中都可能藏着王祥林的人,除了硬冲过去是别无出路的。但霎时,前后左右都有人跃出树丛,射击声响成一片,他身上至少又有两处中弹。他火冒三丈，发指眦裂，狮吼一声，举枪还击。究竟有几个倒霉鬼惨叫着死在他的枪口下，以及他自己中了几弹、怎样跌下马鞍的，他是怎么也回忆不起来了。

王祥林派来伏击那达木德的旗卫队战士只有一人还活着，他见伙伴们都命归泉台，那达木德也横卧当途，心里免不了一阵庆幸，以为还是自己福星高照。他一定是想认真看看昔日的上司是否真的断了气，以便给王祥林带回个准信，报功受奖。正在这时，一阵马蹄声惊动了他。他回头一看，见有一彪人马向他驰来。他暗说不好，一弓腰闪进树丛，解下藏在那里的认不出是哪一位同伴的坐骑，飞身上马，飞也似的逃跑了。

那一彪人马正是洪顺率领的队伍。

洪顺原是带领部下准备拦截那木济勒色楞亲王的车驾的，满以为可以劫掠一大笔财宝。但由于消息不准确，他们整整晚了四天。在彰武附近，洪顺知道计划落空，只好返回达尔罕旗。行进间，他们听到枪声，便催马赶来了。

洪顺略略观察了一下刚刚结束枪战的现场，说道："看样子是仇杀而不是拦路抢劫。"

部下们都同意首领的看法。

他们开始在尸体上搜索财物和枪支弹药。

"首领！"有人向洪顺报告，"我认出有一具尸体是那达木德！"

"那达木德？"洪顺惊疑地反问道，"你看清了吗？"

"没错，首领。"

"走！"洪顺说道，并顺便叫几个人去确认另外几具尸体的真实身份。

洪顺不相信声名煊赫的那达木德会死于一场仇杀中。或者说，他是不愿意接受"那达木德已经毙命"这样一个事实。几年来，这个凶悍异常而且极会带兵的军务梅林，曾几次打得洪顺的人马落花流水，就是他洪顺本人身上至今还有一颗那达木德射出的弹头没有取出来呢！他恨透了那达木德，当着众弟兄的面发誓要报仇的。要是那达木德真的死于他人之手，洪顺会懊恼和窝囊后半辈的。所以，他倒宁愿那具尸体是别的什么人而千万别是自己的仇人。

可是，他驱马走过去，还没有跳下来辨认，就一眼看出那僵卧路上的恰恰就是那达木德！

"日他八辈祖宗!"洪顺咬牙切齿地骂道,"是哪个狗娘养的杂种夺去了我报仇雪恨的机会?"

有个弟兄跑过来报告:"首领,那几个死的都是达尔罕旗卫队兵。"

"什么什么! 这可是怪事。从现场看,那达木德是遭袭击者,袭击他的人却是他的部下。真他妈奇怪!"

"首领,"那个发现那达木德尸体的人有意买好洪顺地叫道,"你不是发誓亲手剜出那达木德的心吗? 我把他的袍子剥下来,你就开膛取心吧!"

"放屁! 给死人开膛破肚算他妈什么报仇! 说这种话,应该给你穿上女人衣服!"

"可是,首领,他还没死就成。"

"什么! 还没断气?"

"是的,首领。"

"为什么不早说? 你这个该挨刀的家伙!"洪顺说着,飞身下马,俯下身听了听那达木德的胸口,渐渐地,从嘴角拉出一个狡诈而狰狞的微笑,并举拳挥出一个坚定和炫耀的动作。他站起来,拍了拍那个献殷勤的部下,"算你立了一件大功!"

"谢首领。那么现在动手总可以了吧? 他毕竟有口气嘛!"

"你再胡说一句,我就把你的功劳全部消掉!"

"首领……"

"住口! 先给他止住血,扎好伤口,然后驮在你的马上,带回山寨。哼,我要治好他的伤,养足他的精神,再让他明明白白地看着我的刀子怎么划开他的胸膛! 听着,如果路上断了气,我就要你的命!"

那达木德在路上真的没断气,但他的伤势实在不轻,几处弹孔都接近要害部位,指望山寨有限的药品和平庸的医生治愈那达木德,有如挟山超海一样不可能。洪顺见那达木德伤势恶化、昏迷不醒,心里很着急,让仇人这样在昏迷中死去,他是不甘心的。他决定带领几个弟兄,到奉天城请一个医术高明的人,来山寨医治那达木德。他用一百块银洋加上威胁,总算请动了一位在奉天小有名气的外科医生。一同上路后,洪顺想起那木济勒色楞亲王正在奉天,何不借此机会去小河沿王府偷他一把,以消路劫失败之恨? 这样,他叫几个弟兄陪医生先行,自己则挨到上灯时分潜入小河沿王府里了。大约到了夜里十时,四处的灯火已渐次熄灭,他从藏身之处闪出,轻易地找到福晋的卧室。他估计金银财宝肯定放在福晋手里,而且侍奉福晋的都是女人,也好对付。福晋的房间依然是灯火辉煌。隔窗可见正有一个美貌男子在和福晋说话,而在古香古色的鼓形茶几上,巧巧地摊着一方堆满金银和纸币的包袱。洪顺机警地四外巡视一遭,未见人影,便缩身点地,跃落到门口,伏耳细听,显是外间没留仆人,轻轻推门而入,隐到卧室门边墙角的阴影里,静候那男子离去。不料,里边传出的谈话内容使他产生了兴趣,原来正在谈那达木德的事,这倒要仔细听他一听……

"王祥林哪王祥林!"这是米尔吉特福晋含着抱怨的声音,"说你是银样镴枪头你也许还不服呢。可你瞧瞧,白白搭上五六名卫队兵,最后竟连那达木德死活都没弄清。这还不够窝囊吗?"

"那几个兵痞太没用。"说话的显然就是王祥林,那个据说和男人、女人都能交配的阴阳人,"但我想,那达木德身中数弹,该是活不了的吧。"

"我听说,有的人挨了十几枪还不死呢。再说,如果死了,那些来历不明的人就地掩埋不就结了,干吗带走?照我看,你说的来历不明的人马兴许只是那达木德的几个朋友吧?"

"可是,宝日道屯和敖来毛我都派人监视,没有一点儿关于那达木德死活的消息啊!"

"这就更令人担忧。人死了还装作没事儿一样不动声色,那又何必呢?"

"福晋殿下睿智无双,奴才难望项背。看来,实在是不能放松查找那达木德的下落。"

"而且要不惜代价、不择手段!要知道,不除去那达木德,不仅对你是个威胁,我和王爷也不会得到安宁的。三年前,他给王爷施加压力,王爷不得不撤销出荒的决定,结果,达尔罕旗债台愈筑愈高,王爷和我哪还敢放手花钱?不要说在北京的旧王府至今未能修葺,就连在厦门买的房子也还欠着人家一小半银两。这种穷日子我是一天也过不下去了!那达木德如果不死,达尔罕旗出荒之事永远别想顺当。"

"王爷也该这么想才对,但我看他对那达木德好像格外垂青。"

"要不我说你是个傻瓜呢!王爷原是想在夺下那达木德兵权后再借故把他废为庶人。这时正好张作霖死了。你想,少帅张学良刚登上第一把交椅,里里外外的事不会少,怎么会很快想到向我们讨债和在达旗屯垦这些小事?先让那达木德活几天也无妨。反正刀把子在我们手里,一旦出荒的事

244

提到日程,哼! ……"

"福晋一席话令小子茅塞顿开了!"

"所以我说你派人截杀那达木德是继二龙山那场风波后的又一件蠢事。你不就是杀了个人吗? 让他来告好了,有我,你怕什么? 事情又干得不利索。如果真让人救活了,不等于你逼出了一个危险而凶狠的死对头吗? 连我也别想过安宁日子了!"

"奴才确实太蠢了。……不过请福晋殿下放心,我王祥林也不是肯于善罢甘休的人。不管怎样,定要查个明白。他活着,找到他的人头;他死了,也要找到他的坟头! 我是不会再叫他活在世上了!"

洪顺听到这里,只觉得耳畔一阵轰鸣,脑海里一片嘈杂,下面的话是什么也听不清了。他无论如何也没料到,朱尔吉特和王祥林的几句对话,竟像冰雹袭击草原一样,把他原本条理分明的思想搅得杂乱无章,动摇了甚至摧垮了他曾确信是无可非议的复仇决心,而且,逼迫他在这样一个不合时宜的情境中对自己的灵魂作了一次冷峻而残酷的审视。是的,他一直切齿痛恨那达木德,发誓生啖其心。正是为此,他才不顾危险,不惜重金,亲到奉天召请名医。不料一个十分偶然的机遇,使他从切齿痛恨那达木德的一对男女的口中获知,那达木德竟是蒙古人中出类拔萃的豪杰,为了蒙古人的土地,独力支撑局面,同残暴的王爷、阴险的福晋和卑鄙的王祥林们抗争,生死全然置之度外! 这样的人,难道不值得敬重吗? 而且,他的队伍中,许多蒙古人正是因为失去了牧场,走投无路,才追随他落草为寇的;他本人则不仅是王爷通缉多年的巨盗,上溯两代,不也是因为失去了大片牧场而家道败落的吗? 然而,他却要把一个为蒙古人伸张正义的英雄杀死,岂不是成了王爷和福晋的帮凶并站到弟兄们对面了吗? 至于搏斗中的失利和一枪之仇,也不能全怪那达木德。身为军务梅林,"剿匪"是其职司所在。再说,战场上子弹不长眼睛,他的子弹不是也可能射进那达木德的胸膛吗? 只为报这一己私仇,而不计其余,自己的心胸可就太狭隘了。

洪顺无疑是个火性人,恨能恨得入骨,爱也能爱得深切。对他所憎恶的恶棍决不会手下留情,对他所敬重的好汉也肯披肝沥胆。比如现在,他在刹那间对自己的灵魂进行了有生以来第一次审视之后,认识到自己同那达木德相比,实在有天壤之别,复仇的怒火顿时被崇敬和爱戴之心取代了。他随即做出了新的抉择:救活那达木德,并从此全力保护这位英雄。

洪顺想着,精神大为振奋。他突然觉得自己变得高尚起来,并认识到自己生命的价值。时间对他也产生了新的意义。他有了紧迫感。他不能再等下去,不能浪费宝贵的时间了。他必须立即行动,尽快赶回山寨。

他毫不犹豫地跃出墙角的阴影,一脚踢开福晋卧室的雕花木门。说时迟,那时快,洪顺一个箭步,早已到那一对男女面前了。

朱尔吉特惊得目瞪口呆,僵在那里一动不动。

王祥林略微镇静一下,还能想起腰间的手枪。但他的手还没摸到枪身,却不知怎的,那只油亮的手枪已掂在洪顺手掌上了。那意思分明在告诉王祥林:想在爷爷面前反抗是毫无意义的。嘴上却恐吓道:"不准喊叫,否则,我就砍下二位的头颅,拴在一起扔到王爷脚下!"

王祥林惭愧地看了朱尔吉特一眼,向洪顺问道:"你是谁?"

"这可不能告诉你。"

王祥林又问道:"那么请问,你深夜到此,有何贵干呢?"同时,他使劲儿盯着洪顺,似乎要努力记住此人的相貌。

"第一,我要这个包裹。我想,这一定是你孝敬福晋殿下的了?"洪顺一边说,一边凝视着王祥林。

王祥林悲哀地闭了闭眼睛,没有回答。

洪顺也不追问,讥诮地一笑,准备去拢起包裹。他一眼瞥见梳妆台上放着一个精致的首饰盒,便轻轻退过去取在手中,趋回到鼓形茶几前,放进包裹,略一思忖,极熟练地打开盒盖,抓出里边的首饰,放在银币和奉票上,然后拢起包裹的四角,抽出备用的绳索扎住,提起来紧紧系在腰间。这一系列的快速动作,看得朱尔吉特和王祥林眼花缭乱。

"第二,"洪顺又说道,"我要告诉你们,我今天不杀你们并非害怕或手软,我要把你们留给一个更应该手刃你们的人!"

听了洪顺的话,朱尔吉特不由得紧蹙了一下蛾眉。她立时明白了,眼前这个不速之客,远非一般窃贼可比,不仅有一番来历,且肯定与达尔罕旗某一个仇恨她同时也仇恨王祥林的人有关。那么,这个幕后人是谁? 为什么自己不来,又不让他派来的人动手呢? 朱尔吉特不能不再一次想到身受数创而至今生死未明的那达木德,并自以为无懈可击地得出如下结论:那达木德没有死,决心报仇,今天派人来行窃,只是为了获得医治的费用。

朱尔吉特这样想着,尽力掩盖住内心的慌乱,装出对眼前的事毫不在乎

牡丹夫人

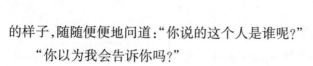

的样子,随随便便地问道:"你说的这个人是谁呢?"

"你以为我会告诉你吗?"

"不告诉也可以,但至少你自己应该留下大名啊。不敢报字号的人,还称得起好汉吗?"

洪顺冷笑一声说道:"你激我也没用。因为从今天开始,我不敢再称自己是好汉。——好了,我不跟你们啰唆。都回过身去,趴在床上,安安静静地待半个小时。再会!"

洪顺说完,退至窗口,举手推开窗扇,纵身而出,一眨眼已飞上屋檐,消失在夜色中了。

洪顺讲完上面的情节,舔了舔嘴唇继续说道:"我出了小河沿王府,找到坐骑,原是追赶医生和几位弟兄的。但突然想到,那达木德失踪后,牡丹夫人必然焦虑不安,生活也定会发生困难,所以……"

牡丹抢过话头说道:"所以你就跑到敖来毛都,把朱尔吉特福晋的金银首饰扔给了我?"

"正是如此。"

"你当时为什么不露面,不说出自己的名字呢?"

"说实话,我知道那达木德伤势很重,对能否救活他,心里是没数的。一旦事与愿违,我如何向牡丹夫人解释?"

"如果嘎达死了,你会来报信吗?"

"我会让夫人知道那达木德死于何人之手,但永远不会说出我曾把他带回山寨。"

"为什么?"

"那达木德的朋友不会少,我不能把报仇的怒火引到我的身上。我的人马不多,枪弹也极有限。"

牡丹笑道:"你也狡猾得很可以呢!"

洪顺也笑道:"夫人倒是更该夸奖我直率呢。"

"说得倒也对。"

两个人有趣的对话,引得在场人也都笑了起来。

牡丹又问道:"那么,洪顺首领给林沁色鲁布王子回复了一张空的信纸,也是同样的原因了?"

洪顺回答道:"那时,我还没有改变对那达木德报仇的决心,也不知道军务梅林之职已由王祥林接任。我担心,林沁色鲁布王子如果知道那达木德在我手里,会不惜代价来攻打我的山寨的。我早就听说,王子可不是等闲之辈。——不过,牡丹夫人怎么会知道这件事呢?"

"王子曾答应我一定要查出那达木德的下落的。他是王府里唯一不希望我失去丈夫的人。"

"唔,对了,那达木德说过,王子也是反对王爷出荒的。"

这时,那达木德问道:"牡丹,你不想问问我离开洪顺山寨后的事吗?"

牡丹扬起眼睛,奇怪地看着那达木德说道:"离开山寨后的事? 你离开山寨不就是回家了吗,我还问什么?"

那达木德笑道:"我就知道你准会这么想。我要对你说,回家之前干了不少事,你会说我盼望见到你的心情并不急切吧?"

"那……那你干了些什么事呢?"

"第一,我先到了奉天。可巧福晋已回到达尔罕旗。王爷单独接见了我。他看到我呈上的诉状,听了我被伏击的经过,非常气愤,当即签署了准我恢复梅林职务的命令,并给了我逮捕王祥林的权力。"

"第二呢?"

"当然是马不停蹄赶到达尔罕王府,逮捕了王祥林。"

"这真出乎我的预料!"

"你是说我应该先回家吗?"

"不。我总觉得这像做梦一样,难以令人相信。再说,韩舍旺协理和朱尔吉特福晋就没出面阻拦你?"

"有王爷的命令,又有王子在场,他们想从中作梗也办不到。"

"只怕他们不会善罢甘休,要暗中做手脚的。"

"你太过虑了,牡丹。"

洪顺说道:"牡丹夫人所虑甚是,朱尔吉特福晋是如蛇蝎般狠毒的。"

"当然,我会留神防备的,请你们放心。不过,我们今天不谈它了。我此次大难不死,全靠洪顺兄救治,离开山寨以来,又蒙洪顺兄一路保护。洪顺兄对我恩重如山,终生亦难以补报万一的。今天,诸位既然屈尊寒舍,就让我们痛饮数日,我和牡丹也好略尽地主之谊。"

洪顺道:"你和牡丹夫人的厚意,我和弟兄们心领了。但是,既已亲见你复梅林之职并和夫人团聚,我也就放心了,再无继续叨扰的必要。再说,我是王爷通缉的要犯，在梅林家乡招摇，于梅林多有不便；你刚刚复职，立足未稳，尚须谨防人言才是。"

"洪顺兄，我死都死过了，还怕什么？古人道，人生得一知己足矣。有洪顺兄的云天高谊，荣华富贵直如粪土，失何足惜！"

"嘎达兄弟，万不可意气用事，应以大局为重！"

"洪顺兄！……"

"嘎达！"洪顺说道，站起身来，满脸的严肃，"何须苦苦相留？你我以心相许，天地实所共鉴，不必拘泥于繁文缛节。洪某看重者，唯嘎达兄弟舍己为民的忠贞；洪某期待者，唯嘎达兄弟扬抗垦英名于后世。如因私情而废大义，实非洪某所愿，亦有悖于你我相交的初衷。来日方长，后会有期，洪某就此告辞了！"

洪顺说完，也不管那达木德如何震动，如何惭愧不安，举杯一饮而尽，略一抱拳，抽身离席而去。霎时马蹄声起。

"嘎达，"牡丹站在栅门外，目送着在一片尘烟中渐渐消失在远方的洪顺一行人，满腹感慨地说道，"洪顺虽恶名昭著，其心却如此豁达，深明大义。和天龙、天纲相比，又不知胜过多少倍。黑道上竟有这样光明磊落、侠肝义胆的高人，真叫人再也无法判别世人的真假善恶了。"

那达木德叹息一声说道："只可惜他作恶多端，王法实所难容。否则，我会把军务梅林的权柄拱手相让的。"

牡丹觉得那达木德的话对洪顺有欠公允，本想说一句反驳的话，但想了想，终于没有说。她不愿因此破坏了夫妻久别重逢的气氛。

洪顺走了。从此，达尔罕旗的穷人和富户都没有再受到这支土匪队伍的骚扰，令人畏惧的洪顺的名字也似乎从此消失了。直到很久以后，那达木德身陷囹圄，生命垂危，牡丹急得手足无措的时候，洪顺又从天而降一样出现在达尔罕旗。

27

牡丹和那达木德送走洪顺后,整个世界便只属于他们这对患难夫妻了。他们如饥似渴地享受了几个比新婚还要甜蜜的日子。一切世事的烦扰都退隐开去。

但是,有些事情是不该忘记的。

比如,那达木德原计划在家待五天,就返回王府整训旗卫队和会同协理等人共审王祥林杀人案。可是已经到了第七天头晌,他还没记起这两件关涉全旗治安和为朋友报仇的事。

牡丹当然更记不起来。就算她偶然记起,也不会去提醒那达木德。

她是巴不得那达木德永远留在身边的,哪里会催促心爱的人上路呢?

两颗纯洁的灵魂在共振中畅然融合成一体无疑是美好和令人羡慕的,但有时却也使人为之焦虑和提心吊胆。因为这种忘我的和谐和巨大的快乐,常常会排斥比情爱远为重要的身外事,甚至失去本不该失去的机会。

就在这第七天的下午,林沁色鲁布王子来了。

他见到这两人又疲惫又兴奋而且在突然闯进来的客人面前满脸羞红的样子,忍不住笑道:"好叫人眼红的美满!可是梅林大人,别光在家里重整旗鼓啊!"

听了林沁色鲁布王子的玩笑话,牡丹羞得不敢抬头,紧忙给他搬椅子和斟茶。

那达木德也为自己没按时返回王府,竟让王子找上门来,感到羞愧难当。他自怨自艾地嗫嚅道:"殿下……我明日准到王府。"

"别误会。"林沁色鲁布收住笑容说道,"我并非来追你去王府,我只想告诉你一件事。"

"请王子示下。"

"王祥林死了。"

"什么?!"那达木德惊道,"殿下是说王祥林死了?"

"他在关进牢中的第三天凌晨投缳自尽了。"

"自尽?"那达木德冷笑道,"算他聪明,免得当众处决。"他说到这里,突然一顿,紧锁双眉沉吟起来。过了一会儿,他疑惑地回望了牡丹一眼,又转向林沁色鲁布,"可是,这真有点儿奇怪。是的,太奇怪了。难道他竟这么快就确信自己性命难保了?"

"我也这么想。他本该期望福晋出面讲情啊。"

"那么尸体呢? 尸体还在吗?"

"据哈斯敖其尔说,尸体已扔到山上去了。"

"据说?"

"我是行猎返回王府后获知这一消息的。我觉得此事很蹊跷,便偷偷跑到哈斯敖其尔说的那座山上。"

"殿下看见了王祥林的尸体?"

"准确地说,我只看见了一具无法辨认的残骸。"

"是这样……不过,是谁决定把尸体扔出去的呢?"

"哈斯敖其尔。他自己这样说的。"

"他有什么权力这样做?"

"我也这样问过他。他说,王爷和协理都远在奉天,王子行猎、军务梅林探家均无准确归期,他只好擅自做主了,总不能让尸体烂在牢房里。并且——他还说——没人敢说他掉了包,因为牢里只关押王祥林一人。"

"冠冕堂皇的谎话! ——福晋殿下呢? 她有何表示?"

"不动声色,似乎对王祥林的命运漠不关心。"

"欲盖弥彰! 哼,我全明白了。"

"只是已经很难调查清楚了。"

那达木德懊悔地叫道:"都怪我。都怪我太粗心了!"

"我也该早料到这一点才对。但此事已不那么重要。王祥林即使侥幸不死,也不敢再公开露面,和僵尸也没有区别。"

"可是,朋友的仇呢? 不,我决不放过他!"

"也许——是呀,也许我来调查这件事更容易些。但我又不能对王祥林的生死表示明显的关注。后母对我早就冷眼相加了……"

"我理解殿下的苦衷。这事我一个人来干好了,无须殿下劳神。我不信他能上天入地。我会把他揪出来的!"

然而,事情并非如那达木德想象的那么容易。

在此后的近半年的时间里,尽管他花费了比保境安民还要多得多的精力四处搜寻,都始终没能发现任何蛛丝马迹。

如果不是朱尔吉特福晋对王祥林的"死"一直保持缄默,如果不是王祥林的家属虽然收尸却没办丧事,那么,那达木德也准会否定自己的猜测,准会相信林沁色鲁布王子所看到的残骸正是王祥林的尸体了。是的,那达木德是不信的。好在达尔罕旗眼下很安宁,不需要他带兵东征西讨,旗卫队里又有陶克陶做他的耳目,随时可以通达信息,他可以放心地走遍达尔罕旗的每一寸土地,去继续寻找不共戴天的仇人了。

直到公元 1929 年初秋,他偶然获悉了一个比缉捕王祥林重要千百倍的消息,才不得不把旷日持久又毫无成效的私查暗访暂时告一段落。

这个消息是,那木济勒色楞亲王又把出卖辽北荒和西夹荒的旧话提到日程,甚至远在春天时,就委派韩舍旺协理会同张学良将军的代表胡俊玉搭起了"荒务局"的班底,眼下,已在彰武和郑家屯租赁了房舍并公开挂出了招牌。而且,一支庞大的测量队和武装精良的屯垦军就要开赴达尔罕旗架玛吐和舍伯吐一带丈量土地了。

那达木德决定立即去奉天面谏王爷。

他向又从奉天返回达尔罕王府的朱尔吉特告了假,便飞骑赶回敖来毛都,同牡丹商量一下。备好旅资和干粮,已是午夜时分了。

正在此时,陶克陶气喘吁吁地闯了进来。

那达木德急问道:"发生了什么事?"

陶克陶一边擦汗,一边上气不接下气地说道:"王祥林,他……"

"王祥林?"

"是……的。王祥林……"

"他怎么样?你听到了什么消息?"

"我看见他……"

"你看见他?"

"……在王府。"

"在王府?你——再说一遍。"

牡丹夫人

陶克陶终于喘过气来,使劲儿咽了口唾沫,口齿也显得清晰地说道:"王祥林被福晋召进王府。"

"你亲眼看见的?"

"是的。"

"没看错?"

"千真万确。"

"说得详细点儿,快!"

"是,梅林叔叔。今天,我刚到王府大门换班执勤,便见福晋的小童送出一个人来。我一眼就认出这个人正是王祥林。他也一定认出了我,先是怔了一下,接着装作不认识我的样子,走过来,问我叫什么名字,还自我介绍说,他叫王福林,来见福晋的,可是福晋忽然身体不适,改在明日召见。"

"你是说此人叫王福林?"

"可是,梅林叔叔,打死我,我也不相信世上竟有相貌和声音一丝不差的两个人。"

"这王福林就是王祥林?"

"肯定是的。他能化个假名,可化不了相貌和声音。他走后,我问那个小童,这个人的名字是真的还是假的,小童神秘地对我说:'你少管闲事,多嘴多舌要大祸临头的。这不明明告诉我,他也知道自称王福林的人就是王祥林吗?"

"明白了。"那达木德点头道,咬着嘴唇思考了片刻,又问下去,"他明天还要进殿?"

"是的。"

"你没跟踪他?"

"当时我离不开。"

"报告王子殿下了吗?"

"王子殿下中午就启程去奉天了。"

"可是他说好明天早晨启程啊。"

"……"

"当然,这你不知道。陶克陶,有人看见你到我这里来吗?"

"没有,我是偷偷跑出来的。"

"这就好。我们马上回王府。"

253

牡丹问道："嘎达,你是想推迟去奉天的日期吗?"

"去奉天不差这一两天。而眼前这千载难逢的机会,我是无论如何也不能放过的。"

"我看你还是好好想想再做决定。"

"你怀疑陶克陶看错了人?"

"不,陶克陶是不会认错王祥林的。"

"只要那人确实是王祥林,其他一切就毫无奇怪之处了。还有什么好想的呢?"

"王祥林不会不知道,他在王府招摇多年,有谁认不出他来。为什么要在大白天进入王府,又为什么偏偏赶上陶克陶当班时出来?"

"这只是巧合而已。"

"就算这是巧合,那么,他主动和陶克陶搭腔,并且轻易泄露自己第二天的行为,又怎么解释呢?"

"这正好说明他做贼心虚。"

"只怕事情不会这么简单。"

"我明白你的意思。你怀疑这是圈套,对吗? 我也曾这样怀疑。但这是不可能的。朱尔吉特要为我设置陷阱,不可能拿王祥林做诱饵。她只是想利用王子和我都离开王府的机会,与王祥林幽会。如果这真是个阴谋,那福晋就太蠢了。我是军务梅林,我有权搜捕逃犯,而且,对王府的房舍暗道,我了如指掌,王祥林休想逃出我的手心。也就是说,只要明天王祥林真的又走进王府,我就有百分之百的把握抓住他。我只要抓住王祥林,福晋满身是嘴也休想分辩,她有一百个陷阱也奈何不了我了。"

牡丹也觉得那达木德分析的尽情尽理,便不再说什么。

那达木德又说道:"牡丹,你尽可以放心,我不会草率行事的。今天夜里,不会有人知道我已藏身在旗卫队营房。明天没有王祥林走进王府的确切消息,我也不会露面。明天——是的,明天对我们将是一个值得纪念的日子! 陶克陶,我们走吧。"

"谢谢你,梅林叔叔。"陶克陶忍不住泪流满面地说道,"我终于可以报杀父之仇了!"

看到陶克陶激动的样子,那达木德和牡丹也忍不住眼睛潮湿、喉咙哽咽起来。他们理解陶克陶此刻的心情。难道世上还有比报仇机会近在眼前更令人兴奋的吗？何况,王祥林对于他们夫妻也是死敌啊！然而,他们没想到,正是这种急于报仇的心理,使他们的眼睛被表面现象所迷惑,甚至连正确的思考也被阻断了。结果,他们几乎是自动而顺畅地走进了朱尔吉特精心布置的陷阱,留下了终生的悔恨;同时,把他们逼上了一条名垂青史的光辉道路。

那达木德和陶克陶当天夜里驰回王府,神不知鬼不觉地闪进旗卫队营房,充满信心地静候那个他们自认是必胜无疑的时刻。

天亮前,那达木德精心挑选了几个忠于他并且认识王祥林的战士,让他们埋伏在所有路口,王祥林在哪儿出现,就在哪儿逮捕。他又让陶克陶藏身在王府大门外的隐蔽处,即使王祥林躲过埋伏的人,也逃不过陶克陶的这一关。这样就万无一失了。

可是,在大约十点钟的时候,陶克陶突然跑回那达木德的房间,神情沮丧地报告道:"王祥林已进入王府。"

"怎么搞的?"那达木德怒道,"一群窝囊废!"

"他好像就藏在附近。我还没看清他是从哪儿冒出来的,他就转眼间被福晋的小童带进去了。城门处又都是哈斯敖其尔派的人……"

"你为什么——唉,这不能怪你。我在城门外等着他就对了,没人敢拦挡我追进王府的。"

"现在怎么办?"

那达木德想了想说道:"我们肯定已经打草惊蛇了。看来,必须孤注一掷,冒险进入王府搜查!"

20分钟后,那达木德带领20个战士进入了王府。他们顺利地来到福晋的寝殿。

这时,福晋身边的小童刚好从殿门处迎面走过来,见那达木德带着一群荷枪的卫队兵出现在面前,显出惊慌的神色,进退两难地站下了。

那达木德快步走过去,压低声音威吓地问道:"我问你,王祥林是否正在福晋的房间?"

小童迟疑地说道:"这……我……"

"说实话!"

"梅林大人！我……不能说,不敢……不敢说呀!"

"明白了。你走吧。"

小童回头朝寝殿看了一眼,飞快地跑开了。

那达木德命令手下人分散到各处把守,他自己则只带4名战士走进福晋寝殿的前厅。求见福晋的官员,都是要在这里等候,经仆人通禀并获准后,方可进入接见厅。接见厅里面才是寝室。除了那木济勒色楞亲王和福晋的贴身仆从,是很少有人获得进入寝室的资格的。可眼下,前厅里不见一个男女仆人,隔门听去,接见厅里也是寂然无声。看来,一定是朱尔吉特为了单独同王祥林幽会,早已把闲杂人等打发到别处去了。

那达木德后悔没把小童留下,现在连个通报的人都没有了。不经通禀就闯进去显然是不合礼仪的。他知道,王府早就有一条不成文的规定,私闯王爷或福晋的房间,轻则杖罚停俸,重则革职处死。就算他身为军务梅林,搜查逃犯是其职责所在,可这毕竟是个禁区,唐突不得,否则,吃一个不敬乃至犯上的罪名是轻而易举的事,那样,即使抓住王祥林,也是得不偿失的。那么,立即退出去,守在寝殿外,一直等到王祥林出来,是不是最明智和唯一可行的办法呢?似乎也不行。要知道,他带着大队人马围住了寝殿,福晋很快就会知道。这何止是打草惊蛇?如果王祥林躲在里面不出来怎么办?如果福晋出来质问,他又何言以对呢?直到此刻,那达木德才意识到,他今天的举动是大大的失策了。而且,究竟是进还是退,也一时难以定夺了。

正在那达木德举棋不定的时候,一个女人的淫笑声隐隐约约飘进耳郭,似乎还夹杂着一个男人的几声轻咳。这笑声和轻咳声显然不是从客厅而是从寝室传出来的,而且肯定是朱尔吉特和王祥林在恣意调情。他顿时气得浑身颤抖,脸色惨白,双拳握得咯咯作响,恨不得一步冲进去,把这一对狗男女撕得零零碎碎。然而,两道应手可开的木门和几步的距离,却把他同仇人和胜利隔开了,使这个刀山火海都未曾畏惧过的好汉,竟不敢再向前多走一步!这对火暴脾气的那达木德实在是一种比凌迟还要可怕的折磨,而且,使他在巨大压抑之中愈加义愤填膺、怒火熊熊,膨胀着的胸膛似乎顷刻间就会爆炸开来!

他的理智在迅速地消减。能指挥他行为的只剩下了外力。

这时如果有一个人说:"那达木德,万不可造次!"那么,他也许会暂忍怒火,抽身退去,去慢慢恢复理智,再作计较。但是,如果这样外力来自相反的方向,哪怕是稍作鼓动,他也会不计后果地破门而入,冲进福晋的寝室。

不幸的是,恰恰是后一种力量对他起了作用。

牡丹夫人

256

因为，福晋寝室里的谑浪又一次传出来，而且更加清晰可辨。

这无异于是在向他示威和挑衅！

与此同时，他瞥见了四个卫队兵战士似笑非笑的眼色。

这简直是在嘲弄他！

挑衅！嘲弄！那达木德可受不了这些！

他不再犹豫，不再思考，只是在胸膛里发出一声只有他自己能听到的怒吼，便一掌击开了面前的雕花木门，一步跨进客厅，直向进入寝室的最后一道门飞跃过去。

四名卫队兵战士紧随其后。

那达木德还没有忘记应在福晋寝室门外打住脚步，做一番礼仪上的自我通禀。但他确信，王祥林已是掌中物了。他带着无比的愤慨和自以为胜利的狂喜，气喘吁吁地高声说道："军务梅林那达木德冒渎福晋殿下。据报，逃犯王祥林化名混入福晋寝殿，特来搜捕。事出无奈，更关福晋清声，请福晋殿下示准和宽宥！"

他没有得到回答。细细听去，寝室里绝无声息。

身后却传来开门和杂沓的脚步声。

他回头看去，是几个捧着果品盘的女仆走了进来，见他带兵站在寝室门前，都惊恐地停下脚步，一个个噤若寒蝉般哆哆嗦嗦出不得声。

事到如今，那达木德已毫无退步的可能。他想，既然寝室里没发出慌乱躲藏的声音，说明王祥林一定以为那达木德不敢贸然而入，依然待在明处，甚至正与朱尔吉特福晋同榻而卧也未可知。一不做，二不休，闯进去，捉住这一对奸夫淫妇再说！

他推了推门，用力很轻，门没有推开。难道这门在里面反锁了不成？他再推一次，用足了力量，门刷的一声向两边闪去，他好像被人从背后猛推一掌，趔趄着射了进去。他好生奇怪，赶紧站稳。这时才发现，两扇门正有两个女仆在旁边拽着。

更令他惊讶的是，他一眼看到吊起幔帐的卧榻上，横陈着一个几乎全裸的女人的美妙绝伦的身体，蝉翼般的轻质睡衣摊在两边。不用说，这女人正是朱尔吉特福晋。

虽然卧榻前有两个女仆正在为朱尔吉特做着按摩，刹那间，那达木德的眼睛被烧得迷离了，心脏也似乎停止了跳动。他痴呆地站在那里，脑袋里是一片空白。

两个做按摩的女仆猛见一个男人闯了进来,大吃一惊,手忙脚乱地把朱尔吉特福晋的睡衣遮了上去,并回身要放下幔帐。

朱尔吉特轻轻挥了挥手,说道:"不必了。"然后,慢慢坐起来,垂下两条白皙、滚圆的大腿,穿上绣花拖鞋,站起身,向那达木德走去,嘴角露出讥诮的笑意。

睡衣遮不住朱尔吉特的身体,粉红色的肌肤和每一个性感的细部都依稀可见,增加了妩媚和对男人的诱惑力。

那达木德神志迷乱地垂下眼帘,浑身在不听控制地颤抖着。

朱尔吉特向门外看去,见那四名荷枪的卫队兵战士正贪婪地注视着她的身体,冷笑了一声说道:"你们这回可饱了眼福!还没看够吗?"

四名卫队兵战士如同梦中惊醒一般,扑通一声跪了下去,恐惧地哀求道:"福晋殿下饶命啊!"再也不敢抬起头来。

朱尔吉特不再理他们,转向那达木德。

"梅林大人,你闯入我的卧室,是何居心呢?"

"福晋……殿下……我……"

"那达木德,我早就看出你对我的身体垂涎三尺。可是在这个时候,以这样的方式,有点儿不大合适吧?"

"殿下!我……我是来逮捕王祥林的!"

"王祥林?哼,你这只是借口而已。"

"我获得了确切的情报。"

"这情报怎么说?是说王祥林躲到我的卧室里了吗?"

"是的——不,是说进入福晋殿下的寝殿了。"

"可你却单单突然闯进我的卧室!而且,正在我做按摩的时候!"

"这……"

"你是不是想在卧室里搜查一番?"

"不,福晋殿下,请允许奴才退下。"

"进来由你,出去可由不得你。"

"福晋殿下!……"

朱尔吉特又转向门外说道:"喂,那四个兵痞,你们听着。刚才的场面你们是目击者。你们说,是愿意被剜掉眼睛,还是愿意为我做证?"

四个卫队兵战士看了朱尔吉特一眼,又赶紧垂下头去,说道:"愿为福晋殿下做证。"

"你们把枪放下,自己走进牢房去。需要的时候,我会叫你们的。"

四个卫队兵小心翼翼放下枪,给福晋磕了个头,一个个哭丧着脸退了出去。

"那达木德,"朱尔吉特说道,"你愿意怎样了结今天的事呢?"

"我……"那达木德恨恨地说道,"我中了你的圈套!"

"就算是我的圈套,也只怪你自己太蠢!"

"你真阴险!"

"你骂也没有用了。实话跟你讲,我可没设什么圈套,是你自己闯进来的。但你却给了我一个难得的机会。我早就想拿掉你的兵权,扳倒你这个放垦的障碍,可王爷和王子都舍不得你。这回,你就休想再在王府待下去了。"

"我要去找王爷评理,控告你!"

"我巴不得你这样干呢。我允许你去找王爷。你可以把今天的事原原本本讲给王爷,说你如何如何破门而入,如何如何站在我的卧榻前,如何如何死死盯着我一丝不挂的身体。而且,你还应该说,目睹这些场面的不仅有我的女仆们,还有你的四名战士,这四名战士正在牢中准备为此做证!"

那达木德气得一时说不出话来。

朱尔吉特继续说道:"但我想,你还不至于干出那样的傻事。当然,公开今天的事对我并不光彩,而你,却会因此被判极刑! 你自己作个选择吧,或者公开此事引颈受戮,或者辞掉军务梅林回家放马。"

那达木德选择了后者。

28

朱尔吉特以为，她诱使那达木德中计并不得不辞去军务梅林之职，是一个巨大胜利，从此，她高枕无忧，可以放心大胆地出卖达尔罕旗的土地了。她却怎么也没想到，这是干了一件极大的错事和蠢事。因为，如果那达木德始终身在军务梅林任上，那么，他就不能不面对他是那木济勒色楞的臣仆这样一个事实，他可以劝谏王爷，甚至可能对王爷施加压力，但以他的为人，是绝不会用他的130名旗卫队战士去反抗王爷的。退一步讲，即使那达木德想利用自己的兵权对抗放垦，他的小小的旗卫队又如何能阻挡得了张学良的浩浩荡荡的屯垦大军？对此，那达木德未必心中无数。可眼下的情况就大不相同了。那达木德成了一个普通百姓，成了一个同王爷没有任何共同利益的白身人，成了自己真正的主人。也就是说，从此之后，那达木德安身立命的基点变了，做人做事无须再考虑和那木济勒色楞之间的主仆关系，可以毫无挂虑、毫无精神负担地去追求自我的人生价值，把自己不再被扭曲的、彻底真实的灵魂投入历史的洪流之中，去塑造一个真正的那达木德的形象。

或许可以这样说，以嘎达梅林扬名后世的那达木德，的确生就是一个英雄坏子，但真正成长为英雄，最终登上英雄宝座，还需要各种各样的因素。事实上，恰恰是最痛恨他的朱尔吉特为此立了"首功"，卓有成效地起了关键作用，把他推上了英雄宝座的第一个台阶。同时，也促使原本只想做贤妻良母的牡丹一跃而成不让须眉的女中豪杰。

纵观历史，古今中外的英雄豪杰，几乎都经历了与那达木德和牡丹相同的成长道路。这是一条历史规律。

无论是朱尔吉特，还是那木济勒色楞，抑或他们的亲信王祥林、韩舍旺，都认识不到这一条历史规律。或者，虽然认识到了，却又过高地估计了自己的力量，以为那达木德一伙还不足以动摇达尔罕第十二代亲王的宝座，以为有张学良的军队做后盾,那达木德绝不敢用武力对抗放垦。结果,朱尔吉特以及受她左右的那木济勒色楞在错误的道路上越走越远。

比如,当被罢官削职为平民的那达木德在达尔罕王府门前召开抗垦串联会,组织有万人签名的"独贵龙"呈文,带着牡丹变卖首饰和家乡的全部款项,率领全旗60名老人代表,到奉天向那木济勒色楞亲王和张学良将军请愿时,朱尔吉特等人不仅能看到那达木德在反对放垦上义无反顾,同时也应该看到那达木德还处于矛盾之中,对抗的情绪是可以瓦解的。因此,最聪明的办法,或者是当众假称暂不放垦以安民心,或者恢复那达木德的官职以削群龙之首。百姓是最容易受骗和最容易满足的,只要能保住衣食来源的草场,干吗要惹恼王爷甚至铤而走险呢? 而那达木德一旦重获军务梅林之职,也只能把反对放垦局限在合法的范围之内,其力量是极有限的。这样,朱尔吉特出卖土地的计划就可能逐步实现。

那木济勒色楞亲王确实曾想这么做。他不愿意让奉天的上层人物看出自己被旗民反对,也有些同情那达木德。他答应给旗民留下必需的草场,并许诺给那达木德15方土地和一万块大洋。

那达木德当然不会同意。60名代表中却至少有一半开始动摇了。

这时,如果那木济勒色楞亲王再退让一步,60名旗民代表就会一哄而散,剩下那达木德一个人就难成大事了。

然而,朱尔吉特认为那木济勒色楞亲王应许给旗民的条件已经过高了,坚决不准亲王再作让步。她咬牙切齿地说:"世上如果有那达木德活着,我们就再不能平平安安当这个王爷了!"言辞中已明显露出磨刀霍霍的杀机。

7月24日,朱尔吉特亲自到帅府拜会了张学良。张学良十分赞许朱尔吉特办事的果断,同意她驱赶请愿团和逮捕那达木德等首犯的主张,答应立即派一部分宪兵暂归她调遣,直到请愿团全部离奉和那达木德被处决。

最后,朱尔吉特迟疑了一下,说道:"六哥,我还有个请求。"

"有话尽管说,何必客气?"

"请你派胡俊玉去帮我几天忙。我不愿直接和那些粗俗的警狗子打交道。"

张学良眨了眨眼睛,忍不住笑道:"那还用说吗? 一切遵命就是。你……很有眼力呢!"说完,击掌大笑。

朱尔吉特的脸上飞起一阵红晕。

张学良笑毕,命人去传唤少校副官胡俊玉,并给宪兵队挂了个电话,让他们抽出 50 名精干的宪兵,武装待命,随时听从胡俊玉调用。

当天下午,胡俊玉便随同朱尔吉特进入小河沿达尔罕王府了。

胡俊玉以临时宪兵队长的身份并带着拘捕达尔罕旗反垦请愿团的任务跨进小河沿达尔罕王府的客厅,是他怎么也想不到的。

其实,还是在 20 天以前,他就知道那达木德率领 60 名旗民代表来奉天向王爷和少帅请愿了,也知道请愿的内容,甚至预料到,如果请愿者不听劝阻,扩大事态,王爷和少帅肯定会联合起来,采取暴力手段,逮捕那达木德等为首的分子。

他确信,这最后的结局是不可避免的。他十分了解这矛盾的双方。让那达木德放弃斗争,空手而回,显然不可能。让达尔罕旗不出荒和少帅停止屯垦,同样是不可能的。也就是说,那达木德在自投罗网、自掘坟墓,而王爷和少帅则有充分的理由处决叛逆者了。

然而,胡俊玉并不为此感到高兴。不错,他恨透了那达木德,深埋在心底的夺妻之恨时时在鼓动他进行报复,早就希望这个人从世上消失了。但是,几年来他所等待的和准备继续等待下去的复仇的机会,绝不是冷眼旁观那达木德被法办,那是王爷的权势和少帅的力量在起作用,不等于他报仇。借他人之手消灭仇人,不是大丈夫的所为。只有那些一文不值的小人才用借刀杀人和幸灾乐祸去满足自己的卑微的心理。胡俊玉自信不是这样的小人,而是一个顶天立地的伟男子。他永远不会向仇人妥协,同样也不会因为仇人遭殃窃喜,他选定的复仇方式,既不是掩盖面目、身怀利刃去黑夜行刺,也不是那种肯定被世人訾议的赌博命运式的决斗,而是像他当年宣布的那样,堂堂正正地把那达木德亲手杀死在脚下,哪怕他自己也会随后毙命。既报了仇雪了耻,又避免了仇杀和情杀之嫌,留下英雄豪杰的形象,这就是他为自己规划的复仇方式,甚至是他后半生追求的唯一目标,是他在心灵创巨痛深后能够坚强活下去的唯一动力。至于他等待的究竟是怎样光明正大的场面以及这场面何时到来,他还无法预见和设计出来,但他相信公正的上帝会赐给他这个机会。

总之,胡俊玉对那达木德来奉的消息丝毫不感兴趣,对由他带人逮捕那达木德也毫无热情,甚至产生一种心理上的失落感和压抑感。他反倒暗自希望少帅收回成命或那达木德请愿成功。

牡丹夫人

所以,当他在小河沿王府的客厅里获悉那达木德查无下落时,心里竟陡然升起一股庆幸之感。

"我的手下人实在太无能了。"负责调查那达木德下落的韩舍旺深表歉疚地说道。

"这也不能怪罪他们。"胡俊玉平静地说,没有一点儿抱怨和责怪的意思,"那达木德肯定会预料到,被惹恼的王爷和少帅,首先要拿他开刀,擒贼先擒王嘛。所以,他不和请愿队伍这个大目标混在一起,藏身在一个隐秘的所在了。"

"他这个人也太不义气了,自己藏起来,扔下整个请愿团不管!"

"他知道,王爷和少帅对那 60 名老牧人不可能使用暴力,大不了责骂一顿赶出奉天城。"

"那达木德可能这样想,但我们未必非这样做。"

"阁下的意思是……"

"逮捕 60 名代表,在报上公开宣布要严办。那时,那达木德就会露面了。"

"会的。"胡俊玉冷冷一笑道,"同时,达尔罕旗会有几百几千牧人云集奉天城。"

"因为这 60 名老牧人在草原上德高望重,而且关系着上百甚至上千个家庭。"

"不管他们关系着多少家庭,也无一例外地是王爷的奴仆。让他们来好了,王爷同样可以惩罚他们!"

"那就等我把他们赶回达尔罕旗,再让王爷行使他的权力吧。在奉天绝对不行,少帅的麻烦事已经够多了。"

"可我们对王爷和少帅总得有个交代啊。难道我们就这样按兵不动,甚至偃旗息鼓,就此罢手不成?"

"阁下想把责任推到我身上可是毫无道理的。"

"我并无此意。"

"我不想和阁下争论。我只想再说一遍,少帅和王爷的命令是逮捕请愿团的为首分子,而阁下至今还没向我指出那达木德的藏身之处。"

"如此说来,责任在我身上了?"

"我也并无此意。"

"我也不想和阁下争论。但我要说,那达木德可能逃之夭夭。而此人是破坏放垦的首恶分子,同时也是阁下的不共戴天的仇人。"

"协理大人!请不要把个人恩怨扯进来,我是在执行公务!"

"那就请把宪兵调出来,逮捕 60 名从犯,引蛇出洞。"

"这是个愚蠢的办法,会扩大事态,造成新的麻烦。我不会这么干!"

"聪明的办法是什么?请说说看。"

"把 60 名老牧人赶回达尔罕旗。那达木德不会一个人留在奉天的。你们随时可以在达尔罕旗逮捕他。"

"胡队长,听您的话,好像根本不希望那达木德被逮捕法办?"

"我说过,协理大人,这和个人感情无关。我只知道,我要执行少帅的命令,要对少帅负责。"

"不正是少帅派阁下来逮捕那达木德吗?"

"是的,但我首先得知道这个人身在何处。"

"说来说去还是那句话!也就是说,您肯定不调来宪兵逮捕 60 名从犯了?"

"是的。我不能让自己的贸然举动,使形势复杂、人心浮动的奉天城再因牧民大批涌入而造成新的混乱。您处在我的位置上也会这么考虑的。"

"我处在您的位置上也绝不会这么考虑。逮捕 60 名从犯,是为了引出那达木德。只要抓住那达木德,60 名从犯即可遣回达尔罕旗,哪里会出现旗民大批涌入奉天的局面?"

"如果那达木德三天、五天甚至十天不露面呢?"

韩舍旺自知不是胡俊玉辩论的对手,有点儿恼怒和故作逞能地说道:"阁下真是固执得可以!不过,别以为我真的查不出那达木德的住处!"

"希望您能查出。而且,如果阁下高兴,我还可以把逮捕那达木德的荣誉拱手相让。"

"那鄙人就却之不恭了。"

"阁下请便。"

然而,在偌大的奉天城寻找个把人的踪迹,绝非一件易事;如果排除偶然因素,几乎没有可能,更何况被寻觅者又是有意藏匿起来的呢?结果,两天时间过去了,韩舍旺和他的手下差不多查遍了奉天城闹市以及深巷的大大小小的客栈,依然一无所获。

7月26日下午,韩舍旺不得不垂头丧气地返回小河沿王府,向等在客厅里的朱尔吉特福晋和胡俊玉队长作了"查无下落"的报告,一再表示辜负了王爷和福晋的信任。

"你已经尽力了。"朱尔吉特轻描淡写地说,多少带着点儿安抚的意思,然后话锋一转,"其实,这都怪我们手软和缺少决断。当初,那达木德住在悦来客栈,我们是知道的。那时就逮捕他,哪里会有今天的麻烦呢?"

"奴才记得,当初,福晋殿下曾有此动议。"

"可王爷不准。哼,要不是那达木德当众辱骂王爷昏庸,骂王爷娶了我这个狐狸精,王爷至今也不会下决心的。——不过,那达木德为什么搬出悦来客栈?是不是听到了什么风声呢?"

"不会的。"韩舍旺肯定地说道,"悦来客栈的老板说,那达木德5天前就搬出去了。"

"也就是说,他预料到我们会有这步棋。"

"据我所知,那达木德还没这么聪明,他的脑子是从不会转弯的。"

"我看咱们先别讨论那达木德是否聪明了,还是合计合计怎么找到他吧。"

"福晋殿下,奴才曾和胡队长争论过,唯一的办法……"

"好了,别再重复你的什么唯一的办法了。我是很赞同胡队长的意见的。胡队长,我倒想出一个计策,不知是否可行?"

胡俊玉不动声色地看着朱尔吉特,那意思分明在说:请讲好了,不会有什么上上之策的。

朱尔吉特缓缓站起来,似乎在暗自推敲自己的计策,然后平静地说道:"这首先需要胡队长把宪兵调来,而且要有意招摇过市、大张旗鼓地进入王府。具体行动则在夜间进行。"

"福晋殿下不会是逮捕60名旗民代表吧?"胡俊玉问道。

"当然不是。"

"也不会是要在夜里挨门挨户搜查吧?"

"也不是。"

"那么……请福晋殿下明示。"

"你们知道,这60人的所谓请愿团,已经闹得满城风雨了,他们肯定还要闹的。据说,本月30日,他们还要集中一起来王府和省府请愿。我们必须在此之前,逮捕那达木德,赶走60名代表。我想,今天夜里逮捕那达木德,是个很合适的时间。"

韩舍旺道:"可我们还不知道那达木德的住处啊?"

"有人会领我们去。"

"谁?"韩舍旺和胡俊玉同时惊问道。

"那60名代表中的某一个人。"

"怎么可能?"韩舍旺道,"他们都是那达木德的死党,都在'独贵龙'上签过名呀!"

"正因为是死党,才能帮我们的忙。"

"奴才越发不明白了。"

"胡队长也不明白吗?"

"我猜想,福晋殿下是先派宪兵包围60名代表的住处,又不进行逮捕,且留出空当儿,使其中某些人有机会去给那达木德报信。"

"正是如此。别人不说,色旺尼玛是肯定会充当这个角色的。即使60名老牧人都不知道那达木德的住处,色旺尼玛是不会不知道的。"

"这的确是个好主意。"韩舍旺点头道,"福晋殿下实在是太聪明了!"

胡俊玉也不由得在心里赞叹朱尔吉特的确聪明过人,而且确信,那达木德是难逃厄运了。虽然他不希望因那达木德被法办而失去复仇的机会,但又不能暴露心迹,不得不同意把朱尔吉特的计策付诸实施。

他们立即调来待命的宪兵,并安排了跟踪色旺尼玛的人。

结果,恰如朱尔吉特所料,好心的色旺尼玛把跟踪者带到了那达木德的住处。

7月27日凌晨一时许,在客厅和衣而卧的胡俊玉和韩舍旺同时被一阵急促的电话铃声惊醒。胡俊玉拿起话筒。打来电话的正是跟踪色旺尼玛的人。他向胡俊玉报告说,他已查出那达木德夫妇住在黄寺。

"夫妇? 你是说那达木德夫妇?"胡俊玉异常惊讶地脱口问道,他原来并不知道牡丹也来了奉天。

"是的。"他获得了一个十分肯定的回答,"我认识黄寺的一个喇嘛,他告诉我那达木德带着老婆住在寺内。"

"那女人叫什么名字?"

"好像叫牡丹……对,叫牡丹夫人!"

"明白了。我这就带人去。——等一等,你打电话的地方离黄寺多远?"

"最多半里地。"

"你立即跑回黄寺,躲在寺门外观察动静。我的车马上就到!"

胡俊玉挂上话筒,匆匆检查了一下手枪,系上武装带,见韩舍旺不知何时已离开客厅,也不想等候,拔腿向外走去。

恰在此时,韩舍旺陪着只穿睡衣的朱尔吉特走了进来。

"胡队长行动好快啊!"朱尔吉特睡意蒙眬地说道。

胡俊玉不得不停下脚步,紧抿着嘴唇什么也没有说。

"听说牡丹也在奉天并和那达木德同住黄寺中?"

"是的。"

"胡队长没想到吧,这是一对恩爱夫妻呢。可是太遗憾了,如花似玉正当年华的牡丹夫人就要守寡了。"

"福晋殿下,"韩舍旺诧异地问道,"听您的话,好像就不逮捕牡丹了? 可我听说,请愿团的费用都是她筹措的呀! 放过她合适吗?"

"那么胡队长怎么看呢?"

胡俊玉迟疑了一下说道:"少帅和王爷的命令是只逮捕那达木德,最多再逮捕一两名主要从犯。"

"这命令的后半部分似乎并未排除牡丹吧?"

"她一直未在请愿团的活动中露面。"

"在背后出主意就更可恶!"

"这只是福晋殿下的猜测。"

"当然,我不想把她和那达木德一起处死。但也须关几年大牢,杀杀她的野性,也为胡队长出口恶气! 不过,假如胡队长不忘旧情,还想……"

"福晋殿下! 我们是在商谈公务!"

朱尔吉特笑了笑说道:"那好,我们就公事公办吧。"

"事不宜迟,请准许我立即去执行任务。"

"去吧,我相信你会秉公处置的。"

胡俊玉大步走出客厅。

外面很快响起汽车发动声。

韩舍旺扫了一眼门外亮起的汽车灯光,转过身对朱尔吉特说道:"福晋殿下,他会放跑牡丹的!"

朱尔吉特妒火燃烧地咬着嘴唇,点了点头。

"殿下是有意让胡俊玉做这个人情吗?"

"他是个死心眼子的大傻瓜!"朱尔吉特咬牙道,眼圈一红,垂下头去。

"是不是让奴才也去,把牡丹一起逮捕归案?"

朱尔吉特扬首厉声道:"不准你干预胡队长的行动! 马上从我面前走开! 走开!"

"是,福晋殿下。"

牡
丹
夫
人

29

牡丹带着天吉良和那达木德同住在黄寺的一个很僻静的房间。

正如朱尔吉特猜测的那样，从悦来客栈搬入黄寺是牡丹的主意。对此，那达木德很不以为然。他认为，来奉天请愿是光明正大的举动，要求王爷接见直陈卖地之弊也好，找少帅讲理请求停止屯垦也罢，都没有触犯刑律，根本无须躲躲藏藏。如果不是因为带着牡丹母女，不便与其他人一起住在大车店的土炕上，他当初是绝不会在宿费昂贵的悦来客栈单独开一个房间的。所以，他主张继续住在悦来客栈。牡丹却坚持自己的意见。她说，请愿团进入奉天快一个月了，三天两头到王府门外敦请王爷答复，甚至到省府表示抗议，闹得王爷和少帅不得安宁。王爷和少帅能忍耐这么久，已是大大出乎预料了，再僵持下去，肯定要采取强硬手段弹压请愿者的。而且，王爷和少帅都知道，请愿团的首领是那达木德，很可能擒贼擒王，杀一儆百，这是不可不防的。

"更何况，"牡丹进一步说道，"你根本没听我的话，竟当众辱骂王爷和少帅，他们怎能不恼羞成怒、暗生杀机呢？"

"我当时是忍无可忍了。不过，他们就用这个理由逮捕我？"

"他们恨你就足够了，还要什么理由？"

"总还有法律在嘛。如果连和平请愿的人也横遭逮捕，那还成什么世道！"

"法律是当权者的奴仆，可会眷顾你这个白身人吗？再说，小心点儿有什么不好？又不是让你搬山迁海，换一个住处就行嘛。"

"好吧，"那达木德不得不让步地说道，"按你说的，搬家就是。但是，我绝不是因为害怕王爷和少帅逮捕，只是不愿让你为我担惊受怕。"

"不管你怎么想，只要搬到一个无人知道的地方，我就放心了。"

就这样,他们搬进了黄寺。

黄寺的住持喇嘛原系达尔罕旗人,和那达木德的二哥照日有过深交;牡丹住在胡俊玉的小公馆时,又常到黄寺进香礼佛,是个捐赠过不少银两的旧施主。所以,那达木德一家三口住进黄寺,理所当然受到礼遇。这里是佛门净地,很少有闲杂人等进出,一日三餐又有小喇嘛照应,无须出寺采办;而且,只有色旺尼玛等两三个人被告知这个新住处,牡丹又一再叮嘱他们,没事不要来找那达木德,如确实需要见面,也一定要谨慎小心,不能暴露行踪。因此,应该说,住在这里是十分安全的。

色旺尼玛和牡丹有同样的预感,故而对这样的安排极表赞同。

２６日晚,色旺尼玛发现荷枪实弹的宪兵三三两两地出现在大车店四外的街面上,气氛变得异常紧张。他确信,已经到了确实需要和那达木德见面的时刻。因为,如果王爷和少帅不打算采取特别行动,是不会派宪兵包围请愿者的驻地的。他决定去黄寺。

然而,色旺尼玛怎么也想不到,他走出的每一步,都是按着朱尔吉特的思路进行的。

大约午夜时分,他偷偷离开大车店,躲过巡逻的宪兵,乘着夜色,疾速地跑到黄寺,翻过围墙,摸到那达木德的住处,轻声而急促地敲响了房门。

正在酣梦中的那达木德被叩门声惊醒,匆匆穿上衣服,对随后醒来的牡丹说一声"有人叫门",便很快走出卧室,打开外间的板门,迎进神色紧张的色旺尼玛。

"你好像跑着来的?"

"是的。……"

"发生了什么事?"

"张学良将军要有举动。"

"什么举动?"

"可能要武力镇压请愿团。"

"武力镇压? 不,不会。张学良不会如此愚蠢。不过——你先坐下——请你说清楚,你根据什么说张学良要这么干?"那达木德说着,和色旺尼玛一同坐下来,然后转向从卧室走出来的牡丹,"快弄杯水来,色旺尼玛跑的嗓子都干了。"

"可不是!"色旺尼玛舔了舔干燥的嘴唇说道,"我一直跑哇跑哇,真是渴

坏了。——谢谢。"他接过牡丹递过来的水杯,一饮而尽,"你问我根据什么说张学良要武力镇压请愿团,我告诉你,嘎达,他已经派宪兵包围了我们的驻地。"

"当真?"

"那还有假? 我亲眼所见。"

"那你是怎么出来的呢?"

"他们三三两两四处游走,躲过他们还不太难。"

"原来如此。"那达木德忍不住笑道,"连你这个首要分子都能溜出来,这算哪路的包围啊! 是你太敏感了吧,色旺尼玛?"

"可我跑这一道,并没见别处有宪兵啊。"

"也许他们在执行别的任务。"

"不,我敢肯定他们是冲着请愿团来的。因为这些宪兵是今天——唔,是昨天下午开进王府的。"

那达木德收住笑容,紧蹙了一下眉头问道:"这也是你亲眼所见吗?"

"是的。还有很多人也看见了。"

"这倒是大有文章了……"那达木德说道,沉吟了片一刻,把询问的目光转向牡丹,"牡丹,你说,他们真要向请愿团下手吗?"

牡丹没有回答那达木德的问话,却紧紧盯着色旺尼玛问道:"色旺尼玛,你能肯定离开大车店时没被宪兵发现吗?"

"没有任何人看见我离开大车店。我是绝不敢大意的。"

"一路上也没发现身后有人?"

"你是说会有人跟踪我? 不,没有。"

"你始终没离开大路吗?"

"是的。天这么黑,走小路是很容易岔到别处去的。"

"牡丹,"那达木德有所领悟地问道,"你的意思是他们想找到我们的住处,而那些宪兵只是为了逼出一个给我送信的人?"

"你想,如果他们决定逮捕 60 名手无寸铁的老牧人,还需要如此兴师动众吗? 还需要夜间行动吗? 有三两名宪兵在任何时候都可以把请愿团全部成员送进牢房了。"

那达木德点头道:"有道理。"

色旺尼玛不由得腾身跳起,异常惶恐地说道:"天哪! 如果是这样,我不是要把宪兵引到黄寺了吗？我去看看！"

"不。"那达木德站起来拦住了色旺尼玛，"我去吧。这里的喇嘛都不认识你，碰上了不好解释。"说完，蹿出门外，向寺门跑去。

大约十分钟后，那达木德坦然回到房间，摇头笑道："又是一场虚惊。寺内寺外没有任何动静，一如往常的黑夜，平安无事。"

色旺尼玛放心地舒了一口长气，余悸未消地说道："吓得我真魂都出窍了！"

牡丹说道："我还是觉得事情不会这么简单。这里肯定另有文章，而且是针对你嘎达的。"

"不过，看来今天是没什么事了。我猜想，那些宪兵也许是王爷请来保护王府的，他是担心请愿团会去骚扰。当然，牡丹说得对，我们还是机警一些好。"

色旺尼玛负疚地说道："今天都怪我不沉着，如果真惹出祸事，我会悔死的。"

"不要这么说。即使你的行动带来不幸，我也不会怪罪你。你今天不避危险、不顾劳累地跑来，无论是对请愿团，还是对我和牡丹，都是出于一片至诚之心嘛。"

"话虽如此，但是……"

"好了，这件事就不谈了。"

"那么，我想，我还是乘着黑夜回去吧。"

"也好，回去安心睡一觉。而且，我还有一个想法，我们把下一次请愿活动提前两天。"

"也就是说，在 28 号？"

"牡丹，你说呢？"

"我看这样很好。已经一个多月了，再拖下去，我们连吃饭钱都没有了。"

"什么？你是说我们再请愿一次，就鸣金收兵？"

"是的。"

"不管结果如何？"

"我估计王爷不会放弃出荒的打算。"

"这不等于我们白闹腾了？而且，回去怎么办？"

牡
丹
夫
人

“告诉全旗的牧民,王爷就要把他们的牧场卖给张学良了。”

“号召牧民都起来反抗王爷? 不,我不能这么做!”

“其实,你已经这样做了!”

“指的是这次请愿吗?”

“还有召集抗垦会议,组织‘独贵龙’签名。”

“那是为了统一民意,为了同王爷和少帅讲理。这和号召百姓反抗王爷岂能同日而语?”

“这之间没有什么区别。至少王爷和少帅肯定这么看。”

那达木德挥臂道:“好了,我不和你争论。”然后,他转向色旺尼玛,“色旺尼玛,我们的行动还是按计划进行。你先回去,告诉人们不可随便离开大车店。28 号早晨,我就去带着他们找王爷。至于下一步怎么办,看请愿结果而定。”

“好吧,我这就回去。”

牡丹突然说道:“等一等,你们听!”

那达木德问道:“你听到了什么?”

色旺尼玛大惊道:“是汽车声!”

牡丹又说道:“好像停在寺外了!”

“汽车?”那达木德说道,“而且这种时候?”

“坏了!”色旺尼玛抖着发青的嘴唇说道,“看来,我的行动真带来了祸事! 嘎达,怎么办?”

传进来寺门开启声和杂沓的脚步声。

牡丹说道:“嘎达,你还是躲一躲吧!”

“我那达木德办事光明磊落,为什么要躲?”

“这种时候,还说硬话有什么意义?”

色旺尼玛附和道:“嘎达,听牡丹的话,先躲过他们。留得青山在,不怕没柴烧。他们肯定是冲着你来的!”

“大丈夫处变不惊,让他们来好了! 我看他们能把我怎样!”那达木德毫无惧色地说道,稳稳地坐到椅子里。

卧室里传来天吉良的哭声。

牡丹无奈地摇摇头,走进卧室,抱出天吉良。

片刻后,房门被打开,面带愧赧的胡俊玉带着两名手持短枪的宪兵缓缓走了进来。

那达木德感到很意外地扬了扬眉毛,然后讥讽地一笑,说道:"原来是胡副官,久违了!"

"是我而不是别人深夜拜访,你一定深感意外吧?"

"恰恰相反。"那达木德故意刺激对方地说道,"如果是别人而不是阁下,我反倒会奇怪了!"

"可是,"胡俊玉幽幽地说道,"我自己却怎么也没想到。而且,我很为未能推辞掉这次使命而后悔。"

"笑话! 你还巴不得接受可以向我开枪的命令呢!"

"你忘了四年前一个夜晚我们在草原上说的话了。是的,我肯定要向你开一枪,但绝不是目前这种情况。那颗击中你胸膛或头颅的子弹,既不代表王爷,也不代表少帅,只代表我自己。这是我永远不变的誓言!"

"誓言?"那达木德冷笑道,"哼,准确地说,那只是自我欺骗的空话,惨败者的梦呓!"

胡俊玉不由得扫了一眼眉垂目合的牡丹,脸色变得苍白而难看。他痛苦而不甘心地闭了闭眼睛,尽力克制着烦乱的心绪,然后慢慢说道:"是啊,你说得对,我的誓言很可能变成空话。但这全怪你,怪你的愚蠢和硬充好汉!"

牡
丹
夫
人

"企图把自己失败的原因转嫁到对手身上,也只不过是自我欺骗后的自我安慰而已!"

"你根本没明白我的意思。"

"你的意思? 你的意思是什么?"

"第一,你应该知道,阻止王爷卖地是不可能的。他早已负债累累、寅吃卯粮了,一个月前,王爷又派辅国公林沁色鲁布王子去北京修葺旧王府,福晋则打发王祥林……"

"王祥林?"

"对,就是那个'死而复活'后又使你失去梅伦之职的美男子。——福晋打发他去厦门购买和装修豪华的别墅。这两项又无疑要数额可观的借款。王爷即使卖掉整个达尔罕旗,也未必能还清外债。你不让他卖地,他会答应吗? 第二,你更没必要到奉天来闹事。开荒设县是张学良将军政治和军事上的需要,是省府的既定方针,张学良将军和省府能因为你们的请愿就放弃屯垦吗？所以我说你在干着一件蠢事。第三，你们在奉天闹了一个多月了，你不会估计不到少帅和王爷的忍耐早已超过了极限，肯定要对你下手的。然而，你却在听到汽车响声和宪兵跑进寺内的马靴声后，不赶紧躲藏起来，反而故作镇静，坐在这里等着落入罗网！你这样硬充好汉的结果，只能使你自己身陷囹圄，同时，使我失去了实现誓言的机会。"

"胡俊玉，收起你猫哭老鼠的假面吧！你站在我面前喋喋不休地讲述这些纯属鬼话的大道理，无非是想让我为自己的行为后悔。这你是达不到目的的。"那达木德说着，昂首起立，向胡俊玉接近了一步，并朝着做出警戒姿态的两名宪兵轻蔑地冷笑一声，然后伸出右手放肆地指点着胡俊玉，接着说下去，"你听着，胡副官。我那达木德行得端，做得正，光明磊落，非你们这些龌龊小人可比。你没有资格教训我。你也永远理解不了世代生活在草原上的蒙古人的心理。必要的时候，他们是肯于用生命去捍卫自己的土地的！不过，跟你说这些毫无意义，你不过是张学良将军的马前卒而已，没有资格做我谈话的对象。"

"我深夜到此，并非是来和阁下谈话的。"

"是受张学良之命来逮捕我，对吗？"

"还有王爷和福晋的命令。"

"三个主子的奴才！"

"随你怎么辱骂吧。既然你没躲起来，就得跟我走一趟。"

"你还会恭恭敬敬把我送回来！"

"但愿我有这个荣幸。"

"请转告你的主子，我早就盼望有一个接受公开审判的机会了。我将向世人披露张学良及其老子是怎样诱使王爷借款又逼王爷卖地的！"

"我不会转告这些话，那会使你失去公开审判的可能。而我是希望你能有这个机会，更希望你能获胜。"

"花言巧语！"

"我发誓这是心里话。"

"你倒很愿意发誓！——唔，等一等，你再发个誓，除了我，不能动别的人。"

"我接受的命令是只逮捕你一人。我没有超额完成任务的兴趣和习惯。"

“那好，我就同意跟你走一趟。”

“十分感谢。”胡俊玉俯首道，随即命令两个宪兵先把那达木德带到车上。

“你好像准备和牡丹单独谈点儿什么?”那达木德问道，语气中带着明显的讥讽。

“你放心，”胡俊玉说道，“我不会伤害牡丹。而且，我将要说的话，在场的色旺尼玛会一字不漏地听到。”

那达木德在鼻孔中哼了一声，转向牡丹说道:“牡丹，我已经猜透了他们的企图，是想威逼我把请愿团带回达尔罕旗。我不会让他们如意的。他们奈何不了我。在法律上，我并非一无所知。张学良也绝不会愚蠢到仅仅因为对我那达木德的不公正，换来世人的訾议和唾骂。所以，你不必为我担心，我很快就会回来的。另外，——色旺尼玛，告诉请愿团的全体成员，下一步行动等我回来再定。我确信，今天的事只能使我们的请愿更接近于胜利!”说完后，他扭过身去，坦然地走出门外。

房间里只剩下了面无表情的胡俊玉、悔恨交加的色旺尼玛和搂着天吉良垂首而立的牡丹。

难堪的沉默持续了几分钟后，牡丹猛地抬头，充满怨恨地盯着胡俊玉说道:“胡俊玉，你今天充当了一个极不光彩的角色!”

“的确不光彩。”

“可是，为什么? 我欠你的旧债还没还清吗?”

“我从来不认为你对我有过欠债。我对你的欠债却一辈子还不清。”

“那么，跑来夺去我丈夫的人为什么偏偏是你?”

“我的行动常常并非心甘情愿。”

“常常! 哼，你这次却是主动请缨!”

“这次尤其不是。”

“你说谎!”

“我可以发誓。”

“又是发誓! 我不信! 我知道你恨那达木德。”

“我恨他。这恨，也是一辈子不能消除的!”

“这是没有道理的。当初，并非他要娶我，是我非要嫁给他。”

“他应该知道他不配接受你的爱。他利用了一个他不该利用的机会。

牡丹夫人

他没有也不可能给你带来幸福。"

"你对他的评价是不公正的。他是草原上的雄鹰,是我心中唯一的伟男子。我爱他!"

"言不由衷,自欺欺人。"

"我可以对天盟誓。而且,这和你早已无关。难道我连喜欢一个人的自由也没有吗?"

"我同样也有恨一个人的自由。"

"所以你要利用眼前的机会,官报私仇!"

"我恨那达木德,发誓要报仇,这我绝不隐讳。但我不会采取官报私仇的方式。"

"你怎么解释今天的行动?"

"我今天的行动无可指摘。第一,我是受人差遣,没有选择的余地;第二,我在寺门外曾有意示警,可那达木德偏不逃跑。难道让我当着宪兵们的面再放他跑掉吗?"

"你倒好像不愿让那达木德去坐牢房?"

"确实如此。"

"这真令人惊讶!"

"你并不理解我的意图。"

"我却理解了你留下来向我讲这番话的意图。你是想既带走了那达木德,又让我对你感恩戴德。"

"我从来不想这样,尤其对你。"

"你的话说完了吗? 你该回去请功了。"

"我要说的话,还一句没说。"

"恐怕已经没有说出的必要了。"

"你用心听一听,就知道这番话的必要性了。因为这涉及那达木德的命运,也涉及你的命运。前者是你最关心的问题,后者——不管你是否愿意——是我关心的问题。"胡俊玉平静地说着,看了看怀表,"时间可真快!我尽量把话说得简单明了。第一,你必须在天亮前离开奉天城。"

"等一等。"牡丹反感地说道,"你是不是同时带着逮捕我的命令,而又格外开恩,对我网开一面呢?"

胡俊玉略一犹豫,说道:"不,我没有带着这样的命令。但迟早会有人来执行这样的命令。因为，无论是韩舍旺，还是福晋，抑或王爷，都知道你在请愿团中起的作用甚至超过那达木德。"

"你这样有意关照，是想让我再成为负债人？"

"这种时候，说这种话，可真像个孩子！——色旺尼玛，就请你负责把牡丹母女护送出奉天城。但你本人必须在牡丹平安进入达尔罕旗界后，返回来见我。你能保证吗？"

"当然可以保证，但为什么？"

"因为逮捕名单中有你，而且，至少有两名宪兵是知道你今天在场的。"

牡丹决然道："他们坐牢，我却逃跑？不，我不会这么干！"

"没人说你这是逃跑。"

"不要说了！只要有一个人在你们手中，我也绝不离开奉天！我不是你心目中那种弱女子。"

牡丹夫人

"你当然不是。但你同时还应该是一位善于权变的聪明女子。如果只知意气用事，不仅你自己要成为班房女囚，那达木德也必死无疑了。因为除了你，没人能拯救他。"

"什么？！"牡丹异常恐怖地叫道，"你们想处死那达木德？"

"这是那木济勒色楞亲王和张学良将军，特别是朱尔吉特福晋的意图。"

"你是在恐吓我！我不信！"

"他们认为，只有处死那达木德，才会对达尔罕旗的牧民起到震慑作用，使放垦顺利进行。如果采取宽容态度，则无异于鼓励后来者。"

"仅仅因为请愿吗？"

"这就足够了。像王爷和少帅这样权倾一方的人物，只要认为某一个人活着令他心烦，就可以让这个人去死。"

"是的，他们干得出来。可你刚才为什么不对那达木德明说？"

"我怕他反抗而造成麻烦。一旦动武，就免不了有人流血。"

"你真狡诈！"

"我必须顺利完成逮捕他的任务，没有别的办法。"

"然后再关照我回家去等候丈夫的死讯？"

"恰恰相反。我是留给你一个拯救那达木德的机会。"

"胡俊玉！我不想再听你的鬼话了。我问你，要把那达木德带到什么地方？"

"警察署。"

牡丹转向色旺尼玛说道:"色旺尼玛,立即赶回请愿团驻地,告诉他们,天亮后,我要带着他们去省府抗议!"

"那只会加快那达木德的死期。"胡俊玉说道,"再说,已经来不及了。那60名请愿者,此刻早已在宪兵的护送下踏上归途了。"

"你真卑鄙!你终于使自己成为蒙古人的死敌了!"

"牡丹,你不该急于骂我,而该先听我把话说完。我说我留给你一个拯救那达木德的机会,意思就是那达木德有可能不死。但是,我只能做到一半,另一半则需要你去完成。"

"你就照直说吧!你是不是想交换什么或者得到什么?别跟我绕弯子了!"

"你猜错了。不过,请你先别打断我的话。——直截了当地说吧,牡丹。王爷和少帅是准备在奉天处死那达木德的。如果真这样,神仙也救不了他。但是,我确信我能说服少帅把行刑的地点改在达尔罕旗。我也确信,只要那达木德被押到达尔罕旗监狱,你就会救出他,至少是延缓刑期或免除死刑。"

牡丹咬着失去血色的嘴唇,用心掂量着胡俊玉这些话的可信程度。沉默了一会儿后,她问道:"胡俊玉,你说的是真话吗?"

"我没必要说假话。"

"但我不明白,你为什么希望那达木德不死呢?你刚才还咬牙切齿地说恨他,发誓报仇呢!"

"正因为我恨他,发誓报仇,才不希望他死!不希望他死在别人手上!——我该说的都说了。但愿你别打错主意。再见!"

胡俊玉说完,倏然转身,头也不回地朝外走去。

30

牡丹虽然在 7 月 2 7 日凌晨,对胡俊玉说了许多十分不客气甚至是怒斥的话,但她心里还是相信,胡俊玉绝不是在欺骗她,而且,当着色旺尼玛的面许诺的事情,肯定能做到。也就是说,牡丹决定接受胡俊玉的帮助,不管胡俊玉此举目的何在。只要那达木德能活下来和获得自由,其他一切都无关紧要了。至于胡俊玉声称的"堂堂正正"的报复,毕竟还是遥远的尚在或然之中的事情,防范得好,甚至是完全可以避免的。说心里话,她实在不愿让这两人中的任何一人为了她而死于非命,倒是希望他们有一天终于消除一切怨恨,成为真正的朋友。直到一年半后在老哈河畔发生了热血飞溅的场面时,牡丹才认识到,她的这种良好的愿望是不可能实现的。

牡丹遵照胡俊玉的话,于是日天亮前离开了黄寺。进入达尔罕旗不久,她遇上了被赶出奉天垂头丧气走在草原上的请愿团的老牧民们。她没有同这些无可指责的可怜的人打招呼,绕道返回敖来毛都。

大约一个月后,那达木德被解回达尔罕旗,以待斩死囚的身份被关进王府印务处的监牢里。人们传说,这是那木济勒色楞亲王的决定,因为他觉得,一个达尔罕旗的罪犯,却要假张学良将军之手处决,实在有失他作为一旗之主的威仪。也有人传说,是那达木德不愿做他乡之鬼,哀恳能让他归正首丘,而那木济勒色楞亲王考虑那达木德以往的功绩,格外垂怜并恩准的。究竟哪种传说更准确,谁也说不清。但牡丹心里明白,这是胡俊玉斡旋的结果。胡俊玉是一个言必行、行必果的人,这一点,牡丹早就知道。

同时,牡丹还收到胡俊玉写给她的一封标着"阅后付丙"的长信。信中除了一句"我迟早要让你回到我的身边"外,全都是关于那达木德的内容。胡俊玉在信中说,刚从北京返回奉天的林沁色鲁布王子曾对那达木德的死刑表示异议,那木济勒色楞亲王也以为死刑太重,一度犹豫起来。但亲王架不住朱尔吉特福晋和韩舍旺协理的蛊惑，还是下了维持原判的决心。并严词警告林沁色鲁布王子不得插手此事，否则，取消其嗣子资格，严惩不贷。信中还说，王祥林亦从厦门返奉，由于福晋的坚持，王爷同意给这个刀斧余生平反，并暂代军务梅林之职，第一项任务便是协同宪兵押解那达木德回达尔罕旗。行刑的日期拟定在10月份，届时，王爷和福晋都将回旗监斩。信中最后告诉牡丹，留给她的时间已经不多，须尽快想出营救办法，拖到秋末，就全完了。

从8月底到10月的某一天，仅仅比一个月略长一点儿。这么短的时间，牡丹即使把自己劈成八份去四处奔波呼吁，试图改变那达木德的死刑，也还是太紧迫了。况且，她去奔波也好，呼吁也罢，能有什么实际意义呢？王爷可是一个不轻易作决定而一旦作出决定也不会轻易改变的人啊！事实上，她一开始就没准备去进行这种注定失败的努力，而是把希望寄托在林沁色鲁布身上。因为她知道，敢于为那达木德辩解并有可能使王爷改变主意的人，只有这位年轻的王子。所以，牡丹在离开黄寺前，匆匆写了一封信，让色旺尼玛转求胡俊玉火速交到正在北京的林沁色鲁布王子手中。胡俊玉没有误事，王子也及时赶回奉天。然而，从胡俊玉的信中看出，指望林沁色鲁布王子出面干预也终成泡影。

看来，一切只能靠牡丹自己了，而且，必须想出一种特殊的营救办法。

这无疑是异常艰难又充满危险的。

也许因为牡丹早有思想准备，也许她灵魂深处已潜滋暗长出对那达木德以及那达木德所从事的事业的责任感，使她面对足以使无论怎样坚强的女人都会惊慌失措的局面，反而变得比以往任何时候都沉静。好像已经发生的和即将发生的一切，都是命运早已安排好的，她也心如明镜，无须忧虑和斟酌，只要按步前行就可以似的。

牡丹确实产生了一种超过同时代人至少是超过同乡的责任感。这种责任感，大概在她从胡俊玉小公馆客厅门外逃开的瞬间便开始萌芽了。否则，她怎么会在离开使爸爸失去牧场的胡俊玉之后，立即奔向坚定地反对放荒的那达木德的身边呢？但彼时的责任感还是朦胧的和似隐似现、若有若无的，而且为巨大的感情狂涛所掩盖，使她自己也不能冷静而理智地认识到，她已经从一团天真的稚气朝着未来的成熟迈出了极为关键的一步。后来，十分遗憾而又不该受到苛责的是，由于她自认与胡俊玉的孽缘未了和心甘情愿地沉浮于痛苦的海洋,加上那达木德只是以保护者身份把她封闭在安逸的家庭之中,使她在可喜的新起点上滞留了太久的时间。有一天,当她已准备和那达木德一起站到反垦行列,勇敢地踏进胡俊玉的营房时,那一度闪现的责任感的火花,还是被感情的波浪湮灭了,而且又压上了新的痛苦。这新的痛苦,无疑是对她的一次严峻考验:或者彻底否定同那达木德结合的合理性,两人从此分道扬镳;或者彻底改造自己的感情,使两人的生活有个全新的开始。她选择了后者。感情的突然爆发,把她真正地推向那达木德的怀抱。她在爱情上自觉而主动地腾跃的一步,甚至远远超过了长期陷于性饥渴状态的那达木德所能承受的程度。感情上的水乳交融,势必使牡丹的心灵受到那达木德的心灵的全方位冲击。很快地,她不再满足于和丈夫之间卿卿我我的爱情的流泻,而是渴望和丈夫并肩接受命运的全部挑战,忧乐与共。这就是她毫不犹豫地卖掉家产资助请愿团并坚持和那达木德同至奉天的原因。不过,这时的牡丹,依然没有摆脱在那达木德事业上的附庸地位,到奉天也仅仅基于夫妻情爱,为了和丈夫分忧以及暗地里做一个保护者,并未意识到自己应该或必须承担反垦斗争的某些责任。

但是,眼下的情况却完全不同了。那达木德被捕入狱,且被判处了死刑。在那达木德失去自由的一个月来,牡丹亲眼看到荒务局的丈量队肆无忌惮地走进达尔罕旗的草原,亲眼看到许许多多原本安居乐业的牧人被驱赶得东奔西跑,哀苦无告,甚至时有因绝望而举家自焚的惨剧发生。这一切,不能不促使牡丹对那达木德的反垦决心和这种决心的意义,独立地重新作一番估量。她异常明确地认识到,反垦斗争必须继续下去,而且必须采取一种全新的方式,因为无论是犯颜进谏也好,聚众请愿也罢,都已失去了任何意义,除了被监禁和砍头,保不住一寸土地。过去犯颜进谏的是那达木德,聚众请愿的也是那达木德,不用说,当新的斗争方式成为行动的时候,还是少不了那达木德。除了那达木德,还有谁能始终不渝和舍生忘死地把反垦斗争进行到底呢?到那时,牡丹将不再顾忌社会的飞短流长,公开抛头露面与那达木德站到光天化日之下。和那达木德同死总比眼睁睁看着那达木德作为失败者孤独地进入另一个世界要惬意得多!而要实现这些,首先必须把那达木德营救出来。

牡丹自信能把那达木德营救出来,只要王爷给那达木德定的行刑日期是一个月以后而不是眼下。

是的,牡丹真正成熟了。她将迈出新的一步。这一步,绝不会比她当年在爱情上迈出的步子小,且要辉煌得无法比拟,甚至令那达木德像对待骤然袭来的爱情一样,也缺乏承受的准备。

事实正是如此。当牡丹把劫狱的计划告诉那达木德时,他大吃一惊,连说不可。牡丹气得差点儿扇过去一个耳光!

那是9月上旬的一天。

牡丹经过一个星期的深思熟虑,计划好了营救那达木德的方法和步骤,营救过程在脑海里演习了无数遍,对每一个哪怕极微小的细节都经过再三推敲,不断修正。最后,她确信这个计划无懈可击,便决定利用探监的机会,通报给那达木德,并仔细观察一番牢房构造和布防情况。

她带着仅存的银洋和奉票以及几样那达木德喜欢的吃食,单骑来到王府。

出乎牡丹预料的是,当她被引见给王祥林时,这个"死而复生"且已获得兵权的幸运儿,不仅对以往的事情只字不提,还表现出极大的热情,再三声称自己对那达木德的遭遇深表同情,喋喋不休地说他这些天如何关照那达木德,证明自己是很看重同乡同窗和同僚的友谊的。

牡丹坐在椅子上平静地听着,既不插话和反驳,也不作其他诸如厌烦或仇恨的表示。等到她看出王祥林对自己的独白已不如开始那样兴致盎然,脸上已呈现出尴尬而迷离的表情时,觉得该轮到她说话了。

"王祥林,我是来探监的。"

王祥林原以为,牡丹即使不打断他的话,至少在最后也要说点儿什么,比如求情或责骂,那样他就可以借题发挥,巧妙地陈述自己的委屈、苦衷和宽宏,或许多少能打动一个女人的心,然后便可以乘机提出自己的要求了。王祥林深知自己的军务梅林职务来之不易,而且直到目前也还不够稳固。在奉天,虽然朱尔吉特福晋曾公开宣布王祥林的冤案已经平反,但他知道,王爷并未同意出具平反的文书,而且坚持要对他的杀人和奸淫罪重新查核,在定案之前,准他暂时代理军务梅林,设使最后证明他确有上述二罪,定杀不赦。因此,王祥林坐在达尔罕旗最高军事长官的交椅上,心里实在并不踏实。为了保住官职和生命,他必须在王爷定案前,先证明自己无罪。怎么能证明自己无罪呢? 他想到了那达木德。朱尔吉特曾对他透露,王爷说,那达木德的死刑虽不能更改,但其以往的功绩和诉状的真实性均不能否定,如果那达木德不是死刑犯,马上就可以捕办王祥林而无须重新立案调查了。所以,他王祥林能利用眼前的机会,诱使那达木德出具一纸撤诉状,说明以前的控告乃是虚构和诬陷,是最好也是最方便的途径了。近十天来,他几次探望那达木德,指派专人一日三餐地侍候,没让那达木德受一点儿皮肉之苦,其目的正是如此。昨天,他终于向那达木德摊牌了,结果遭到了一顿臭骂。今天牡丹来探监,又给他带来新的希望。女人的心肠软,这是不待细说的,那达木德最听牡丹的话,也是尽人皆知的。只要牡丹为了使那达木德行刑前不受皮肉之苦,为了日后母女相依为命的日子不出现新的麻烦,而劝说那达木德死前做一件一举三得的好事,那达木德没有不答应的道理。

然而,牡丹对他的话不作任何表示,只说了一句:"我今天是来探监的。"表情和语气平静得如一泓秋水,却又透出不容反驳的坚定。如果牡丹不是有意彻底破坏他继续说下去的语言环境,就肯定是刚才连听也没听。王祥林感到很不是滋味,怔怔地又恨恨地凝视了牡丹一会儿。

但是,王祥林几乎立即就恢复常态了。他做出一个显得很自然的微笑,说道:"你当然是来探监的。不过……你就没有别的什么要求吗?"

"不,没有。"

"比如……"

"我说过了,我是来探监的。"

"那么……牡丹夫人,如果我有一个要求呢,你想不想听?"

"我只想听你说'准'还是'不准'。"

王祥林在心里叹息一声,并骂了一句"该杀的野母马",嘴上却不得不说道:"准,准,这还有问题吗? ——来人!"

一名旗卫队兵战士应声走了进来。

"送牡丹夫人去探监。"

"探那达木德吗?"

"废话! 知道还问?"

"探监时间呢?"

"不限。去吧!"

"是,梅林大人。牡丹夫人,请……"

牡丹拿起带来的包裹,不慌不忙走了出去。

王祥林恼恨地盯着关合的房门,倏然立起,焦躁地在地上走来走去,心

里左一次右一次骂着"该杀的野母马"。不大一会儿,他猛地冲出房门,朝着牡丹喊道:"牡丹!转告那达木德,太固执没好处!让他仔细想想身后的事!"

牡丹连头也没回,但她肯定是听到了。

达尔罕旗印务处的监狱设在离王府不远的一带岗地上,四周都是一马平川,视野是极开阔的,这说明当初修建监狱的人既有头脑又有远见。监狱有围墙,围墙四角有岗楼;大门是硬质木料的,虽依然坚固,漆皮却已剥落殆尽;围墙里有十数间房子,四壁都是石砌的,这些房子,除看守的休息室以及关押着那达木德的一栋,都因年久失修,颓败不堪,这又说明现任达尔罕王治旗以德、待人以宽,至少还不是那种嗜杀成性、草菅人命人命或者以监禁和酷刑为乐趣的主子。不过,也有人说,监狱之所以近于废止不用,乃是因为旗民惮于那木济勒色楞亲王的淫威,没谁胆敢稍稍触犯刑律。至于那木济勒色楞亲王究竟是宽厚仁爱,还是凶狠残暴,笔者没有信史可资佐证,只好存疑待考了。

牡丹正是向这座带着不少疑问的监狱走去,并很快就看到了监狱的里出外进的围墙和围墙里牢房的呈波浪形的屋顶。这情景,使她有充分的理由高兴,对于由此能推究出那木济勒色楞亲王怎样的品藻却无丝毫兴趣。

一开始,那个荷枪的旗卫队战士是走在牡丹身后的,后来,他觉得不大合适,怎好像押犯人一样对待昔日上司的夫人呢?他便把后边看押及时调整为前边带路。这样,牡丹更可以毫无顾忌地仔细观察监狱周围的地势并牢牢记在心里了。

大约走了一半路程的时候,那个旗卫队战士回过头来,搭讪道:"牡丹夫人,你的包裹好像挺沉,要不要我来替你拿一拿?"

牡丹对这个年轻人故献殷勤没表示一丝反感,微微一笑,把包裹递了过去,轻轻说了一声"谢谢"。

其实这个包裹一点儿也不沉。

但是,这个当兵的仍然觉得能从一位美丽得鲜花一般的女人手中接过这个标志自己曾为之效劳的小包裹,是一种奇遇乃至荣耀。他喜得险些也说一声"谢谢"。

他不再像一个兵那样严肃和拘谨了。

"牡丹夫人,"他讨好地说道,其实是借故回头多看牡丹两眼,"王爷可不该判那达木德梅林死刑。”

“可是,已经判了。”

“多不讲情面!”

“你真这样想吗?”

“要是撒谎,你就割我舌头!”

牡丹笑了笑说道:“你说话可得小心点儿。要不,真会有人割你舌头呢。”

“当然,当然,这话我只能跟你一个人说。”

“你这个人很可亲。”

“人们都这么说呢。”

“怪不得王祥林也很喜欢你。”

“人心隔肚皮。他可不知道我是最崇敬那达木德的。”

“唔,对了,你知道那达木德的近况吗?”

“那还用说,我陪王祥林来了好几次。”

“能对我讲讲吗?”

“当然能。你想知道什么? 请随便问,随便问,我保管有问必答。”

牡丹思忖了一下说道:“我怎么也没想到会遇上你这样体谅和善待我的人,否则我会准备好一大堆问题的。可是,你看,我一下子又不知从哪儿问起了。”

“那是因为你什么都想知道,却又心乱如麻,理不出头绪,对不? 这我能理解。那么,这样好了,我把知道的全讲给你,你边走边听,至少可以给你解解闷嘛。”

“你可真是个热心肠的好人。你说吧,我听着。”

这个兵十分卖力地信口开河起来。他的讲述虽然时而东、时而西,次序混乱、词不达意,牡丹还能捕捉到一些有用的内容,除了听出那达木德入狱后确实受到了王祥林所说的种种优待,还隐约获悉了王祥林已把旗卫队的一半人马调来监狱驻守,并正拟加固围墙。看来,王祥林对可能会有人劫狱是有思想准备的。这对牡丹来说并非好消息,但知道了总比不知道好。

牡丹问道:“监狱里还关押着别的犯人吗?”

“原来有三个人。昨天,接到王爷命令,把昭色旺和色旺尼玛放了。现在只有那达木德一人。”

"监禁一个犯人,要几十人看守?"

"何止如此? 王祥林还要调过来刚刚购进的两挺机关枪呢。"

"王祥林真是小题大做。"

"他怕有人劫狱。"

"劫狱?"牡丹故作惊讶地说,略一停顿,又轻轻叹息了一声,"哪里会有肯为那达木德冒险的人?"

"我看也是,除非他也不想活了!"这个飘飘然的兵说道,四外看了一下,然后凑到牡丹耳边神秘地说出下面的话,"王祥林担心的不是旗民,而是一个杀人不眨眼的强盗。他不知从哪儿听说,一年前那达木德大难不死,就多亏了洪顺。"

听了这话,牡丹的心不由得猛然一动。她想,自己一定是乱了方寸,怎么会忘了那达木德私下里结交的强盗首领呢? 虽说洪顺不知去向,远水解不了近渴,二龙山可还矗立原地未动啊,为什么竟想不到借助天龙、天纲的大力呢?

在瞬间,牡丹的心变得异常清晰,对原来的计划作了调整。她的信心更足了。

那个兵见牡丹没有说话,又问道:"牡丹夫人,你说洪顺能吗?"

"你说……什么?"

"我是说,洪顺能来劫狱吗? 他和那达木德有这个交情吗?"

"我倒希望他们有这个交情。"

"你……希望?"

"当然。可惜的是,洪顺比王祥林还恨那达木德。知道有今天,那达木德当初真该结交几个强盗首领,何至于落个既无人说情也无人搭救的下场?"

"牡丹夫人,你可真坦率!"

"这是因为你也很坦率呀! 我很难碰上像你这样可以互相说几句真心话的人呢。"

"那是,那是。和你说话,叫人高兴。"

"我也是。"

牡丹一边说,一边从怀里摸出几块银洋,塞到那个兵的手掌里。

"牡丹夫人,你这是……"

"揣起来。而且,别再同我说话。离监狱大门几步远了,让那些看守发现你和一个死囚的家眷如此亲密,会惹出麻烦的。"

"是,是,牡丹夫人。你又细心又体贴人。"

那个兵麻利地揣好受之无愧的银洋,不大情愿地和牡丹拉开了一定距离,看了一眼近在咫尺的监狱大门,快快不快地嘟囔道:"该死的路!想让它长的时候,它却像乌龟脖子,缩回去了!"

如果是往常,牡丹听了这话准会笑出眼泪。可眼下,却怎么也笑不出来。

不大一会儿,他们便走进监狱大门了。

不用说,有那个兵添枝加叶地转述了王祥林的口头命令,看守长又乐得卖个空头人情,牡丹怎能不痛痛快快被准许探监呢?

牡丹的银洋又少了几枚。

看守长命令一个名叫哈拉的驼背老看守带牡丹去见那达木德,并一再关照,别难为牡丹,毕竟夫妻一场嘛,这种时候,能没有满肚子的话吗?让他们随便唠唠好了。

关押那达木德的牢房是围墙里西厢的一栋,约有 30 米长,只有一个不大的门通进开着天窗的长长的走廊。

牡丹一踏进走廊便看到有两个荷枪的看守在往两侧移动,听到一间间带着铁栅的牢房里发出活人可能发出的各种声音。她不由得惊疑地问道:"哈拉老爹,这牢房并不是只关押那达木德一人啊?"

哈拉说道:"向左拐。"然后瞟了一眼走动的看守,压低声音说道,"原来确实只关押那达木德梅林一人,连昭色旺和色旺尼玛,王爷都命令放了。"

"那么这些人……"

"是最近几天王祥林秘密抓进来的。外边没人知道,王爷也被瞒着。"

"他们都犯了什么罪?"

"抗荒。还用问吗? 他们不愿搬家,王祥林就请他们上这儿来住了。"

"是这样……"

"还有,听说屯垦军来了个刘营长,很厉害。他也常常在夜里把捆绑的蒙古人送进来。"

"人数不少吧?"

"40 多了,还要增加的。"

哈拉见前面的看守已从走廊尽头转过身来,丢给牡丹一个眼神。两人

不再说话，默默地朝南走去。

在接近紧南头唯一一间死囚牢房时，哈拉拿出钥匙，说道："这把钥匙归看守长保管，只有王祥林来时，才能打开铁门。今天，看守长是格外开恩了。"

说着，他们已经走到铁栅前。

牡丹还没看清铁栅里的情景，便突然听到一声熟悉、亲切和含着泪水的呼唤："牡丹！"紧接着响起铁链的哗啦声。

"嘎达！"牡丹颤声喊道，刹那间泪如雨下。

"嘎达，"哈拉哽咽着说道，"不用过来，我这就给你…… 开门！"

铁门打开了。

牡丹迫不及待地扑了过去，不要命地抱住了那达木德搐动着的身体。

"嘎达！"

"牡丹！"

他们一遍遍呼唤着，似乎除了这倍感亲切的名字，再无别的话了。

哈拉揩了揩眼角，说道："你们夫妻好好唠一唠，日子不多了。我在旁边等着。"说完，推合了铁门，回身走了几步，坐在走廊里备用的方凳上，显然是有意挡住再度转回来的看守。

牡丹和那达木德哭抱着足足有十分钟。稍许平静后，那达木德搀扶着依然抽泣的牡丹，走到床边，紧靠在一起坐了下去。

牡丹已经能看清牢房里的一切了：一床，一椅，一几。看得出，这全是不久前才搬进来的。

牡丹明明知道那达木德并没有受到肉体摧残，又明明看出他的身体和以往一样健壮，却还是像所有探监者一样，第一句台词依然是："你吃了不少苦吧？"

"你没看见，我这不很好吗？没人动我一指头。"

"是，我听说了。"

"听谁说了？王祥林吗？"

"是。他大概要向你索取什么吧？"

"正是如此。他让我撤回原来的诉状，并出具文书，承认告他杀人和奸淫罪纯系诬陷。"

牡丹看了看几案上的纸笔，问道："你没有答应他？"

"我会让他捡这个便宜？不过，他派人一日三餐送来好酒好肉，我是一概不予拒绝。"那达木德说着，忍不住笑了起来。

"嘎达，你对自己的死刑似乎并不恐惧？"

"恐惧过……"那达木德说道，咬了一下嘴唇，"当我不再怀疑自己确实被宣判死刑时，我差点儿昏过去，那时，我心里只有一个想法，就是要和你永别了。这太可怕，比死可怕得多。……后来，他们告诉我，行刑的地点改在达尔罕旗，时间是十月份，我的恐惧感便烟消云散了。"

"有人说，是你恳请王爷准你死在家乡的。"

"瞎编！他们根本就没给我说话的机会！"

"那么，你为什么不再恐惧了呢？"

"因为我要关进本旗监狱，而且行刑前有一个多月时间，有这两个条件，我是肯定死不了的。"

"你认为王爷会释放你？"

"不。我相信你会救我。给你一个月时间足够了。"

"你猜对了。我这次来探监就是要告诉你，我将把你救出去。"

"救出去！而不仅仅是免去死刑？"

"你应该获得彻底的自由。"

"当真？"

"我有充分的信心。"

"天哪！牡丹，你真让我喜出望外！我怎么也没想到，我还有见到天日的时候！"

"但不是今天。"

"我知道，知道。哪里会这么快？"

"而且，从现在开始，你必须完全听我的。"

"那还用说吗？对我的救命恩人岂有不百依百顺的道理？"

"那么……"牡丹说道，但又立即警觉地收住话头，朝铁栅外面看了看。

那达木德明白牡丹为什么犹豫，便宽慰她说道："有话尽管说，哈拉是自己人。可笑的是，王祥林对我和哈拉的深交一无所知。"

牡丹放心地点点头，但依然尽量放低声音地说道："第一，你要继续吃好喝好，养壮身体……"

"当然。"那达木德笑道，"我现在胃口极好。"

"第二,你不要再恶言恶语地斥骂王祥林……"

"王祥林告诉你我昨天把他骂跑了?"

"他还要我告诉你,要聪明点儿。"

"聪明点儿?"

"我也劝你聪明点儿。惹恼他没好处。你要和他敷衍,比如可以说:'你先别急,我再想想。'他在既拿不到文书又怀有希望时,是不会折磨你的肉体的。你一定这样做,敷衍到最后的时刻。"

"可是……有这种必要吗?"

"如果你希望我的劫狱行动成功,这就是十分必要的。"

"什么?!"那达木德骇然喊道,一把抓住牡丹的肩头,"你再说一遍,是我听错了,还是你真的说了'劫狱'?"

"你没听错,我确实这样说了。"

外面传来哈拉的咳嗽声,似在提醒他们说话声音太高或者看守又已游走过来了。

"别再大声喊叫!"牡丹说道,忍不住呻吟了一声,"唉哟,你把我的肩头捏疼了。"

那达木德松开手,眼睛里却依然喷射着怒火,咬着牙低吼道:"你疯了!"

"不,我没疯。"

"没疯! 没疯怎么会想出这么个鬼主意?"

"这是使你获得自由的唯一办法。"

"恰恰相反。我会因此失掉更多,失掉一切!"

"你将失掉的只有锁链。获得的却是绝对自由。"

"这样的自由我不要。那还不如去死!"

"你必须要自由,尤其不能死。"

"你想强迫我干这种蠢事吗?"

"我是在和你商量。而且,这绝不是蠢事。"

"可我不能这么干。不同意。是的,我不会和你合作的。绝对不会! 你听着,牡丹,绝对不会!"

"你的固执已经使你吃了无数次大亏了。"

"牡丹,你想过没有,如果这样做了,将出现怎样的结局? 就算你有充分的理由,我也赞成,也肯定实现不了。这里有六七十人看守,你能有几人舍身相助？他们是白白送死,还必然加速我的死期,甚至你和天吉良也会因此失去自由和生命!"

"这些我都想过。干得顺利,可以不惊动他们。即使不得已和守兵正面交锋,我们也有足够的力量获胜!"

那达木德又是一惊,紧紧盯着牡丹坚定的表情,冷笑道:"你说的'足够的力量'是指二龙山吧?"

"刚才在路上有人无意间提醒了我。"

"牡丹啊牡丹!"那达木德像抱怨又像教训似的说道,本想按昔日的习惯在地上蹀几步,但昔日的习惯的力量此刻克服不了锁链的沉重,他下意识地看了看被铁镣连结的双脚,终于又放弃了蹀步的习惯,抬头凝视起安之若素的牡丹,继续说下去,"牡丹,你的神经是不是有点不对头?"

"我的神经比以往任何时候都正常。"

"那我真要怀疑你想让我也去落草为寇!"

"我正是这样想的。"

"什么什么?!"

"嘎达,你是不是还想保卫住蒙古人的牧场?"

"当然想。但是,你要我以一个强盗身份去干光明正大的事业?"

"为什么不可以有干光明正大事业的强盗?"

"牡丹!"

"而且,在王爷和少帅眼里,你早就和强盗没有任何差别了!"

"不要再说了!"那达木德暴躁地喊道,用力拉开双脚,发出一阵铁镣的哗啦声,继而又将身体转回来,悲愤地俯视着牡丹,"你究竟怎么了?是谁在你脑袋里灌输这些可怕的想法?你变了!"

"你也会变的。"

"永远不会!"

"那你只会白白送掉有用的生命。"

"我宁可送掉生命!"

"这你就可以获得解脱了。因为从此,你就不会再看到草原如何大片大片变成农田,不会知道千千万万蒙古人流离失所甚至全家自杀了!"

"达尔罕旗不会出现这种局面的。"

"事实上,这样的局面已经开始了。"

"我不能允许!"

"所以你必须活下去并获得自由。"

"我当然要获得自由!"

"王爷却决定要你死。"

"会有人救我的! 是的,我相信,绝对相信!"

"这个人是谁?"

"林沁色鲁布王子。"

"我也曾这样想。"

"想? 我原以为你肯定会利用这一个多月时间,去求助于林沁色鲁布王子,以为你今天来探监就是来向我报告这个好消息的。可你仅仅是想!"

"不仅仅是'想',林沁色鲁布王子正是应我的请求,赶回奉天的。遗憾的是……"

"什么! 你是说,他不愿意救我?"

"他愿意,非常愿意。"

"却又力不从心,对吗?"

"对。"

"这不可能! 不,这不是真的。"

"事实就是如此。"

"你在骗我!"

"你怎么了? 我会骗你?!"

"我不信,身为辅国公,又是爵位的既定继承人,连救一个不该判刑的人都做不到!"

"他确实没能做到。王爷已经彻底剥夺了他在你的死刑上进言的权力。"

"这肯定是你有意虚构的!"

"你应该相信我,嘎达! 我是你的妻子!"

"让我相信这样的话,除非王子亲口对我说出来!"

这时,哈拉走过来,说道:"嘎达,牡丹,外面进来一个人,我看好像是王祥林梅林。"说完,离开铁栅,好像仅仅是随便走过来看看似的。

牡丹低声说道:"好好想想我的话。今天就别再争下去了。千万别让王祥林产生怀疑。"

"想办法告诉王子,我要见他。"

"好吧。"牡丹无奈地说道,伸手打开包裹,将带来的吃食摊放在桌面上,同时尽量使自己的心潮平息下来。

那达木德缓缓坐到床边,精神似乎已到了崩溃的边缘。他侧过头去,注视着爱妻的每一个动作,心里突然升起一股柔情,并为刚才大发其火深感痛悔。心想,牡丹虽然说了不少胡话,但毕竟是出于妻子对丈夫的爱啊,怎么可以用那些粗鲁的语言刺伤她呢? 想着,重重叹息了一声,真诚地说道:"牡丹,我真不好。求你别生我的气,好吗?"

牡丹回过头,眼圈一红,说道:"我怎么会生你的气呢? 我理解你。"

"谢谢你。你太好了! 还来看我吗?"

"一定来。"牡丹说道,猛然转过头去,扬手揩了揩眼角。

"你哭了?"

"不,我没哭。"说完,转过身,朝外快步走去。

王祥林刚好走到铁栅外。

"怎么,这就走了?"王祥林阴阳怪气地问道,"夫妻俩把话谈透了吗?"

牡丹本想不搭理他,但略一思忖,还是停下脚步,凄然一笑,说道:"你也太急了。这会儿你顶好别招惹他,他心里不平静,很容易发火的。"

"说得对,说得对。"王祥林点头道,又把视线瞄向失神地坐在桌边的那达木德,"嘎达老弟,你好好想想,过几天我再找你。"

那达木德雷鸣般吼道:"滚! 滚!"

王祥林恐惧地倒退一步,看着牡丹,摇头道:"你说得对极了,我今天还是别招惹他好。"

牡
丹
夫
人

31

　　牡丹知道，除非是林沁色鲁布王子亲口告诉那达木德，他已绝无获得赦免的可能，因而彻底抛弃原来的幻想，那么，他是肯定不会接受牡丹的劫狱计划的。当然，在他被押赴刑场时，会醒悟过来，但那时，一切都晚了，在空旷的草原上劫法场几乎没有成功的可能。

　　所以，牡丹返回敖来毛都后的第一件事，便是给林沁色鲁布王子写一封短信，信中只有一句话："那达木德渴望在行刑前见你一面。"她相信，以王子和那达木德旧时的情谊而论，这样的请求是不会被拒绝的，王子也定会想出暂离奉天的办法，去监中看望那达木德的。这无疑会使本来已十分紧迫的时间浪费掉至少十个日夜，而且夜长梦多，泄露机密的可能势必相对增加。但除此已别无良策。

　　那么，由谁冒险去送这封信呢？可以绝对信赖的人并不多。眼下能披肝沥胆、毫不隐讳地袒露心怀的人，只有色旺尼玛、昭色旺和刚刚被赶出旗卫队的陶克陶。但这三个人在奉天小河沿露面都隐伏着太大的危险。

　　牡丹正在踌躇和焦虑的时候，有一个人步履艰难地走进屋来。

　　这个人是那达木德的二哥照日喇嘛。

　　牡丹眼前一亮，暗自喜道："这可是再合适不过的人选了。"她连忙起身让座，并在心里斟酌怎样说才能使照日毫无精神负担地去送这封信。

　　照日一边落座，一边缓缓说道："牡丹，我偶然听说，嘎达因为请愿被打进死牢。这是真的，还是谣传？"

　　"是真的。眼下正押在印务处监狱。"

　　照日叹了口气说："我就知道这肯定不是谣传。嘎达……只有嘎达会干出这样的蠢事。"

　　"二哥的意思是……"

"他不该弄什么'独贵龙',弄什么请愿。王爷的事,庶民百姓怎么能管得了? 他就是不听我的话,胡作非为。这回可好,有家归不得,甚至还要丢掉性命。"

牡丹看着照日几乎是有史以来就没有也不会做出表情的脸,不由得打了个寒战。从这样的人嘴里平稳流泻出的每一句普普通通的话,都像经文一样不容他人反驳。此刻的牡丹也不想在某些见解上和照日发生争论。既然照日能不顾路途的坎坷崎岖,专程来敖来毛都探询嘎达的消息,那么,就说明在他的几乎已全部泯灭的人类感情中,还多多少少残留着手足之情。这就足够了。牡丹需要利用的正是这一点。但是,牡丹也不想虚假地对照日的议论表示赞同。对照日这种又虔诚又老实的人,哪怕说出一句假话也是罪过。所以,她什么也没有说,只是含意不明确地慨叹了一声。

照日又问道:"你去探过监吗?"

"探过"。

"嘎达还好吗?"

"还好。监狱里没对他用刑。"

"他也没再胡闹吗?"

"胡闹? ……"

"比如,喊冤啊、辱骂王爷啊什么的?"

"不,没有。他在监狱里很安静。"

"这就好,这就好。"

"照日二哥,你不觉得王爷有欠公正,嘎达确实太冤枉吗?"

"不能这样说,牡丹,也不能这样想"。

"为什么?"

"僧俗百姓都不能随便评论王爷的好坏。王爷对他的臣民有生杀大权。这都是至高无上的佛爷安排好的。"

牡丹知道,再这样谈下去,她准会和照日吵起来。如果照日因此拂袖而去,就难以找到更合适的送信人了。所以,她尽力克制着心海里涌动的反感和恼怒的浪潮,把话头及时引向主题。

"照日二哥,你不想去看看嘎达吗?"

"既然他在监狱里没有胡闹,我是可以去看看他的。"

"在此之前,我想求二哥替嘎达办一件事。"

"说吧,只要不是违法和悖理的事。"

"当然不是。"牡丹说着,从桌子上拿起一个信函,递过去,"求二哥送一封信。"

"给谁?"照日问道,却没有伸手去接。

"林沁色鲁布王子。他正在奉天王府。"

"信的内容呢?"

"信口没封。"

"那我也不能抽出来看。"

"我抽出来可以吧?"牡丹说着,抽出信纸,展开在照日的眼前,并念了一遍信的内容,重新折好,装入信封。

照日这才接过信函,揣入怀里。

"二哥要辛苦七八天了。"

"这却算不了什么。不过,他为什么要见王子呢?"

"嘎达和王子有深交,他是想在行刑前和王子说说告别的话。而且,说不定王子还会救他不死呢。"

"能那样,当然更好。"

牡丹心里一动,想道:"看来,你照日二哥还是不希望自己的弟弟被处死呀!"喉头也不由得哽咽一下,眼睛险些流出泪来。

照日站起来,凝望了正在炕上独自玩耍的天吉良一眼,说道:"我这就去吧。"

"二哥,怎么也得吃完饭走啊?"

"赶路要紧。有现成的给我带点儿,边走边吃吧。"

"也好。只是这太委屈二哥了。"

"一家人,别说两家话。"

牡丹很快拣了几样顶好吃的东西,用一块干净布包好,和照日一起走到栅门外,亲手装入照日坐骑上的褡裢里,并把照日扶上马鞍。

牡丹突然想起该说的话还没说完。

"等一等,二哥。"

"还有事吗?"

"二哥,宁可耽搁三两天,也一定要避开王爷、福晋和协理。他们如果知道有这封信,是不会放王子离开奉天的。"

"这我想得到。"

"那……这事就全靠二哥了。"

"牡丹,你们母女可要保重啊!"照日俯视着牡丹说道。

照日在说上面这句话时,深陷的眼里曾一度挣扎着闪动起压抑着的悲苦、凄凉、温柔和关怀的光波,这光波虽然异常微弱,停留的时间又极短暂,几乎转瞬即逝了,但牡丹毕竟看到了,而且心灵受到了超常的震动。她哽咽了一下,颤声说道:"谢谢你,二哥。你……真好!"接着,怎么也控制不住自己爆发的感情,热泪如小河般奔涌而出,再也说不出话来……

送走照日后,牡丹稳定了一下情绪,对她此后即将迈出的每一步,都重新考虑一遍,确信整个计划已是万无一失,便开始进入行动之前的实际准备中了。

在约定好的一天深夜,发誓要和牡丹一起拼死救出那达木德的色旺尼玛、昭色旺和陶克陶,秘密来到敖来毛都牡丹的家。

牡丹讲述和解释了一遍她拟订的劫狱计划,非常详细,任何一个细节都没有遗漏,连计划实行过程中可能出现的各种问题以及补救办法都想到了。

三个男人一致认为牡丹的计划环环相扣,可行而且周密,可以说是无可挑剔,因此,都表示赞同。

"那好,"牡丹说道,"我们就这么定了。有什么变化,我会通知你们的。你们三位还有没有感到为难的地方? 如果有,请说出来。这事是勉强不得的。"

"放心吧,牡丹婶婶,只要能救出嘎达叔,我的家都可以不要。"陶克陶大义凛然地说道,表示着义无反顾的决心。

牡丹微微一笑说道:"家是不能不要的。你回去后,要尽快把牲畜和积存的皮货卖出去。行动前,我会把你的妈妈、妻子和儿子转移到安全的地方。绝不能因为救嘎达,再给他们带来灾难。色旺尼玛也要这么做。"

"我好办。"色旺尼玛说道,"家无余产,铺盖卷一拎,就人走家搬了。"

"你呢,昭色旺大哥?"

"我能有什么为难之处? 一个打猎的,住在深山老林,别说我是光棍一条,就算有妻儿老小,也不会有人找到的。"昭色旺说着,嘿嘿笑起来。

"你笑什么?"

"我笑的是,这件事真是太巧了。当年,我的叔父说我不经营牧场却跑山打猎是不务正业。结果,叔父的牧场让王爷卖了,他自己沦为印务处的'龙头'①,我则一直是一无牵挂的猎户。否则,我今天不也是要有很多麻烦吗?"

"其实,你的叔父说的还是很有道理的。——不过,你说你的叔父是监狱看守,现在还是吗?"

"他注定要在监狱干一辈子的。"

"他叫什么名字?"

"哈拉。"

"哈拉! 你是说他叫哈拉?"

"是呀,叔父是叫哈拉。"

牡丹拍手道:"这才叫巧,才叫无巧不成书呢! 可你为什么不早说?"

"说他有啥用?"

"你说,嘎达认识他吧?"

"何止认识,叔父很佩服嘎达呢。"

"这就对了。"

"这就对了? 对什么?"

"他是监狱里唯一可以每天和嘎达见面的人。"

"这——可能吗? 他已经老到只配到厨房帮厨了。"

"也许正因为他老了,才被派去一日三餐侍候嘎达。王祥林对年轻的看守是不会放心的。"

"看来这是真的了?"

"前几天,就是他把我带进嘎达的牢房的。"

"这的确巧到不能再巧了! 我们不必再冒险去联络做内应的龙头了!"

"是的。虽然嘎达曾告诉我哈拉叔叔是自己人,但我还是没敢把他定为做内应的人。嘎达在识人上常常是不准确的,表面的东西能轻易地蒙蔽住他的眼睛。这回好了,我可以放心了。如果他知道,你也是劫狱成员之一,肯定会毫不犹豫地答应同我们合作的。"

"那还用说!"

"这样,我们获得成功就更有把握了。"

———————————

① 即监狱看守。

"要不我怎么常说，嘎达是吉人天相、福星高照呢！"

"还不是亏着有你们这些难得的好朋友？——不过，我们可不能因为有了好内应就放弃求援二龙山。"

"当然，有备无患嘛。就按你的计划行动吧。你快给天龙、天纲写信，我连夜上山。"

"好，就这么办。"

这一夜，牡丹异常兴奋。她有充分理由让自己的眼前闪现出胜利的曙光。因为，事情的开头竟如此顺利，是出乎她的预料的。不要说照日二哥来得正是时候，巧到不能再巧了；对昭色旺和哈拉的叔侄关系也知道得太及时，同样巧到不能再巧了。真可以说是要风得风、要雨得雨，似有神助一般！只要照日二哥的奉天之行，能使那达木德听林沁色鲁布王子亲口说一句"心有余而力不足"的表白，因而痛下造反决心；只要二龙山两位首领实践誓言，率队下山，兵临狱外；加上哈拉这样不可多得的内应，那么，她和几位朋友救出那达木德就易如反掌，甚至可以兵不血刃地实现全部计划！牡丹认为，她给王子、天龙、天纲和哈拉安排的角色再恰当不过了，而且准能按时出场，演好这出戏的！

然而，牡丹高兴得太早了。

这毕竟不是一出戏，所有情节和场面都是早已设计好而且是不能随意更改的。王子也好，另几个人也罢，也不是戏中的角色，必须而且肯定按照导演的安排出场、背台词和做动作。这是生活。这是生活中的人。生活本身就是瞬息万变的。生活中的人也不会踩着鼓点去举手投足。

是的，无论是王子，还是另外几个人，都有他们自己不同于任何别人的特定生活环境，受着种种客观条件甚至诸多难以意料的客观因素的牵制、束缚和左右。让他们顺畅地按着某一个人的愿望走到某一个生活场景，并且配合默契地遥相呼应，几乎是不可能的。

比如说，从二龙山返回敖来毛都的昭色旺，给牡丹带回来的答复，就令她大失所望而又恼又恨。天纲说，二龙山第一首领天龙前不久"微服"下山，去东辽河两岸的垦区打探秋收情况，以便确定抢粮地区和运粮路线。天龙临行前，再三告诫天纲，他回二龙山之前，不得有一人一骑擅离山寨。天纲说，天龙的命令不能违抗。还说，对那达木德的冤狱深表同情，但又爱莫能助，请牡丹雅量宽恕是幸。

"雅量宽恕！哼！"牡丹愤然作色道，"我永远不会宽恕他！见死不救，还算什么拜把兄弟？简直是个卑鄙小人！"

"我们怎么办？牡丹，光我们四人是肯定不行的。"

"我们不能打退堂鼓。没有二龙山的人马，我们也得干！——昭色旺，你们三个人不是都说过可以联络一些朋友吗？"

"你当时……"

"是的，我没同意。一是不需要太多人，二是人越多越容易失败，有一个人不慎走漏了消息，我们就前功尽弃。可现在，天纲不带人下山，我们四个人就显得太少了。"

"你的意思是同意我们再去联络一些人？"

"没有别的办法。但也不要太多，总共有 20 人足够了，而且，一定要十分可靠。"

"当然，这还用说吗？要我去通知色旺尼玛和陶克陶吗？"

"只好请你再辛苦一次了。"

"事不宜迟……"

"昭色旺大哥，你和色旺尼玛、陶克陶三人都别忘记告诉被联络的人，做好把家小迁到外旗的准备，我会双倍补偿他们的损失。"

"都是些极要好的朋友……"

"那我也要给予补偿。我一定要这样做。"

"好吧，依你就是。牡丹，你可别着急上火，一定会有许多人肯为嘎达赴汤蹈火的。"

"我相信。我不会着急的。"

说牡丹不着急，是不确切的，也不可能。但眼下，毕竟还没有达到焦灼如焚的程度。天纲拒绝派人下山，这对牡丹不是太大的打击。她原也不想让二龙山人马去攻打监狱，不到万分必要的时候，绝不让那些凶汉去冲杀。她要尽量避免开火拼斗。因为，一旦交锋，双方都会有伤亡，不仅劫狱的人将有一部分饮弹身亡，在混乱的子弹交射中，那达木德也有可能倒在血泊中。如果那样，岂不是得不偿失的大悲剧吗？而且，只要有二龙山人马参与行动，就必然隐伏着流血的危险，他们决定不介入，倒可以使牡丹免去一层精神负担，甚至迫使她把计划想得更周密，不发生一点儿纰漏。

所以，昭色旺受了天纲的冷遇而不得不宝山空回，虽然令牡丹愤慨，并且肯定因此带来一定困难,却还不足以使劫狱计划受到太大震动。

牡丹依然充满信心。

但是,此后事态的发展却无法令牡丹继续乐观了。

最叫她坐立不安的是照日杳无音信。

牡丹不止一次地去过奉天城。她知道,打一个来回,只需4天,最多有六七天足够了。她应许给照日10天或略多一点儿时间,是考虑到各种可能耽误行程的因素,留有充分余地的。照日也深知此行的非凡意义,绝不会轻易地浪费掉哪怕一分一秒的时间。至于林沁色鲁布王子,更不是那种优柔寡断、行动迟缓的人。

然而,整整20天过去了,9月份已剩下了最后的4个日夜,却仍旧未获得林沁色鲁布王子回旗探监的消息,甚至连照日也未见踪影。如果是王子的行动自由已暂被王爷剥夺或者他本人根本不想同那达木德见面——这种可能是有的,他毕竟是王爷的儿子,朋友之谊还能超过父子之情吗?何况,身为辅国公和爵位继承人的林沁色鲁布,怎能同庶民出身的普通官员以心相许呢?更何况,那达木德早已失去了官位而今又成了王爷的死因,林沁色鲁布何必自找麻烦,仅仅为了看望一个必死无疑的罪犯而失去王爷的欢心呢?他是有理由把那封信视为一张废纸和把照日拒之门外的。——那么,照日二哥也该尽快赶回来,把这个结果告诉牡丹啊!

牡丹这回可真急得火急火燎、寝食俱废了!

要知道,自二龙山拒绝出兵相助之后,除了在很短的几天内联络好了近20名甘愿为劫狱效力的乡亲外,整个计划一直处于停顿状态。没有林沁色鲁布探望那达木德之举,牡丹就不能迈出下一步。难道在那达木德对林沁色鲁布王子的斡旋还存有幻想因而不可能接受劫狱计划的时候,牡丹就可以把准备好的几条钢锯带进牢房,通知那达木德劫狱的时间、暗号、步骤并向哈拉部署策应的任务吗?显然不行。牡丹甚至不能在这之前去探监。见到那达木德,牡丹肯定忍不住还要劝说他,两个人也势必还会争吵。不要说那些充满危险的谈话,就是一个反常的表情、一个示意的眼神,也会泄露出内心的隐秘。一旦被哪一个忠于王祥林的看守听到或看出来,就坏了大事,再巧妙的劫狱计划也免不了付诸东流!

可是时间不容人,还能等下去吗?

9月份只剩下4天了。4天一过,就是10月份了。一进入10月份,王爷

和福晋说不定在哪一天突然返驾达尔罕王府,而那达木德就随时可能被拉赴刑场,随着一声枪响,到另一个世界去了。牡丹将失去心爱的丈夫,达尔罕旗抗垦斗争将失去最好的带头人!

不独牡丹,连昭色旺、色旺尼玛和陶克陶也都急得直劲顿足搓掌,一再催促牡丹赶快下决心,赶快拿主意。

牡丹则一遍又一遍地向自己发问:"还能等下去吗? 还能等下去吗?"

的确不能等下去了。

但是,怎么办呢?

32

牡丹终于下了决心，确定在 9 月最后一天深夜，把劫狱计划变成劫狱行动。她叫三个真心实意而且视死如归的朋友分别通知另外十几人，在 9 月 30 日夜幕垂下后，秘密到敖来毛都东面小树林集合，届时，他们将对天盟誓和共饮吉祥酒，听牡丹分派各自承担的任务和讲解如何互相策应，然后，就奔赴印务处监狱去和命运搏斗了。

在此之前，牡丹还要去监狱一次，尽量劝说那达木德能心甘情愿地合作，并和哈拉定好联络时间和暗号。即使倔强得出奇、固执得更出奇的那达木德依然表示反对，她也决不取消这次行动，哪怕需要强迫甚至捆绑，也要把那达木德弄出来，既成事实后，那达木德就毫无办法，只能随着大势所趋了。至于以后，那达木德会明白过来的。

9 月 28 日凌晨，牡丹让陶克陶替她看家和照管常常要离开妈妈的天吉良，准备停当，独自上路了。

因为腰带中藏有带给那达木德的几条小巧的钢锯，无论强烈的震动还是急促的呼吸，都有折断的危险，牡丹不敢放开坐骑狂奔，只能一溜小跑。这虽说速度慢了些，却也有好处，她可以在马背上慢慢调整和稳定紧张而激动、有希望更有忧虑的情绪。

在她走出大约 20 里地的时候，身后突然传来急骤的愈来愈清晰的马蹄声，显然是在追赶她。她警惕地回头看去。令她十分纳罕的是，这策马飞奔而来的不是别人，却是陶克陶！

牡丹随即停下来，一边扯转马头，一边在心里猜测陶克陶急切追来的原因。

转眼间，陶克陶已来到眼前。

"牡丹婶婶！"陶克陶还没停稳坐骑，就上气不接下气地喊道，"家里来个人,要见你!"

"这人是谁?"牡丹问道,猛然想起照日二哥和王子殿下,她真希望陶克陶接下来能说出这两个人的名字。只要听到这两个名字中的一个,她也会喜悦抃舞,使劲儿拍起掌来的。

陶克陶没有说出这两个名字,却说出一个她连想也没想过的人来:"他自称洪顺。"

"洪顺!"牡丹惊疑不止地说道,以为自己一定听错了,销声匿迹很久的洪顺,怎么会在这个时候突然冒出来呢?"你再说一遍,是洪顺吗?"

"是呀,是洪顺。"

"他说要见我?"

"他说一定要见你,越快越好。"

"那为什么不是他而是你跑来了?"

"他是要来追你的。但我没告诉他你走哪条路,让他在家等着。"

"什么?"

"我怕他是坏人。"

"坏人?你不知道他救过你嘎达叔吗?"

"知道。可我看他不像洪顺。"

"你见过洪顺?"

"那倒没有。"

"你怎么说他不像洪顺?"

"洪顺是个大名鼎鼎的魔头。可这个人,眼睛倒还有神,咄咄逼人的,身材却又瘦又小,根本就不像武艺高强的马贼首领。"

"你说的这个人,恰恰就是洪顺。"

"真的?"

"没错。他正是身材瘦小,目光逼人。"

"你见他吗?"

"当然要见。也许搭救嘎达的希望就在此人身上。他来得太是时候了!"

"是不是等你探监回来……"

"不,这比探监重要得多!"牡丹掩饰不住陡然升起的兴奋之情,迅速解下腰带,抽出里面的钢锯,递到陶克陶手里,"你先替我拿着。它叫我不敢弓腰。"说完,双腿一夹马腹,用力抖动缰绳,伏下上身,那坐骑像离弦之箭一般,顺着来路,向前猛冲而去。

不到一刻钟,牡丹已在自己家栅门外跳下马来。

她急不可待地奔进屋去。

迎面站着的正是洪顺。

"洪顺大哥!"牡丹双手紧紧握住洪顺伸过来的胳臂,像在绝望中突然见到救星,觉得从此有了靠山一样,忍不住落下泪来。

"来,你先坐下喘口气。"洪顺说着,把牡丹扶坐到炕边,自己则仍旧站在地当中。

"洪顺大哥,嘎达他……"

"我听说了。"

"你……听说了?"

"我本来是想看望嘎达和你。可是,一踏进达尔罕旗界,便听说嘎达因请愿被判了死刑。"

"这太不公道了!"

"这世界本来就没有公道。"

"我必须把他救出来!"

"你有救他的办法吗?"

"有。"

"什么办法?"

"劫狱。然后拉起人马,造反,抗垦!"

"具体说一说。"

"好。"牡丹说道,朝响起脚步声的门口看去,见陶克陶抱着天吉良走了进来,"陶克陶,你刚才把天吉良放在哪儿了?邻居家吗?"

"是的。"

洪顺笑道:"他没敢交给我。很细心个年轻人呢。不过,也亏着没交给我,对这么点儿的孩子,我还真对付不了呢。"

牡丹也忍不住笑了笑,伸手接过天吉良,也不避讳男女间之大防,扯开衣襟,任凭天吉良的小手捧着她的雪白的乳房尽情吮吸,连洪顺赶紧移开视线都没觉察。

稍过片刻后,牡丹对陶克陶说道:"到门口坐一会儿,有人来时,给个动静。"

陶克陶会意地点点头，走了出去。

接着，牡丹把自己设计的劫狱计划以及和劫狱计划有关的全部内容，都详详细细地向洪顺讲述了一遍。

洪顺十分用心地听完后，问道："你认为这个计划肯定能实现吗？"

"靠我们20个人，五六支枪，只是迫不得已地冒险一试。但是，有了洪顺大哥，就肯定会成功！"

"我一个人有这么大作用？"

牡丹疑惑地盯着洪顺，问道："一个人？"

"是的，一个人。"

"你的人马呢？散伙了？"

"没有。但是，他们此刻大概已进入热河地界。"

"为什么？"

"这里僧多粥少。而且，我答应过嘎达，不在达尔罕旗活动。"

"把人马拉回来要很长时间吗？"

"即使不受一点儿阻碍，也得六七天。何况我们这种队伍，必须避开官军、卡子、市镇，左躲右闪地行进，很难预料要多长时间。"

"可我们……无论如何不能拖过月底？"

"是呀，远水救不了近火"。

"天哪！"牡丹呻吟般地低声叫道，沮丧地垂下头去，"我就没碰上一件顺顺当当的事！"

"都怪我，我本该把看望你们的时间放在队伍转移之前。"

"不，洪顺大哥，"牡丹抬头说道，态度是真诚的，"我不会埋怨你的。没有你的侠肝义胆，嘎达早就不在人世了。"

"不谈过去的事了。眼下最要紧的是把嘎达救出去。"

"是的。我宁可用自己的死去换来嘎达的生！"

"你是决心带领这20人去冒险了？"

"任何别的办法都来不及了。"

"如果给我半个月时间……"

"半个月？天哪！要是行刑日期归我安排，我可以应许你半年！"

"你没明白我的意思，牡丹。我是说，我可以在半个月内把人马拉回来。……"

"可是……"

"听我说完。用我的人马救出嘎达是易如反掌的,但我们必须赢得这半个月的时间。也就是说,得让王爷至少在这半个月内不对嘎达动手。"

"这——当然好。遗憾的是,王爷可会听我们?"

"恰恰是让王爷听我们一次! ——牡丹,王爷还不会忘记我洪顺的威名吧?"

"不会。谁也不会忘记的。"

"韬光养晦已久的洪顺突然又亮出名号,更令人畏惧和难以忖度,对吧?"

"对,是这样。"

"那就请给我准备纸笔。"

"你——给王爷写信?"

"就算是吧。"

"威胁? 恫吓?"

"是的。我要直截了当地警告他,如果胆敢处死那达木德,我洪顺就率领人马踏平王府!"

牡丹兴奋地跳下炕来,感激而敬佩地看着洪顺说道:

"是个好主意! 我怎么就没想到呢? 洪顺大哥,你可真了不起,有勇有谋,善于机变!"

"非此难以赢得必需的时间,这也是不得已而为之啊!"

牡丹放下天吉良,准备去找纸笔,但随即又露出迟疑的神态,蹙额沉吟起来。

"怎么,还有什么不放心之处吗?"

牡丹犹豫了一下,探询地盯着洪顺,说道:"王爷会因此加强对监狱的防守,劫狱不是更困难吗?"

"恰恰相反。王爷会把绝大部分兵力部署在王府周围。对于他,王府的安全更重要。"

"你分析的有道理。……但是,这信怎么送给王爷? 辗转到王爷手里,也许要远远超过半个月,而且,会有人不愿意让王爷看到这封信呢。"

"这信当然不能直接写给他。我要让监狱看守和现任梅林胆战心惊地看完后,一刻不敢怠慢地充当我的信使。"

牡丹再无疑虑了,连连点头。

"你同意了?"

"当然。这我就踏实多了。"

洪顺摇头笑道:"替牡丹夫人效劳,可得想得周周到到,半点儿也马虎不得呀!"

牡丹也被洪顺打趣的话逗笑了,一个多月来,第一次说了一句玩笑话:"人命关天嘛。再说,我不也在为洪顺大哥的好朋友效劳嘛!"

"嘀嘀,好厉害的一张嘴! 不过,说的有道理,很有道理嘛!"洪顺说完,击掌大笑。

牡丹很快找出了纸笔。

洪顺落座提笔,三下五除二写好了"恫吓"信,交牡丹过目后,折好放在桌子上。

"这封信,"洪顺立起身说道,"要派一个善骑射的朋友在黑夜射进监狱,顶好射在大门上,逃开时再向天空放两枪,这就有点儿强盗的味道了。"

"你想得真周到!"

"还有,在我回来之前,万不可轻率行动。我们是要救人,而不是去送命。"

"记住了,洪顺大哥,我听你的。"

"那我就告辞了。"

"洪顺大哥,我本该挽留你的。……"

"此刻不是讲虚礼的时候。——请留步,我会快去快回的。"

"我要天天替你祷告。我和嘎达等着你。"

"再见!"洪顺一拱手,举步向处疾走。

牡丹追到栅门处时,洪顺的坐骑已经在敖来毛都西边的草野上追风逐日般飞驰了。

牡丹感叹不已。

待洪顺和他的坐骑已在西边天际变成了一个小黑点时,牡丹才转身返回房间。她略一思忖,觉得还不应该放弃今天看望那达木德的打算,藏好那封信,简单吩咐陶克陶几句,便第二次匆匆上路了。她没带钢锯,这回行进的速度快多了。她要争取夜里赶回来,以便对她的劫狱计划重新部署和安排昭色旺扮演一次洪顺的部下。

这次探监,除了进一步证实林沁色鲁布王子确实尚未践约外,别无收获。那达木德对劫狱的态度依然故我。因为有了洪顺的加入和许诺,牡丹也不再对那达木德徒费唇舌,只要他健康地活着就够了。牡丹也没见到哈拉,是看守长亲自把她送进牢房的。后来她才知道,那一天哈拉病倒了。

9 月 30 日凌晨 3 点钟,昭色旺准确无误地把一枚绑扎着洪顺的“恐吓”信的箭,射在印务处监狱的板门上。牡丹带着劫狱队伍的几乎全部成员,参与了这次行动。她以为,这样做效果更佳,20 匹马的奔驰声,在黑夜里足以造成百人队伍的声势,看守们定会确信这正是洪顺的人马,而且可以保证昭色旺的安全。

事实正是如此。倏忽而来又倏忽而去的马队,吓得监狱看守们龟缩在大墙里不敢出气,甚至当影影绰绰的人马近到只有一箭地的时候,也没敢放一枪。他们怎么也没想到,在眼皮底下逃之夭夭的竟是 20 个徒手的放马人,只要有一挺机关枪,就足以全部解决了。

牡丹夫人

牡丹为这次初试锋芒便获得成功感到高兴,却没认识到,无论是洪顺恐吓信的内容还是她送信的方式,都是太大的失策,铸成了一个几乎无法挽救的错误。直到有一天,突然出现在面前的照日和林沁色鲁布带来一个令所有人都感到震惊、对她犹如一声晴天霹雳的消息,她才在晕倒前的一刹那省悟过来。但为时已晚!

33

其实,照日并未误事。他在离开牡丹的第三天,便到了奉天小河沿。他顺利地进入王府并很快获得了王爷的好感。接着,又极巧妙地把牡丹的信交给了林沁色鲁布王子,没给王子造成一点儿麻烦。

实在看不出,在照日的驯良、颟顸而近于迟钝的外表下,竟潜藏着令人难以置信的睿智和勇气。

他知道,不能直说来王府的目的是找王子,而一定要假称求见王爷;也知道,王爷虽然笃信喇嘛教,却从不接见住持以下特别是尚未入流的普通喇嘛。要想走进王府,需编出一番能打动王爷的话来。所以,他对守门人说:"恳请门官爷代为告禀:王爷属下照日喇嘛,骤闻劣弟那达木德离经叛道、恣行犯上,惕然悚惧,汗颜无地。清夜扪心,自知有同狱之罪。逃死固属不义,自裁亦干视听。故趋拜王庭,束手阶下。请王爷施恩赐死,布告天下,以为训弟不严者戒,则王爷清名彪炳,照日虽死犹荣。敢乞叩谢殿下,罪僧不胜待命之至。"

门官觉得眼前这个风尘仆仆的喇嘛办事实在有点儿怪异,顿生想看看王爷怎么处置的兴趣。他叫照日再重复一遍那些文绉绉的字眼,自觉记得差不多了,便叫照日稍候,跑进去通禀了。

那木济勒色楞亲王即位以来,恩威并施,刚柔相济,官廉民淳,人畜两旺,深得僧俗服膺,官民仰戴。只是在娶了第二任福晋朱尔吉特之后,渐渐荒于旗务,连以往的辉煌政绩也淡忘了,甚至连回忆的兴趣也消失殆尽。今天,突然听到门官代禀的一番话,知道竟有人因"训弟不严"请求赐死,恰如一只探入他灵魂的手,猛地拨响了久已封存不弹的琴弦,使他始而惊讶,继而怀疑,终至于骄傲地记起昔日勤政爱民、兴教养牧赢得的英名。他萎靡的精神不由得一振,眼睛也如回光返照一样熠熠发出光来。他很想弄明白,照日其人的求死,是因为精神不正常,还是因为吏治严明的余威尚在或劝民向化的果实犹存?所以,他十分痛快地命令门官,让照日喇嘛进来。

照日很快被引到王爷座前。他扑通一声跪下,匍匐在地,口称:"照日死罪!"

"照日喇嘛,"王爷态度蔼然地说道,"僧俗不同礼,你无须跪拜,站起来说话吧。"

"谢王爷。"照日颤声说道,艰难地爬起来,却不敢抬头仰视王爷。

但王爷毕竟看到了照日稳定的眼神和虔诚忠厚的表情,确信此人绝非精神错乱,心中的兴奋又增长几分。

"你是那达木德的胞兄?"

"是的,王爷。"

"我好像见过你。"

"是的,王爷。"

"不过,记不得是在什么地方。"

"是在王府。"

"王府?"

"是的,王爷。我参加过追荐宽厚的四鸽儿福晋的法事。"

"哦,也许是吧,我记不清了。你这次来见我,请求赐死,是出于真心吗?"

"罪僧可对天发誓,请王爷明鉴。"

"发誓却不必了。我只是有一点不明白,看得出你是个很有修为的喇嘛,且对四鸽儿福晋有超度之恩,本该以此为张本,来替令弟求情,而不该来求死啊!"

"王爷殿下容禀。罪僧素闻王爷待民以德,秉公决狱。既定劣弟那达木德死刑,便知其必有死罪。既知其必有死罪,复求王爷循情赦免,岂不有意陷王爷于偏袒和不公正的众口交詈之中吗?照日即百死,亦难当此重罪!"

王爷赞赏地点头道:"你是个深明大义的人。"说完这句对照日褒奖和评价的话之后,他沉吟片刻,慨叹了一声,才接下去说道,"实在说,定令弟死刑,对我也是很难下决心的事。他虽然不修内美,桀骜不驯,却是个难得的武官,剿匪治安素有大功。我几次力排众议,宽恕了他的重罪,正是念及他以往的勋劳。他非但不知恩图报,反而怙恶不悛,恣意与我作对,竟至辞官

牡丹夫人

312

反叛,率众到奉天找我的麻烦,骚扰省府。连张学良都说我是养虎遗患。我不能再回护他了。"

"王爷仁爱之心,天地可鉴。劣弟那达木德罪有应得,死有余辜。故罪僧亦难辞规劝不力、训教不严之咎。请王爷以绥靖天下、教化百姓为念,降旨赐罪僧以死。"

"不要跪下。"王爷举手制止要下跪的照日,愈显出和颜悦色,"你有操守,能自责,我很赏识,但我不能赐你以死。"

"王爷殿下!……"

"听我说完。那达木德虽然罪在不赦,但罪在一人,岂可株连无辜?即牡丹亦拟不问,更何况你早已身入佛门,与俗事无涉?我非但不降旨赐死,更不准你引咎自裁。我还要在全旗宣扬你的贤操。惩恶扬善方可使民向化。"

"王爷,罪僧之心难以自安啊!"

"僧俗本两界,同胞有优劣。俗弟之过,怎能由僧兄承当罪行?此事休再提起。刚才我说过,你修为甚佳,堪任佛门领袖。所谓尊位德者居之。"

"王爷谬奖,罪僧愈加惶悚了!"

"一切听我的安排好了。你今天就住进黄寺,听经一个月。然后,随我同回王府,我自有主意。"

"王爷隆恩,罪僧只有遵命了。"

"你等一等。——来人!"

一个仆从应声而入。

"去请辅国公来见我。"

仆从答应一声退了出去。

王爷又随便和照日谈了几句佛理,便见林沁色鲁布王子带着阴郁的表情走了进来。

"给父王请安。"

"免礼吧。林沁色鲁布,你认识这位喇嘛吗?"

"照日,那达木德的二哥。"

"能猜出他见我的用意吗?"

"请父王赦免那达木德。"

王爷冷笑道:"哼!真该让你来听听照日喇嘛的话!"

林沁色鲁布王子不由得探询地看了看照日。但照日的脸上是凝固着的一片，没有一丁点儿表情。

"你感到惊讶吗?"王爷又说道，"我来告诉你，照日究竟因何来见我，又说了些什么。我如果不当着照日的面转述他的话，你会以为我在骗你呢。——照日是来恳请赐死的。……"

林沁色鲁布又把惊疑的目光投向照日。照日毫无变化，十足一副超出三界外、不在五行中的木然无我的样子。

王爷略一停顿，接着说道:"他说那达木德抗垦获死，咎由自取。他身为那达木德胞兄，应领训教不严之过。你说说看，我该怎样定夺?"

林沁色鲁布几乎是不假思索地说:"父王应该成全他。"

"什么!"王爷怒道，"肆意犯上者你请求免死，高风亮节者你主张杀戮!贤佞不分，赏罚无据，即柄政王府，又何以服人? 你太叫我失望了!"

"父王! ……"

牡丹夫人

"你听着! 你与那达木德交厚，我早有所闻，照日与那达木德同胞，亦无可怀疑。友情与亲情哪个更重，是不待细言的;情与理哪个更重，也是不待细言的。你们面对的同样是那达本德论律当斩这件事，照日能深明大义，舍情就理;而你，作为爵位继承人，都不知法不容情，徘徊在情与理之间不能自拔，甚至重情蔑理，三番五次求我撤销原判! 其间也不乏重友轻父的内容。林沁色鲁布，你不觉得有负父王对你的期待吗? ——你为什么不说话?"

"我、我在聆听父王的庭训。"

"你是该多听听我的教训，以前对你是太放任了! 今天，我已感到很疲劳了。你回去用心想想我的话吧。"

"是，父王。儿臣告退。"

"唔，等一等，你代我把照日喇嘛送到门外。——照日，你直接去黄寺吧，我一会儿派人去关照他们一声。"

"是，王爷。罪僧告退。"

"请。"林沁色鲁布说道，轻蔑地扫了照日一眼。

照日也不谦让，举步走出王爷的房间。

到了外面，林沁色鲁布王子依旧跟在照日身后。虽然感到委屈和愤然，却也真不想抢步到前面去。他实在不愿再看一眼那张和那颗冷漠的心同样冷漠的脸。

他们一前一后步下台阶后,照日似乎不太经意地向两边看了看,并放慢了脚步,他的脊梁险些碰到林沁色鲁布王子的鼻梁。

林沁色鲁布刚想发作,陡然听到照日低沉的却字字清晰的声音飘到耳畔:"王子殿下,我带来牡丹给你的一封密信,当在黄寺面呈。"

林沁色鲁布闻言一怔,心里好生奇怪:照日此来不是因为什么"训弟不严"请王爷"赐死"的吗?为什么又暗藏一封牡丹给他的"密信"呢?既称"密信",说明信里肯定是搭救那达木德的内容,而照日也是详知的。一方面对王爷说那达木德"咎由自取""死有余辜",赢得王爷的"舍情就理"的赞誉;另一方面又充当牡丹救夫的信使,稍有疏漏定会落个为虎作伥的罪名,难道这是个长着两副心肠的两面人吗?过去,林沁色鲁布只是不了解照日;此刻,却觉得照日实在令人难以理喻了。

不过,"牡丹密信"、"黄寺面呈"的话,林沁色鲁布确实是听到了。牡丹和那达木德的事他不能不管,这封密信他也一定要看。但是,让他一下子从迷惑中解脱出来却不可能,让他一下子消除在王爷面前对照日产生的憎恶更不可能。所以,他闻言一怔并在刹那间产生上面的一些想法之后,语气冰冷地说道:"现在就可以把信交给我,何必到黄寺?"

林沁色鲁布的声音不算太低,且又从背后传来,照日无疑听得异常清楚。他没有立即回答,更没有当场交信的迹象,仍丝毫不改变原来姿态地向前行走。走了五六步后,他才不动声色地说道:"事关重大,这里耳目又多,不便从怀里掏出来。"

林沁色鲁布一想,认为照日说的是有道理的。现在是白天,到处有人走动。更何况,一前一后走着的,一个是衣冠不整、满面风尘的穷酸喇嘛,一个是华服加身、白面光洁的高贵王子。这本身就是一个使人忍俊不禁的奇异搭配,哪个人会不多看几眼?在这种众目睽睽的场合交接密信,确实是不明智的。看起来,对这个相貌不扬、表情木讷、形同僵尸般的照日,须得重新认识了。

林沁色鲁布也是走了几步才说道:"好吧,我明天准到黄寺拜见。"语气中显然已有了点儿热度,并多少带点儿赞佩的意味。但他立刻听到了一个警告的声音:

"你必须保持对我的憎恶!"

林沁色鲁布意识到自己感情的变化实在太外露了,便恢复到原来的态度,惭愧地低声说道:"我太不成熟了。"

"我们该分手了。"

照日说完这句隐约可闻的话,便转回身,退向道左,双手合十,提高声音说道:"罪僧不敢再劳玉趾,请王子殿下就此留步。"

林沁色鲁布会意,随便抱拳一晃,面如冰霜般说道:"那就恕不远送了。"说完,猛地回转身,疾步而去。在这一瞬间,他看到了父王的一双眼睛,骤然想道:"真是两个地位悬殊却同样精明的人!"

第二天和第三天,林沁色鲁布极力克制自己,没有走出几乎是被软禁中的房间一步。第四天,他获得父王的许可,独自去逛街散心。他随便走了几处地方,便租了一辆人力车,绕道驶往黄寺。他见到了照日。

"照日喇嘛,我是有意拖了两天,并非失信。"

"你这样做很对。"

"把信给我吧。"

林沁色鲁布看完信后,纳罕地说道:"信中只有一句话,而且只字未不提搭救那达木德的话!"

"考虑各种可能,有些话是不便写在信上的。"

"还有让你口头转达的内容吗?"

"没有。但牡丹说,这封信能否及时送到王子殿下手中,关系到嘎达的生死。还说,除了王子殿下,没谁能救得了嘎达。"

"这话也毫无意义。"

"殿下以为什么话有意义呢?"

"是牡丹函请我从北京回奉天搭救那达木德的。她应该知道,即使不再提醒,我也会自始至终竭尽全力的。事实上,我正是这样做了,因此惹恼了父王。现在,我已殚思极虑、黔驴技穷。听说牡丹又有信给我,我很高兴。牡丹是极聪明的,我以为她想出了什么好主意,来信提示我。"

"女人家碰到这种可怕事,方寸已乱,就算绝顶聪明又能想出什么好主意来?"

"你说得对。我应该想到。"

"她是把最后的希望全寄托在殿下身上了。"

"是这样。她一定是这样想的。信中说让我去见那达木德'最后一面'就是这个意思。"

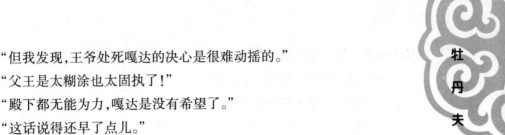

"但我发现,王爷处死嘎达的决心是很难动摇的。"

"父王是太糊涂也太固执了!"

"殿下都无能为力,嘎达是没有希望了。"

"这话说得还早了点儿。"

照日想了想说:"殿下能否应牡丹之邀去看望嘎达一次?"

"我当然很想去看望他,脱身也并非难事。但往返要五六天时间,也许正是这段时间,我会争取到一个再次向父王进谏的机会。这比看望他更有意义。"

"一次进谏未必会起作用。"

"那么,我就再争取这样的机会。道理不讲透,是难以打动父王的。"

"没等殿下打动王爷,嘎达的头颅早就掉了。从今天算起,嘎达只剩下七八个日夜了。"

"七八个日夜! 你听谁说的?"

"牡丹就这样说,所以她急得不得了。"

"这不准确。父王从未讲过要改变十月底返驾的决定。"

"是十月底而不是十月的头两天?"

"错不了。后母的事不到十月底是肯定办不完的。"

"这就是说,还有一个多月时间。"

"这也不算长。我会很好利用这一个多月时间,即使不能让那达木德恢复自由,也要争取由死刑改判监禁,至少促使父王推迟行刑日期,再另想对策。"

"这一切都仰仗王子殿下了。我替嘎达和牡丹感谢殿下的恩光渥泽!"照日说着,就要下跪。

林沁色鲁布赶忙扶住照日,摇头笑道:"等我救下令弟再叩谢吧。"

"那时,让我死都行啊!"

"看来,你也是六根未净啊!"

"毕竟是一奶同胞,怎能忍心看他去死啊?"

"更何况是父王错判了他的死罪,对吗?"

"罪僧可不敢这样说。"

"你心里却是这样想的,我没说错吧?"

"是啊,我承认。我原并不知道嘎达辞官请愿,否则,我会劝阻他,不让他干那种冒犯王爷的事。但是,我再也无法料到的是,却因请愿反垦获死!"

"所以你才肯充当牡丹的信使?"

"对殿下,我是不能否认的。"

"那就让我们共同努力吧。——我看我该走了,不能在此停留太久。一旦父王获知你我私下接触,会生出很多麻烦的。"

"说得极是,殿下就请回吧。"

"你耐心在这里听经,事情一有进展,我会来告诉你的。"

"罪僧遵命。"

此后,照日便在黄寺专候林沁色鲁布王子驾临了。十多天过去了,也未见王子的踪影,看来事情并无进展。若不是每天听经,尚可在进入佛境中获得精神上的解脱,他就耐不住了。

10月8日那一天,林沁色鲁布匆匆来到黄寺。照日见他神色惶遽、迫不及待的样子,脑海里轰然一响,心想:一定是嘎达的事恶化了!

"殿下,出了什么事?"

"坏了!"林沁色鲁布还没站稳就说道,"四天前,王祥林派人给父王送来一封信,是巨匪洪顺率领大队人马用箭射到监狱大门的恐吓信。信中声称:'如果处死那达木德,就捣毁王府!'王祥林请示父王该如何处置?"

"这——殿下,这好像不是坏事呀!"

"我也是这样想,便直陈利害,劝父王为王府安全就放了那达木德,或改判徒刑。父王也觉得此事非同儿戏,洪顺是非常凶残的,为处死一个那达木德而引来匪祸,是不上算的。虽未马上表示赞成我的意见,却说要考虑考虑再行定夺,显然已是动摇了。昨天,后母也知道了这件事,有点儿惊慌失措,连骂洪顺多事、该死。我当时确信,那达木德肯定得救了。可是哪里料得到,今天早晨,后母一席话,听得我目瞪口呆,父王却更坚定了原来处死那达木德的决心。而且……"

"殿下!"照日大惑不解地打断了林沁色鲁布的话,"王爷宁可王府被毁、臣仆受戮?"

"后母说不可能出现这样的结局。她比所有人都精明,一夜之间就琢磨出事情的破绽了。她当着我们大家的面,不容置疑地对父王说,姑且相信洪顺确实想救那达木德,那么,恐吓信中的'如果处死'就该换成'如果不释放',这不更直截了当吗?'不处死'和'不释放',是大不相同的。杀人越货的强盗特别像洪顺这样的人，是绝不会考虑我们是否容易接受才把自己的目的局限在仅仅能使那达木德不死，继续活在狱中遭罪，直到终老的。如果说洪顺的行动要分两步走，先用恐吓信逼我们推迟行刑日期，再另找机会劫狱——这种可能也是有的——那么，那天夜里，洪顺带着大队人马冲进破败不堪的监狱是易如反掌的，片刻之间就能抢出那达木德，他为什么把本可一蹴而就的事情，偏偏分成两次行动？而且，洪顺不能想不到，那封恐吓信无疑会促使我们加强戒备，攻其有备比攻其无备困难多了。难道他是有意给自己的劫狱行动设置障碍？所以，后母说，这信和送信的方式漏洞百出，很可能是个骗局，这骗局又肯定是牡丹设计的。如果确实是洪顺所为，和他以往的行径比较，其目的也绝不是救那达木德，而是有意告诉我们，此人与盗匪有联系，使我们更加坚决地处死他！父王听了后母的话，连连点头称是。"

"可是，"照日挖空心思地说道，"王爷和福晋为什么不想想另一种可能呢？要确实是洪顺所为，而仅仅是他考虑不周、用词不当，那他听说那达木德已被处死，能不双倍进行报复吗？这无穷的后患，为什么想不到呢？"

"我也恰恰这样想，这样对父王说了。但后母又把我驳得哑口无言。她说，就算是洪顺考虑不周、用词不当，其用意真是要救那达木德，他要救的是活人，可他知道这个人已被处决且陈尸草野，还会为了一个死人去拿自己有限的人马冒全军覆灭的危险吗？除非这个人是他的生身父母！"

"阿弥陀佛，这女人可太厉害了！"

"后母还说，这也不失为一件好事。有了这封恐吓信，那达木德就增加了一条通匪的罪名，处死他，就更不会出现什么民心不服的后果了。但为了防备万一，王族可暂不返旗，而且要提前在狱中处死那达木德，然后再张贴布告，暴尸草野。"

照日惊问："王爷同意这样做？"

"父王说，全照福晋的话办。还责成韩舍旺协理在三四天内拟定和印制好布告，然后回旗协助王祥林在 10 月 20 日前将那达木德在狱中勒死，事完后返奉复命。"

"看来一切都是徒劳，嘎达绝无希望了！"

"我深感抱歉，有负你们对我的信赖。"

"死生有命，这也怪不得殿下。殿下已尽了力了。"

"我只剩下一个愿望了，在行刑前见那达木德最后一面。"

"殿下什么时候去?"

"最迟今晚动身。时间已经不多了。"

"殿下动身之时,罪僧将以魂相送。"

"什么! 为什么?"

"既未救得舍弟,又有欺王之罪,我只有一死而已。"

"不,你现在死不得。我可以去监狱,但不能去见牡丹。你必须跟我同行,看过那达木德后,你去通知牡丹,她也该和丈夫作最后的诀别。那达木德死前见不到妻子,如何能瞑目? 他也一定有些话要对牡丹说的。如果你决心一死,也要在这一切都结束之后。"

"好吧。"照日平静地说,"我随殿下去。"

"你要不动声色地作好行前准备。我们不能公开离开奉天。"

"明白了,殿下。"

当天夜里,这一对奇异的旅伴便奔驰在通往达尔罕旗的官道上了。

进入达尔罕旗界后,林沁色鲁布突然改变了原来的计划,他对照日说道:"我们先到敖来毛都带上牡丹同去监狱,是否更为合适?"

照日说道:"我也正想这样问问殿下。有殿下在一起,没人敢阻挡牡丹去看望嘎达的。"

"原因就是如此。"

"但王爷知道后,也许殿下会有点儿小麻烦。"

"我的大麻烦多的是,还在乎这点儿小麻烦吗?"

"那我们就先到敖来毛都吧。"

"走,我们得加快速度了!"

就这样,他们在离开奉天的第四天上午,疲惫不堪地走进了牡丹的家。

34

　　牡丹听到王爷要提前在狱中处死那达木德后,当即昏厥过去。但是,在
很短的时间内,她便苏醒过来,挣扎着站起身。令林沁色鲁布和照日甚感惊
异的是,牡丹没流一滴眼泪,却显得平静而坚定。在这平静和坚定里,似又
酝酿着一场可怕的暴风雨。照日紧蹙眉头,林沁色鲁布则不由得心房一抖。
但这两人,谁也猜不出那隐藏着的暴风雨究竟是什么内容。而且,在眼前的
恶劣局势的压迫中,他们也不可能把思想引向对牡丹表情的探究。

　　"牡丹,"照日先开口说道,"你能承受得了和嘎达诀别的痛苦吗?"

　　林沁色鲁布理解照日的用意,因为他本人也怀疑牡丹精神有些反常,如
果这反常在说明牡丹决心要以死殉夫,那还是不去经受更大刺激的好。所
以,他应和着说:"事已如此,你不去也罢。忍痛抚育好天吉良,也许是那达
木德的最大遗愿了。你一旦弄坏了身体,天吉良怎么办?"

　　"不,我要去。"牡丹毫不含混地说,扬手掠了掠额上的头发,"你们先吃
饭。我准备一下,再给你们换换马,然后就走。——陶克陶,你把酒菜干粮
端来,在屋里看好天吉良。昭色旺、色旺尼玛,和我去鞴马。"

　　牡丹思路之清晰,语言之干脆简练,态度之安详冷静,犹如一位指挥若
定的将军。这一切,同时呈现在一个明知即将失去丈夫的女人身上,使林沁
色鲁布惊愕万分,如醉如痴地呆坐在那里,一时间动不得也说不出话来,甚
至在心里怀疑,眼前这个女人,究竟是不是那个美丽得令人目眩神迷、温顺
得有如月华溪流的牡丹?

　　牡丹根本没留意林沁色鲁布凝视着她的那种怪异的眼神,从容不迫地
走出去。身后服服帖帖地跟随着两个剽悍的男子汉。

　　林沁色鲁布狼吞虎咽地填充饥肠的时候,仍忍不住隔窗外望。他看到,
牡丹在鞴马时,似乎在向两个男人吩咐着什么,两个男人则只有点头的份

儿。他在心里叹道："是啊，这样的女人，可以让全世界的男子汉为她卖命的！"但是，他此刻还无法猜出牡丹正在为劫狱行动做着新的部署。在这一切都已成为事实，他也终于明白过来时，曾这样问过自己："如果当时就看出了牡丹要劫狱的迹象，我会不会当面制止或采取其他手段挫败这个行动呢？"他毫不犹豫地回答道："不会，肯定不会的。我甚至可能在暗中助她一臂之力呢！"

且说牡丹的准备在很短的时间内完成之后，林沁色鲁布和照日也已酒足饭饱。他们默默无言地走出房间，就要上路了。这将是日后一条漫长道路的起点。

上马前，林沁色鲁布问道："牡丹，不带上天吉良吗？"

牡丹只回答了一个字："不。"

在他们到了监狱大门外相继离鞍落地后，牡丹提起一个包裹递给林沁色鲁布，说道："烦殿下拿进去。"

林沁色鲁布也只回答了一个字："好。"

有林沁色鲁布带领，监狱看守长岂敢怠慢，恭恭敬敬地把这一行三人送到牢房，痛痛快快地打开死囚牢房的铁锁。

林沁色鲁布对看守长说："你去吧，不必再来，走时我会把门锁上的。——唔，还有，派人去饮饮马，弄点儿草料。"

"是，殿下。"

这是一次平静得有如止水般的会见。林沁色鲁布把该说的话全说了。

那达木德始终一言未发。

后来，林沁色鲁布又说了几句"力不从心"、"爱莫能助"之类的抱歉话，便拉起照日走出牢房，让牡丹和那达木德单独享用最后一段时间。

等在牢房外面的林沁色鲁布和照日当然不想听也听不到牢房里面夫妻诀别的话，却都以为肯定能听到牡丹的哭声，这应该是必不可少的，悲恸欲绝和肝肠寸断的。他们都做好了弹泪助悲的准备。

但是，没有哭声。

牡丹出来时，也未见脸上有泪痕。

不仅林沁色鲁布，连照日也感到大惑不解了。两个人都有点儿失望。

到了监狱大门口，林沁色鲁布对恭送他们的看守长吩咐道："对那达木德要格外关照。无论他想吃什么，都要满足。告诉王祥林，这是我的命令。"

"一定照办,王子殿下。"

"免送吧。"

"王子殿下,请走好。"

三个人上马后,便分手了。林沁色鲁布折向近在咫尺的王府,牡丹和照日则直趋敖来毛都。

由于马身上的汗尚未落净,又刚刚吃足了草料喝足了水,不宜立即撒蹄狂奔,牡丹和照日便只好信马由缰地在枯黄的草野上缓行一段。在这一段路上,牡丹一直在前面,照日似乎有意与牡丹保持一定距离地跟在后面。两个人都没有说话:一个是表情静如凝脂,一个是本来就毫无表情。但他们的心海都在波翻浪涌。牡丹异常清醒地感觉到,她正面临一生中最艰难最关键的时刻。她能够指望也确曾指望过的一切,均无可怀疑地相继成为泡影。要救出那达木德,只能靠她自己了。她不想也不能埋怨任何人,也没有时间去探究那些亲口说过要帮助她的人,对那达木德的感情究竟是深是浅,是真是伪。是的,她必须自己干,必须利用极有限的时间迅速而审慎地确定她的小小劫狱队伍将要迈出的每一步。成功的可能当然存在,却没有一定成功的把握,靠力量和硬拼则必然失败,凭智慧又免不了寄希望于侥幸。总之,这对牡丹是一次严峻的考验,既要鼓起勇气,又要动员智慧,更要下必死的决心。这一切,如何能使牡丹的心海平静得了啊!走在牡丹后面的照日,思索的却是完全不同的内容。他已不再关心那达木德的生死,因为他在从奉天出发前就确信那达木德难逃一死了。他该做的都做了,几乎不可能由他去做的也做了,对于弟弟,他本人已无遗憾。但他为弟弟感到不平和委屈,在临死前竟未能赢得妻子的一滴悲伤的泪水!走出监狱时,他对牡丹的表现产生的大惑不解就已骤变为愤慨,眼前,看着牡丹有如游山玩水的娴静样子,更压抑不住胸中的怒火了。他真想不顾身份地去责问牡丹:"你的心肠是铁石做的吗?"

总之,一前一后缓行的牡丹和照日,各自在想着截然不同的问题。他们的心灵不可能产生呼应和共鸣,也不能产生矛盾和撞击。正所谓各怀心腹事,相隔十万八千里。

大约走出十里地后,天已经黑下来。他们离鞍落马,投了投座鞍,紧了紧马肚带,检查了一下镫皮和嚼铁,准备加快行进速度了。

牡丹突然说道:"照日二哥,有一件事,还需你的帮助。"

照日没有说话，只是一边轻抚马背一边挑起眼皮缓缓看了牡丹一眼。由于夜色的掩盖，牡丹没有看清那通常总是冷漠的眼睛里，正耀动着憎恶和愤恨的光。

　　牡丹接着说道："请你一会儿把天吉良带走，暂时收养一段时间。"

　　"不，我没有这份精力！"照日干脆回绝道，心里却在干着一个喇嘛不该干的事，粗俗地痛骂起牡丹来："好个狠毒心肠的美女蛇！嘎达还没死，就打算改嫁，而且把天吉良也当成累赘了！改嫁，逃婚，不安分的坏女人！"

　　牡丹当然听不到无声的谴责，依然沿着自己的思路并根据照日有声的回答，决定着下面要说的话。

　　"我知道二哥的负担已经太重。但把天吉良交别人照看，我总不放心。嘎达只有这一个女儿，有个好歹，他会埋怨我半辈子的。"

　　"他埋怨你，你也听不到的！你还怕这个吗？"

　　"藏在心里的埋怨更可怕。再说，我也少不了天吉良，我太喜欢她了，她几乎是我的命根子。"

　　"那你就把天吉良带在身边好了。"

　　"那怎么能行？"

　　"我看行。反正……"

　　"二哥，你就再帮我们一次吧。"

　　"你们？"

　　"是的，二哥。我们或者一起死，或者一起活。只要我们都活下来，很快就可以接回天吉良；否则——是呀，要是我们不幸都死了，就只好请二哥把天吉良抚养成人了。"

　　"什么什么！"照日问道，心里实在不明白牡丹究竟说的是什么，这"一起死"、"一起活"难道是指嘎达和牡丹本人吗？如果"一起死"可当作牡丹出人意外地决心殉夫去理解，那"一起活"又怎么理解呢？照日真有点儿如堕五里雾中，摸不着头绪了。他略一停顿，又说道："我听不懂你的话。你再说一遍，什么'一起死''一起活'的？"

　　"唔，天哪！"牡丹恍然大悟道，"都怪我。我都糊涂了，还以为你和昭色旺他们一样，都知道了呢。我怎么就忘了告诉你，我们要把嘎达救出来呢！"

　　"你是说，要救嘎达？"照日疑惑地看着牡丹模糊的脸，这样问道，心里的憎恶和愤慨在缓缓隐退。

牡
丹
夫
人

"是的，"牡丹肯定地回答，"一定要把嘎达救出来。"

"你有办法？你怎么救他？"

"劫狱。"

"劫狱！"照日大惊道，"你怎么会生出这么个可怕的念头？你疯了？"

"我没有疯。而且，这也不仅仅是个念头。我已经有了劫狱的人，刚才又和嘎达定了时间和联络暗号。"

"嘎达也同意这么做？"

"他同意。他也不想就这么死了。"

"疯了，你们全疯了！不要说这是大逆不道的事情，要祸灭九族；就算你有理由这么做，也绝不会成功的！"

"这我想过。但是，只要存在百分之一的成功希望，我，也要试一试。否则，嘎达只有一死。左右是死，等着死总比不上一拼而死来得痛快！"

"牡丹，你救不出嘎达，连你也会死的！"

"也有另一种可能。"

"那是做梦啊，牡丹！"

"是梦也罢，不是梦也罢，反正我已下了决心，是不能改变的了！"

"天哪，这是怎么了？固执得可恨的弟弟，固执得可怕的弟媳，全让我碰上了！"

"照日二哥，你是不是害怕受到连累？"

"不。我在心里早已宣判自己的死刑了。"

"唯独你不能死。我和嘎达都希望你长寿。"

照日想了想，叹口气说道："我明白了。也知道……拦不住你们去胡闹。管不了的事，我也多余去啰唆。你们就自作主张吧。"

"那么，天吉良……"

"我带走，到一个远远的地方。你和天吉良亲近不了几天了。你们一开始行动，我就启程。为了你们的女儿，为了我的儿子，就再活一阵吧。"

"现在说这些悲观丧气的话还太早。"

"咳！……"

"二哥，夜凉了，我们走吧。"

"夜凉了。但愿这夜能有一百年那么长。……"

35

10 月 13 日,王祥林派往奉天的信使带着王爷的密令,返回达尔罕旗王府。密令指示王祥林,即刻将牡丹拿获,与那达木德同时秘密处死狱中,时间不得超过本月 20 日。

王祥林对那达木德怀有不共戴天的仇恨,早就下决心置其于死地了。但他却不想让那达木德现在就死。他的另一个并不比报仇次要的目的尚未达到,也看不出能很快达到的迹象。他准备在这个即将引颈受戮的仇人身上做出更多的努力,这是需要时间的。而王爷的密令却明确地告诉他,他可以利用的时间最多还有六七天了!

王爷的命令是不可违抗的。他的目的也必须达到。

王祥林变得急躁了,并产生了一种危机感。

他苦苦地思索了半晌。

突然,他眼睛一亮,猛击了一下案头,在心里喜出望外地骂自己真是太蠢了。既然王爷命令同时处死牡丹,何不将牡丹母女抓来关进那达木德的牢房?然后警告那达木德,他的最后态度将决定牡丹母女的生死。不信就逼不出一纸撤诉状!

王祥林这样一想,又变得十分得意起来。他倏然跳起,决定立即行动。

他知道,那达木德和牡丹在敖来毛都是很得人心的。为避免牡丹闻信躲藏起来并在乡邻的保护下逃之夭夭,需多带人马,需要时,可有足够的力量挨门挨户搜查。但守卫王府的旗卫队兵一多半被哈斯敖其尔带出去协助屯垦军保护丈量队去了,剩下的一部分是不敢轻易动用的。他当机立断,跑到监狱,点出 50 名旗卫队兵,命令他们吃饭喂马备足干粮,下午随他出发去执行重要任务。临行前,他安抚看守长说,留下 20 名看守,加上两挺机关枪,监狱可说依然固若金汤,不必有什么担心,何况,临时抽出的 50 人要不了一

牡
丹
夫
人

天就会返回监狱呢！看守长深知王祥林在王府炙手可热，只有唯唯听命而已。

下午4点钟，王祥林亲率人马从监狱大门口浩浩荡荡地出发了。他估计，到敖来毛都天已大黑，这是抓人的最佳时间。

果然不出所料。他们纵马驰过离敖来毛都仅有10里之遥的树林时，夜色就已经很浓了。

但王祥林怎么也想不到，他的大队人马的奔驰声，惊动了树林里的一群人。这一群人恰恰是牡丹的劫狱队伍。他们看不清在眼前闪过的一个个模糊的面孔，却都能从那一色的白马猜出这肯定是旗卫队的白马队。他们也都意识到这不是好兆头，但因牡丹未在，谁也不知道该怎么办。

那么，牡丹此刻身在何处呢？

原来，牡丹从监狱返回敖来毛都后，听陶克陶讲，昭色旺和色旺尼玛已按她的吩咐，分头去通知居住在几个村屯的劫狱队伍的成员，让他们在10月13日夜幕垂下时，到敖来毛都西北一带的小树林里集合，他们的行动就定在这天的午夜进行。牡丹相信这两位忠心耿耿的朋友是不会误事的，其他各项必要的准备也全部就绪，行动之前，她有整整一天的闲暇。她很兴奋，也很紧张，并预感到这一天的时间会漫长得令她难以忍耐。如果不是突然想起天吉良也将在13日夜被照日带走，心里涌起母爱和悲哀的狂涛，并记起天吉良的冬装尚未赶制出来，那么，她准会跳上马背到草原上发疯地狂奔和发疯地狂喊一阵，以期在发泄后获得一点儿平静。

她立即喊回在栅门外玩耍的天吉良和照看天吉良的照日。她叫照日休息饮茶，她自己则坐在炕上飞针走线，任凭天吉良柔嫩的小手一会儿伸进她的怀里一会儿拂去她眼角的泪滴。有时，她忍不住又停下手里的活计，把感到莫名其妙的天吉良紧紧地搂进怀里，大滴泪珠一串串滚落下来。是的，牡丹十分清醒而且异常悲哀地认识到，这很可能是和可爱的女儿最后一次亲近，因为，如果劫狱失败，她和那达木德肯定是手牵着手双双走向另一个世界。那时，娇小的天吉良就将成为没有父母的可怜的孤儿，甚至一生都要充满痛苦和不幸。想到这些，她如何不泪如泉涌？

天真的天吉良当然不知道妈妈为什么流泪，还以为一定是被针刺伤了手指，一个劲儿想通过自己小口的吮吸减轻妈妈的疼痛。结果，从牡丹眼里牵出更多的泪水。

照日是完全理解牡丹此刻的心情的。当他决定收养天吉良那一瞬，就预见到了可怕的几乎无法避免的悲惨结局，甚至已经在心里把天吉良当成弟弟和弟媳的遗孤了。他知道牡丹正经历着痛苦的煎熬，也知道安慰和劝说都没有意义。而且，他本人的痛苦也不亚于牡丹。他只能在心里唏嘘哀叹。

然而，留给牡丹悲痛的时间也是极有限的。几乎是一眨眼便到了 13 日晚上了。

她把几件首饰和一些银洋同天吉良的冬装打进一个小包裹，交给照日在夜间启程时带上。然后，她吻了吻熟睡的天吉良，便驱马赶往和同伴们约定的集合地点了。

使牡丹既兴奋又感动的是，同意冒死参加劫狱行动的 20 个人，无一人临时变卦，而且都提前来到了小树林。这对她无疑是一种鼓励，她的信心增加了不少。

牡丹计算了一下时间，马上出发，午夜前即可到达监狱。这显然太早了点儿。他们的行动不能在凌晨两点钟前开始。与其在监狱平旷的田野趴两个小时，去遭受肃杀的秋夜寒风的折磨和冒着被看守发现的危险，不如就在温暖的小树林里舒舒服服地养养精神。而且，正好备有足够的酒肉，人们可以痛痛快快吃喝一顿。她的想法和安排，获得了所有人的赞同。

当人们围坐一起，举碗痛饮和大吃大嚼起来之后，牡丹则带着陶克陶又返回敖来毛都。她想再和天吉良亲近一番，并亲自把照日送走。

天吉良已经睡醒。但因为照日决定在次日早晨启程，依然让她躺在被窝里玩耍。照日则坐在炕边沉思，对牡丹又突然走进屋来，丝毫没感到惊讶。

牡丹抱起连声喊着"妈妈"的天吉良，眼含热泪亲吻了一阵，便动手给她穿好衣裤。

"牡丹"，照日说道，"我们不是说好明早带她走吗，你是不是改变了主意？"

"是的，二哥。"牡丹揩了揩眼角说道，"你们现在就走吧。"

"夜里很凉，怕天吉良受不了。"

"多穿点儿好了。"

"不过，有这个必要吗？你是不是担心……"

"我不能不担心。我们一旦失败，会殃及你和天吉良的。"

"怎么会呢？天吉良才是个几岁的孩子啊！"

"仇恨的手有时不管他面前是孩子还是老人的，我们必须先往坏处想。"

"如果你一定要坚持……"

"是的，二哥，你们现在就走吧。否则，我在行动时会分神的。"

"你说得对，就按你说的办吧。你给天吉良喂点儿奶，我也喝几口茶水，途中很长一段是找不到水喝的。"

陶克陶很快跑到外间，从炉灶上提进开水壶，给照日沏好浓浓的红茶水，又跑到外面去给照日鞴马。照日则将必须携带的东西一样样装进褡裢，然后坐在桌边拿过水碗，自斟自饮起来。

天吉良吃足了乳汁，又要甜甜地睡去了。

"天吉良，别睡，一会儿要跟伯伯走夜路呢。"

天吉良听说让她跟伯伯走，睁开又黑又亮的眼睛，紧紧搂住妈妈的脖颈，撒娇地喊道："不，我要跟妈妈，我要跟妈妈！"

"听话，天吉良。我要去接爸爸。"

"我也去接爸爸！"

"你不能去，天吉良。接爸爸的路上有狼，有马猴。你先到伯伯家住几天，妈妈和爸爸会很快接你回来的。"

"真的？"

"妈妈怎么会骗你？妈妈说的是真话。"

"你和爸爸可要快去接我啊！"

"那还用说？用不了几天的。"牡丹说着，看了看柜子上的座钟，时间正好是 8 点整。

照日完全理解牡丹在此刻复杂和难以宁帖的心绪，也意识到时间不能再拖下去了。所以，虽然茶水尚未喝透，还是放下水碗，站起身来，说道："牡丹，你不看到天吉良离开敖来毛都是不会安心的，我这就走吧。"

牡丹凄然一笑说道："我太软弱了，是不？"

"不。我不赞佩那种不要感情的坚强。——把天吉良交给我，你放心地去吧。"

牡丹站起来说道："我送你们到屯外吧，时间还是足够的。"

20 分钟后，他们已经站到敖来毛都屯西边大约 2 里地的干硬的土道上了。牡丹决定在这里同照日以及天吉良告别。

恰在此刻，从敖来毛都屯东北方向传过来马队急骤的奔驰声。

牡丹心头一震，说道："你们听到了吗？好似大队人马！"

照日问道："会是谁呢？能是旗卫队吗？"

"肯定是旗卫队。"

"王祥林获悉了你们的劫狱计？"

"也许——不，不可能。如果他知道我们的劫狱计划，肯定会在监狱附近设下埋伏，轻易地把我们一网打尽。"

"那么，他会有什么目的呢？"

"毫无疑问，他想斩草除根！"

"连你也要逮捕？"

"可惜，他来晚了一步。而且，对我们未必不是件好事，王祥林不会在找不到我的情况下立即返回王府的。"

"你说得对。王府和监狱都会显得空虚的。"

"我相信我们会成功的。"

"那你就抓紧时间去利用这意外的机会吧。"照日说着，引镫上马，显出从未有过的潇洒，"牡丹，把天吉良交结我，你放心地去吧。"

牡丹把依依不舍的天吉良举送到照日肘间。

"天吉良，要听伯伯的话。"

"记住了，妈妈。"

照日带着天吉良走了。牡丹和陶克陶也跃上马背，绕过屯北，向小树林驰去。在疾驰中，牡丹曾回头向屯里看了一眼，发现她家的院子里燃起了几支火把，隐约照出一律的白色马，显然是王祥林正在搜查。既然照日和天吉良是她亲自送上西行道路的，她也就不存在任何担心了。

半小时后，牡丹率领她的劫狱队伍出发了。为了防备意外，她留下两个人藏在树林里，秘密观察王祥林的动向，一旦他们回师王府，这两个人可以及时赶到监狱向她报告。

36

14日凌晨2点钟,正在酣梦中的监狱看守长被一阵敲门声惊醒,以为一定是王祥林完成了逮捕牡丹的使命,胜利归来了。他不得不离开温暖的被窝,披衣下床,捻亮了马灯,然后一边不住地打着哈欠,一边晃晃悠悠地走到门前,拉开门栓,心里咒骂着王祥林回来的不是时候,打断他的甜梦呢?

但是,令看守长感到懵懂的是,出现在面前的人不是王祥林,只有穿着整洁、表情平和的牡丹和监狱大门值夜勤的卫兵。看样子,牡丹绝非被捕而来,而是自己跑来的。

"唔,是牡丹哪!"看守长怔了片刻后说道。

"看守长,我深夜来打搅,你心里一定很恼怒吧?"

"恼怒? 不不。哪里会恼怒呢? 不过……你没碰见王祥林吗?"

"我看见了他和他的白马队,但我躲过了他们。"

"躲过了? 这很好,这很好,那就请进来吧。"

牡丹大大方方走进看守长的房间。

看守长看了看门外漆黑如墨的夜色,对尾随而进的卫兵怒道:"巴特尔!你进来干什么? 今晚不是你一个人值勤吗?"

"是的,看守长。"

"为什么不立刻回到岗位上去?!"

"您并没命令我回到岗位上去呀。"

"现在我命令你,回到岗位上去!"

"其实,监狱外面连个鬼影都没有。"

"混蛋! 再啰唆一句,我就关你的禁闭!"

"好,好,我去就是。巴特尔不甘心地转身走出房门,嘴里还在不住地嘟囔,"故弄玄虚,有啥必要嘛……"

看守长掩上门，凝视着灯光下显得愈加妩媚和楚楚动人的牡丹，极力克制着突然产生的淫念，柔声问道："牡丹，你深夜见我，一定有什么事吧？是不是想让我帮点儿忙啊？"

"是的。"牡丹平静地说道，"你是个好心肠的人，一定会帮助我的，对吗？"

"那还用说吗？有什么要求，尽管提好了。能为你这么漂亮的女人效劳，我是不胜荣幸和由衷高兴的。"

"有人告诉我，这一两天就要处决那达木德。"

"是这样。王爷给王祥林一个手令，要他秘密处死那达木德。你不会是让我偷偷放了他吧？"

"不是。我怎么会提出这样的要求？那会给你和你全家带来灾难的。"

"你这么可爱，又这么通情达理，难怪那么多男人都喜欢你。那就请说吧，要我为你做点儿什么？"

"我只想见见那达木德。"

"这好说，这还不容易吗？"

"你答应了？"

"当然。……不过，这会儿不行，得等到天亮。"

"为什么要等到天亮呢？"

"王祥林有命令，夜间是不准打开牢房的。"

"王祥林并不在这里啊。"

"他一旦知道，我就倒霉了。"

"看来，你说想帮助我，也只是一句假话了。"

"假话？不不。对你这样天仙般的女人，我怎么会说假话呢？"

"可你连为我破一次例都不肯。"

"破例……破例……好吧，我也豁出去了，就为你冒一次险吧。可你……是不是也该……满足我一点儿要求？"

"只要你答应我现在去见那达木德，你提什么要求我都不会拒绝的。"

"说话可……算数？"看守长说着，咽了口唾沫，他感到脸在发烧，下体也燃起了大火，巴不得一下子搂过牡丹喷发着强大诱惑力的身体。

牡丹微微一笑，说道："当然算数。"

"那——你明白我指的是……是什么吗？"

"明白,我答应你就是。"

看守长怎么也没想到竟会如此轻易地达到目的,一时间快乐得喘不过气来,燃烧得颤抖而酥软的身体险些瘫倒在地。他又使劲儿咽了口唾沫,努力镇定着波翻浪涌的情绪,鼓励着自己万不可失去眼前这千载难逢的良机。他飞快地暗问自己,"这算不算不道德?"紧接着他回答了自己:"不不。既然这个女人也离死期不远,我为什么不可以享用一下呢? 也许,她也想男人了吧? 那达木德关进监牢好长时间了,她如何熬得住? 是的,肯定是这样。这算不得不道德,算不得不道德的! 而且,必须抓紧时间,等王祥林回来,这好事就成泡影了。"

看守长这样想着,异常费劲儿且不清不楚地说道:"那么,现在……怎么样? 完事我就……领你去……你看,行吗?"

"你也太性急了。不过,好吧。你该去把门插上,外面好像有声音。"

"有声音?"看守长侧耳听了听,"是有声音。肯定是他妈巴特尔! 他在偷听!"说着,他怒气冲冲地朝门口走去,只想一把拽过巴特尔,把这个搅他好事的混蛋砸成肉饼。

他走到门口,刚要开门,却听牡丹在身后说道:"看守长,你还是先转过身来吧!"接着是一声冷笑,"外面的声音说明你的巴特尔已被缴了械!"

"什么?!"看守长心头一震,猛地转过身来,他看到,牡丹手里的枪正直指着他的胸口。在这一刹那,他明白自己落进了圈套,刚才还在继续编织的美梦全都崩散到九霄云外去了。"你……你要干什么?"他说着,想伸手拔出腰间的手枪。

"看守长,你大概知道我的枪法吧? 还是乖乖把枪解下来扔到地上对你更有利。"

"牡丹! 你这是——有话好说嘛。"

"立即照我的话办! 我的时间并不多。"

"我照办就是。别开枪,千万别开枪!"

看守长解下手枪,扔到牡丹脚前。

这时,门开了,陶克陶走了进来。

"怎么样?"牡丹问道。

"一切顺利。"陶克陶答道。

"地上这支枪归你了,拿去吧。"

"真的?"陶克陶兴奋地欢呼一声,跑过去拾起手枪,炫耀地朝看守长晃了晃,看守长悲哀地叹口气。

"看守长,"牡丹说道,"你现在该明白我深夜拜访的目的了吧?"

"你是想劫狱。"

"说对了。"

"可你不会成功。"

"为什么?"

"实话对你讲吧,牡丹。王爷命令把你和那达木德一起处死。你没落到王祥林手里,算你侥幸。我今天可以网开一面,放你逃命。你如果非要救出那达木德,免不了和他同归于尽。你想想,你有几个人,几支枪?你们一出监狱大门,那两挺机枪就会把你们全都撂倒!"

"机枪?"陶克陶说道,嘿嘿笑了两声,"你还想指望那两挺机枪?你一会儿看看,那两挺机枪在谁手里吧?"

"什么?难道你们……"

"好了,看守长。"牡丹挥了挥手说道,"我没时间向你解释我的人怎么占据了岗楼。明说吧,你是想死想活?"

"想活,当然想活。可是,即使你不杀我,王祥林也会处死我。你想,被劫走了这样的重犯,我还活得了吗?"

"听着,看守长。第一,我不杀死你;第二,王祥林也没有理由处死一个仅仅失职的人。"

"可是,你肯定要我拿出牢房的钥匙,对不?"

"你真聪明。"

"这可不仅仅是失职,我会被当作劫狱的同犯的。与其落个同犯的罪名被处死,不如……"

"我不会让王祥林看出你曾帮助过我的迹象。当王祥林走进这间屋子时,会发现你被捆绑在床上,屋子里很乱,证明你搏斗过,而且没屈服,钥匙也是我们翻出来的。"

"要是这样……那好吧,我给你们钥匙,但你先要保证不杀我。"

"我保证。我可以发誓。"

"可是,巴特尔呢,他告密怎么办?"

陶克陶说道:"巴特尔早就见阎王爷了。"

"这我就不担心了。"看守长放心地说道,从褥子底下摸出一串钥匙,交到牡丹手里,"赶快绑上我,把我的嘴也塞上。"

几分钟的时间,看守长便被牢牢捆到床上了,房间里也成了曾激烈搏斗过的现场。

牡丹和陶克陶走出看守长的房间,和隐在外面的两个同伴会合一处,在哈拉的带领下,先来到卫队兵的住宿处。四支短枪很轻易地把从梦中惊醒的十几名卫队兵驱赶到院子当中,至少有一半人连衣服也没来得及穿。牡丹留下两人看管这些瑟瑟发抖的卫队兵,便带着陶克陶和哈拉走进牢房。牢房的走廊只有一名看守,而且喝了哈拉偷偷给他的酒,睡得死人一般,被下了枪还在打鼾呢。

事情顺利得出乎预料,连牡丹自己也有点儿不相信劫狱已获得完全成功,当她和陶克陶陪着那达木德走出那间死囚牢房,甚至不自觉地问了一句:"嘎达,我们真的成功了?不是梦吧?"那达木德握住牡丹的胳臂回答道:"我也没想到。牡丹,你真了不起!"

牡丹真想大声哭一场。

走了几步后,牡丹问道:"嘎达,把关在牢房的人都放了吧,问问他们愿不愿意跟我们干。我们是需要人马的。"

"这倒真如一场梦。我怎么也未曾预料到,竟要拉起一支造反队伍!"

"难道还有别的出路吗?不造反,我们迟早要被抓住砍头的,你也别再想什么阻止放垦了。"

"你说得对,就照你的话办吧。"

但是,被放出来的人里只有十几个人决定跟那达木德走,其余的大部分都想乘机逃回家去。牡丹也不去强迫他们,准许他们各奔前程。接着,她命令剩下的人把牢房中所有枪支都带上,到监狱门外集合,并把全部卫队兵分别锁进牢房。因为机关枪不好携带,也没人会使用,牡丹命人砸烂后扔进水坑。

整个劫狱过程,仅用了不到一个小时的时间。

大约凌晨 3 点钟,牡丹率队离开监狱向西进发了。牡丹知道,这次劫狱无论是成功,还是失败,他们都不能再回敖来毛都,因为王祥林肯定要对劫狱者展开追捕的,敖来毛都无疑会成为第一个目标。牡丹的计划是,先去昭色旺居住的林子里,暂作休整,至于以后怎么个干法,她也没个准主意,要和那达木德以及昭色旺、色旺尼玛等人仔细商量后再定。她知道，拉起一支造反队伍并非一件简单事，靠眼前这些绝大部分连放枪都不会的二三十人，显然是不够的。但她也相信，有了那达木德，他们是会聚拢起足以和官军抗衡的队伍的。

劫狱获得成功而且感到有了依靠的牡丹，不仅充满喜悦，更多的是身体和精神上的疲惫感。她甚至怀疑自己有没有足够的力量走完监狱到昭色旺茅屋的这段路。所以，在驰出四五十里路，确信不会有人马追来之后，牡丹约束住杂乱无章的队伍，告诉他们已经脱离了危险，可以放心地缓缓行进，松弛一下绷紧的神经。她本人则和那达木德并辔而行，轻声谈起劫狱的始末以及照日二哥去奉天和携带天吉良西去的种种细节。那达木德感慨万端，对照日二哥的侠肝义胆赞叹不已。

"真没想到。"那达木德说道，"我以为，二哥要一辈子做个循规蹈矩的喇嘛呢。"

"谁也不愿超规越矩而失去安宁的生活。二哥也是如此。但是，当他一旦认识到，公正的待遇绝不会落在规矩人身上时，抛弃那些曾束缚他的规矩便十分容易了。"

"看来，二哥开窍比我要早得多。"

"因为他要做的事情比你要做的事情容易得多。"

"你的意思是，他不会和我们一起造反？"

"是的。他只是想救出受到不公正待遇的弟弟。他宁肯为此失去自己的生命。等他知道你确实已经获救，支撑他生命的力量便会彻底消失。"

"天哪！他会去死！你说，他会去死吗？"

"我看出他已下了这个决心。所以，我求他替我们抚养天吉良，不仅天吉良从此能获得一个平静的生活，照日二哥也能因为肩负重托而继续活下去。"

"你想得很周到。但愿一切都有如你的预料。"

"我确信这一点。"

那达木德迟疑了片刻后又问道："那么，你是否确信二哥和天吉良已摆脱了险境？"

"是我亲自把他们送走的。王祥林包围敖来毛都时，他们已经向西驰去了。这么黑的夜，没谁能发现的。"

"王祥林也是个精明人啊!"

"当然,他可能猜测我和二哥闻信后一同西逃了,不会想到我会劫狱。追赶我们的时间当在天亮后,而不是深夜。如果有事儿,我留在敖来毛都的两个人会及时赶来向我报告的。"

"这两个人知道你劫狱后的去向吗?"

"知道。"

"如果这样,我就放心了。"

说话间,他们已经接近灌木丛生的一带低洼地面了。牡丹知道,过了这片灌木区,再攀过一带岗坡,离昭色旺居住的森林就不远了。灌木丛间只有一条狭窄的路贯通东西,南北两侧都是延续数十里的人马不敢涉足的沼泽地。在这里,二龙山的强盗常设下埋伏,打劫过往的行人。夜间是没人敢从此经过的,即使是白天,也要结伴而行,而且要带着防身的武器或足够的买路钱。眼下正是深秋,又值漆黑的夜,风声飒飒,树影幢幢,更显出一种令人毛骨悚然的阴森和肃杀。

牡丹选择这样一条行人唯恐避之不及的险途,不是没有道理的。首先,劫狱后的人马不宜再长途跋涉,而这条路是通向昭色旺居住的森林的唯一捷径,其他任何一条路都须绕出至少4个小时的旅途;其次,她不担心二龙山的人会伤害那达木德,即使真的遭遇了,而且不认识她和那达木德,但只要说出姓名,二龙山的人也肯定会放行,因为那达木德同天龙、天纲的关系是二龙山尽人皆知的;再者,也是最重要的,守卫王府的哈斯敖其尔或率队去敖来毛都的王祥林都会很快获知监狱被劫的消息,也肯定会立即追击,他们即使不完全排除灌木区间的道路,至少也不会把它当成重点而投入大批人马了。

看得出,牡丹对劫狱后的行动安排也是费尽了心思的。

牡丹在灌木丛边拢住了坐骑,让人们尽量聚在一起,以便在熟悉这条路的昭色旺带领下鱼贯而行时互相有个照应,免得有人拐向两侧陷入泥淖。

然而,牡丹做梦也没想到,正当昭色旺扯动马缰,准备带领人们踏上灌木丛中隐约可见的道路时,陡然传来一声清脆并带着哨音的枪响。刹那间,眼前亮起十几支火把,随着无数喉咙汇成的震雷般的喊杀声,几十个身跨白马的人闪电般从四周驰过来。牡丹和她的二十几名弟兄还来不及考虑他们碰到的是人还是鬼,甚至来不及考虑是否要逃跑,便早已身置几十支枪口的团团包围之中了。

牡丹立即意识到，他们中了旗卫队的埋伏。

反抗已毫无意义，牡丹轻轻松开刚刚握上枪把的手。

随着一声冷笑，王祥林骑马从火把后边走到牡丹和那达木德面前。

"没想到吧，牡丹夫人？"王祥林摸着下颏，皮笑肉不笑地问道，"想逃过我的手心，并不容易，对吧？"

牡丹没有回答，只是侧过脸看了那达木德一眼。她的眼睛里没有恐惧，只有绝望、泄气和纳罕。的确，眼前的场面是她无论如何也没预料到的。即使给她十天时间去回顾，也找不到自己究竟在哪一步上出现了疏漏，竟使王祥林对她的行动了如指掌，在胜利的启明星就要升起时，给她如此致命的一击！

王祥林又是一笑，眨了眨眼说道："牡丹夫人，我知道你一定十分纳闷，既然亲眼见我去了敖来毛都，我又怎么飞到这里恭候你的大驾呢？我没猜错你此刻的心声吧？"

牡丹又抱歉地看了那达木德一眼，然后盯住王祥林，无力却很平静地说道："我承认败在你手里了。但是，我想在临死前知道，你是怎么获悉我的行动计划的？是谁出卖了我？你既然知道我要去劫狱，为什么又故意到敖来毛都虚晃一枪，然后埋伏在这里堵截我们？"

"不不，我并不知道你的劫狱计划。否则，我在监狱设下埋伏不是要简单和容易得多吗？这里又潮又湿，可比不上监狱内外环境那么舒服啊。实在说，当我趴在树丛里把你每一步行动连在一起分析后，便使我不得不惊叹你的超人的才智。那几乎是一个无可挑剔的绝无失败可能的劫狱计划，如果你不在离开敖来毛都时留下两个孬种的话。"

"是他们！是这两个人向你告了密？"

"你留下人观察我的动向未必不对，但你选错了人。如果这两个人是昭色旺或陶克陶，就好了。可那两个软骨头，我一摸枪把，便把我需要的一切都和盘托出了。"

"这两个口是心非的混蛋！"

"这两个人固然都是软骨头，但有哪一个人不想求生呢？再说，他们落在我的手里，也是出于对你的忠诚。如果不是因为令爱……"

牡丹大惊道："你说什么？！天吉良？她……"

"唔,等一等,别着忙,我会详细讲给你和那达木德梅林的。——过来几个人,把他们的枪全下下来!"

不大一会儿,牡丹一伙人的枪支全部到了旗卫队兵手里了。包括牡丹在内,谁也没有反抗的表示。

"牡丹夫人,"王祥林说道,"你枪法超群,我是有幸曾目睹过的。但缴下你的枪,可并不是害怕你猛然抽出来给我一下。我也是为你的这些盲从者着想,他们还不一定都有死罪。可你一旦失去理智,举枪死拼,我这几十支步枪定会使他们和你一起玉石俱焚,造成不少冤魂的。"

"你别啰唆了!"牡丹怒道,预感到了大不幸在向她袭击而来,"快告诉我,天吉良怎么样?"

"我当然要讲给你和那达木德,而且又详细又生动地讲述给你们。牡丹夫人,你能预料到,我走进你的空空如也的房子时,该多么失望,多么恼火!亏得你也有做事不周的时候。如果你把桌子上依然烫手的茶壶扔掉,我是不会突然记起照日可能正住在你家的,也不会突然猜测你可能带着天吉良同照日一起向西逃跑了。当然,派人向西追捕你们花了过多的时间,才使你顺利实现潜入监狱劫走那达木德这个关键的一步,如果我当时马不停蹄地回师监狱,你们早就是瓮中之鳖了。——不过,我们还是把话题拉回你和那达木德最关心的内容上来吧。如前所述,那把余热尚存的茶壶启发了我,使我抓回了照日和睡在他怀里的天吉良。但是,固执的照日软硬不吃,绝口不讲你牡丹夫人的去向。我命人点燃了你的房子,对照日威胁说,他再不说,我就把天吉良扔进火里烧死。"

"什么?!"牡丹惊叫道,"你……"

"听我说下去。就要到最精彩的情节了。——我以为,这样一恐吓,照日该开口了。恰恰相反,他却恶毒地诅咒起我来。我抱着又哭又叫的天吉良,真要往烈火里扔去,正在此时,突然响起枪声,一颗猎枪子弹贴着我的帽子飞过去,打死了我一名战士。紧接着便有马蹄逃窜的声音,这正是你留下的两个人。他们的目的是想把我吸引过去,好使天吉良免遭火焚。这是他们自己讲的。遗憾的是,这两个人的骑术像他们的坐骑一样,均属未入流的劣货,没跑多远,就乖乖就擒了。不过,在当时,我并不以为这两个人仅仅是为了把我们引开,我猜测,准有人等在暗处,伺机出来救走天吉良和照日,而这个人除了你牡丹夫人还会是谁呢?所以,在我的部下去追赶你的两个同伙时,我曾高声喊道:'牡丹!想让天吉良活命,你就乖乖走出来!'我以为你肯定能听到我的话,并且,为了爱女,你宁肯牺牲自己,甘愿伏法。可是,直到我真的把天吉良抛进火海,你也没有露面。"

牡丹虽然在惊悉照日被捕的一刹那便预感到天吉良已遭厄运,但当她听到王祥林说出上面的话以后,依然如被雷击一样,差一点儿昏厥过去。她只觉得眼前火星乱窜,并与同样乱窜乱跳的火把交织到一起,形成满天大火,可爱的天吉良就在大火中挣扎哭叫,呼唤着妈妈。她除了火和天吉良,什么也看不到了。她感到自己也正在烈火中燃烧。她的精神再也支持不住了。她凄惨地喊了一声"天吉良",猛地向那谁也看不见对她却真实存在的火海中扑去,她要救出天吉良,至少和可爱的女儿死在一起……

和牡丹同样悲痛欲绝的那达木德,如果不是为了抱住倒下去的牡丹,也准会因女儿的惨死而跌下马背。他一边搂着失去知觉的牡丹,一边瞪起野兽般通红发亮的眼睛,恶狠狠地看着王祥林,咬牙切齿地骂道:"畜生!你是个畜生!"

王祥林微微一笑,说道:"你就使劲儿骂吧,我不会还口的。而且,我还要告诉你,令爱还不算太孤单,有伯父相伴嘛。"

"什么!你把照日二哥也烧死了?他犯了什么罪?"

"第一,他欺骗了王爷;第二,他是牡丹劫狱的同谋。不过,我并没想烧死他,他属于畏罪自杀。"

"王祥林!你乱杀无辜,天地不容,定要遭到报应的!"

"可眼下的事实是,恰恰是你遭到了报应。"

"我后悔没早些拉起队伍,把你们这群得势小人斩尽杀绝!"

"真遗憾,你只能带着悔恨走向另一个世界了。"

"你等着吧,王祥林,我到阴间也不会饶过你的!"

"对于我,考虑阴间的事还太早,我还有很长一段阳寿呢。何况,除掉了你之后,我尽可以多做几件善事,终究会立地成佛的。——好了,和你说这些气话没有用,我也实在太累了。你呢,也该回监狱睡一觉。再经过一次日升日落,我就要设酒为你们这对恩爱夫妻钱行了。"

"你……你连牡丹也不想放过吗?"

"当然不能放过。即使我想放过牡丹,王爷也不准啊。"

那达木德看了渐渐苏醒的牡丹一眼,紧咬嘴唇思考了片刻,极力忍住悲

愤和怒火,略带乞求地对王祥林说道:"王祥林,惹恼王爷的是我,我甘愿伏法。我跟你回监狱,要杀要砍一切听便。但是,王爷未必非要牡丹的性命,你和她也并无深仇大恨。天吉良和照日二哥也已被你杀掉。你就放牡丹一条生路吧。"

"不!"醒过来的牡丹突然喊道,在马鞍上挺直了身体,"不要求他!我宁愿和你一起死,也决不接受他的恩典!"

"啧啧,你看,你看,牡丹夫人到底是个有骨气的非凡女人。难怪王爷说,留下牡丹夫人比留下那达木德更危险。"

"王爷!"那达木德恨恨地说道,"连个女人都容不得,你不配做王爷!"

王祥林笑道:"斩草定要除根,这正是王爷的英明之处"。王祥林说着回过头看着火把下的战士,"过来两个人,把那达木德和牡丹的手捆起来,以免他们在途中作非分之想,给我造成麻烦。"

王祥林的话音刚落,只见一匹隐在火炬后面的白马直驱过来,骤然停在王祥林旁边,马镫相击,发出金属的铿锵声。王祥林连忙扯紧缰绳,却感到自己的手腕已被那人牢牢握定,同时,有一支枪筒抵到他的太阳穴上。

"你……是谁?想干什么?"王祥林问道,刚刚升起的怒火已被恐惧代替了。

"洪顺大哥!"那达木德和牡丹同时惊喜地叫道,心里着实奇怪洪顺怎么突从天降一样出现在眼前。

听说此人是洪顺,王祥林险些吓昏。

旗卫队战士立即端枪上弹,准备战斗。

洪顺抚慰地看了那达木德和牡丹一眼,然后对王祥林说道:"王祥林,你是个聪明人,应该知道怎么办。"

"知道,知道。"王祥林提心吊胆地说道,"我放了他们。可是,你得保证不杀我……"

"还没到你提条件的时候。听着,快命令你的部下把枪扔到地上,否则……"

"这……我保证放了那达木德还不行吗?"

"少废话!我的人马已把这里团团围住了。要不是怕打起枪来会伤着那达木德他们,你和你的部下早就手拉手到阎王殿做客去了!"

"好好,我……你们就把枪快扔下吧!"

旗卫队兵迅速执行了王祥林的命令。

"听着,王祥林,我今天不想开杀戒,决定饶过你的部下……"

"谢谢,谢谢……"

"你命令他们立即滚回王府!"

"那么……我呢? 就让我带着他们走吧。"

"其实,用不着你下命令。"洪顺说着,转向那些扔掉武器的旗卫队兵,"你们听着,谁想死就别走,想活就赶快滚开!"

不用说,这些人都选择了活。

"等一等,留下几支火把。"

等旗卫队兵留下几支火把,纷纷抱头鼠窜后,洪顺拔出王祥林的手枪,扔给了牡丹。

王祥林见状,知道难逃活命,魂魄早已飞散得精光了。但他还多少存在点儿侥幸心理,以为会再一次奇迹般地死里逃生。"洪顺首领,这回……该放我走了吧。"他试探着说,口气中带着哀求,"我可全按你的话办了。"

"你刚才做的无可挑剔。可是,我并没说要放你走啊!"

"洪顺! ……"

"别哀求我! 你应该问问牡丹和那达木德,问问他们想不想饶过你;你更应该去问问天吉良和照日,问问他们想不想饶过你。"

王祥林看了看正对他怒目而视的牡丹和那达木德,叹口气说道:"我真傻……我一开始就该料到你们不会放过我,更该猜测出你洪顺首领只是孤身一人。"

洪顺冷笑一声说道:"你明白就好,省得做个糊涂鬼。——牡丹夫人,他说得对,我确实是孤身一人。"

"你的……人马呢?"

"我也不知道他们是否还存在,藏身何处。据说,他们遭到崔兴武的伏击,给打散了。我估计你不会等我,就日夜兼程赶了回来,先上了二龙山,说服了天龙、天纲择日下山劫狱,然后准备从近路赶往敖来毛都。可巧遇见了埋伏在这里的白马队,更巧的是我也骑一匹白马。"

"你是冒险救了我们!"

"我原没有成功的把握。但是,听了王祥林的自供,就再也无法忍耐了!"

王祥林听后,懊悔不迭,呻吟般地说道:"我真后悔!"

洪顺讥诮地说道:"你刚才给自己准备好了一句话——就带着悔恨走向另一个世界吧!"

"你们也活不长久的!"

"但是,你却要先死!—— 牡丹,用枪声表达你的血海深仇吧!"

牡丹咬牙举枪,说道:"王祥林,你恶贯满盈了!"

随着清脆的枪声,王祥林跌下马背,牡丹和那达木德的生命史也同时掀开了新的一页……

37

嘎达梅林造反的消息很快传到奉天城。开初,张学良只是付之一笑,不以为意。他觉得,几个牧民闹事,成不了大气候,就算嘎达梅林是行伍出身,非那些打家劫舍的流寇可比,在他的两营屯垦军面前也只能望风逃窜,大不了在科尔沁草原再增加一股迟早被他"剿灭"的土匪而已,绝不会危及他的屯垦大业的。但是,当"丈量队失踪"、"荒务局焚毁"以及"屯垦军营房被夜袭死伤大半"等情报接二连三飞传到帅府时,张学良就不能再等闲视之了。令他最为惊讶的是,人们告诉他,在这支造反队伍中,有一个漂亮得出奇的女人,不仅善使双枪,而且善于机变,造反者每一次成功的行动,几乎全是这个女人一手策划的。这个女人便是嘎达梅林的妻子牡丹。牡丹的姿容他是见过的,因而完全理解胡俊玉何以至今还不能从失恋的痛苦中解脱,何以对其他任何女人都不发生兴趣;但是,牡丹的枪法他却从未领教过,胡俊玉也从未讲起,尤其是,一个花容月貌的女人,竟比一个出色的军务梅林更具韬略,甚至可以像将军一样指挥一支上千人的队伍,更是他连想都想不到的。何况,驾驭这支匆匆聚拢的乌合之众,远比驾驭一支上万人的正规军困难得多呢!想到这些,他这个堂堂须眉,着实有点儿悲哀之感,对牡丹,也油然升起赞叹和爱惜之情。

但是,无论是对自己的悲哀之感,还是对牡丹的赞叹和爱惜之情,都没有影响他果断地作出如下决定:立即调遣人马,"围剿"嘎达梅林反垦队伍!

张学良知道,那达木德担任达尔罕旗军务梅林多年,战绩卓著,早已是威名远扬;加之这次造反是为了阻止达尔罕旗出荒,肯定有广泛的民众基础,如果不用重赏引诱,不惟牧民们会成为那达木德的耳目,军人们也会由于畏惧而不肯向前。因此,他在调集各路人马的同时,派人在科尔沁草原四处张贴悬赏捉拿那达木德夫妻的布告。布告上写道:"捉拿嘎达梅林者赏大洋二千块,给连长职务;捉拿牡丹者赏大洋三千块,给营长职务。"

总之,张学良决心要把嘎达梅林这支造反队伍彻底"剿灭"。

说话已是公元1930年深秋。

一天,比以往愈见清瘦的胡俊玉带着一脸决然的表情,走进张学良的房间。

张学良推开案头的卷宗,抬起疲惫却依然安详的眼睛,嘴角掠过一丝略含歉意的苦笑,柔声说道:"昨天你要见我,却让你等了整整一天,你一定在怪罪我吧?"

"将军肩负重任,日理万机,卑职来打搅已是罪过,倒要请将军宽宥是幸。"

"你急于见我,有什么重要的话要说吧?"

"我想请求一个新的任命。"

"新的任命?"

"是的,将军。"

"这很容易。——唔,你坐下,坐下吧,有话慢慢谈。我是不会拒绝你的任何要求的。"

"谢谢将军。"

待胡俊玉坐下后,张学良说道:"你比以前瘦了,身体不舒服吗?"

"我身体很好,将军。"

"我很久没见到令堂和令妹了,她们都好吗?"

"谢谢将军的关怀,她们都很好。——将军,我现在可以陈述我的请求吗?"

"这个问题一会儿再谈。你可以放心,就算我已给了你肯定的答复了。我们先谈点儿别的。"张学良说到这里,停顿了一下,然后用手指点了点面前的卷宗,接着说道,"我正在批阅达尔罕旗方面的军报,嘎达梅林闹得很凶呢。"

"卑职听说了。"

"而且,你很早就预见到了,对吗?"

"这……"

"你任屯垦军营长时,曾有意拖延丈荒的时间。"

"卑职有罪。"

345

"有罪？不不。恰恰是你的远见推迟了眼前局面的出现。如果嘎达梅林造反不是现在而是两年前正当我们无暇北顾的时候,那么,事情就更难办了。看来,在对待蒙古人上,你的头脑比我清醒得多。"

"将军谬奖,卑职不胜惶恐。"

"我说的是心里话。"

"就算将军宽宏,原谅了我的玩忽职守,但至少我后来的一个罪过是不该逃脱惩罚的。"

"你指的是……"

"如果不是我主张把那达木德押解回达尔罕旗,就不会有今天的嘎达梅林。"

"这一点你同样是对的。是的,嘎达梅林造反的责任不在你。这全怪那个优柔寡断的那木济勒色楞亲王。他本该尽快处决那达木德,可他却一拖再拖,结果——不过,说这些已没有意义。眼下的问题是,我必须尽快'剿灭'这支造反队伍。"

"是'剿灭'而不是收编吗?"

"收编?不。嘎达梅林和那些打家劫舍的土匪不一样,他是为了反对开垦蒙荒,不是为了升官发财。"

"也就是说,将军已经下了'剿灭'嘎达梅林的决心了?"

"是的。我是不会放弃屯垦的,仅从这一点,我和嘎达梅林就是誓不两立的!"

"将军已经作了部署吗?"

"我调崔兴武旅火速赶赴达尔罕旗,协同屯垦军和旗卫队'清剿'造反队伍。遗憾的是,我还不能轻易动用正规军。"

"其实,这已经足够了。"

"很难说稳操胜券。嘎达梅林有一千人马,其中还有嗜杀成性的天龙、天纲以及洪顺的匪帮。而崔兴武旅、屯垦军和旗卫队的战斗力都不强。"

"确实如此。"

"所以,我正在考虑派一个得力的人去统率两营屯垦军。"

"人选确定了吗?"

"还没有最后确定。"

"那么,将军能否把这个机会给我?"

346

"什么？你方才说要求新的任务,指的就是这个?"

"正是,将军。"胡俊玉站起来,潇洒地做了一个请命的立正姿势。

"这……"张学良沉吟着说,"这我可没预料到,我原以为……"

"卑职知道,将军急于扑灭科尔沁草原上的这把火。"

"可是,我不想让你去冒这个险。要知道,战场上饮弹身亡的机会对每个参战者都是均等的。"

"卑职正是期望以死报效将军。如果卑职要求一个只对自己有利的职务而不想去为将军分忧,怎能对得起将军的云天高谊呢?况且,我自信会获得胜利。"

"当然,去达尔罕旗同嘎达梅林周旋,你也许比任何人都更合适。"

"我是否可以认为将军已经答应了我的请求?"

"这个……唔,你坐下,容我仔细想想。"

胡俊玉顺从地坐下去,同时在心里冷笑道:"其实,你已猜到了我的来意,甚至早就料到我会主动请缨。要不,为什么要跟我谈起嘎达梅林的事?至于你故做惊讶,假意斟酌,只是为了掩盖你已明白我是为了借机报仇。那么,我更不该自己来捅破这层薄纸,就让我们这次谈话只带有公务的神圣色彩吧。"

胡俊玉是个绝顶聪明的人,看透了张学良。

张学良更是个绝顶聪明的人,同样看透了胡俊玉。

两个人对互相看透的话题都采取回避的态度,心照不宣,甚至连牡丹的名字都没提到一次。

结果,一纸委派胡俊玉的命令当场签署完毕。

这份命令上写道,提升胡俊玉为少校团长,暂统率两营屯垦军,"进剿"嘎达梅林造反队伍。不受其他部队节制,可独立行动。

最后,张学良说道:"子瑾,你此次去科尔沁草原,肩上的担子不轻。你面对的不仅是嘎达梅林这个强敌,还有两个桀骜不驯和难以合作的团长。这两个团长都是汤玉麟部崔兴武旅的。据悉,其中孙凤阁假称患病而滞留鲁北县,只有李守信一团已开入科尔沁草原。李守信原系土匪,与天纲、洪顺有旧,我怀疑他能否真正卖力。但这个人对手下人极好,官兵都很听他的话,你如果能和他处好,取得他的合作,那么,获胜是有绝对把握的。至于达尔罕旗卫队,你就别指望他们能起什么作用了,能不反叛就不错。总之,你的任务是很艰难的。"

"请将军放心。我如果不能亲手杀死嘎达梅林,那么,科尔沁草原就是我埋骨之地!"

张学良一笑说道:"我相信你定会高高兴兴地胜利归来的。"

"谢谢将军的信任和鼓励。"

第二天,胡俊玉便走马上任,赶赴达尔罕旗了。

按着张学良的叮嘱,胡俊玉首先拜访了李守信,只用了一顿饭的工夫,两个人就成了莫逆之交。李守信很赞赏胡俊玉的才智和谦恭的态度,同意采纳胡俊玉提出的对反叛队伍先分化然后打消耗战最终包围的策略,当即写了一封策反的亲笔信交给了胡俊玉,胡俊玉则保证想办法把这封信送到天纲手里。胡俊玉还提到,造反队伍的军火肯定不足,嘎达梅林势必派人购买,因此,可找个精明人化装成军火买卖的掮客,把用开水煮过的子弹卖给嘎达梅林,这样,造反者在射不出弹头的情况下,定会束手就擒。对此,李守信也连连点头称是。

果然不出所料,两个月后,天纲带领近100人的队伍,离开嘎达梅林,投入到李守信麾下。此后,不断有嘎达梅林的队伍减员的消息传来。而且,春节过后,嘎达梅林也果然买去了大批用开水煮过的子弹。看来,最后"围剿"的时机业已成熟。

不用说,此刻的胡俊玉是异常兴奋的,因为他到底等来了"堂堂正正"报仇的机会。他又异常得意,认为自嘎达梅林被押解回达尔罕旗直到眼前胜利在望的局面的形成,都是他一手导演的结果。在这件事上,他既认识到了自己非凡的忍耐力,又认识到了自己超人的智慧。他觉得自己不愧为一个真正的男子汉和真正的英雄。至于几年前他关于对蒙荒大面积屯垦势必酿成骚乱的正确分析,已经忘记了。

仇恨实在是一种可怕的力量,对他人对自己都是如此。

胡俊玉正是带着这种仇恨的力量加入"清剿"嘎达梅林造反军的队伍,带着复仇的亢奋最后一次会见李守信并作出与嘎达梅林决战的部署的。

胡俊玉获悉,嘎达梅林的队伍正在舍伯勒图附近休整。舍伯勒图南邻辽河支流老哈河,对"围剿者"是很有利的。所以,他和李守信以及带领旗卫队的哈斯敖其尔商定,采取三面进击,把嘎达梅林逼到老哈河北岸,然后全都歼灭。行动的时间定为4月9日。

牡
丹
夫
人

38

　　众所周知,嘎达梅林领导的起义最终是失败了。但正像"共工怒而触不
周之山"一样,嘎达梅林同时也是个胜利者。因为这次起义在事实上制止了
达尔罕旗历史上可能出现的第十次大面积放垦。

　　最后结局发生在公元 1931 年 4 月 9 日这一天深夜到 10 日的黎明。

　　事实上,在胡俊玉和李守信共商最后决战的部署时,嘎达梅林的队伍已
是元气大伤、不堪一击了。一年多的四面出击和八方迎战,伤亡惨重自不消
说,自天纲反叛后,天龙又因争夺指挥权失败而愤然离去,这两人几乎带走
了原二龙山的全部人马,而且,一些自愿加入起义队伍的牧民也由于厌战或
前途渺茫而纷纷弃戈逃逸。起义队伍最后只剩下 200 多人,其中至少四分之
一是不能参战的老弱病残。嘎达梅林不得不悲哀地仰天长叹"大势去矣"。
牡丹也看出低落的士气难以重振,再和几千名武装精良的官军周旋下去,只
能全军覆灭。

　　起义军必须作出新的抉择。

　　牡丹主张带领残部暂避二龙山,养精蓄锐,以图东山再起。嘎达梅林知
道天龙已在二龙山重树旗帜,正在招兵买马,但他不齿于屈居天龙篱下,表
示宁死不上二龙山。始终竭力辅佐嘎达梅林并决心与义军同存亡的洪顺,
已看出官军渐成包围之势,觉得牡丹的意见是正确的;但他深知嘎达梅林的
倔强,深知这个武夫在逆境中会更加地固执。如果支持牡丹,嘎达梅林决不
会让步,两个人一旦争吵起来,势必造成最后 200 人的分崩离析。与其出现
这样可怕的局面,莫如统一在一个人的思想之下,似乎还有死里求生的希
望。因此,他偷偷劝说牡丹作出让步,一切由嘎达梅林一人做主。牡丹从大
局出发,只得违心赞同。

　　结果,嘎达梅林作出了一个十分错误的决定:暂到红格尔敖包屯休整一

周,补充粮草弹药,然后再作打算。这个错误的决定,使官军的包围圈得以轻易形成。

4月9日深夜,沉睡中的嘎达梅林被屯外巡哨的战士叫醒,得知官军正向红格尔敖包屯包围来。他很快准备停当,召集人马准备迎战。

枪战很快开始了。官军从四面向红格尔敖包屯进逼。

嘎达梅林下令义军分成四队,四面迎敌。

"这样不行!"牡丹不容分辩地说道,"四面迎敌,只能全军覆灭。"

"牡丹说得对。"洪顺应和道,"我们只有200人,不能再分割得零零碎碎了。"

"你们说怎么办?束手就擒吗?"嘎达梅林急躁地问道。

"当然不能束手就擒。"牡丹说道,"官军对我们取包围之势,肯定下了把我们全部消灭在红格尔敖包屯的决心。他们是希望我们硬拼的。但是,正由于他们四面包围,兵力必然分散,我们集中一起,全力打开一个缺口,或许还有一线活路。"

"你是说突围、逃跑?"

"逃跑并不一定都是可耻的行为。"

"我们会有一半弟兄死在突围中!"

"剩下一半人马也是胜利。有100人活下去,还会拉起1000人的队伍。而在这里拒敌,200人是坚持不了多久的。"

"毕竟是我们守,他们攻。"

"形势并不对守者永远有利。"

"可是你们看,你们听,官军直到此刻也没有收缩包围圈的迹象,他们好像一直停在原处射击。"

"嘎达,这你还不明白吗?"

"我明白,他们胆怯。"

"不是这样的,嘎达。你可真……蠢。"

"你说我蠢?"

"听我说,嘎达。第一,李守信和胡俊玉可能有意让我们消耗弹药,等待我们弹尽粮绝;第二,他们可能还不知道我们只剩下200人,以为我们还有足够的力量守住红格尔敖包屯。可是,天亮后呢?那时,他们还看不到我们已经山穷水尽,不堪一击了吗?"

"嘎达，"洪顺说道，"牡丹的话很在理。你就别再固执了。我们的时间已经不多，再拖下去，我们就全完了！"

嘎达梅林拧眉思索片刻后说道："就算你们说得对，可是你们想过没有，我们突围后，肯定会暴露我们的实力，官军就会穷追不舍，我们还不是死路一条吗？与其被追杀毙命，莫如战死在这里！"

洪顺道："你分析的不错。但我有一个主意，也许可以避免这样的后果。"

"什么主意？快说！"

"给我留下20个人和足够的子弹。我把这20人分成四组向四面不停射击，造成我们仍然顽守红格尔敖包屯的假象。你和牡丹率领其余的人选择一个官军力量薄弱的方向突围。在激战中，官军是不会注意到他们的包围圈出现了一个小小缺口的。等他们意识到自己受骗了的时候，你们早已跑远了。"

"这不行！不行！"

"为什么？"

"我们跑出去了，你呢？这20名弟兄呢？"

"全军面临全部战死，或者死20名弟兄，除此，别无道路。如果我和这20名弟兄的死能换来你和牡丹以及100多名弟兄的活，那我们的死是值得的。"

"不！洪顺兄……"

"别再婆婆妈妈了！我洪顺浑浑噩噩半世，只是在结识你嘎达后才知道应该怎样做人。我当年救活你，就是为了你从事的反垦大业，今天去死，也是为了反垦大业。如果我能更好地领导一支反垦义军，我肯定会选择而让你为了我的活去死的！嘎达，我们兄弟一场，你就最后听从大哥一次吧。而且，我们在一起的最后一次行动，就让大哥来发号施令吧！"

"洪顺兄！"嘎达梅林动情地喊道，泪水夺眶而出。

洪顺不等嘎达梅林和牡丹再说话，就开始下达命令了。不大一会儿，四个方向拒敌的战士各留5人继续射击，其余180多人全都集中到屯子当中的空地上。

洪顺把牡丹叫到旁边，低声说道："牡丹，嘎达梅林是个很固执的人，你要多劝说他。没有你的帮助，他只会蛮干。突围后，还是先上二龙山吧，能屈能伸才是真丈夫。"

"我会记住你这番话的,洪顺大哥。可是,我不认为你必须留下。在我看来,你比嘎达更适合做义军首领,为什么不可以换个别人呢?"

"不,我已经下了死的决心。当然,如果世界上根本不存在牡丹……"

"你说什么?"

"时间太少了,我说不清。"

"我不明白……"

"牡丹,我们就要分手了。我不该也不想在这种时候搅乱你的心绪。可是……我既然不慎冒出了一句引起你猜疑的话,就不如利用这最后时刻把话说清楚吧。只求你听后……

"洪顺大哥!"牡丹不知所措地说道:"别说了,我……全都明白!"

"你——明白?"

"是的,我早就感觉到了。而且,有人告诉我,因天纲说一句对我不干净的话,你把他痛打了一顿。"

"天哪,你真知道了! 牡丹,你……生气吗? 笑话我吗?"

"不,你还是我尊敬的大哥。"

"谢谢你。"洪顺说道,咬了咬嘴唇,"牡丹,这正是我决心去死的第二个原因。记住我——不,忘掉我吧! 我实在不配做你的大哥!"

"洪顺大哥!"

"好了。快回到嘎达身边去,抓紧时间突围,以求再举。我、我会死得异常快乐的!"洪顺说完,回身走开,到他选择的命运中去了。

义军主力开始突围。嘎达梅林选择了南侧,因为那里的官军似乎较少,而且离老哈河不远,渡过河去就安全了。

嘎达梅林以 30 名弟兄的代价,赢得了突围的成功。

黎明时刻,义军来到老哈河北岸。

老哈河是西辽河上源的一条支流,水深流急,时下又正值解冻后桃花水泛滥时期,源头的山洪和沿岸的融雪都争抢着涌入河床,浊浪翻滚,声震四野,比平日更令人望而生畏。

牵着坐骑伫立岸边的嘎达梅林久久没有作声。他似乎没看到令人昏眩的浊流,没听到震耳欲聋的涛声。在他此刻的胸膛里,掀涌着的巨浪,轰响着的雷鸣,足以使老哈河退避三舍,甚至在他面前销声匿迹。

牡
丹
夫
人

是的,嘎达梅林是难以平静的。他做梦也想不到,一番轰轰烈烈的事业竟落得眼前这样悲惨的结局。失败的悲哀,逃跑的耻辱,眼前的惶惑,未来的渺茫,以及对命运的不忿,对敌人的不服,交织在他的胸间,形成混乱的一团,在无限的膨胀,似要爆炸开来。他真希望眼前能有这样一次爆炸,使自己的形骸连同灵魂顷刻间化为灰烬,化为一声巨响,随着涛声飞向一个远离痛苦的世界。

嘎达梅林真正体会到残兵败将是怎样一种心绪了。

如果这时让嘎达梅林去死,他绝不会皱一下眉头,甚至会由衷地高兴。但可怕的是,他偏偏不能一死了之。他毕竟还带着残兵,这100多人都是忠实于他的弟兄,他必须把这些弟兄带到一个安全的地方,哪怕从此各奔前程;尤其是,他身边还跟着牡丹,这是他的爱妻,而且还年轻,他有责任保护牡丹,至少使她能继续活下去,哪怕她最终会成为胡俊玉的妻子!

正是这种突然袭进心头的责任感,使嘎达梅林浑浊的心海暂时变得澄净起来,并意识到伫立河边浪费时间实在是一种错误。因为说不定官军会追过来,必须立即泅渡到南岸。他侧过身,想和牡丹商量一下到南岸集合的地点,却见牡丹正定定地注视着北方,凝神静气,好像在想着什么。

"牡丹,你看不到的。"

牡丹一惊,转过身来问道:"你说什么?"

"我是说,你一定在关心洪顺他们的命运。"

牡丹叹了一口气说道:"这会儿,那里的战斗该结束了。真不知道洪顺大哥他们会怎样,这些人是为了我们突围才留下的。"

"是啊,生死难卜。"

"不,他们肯定都死了……"

"我们死的何止这20人? 而且,牡丹,我们该走了。让我们到南岸后再凭吊他们吧。"

"你说得对。只是……这么深的水,怕有人过不去吧?"

"我记得从这里顺河上行三五里处河水较浅,人马都能泅渡过去。"

"那就下令让弟兄们顺河上行。"

"咳,"嘎达梅林苦笑道,"也许我离生命的尽头不远了。"

"你胡说些什么?!"

"你看,慌不择路,甚至连河水正值暴涨季节都忘了。结果,使弟兄们在这里望河兴叹。……"

"嘎达，眼下不是你引咎自责的时候。你应该振作起来。否则，整个队伍的情绪就会垮掉了！"

"队伍！我还敢说我带着的是一支队伍吗？"

"只要我们活着，肯定还会有一支上千人的队伍的。"

"谈何容易！"

"不要再说了，嘎达，弟兄们都在看着你！"

"看着一个不称职的首领！"

"嘎达！……"

"好，我不说了。"嘎达梅林无力地挥挥手，充满歉疚地扫视了一遍散乱地站在两旁的弟兄，然后略略提高声音说道："走吧，走吧。"说完，引镫上马，顺河向西走去。

牡丹和嘎达梅林并辔前行。其他人跟在后面。

然而，这支丢盔卸甲的队伍向西行进还不到一里路，不远处便骤然响起号声。嘎达梅林立即听出这是官军进攻的号令。

人们勒住马缰，惊惧地举目四望，只见东、西、北三面都腾起尘烟。

"坏了！"嘎达梅林叫道，"我们中了埋伏！"

事实上，官军并没有事先在老哈河附近设下埋伏。尽管李守信久经战阵，胡俊玉聪明过人，也无法料到义军可能向老哈河的哪一段上逃跑。而且，他们对义军的实力并非了如指掌。"反正"的天纲投奔李守信时曾说，义军至少还有 800 人，各个凶猛异常，足以抵挡 2000 官兵的攻击，和这些视死如归的"亡命徒"正面交锋是不聪明的。从那以后，义军在几次战斗中虽然损兵折将，但人马仍旧不会低于 500。500 也是个可怕的数字，何况还可能有新的补充。所以，李守信和胡俊玉在包围红格尔敖包屯时，几乎投入了全部兵力，而且命令四个方向上的战士万不可冲进屯去。他们的意图是，以重兵的威压，逼迫义军选择南方官军薄弱的部位突围南逃。然后将军队形成弧形包抄过去，远远隐蔽住。胡俊玉有充分把握地推断，嘎达梅林在几千官军随时可能追袭而至的情况下，绝不会沿河而行，势必作出南渡老哈河的抉择。只待义军人马涉入河水，官军便可出其不意迅速驰抵河岸，像打靶一样把义军全部击毙老哈河中。

由胡俊玉一手制订的计划，几乎是无可挑剔的，而且，每一步都按他的设想实现了。他只是犯了一个错误,那就是,过高地估计了义军的实力,否则,官军的最后胜利当不在老哈河岸,而在红格尔敖包屯。这一点,他是在扫荡了红格尔敖包屯后便意识到了。当他隐藏在离老哈河不远的地方,借助黎明的微光,终于看清义军只有 100 人左右的残余时,心里着实为推迟了胜利的时间而后悔不迭。为了这 100 多乌合之众,竟投入近 3000 名官兵,花费了相当于部署一次大战役的精力,绝不是一件光彩事。他心里暗自说道:"为什么事情会是这样?难道是我至今还对嘎达梅林存有畏惧之心吗?难道我实际上并不敢和仇人面对面搏斗吗?天哪!看来我连做嘎达梅林的敌人都不配啊!"他这样在心里悲哀地吼叫着,胜利前的喜悦瞬间消散在微明的天光之中了。

疯狂的报仇之心把胡俊玉驱赶到战场,胜利前的悲哀更使他的疯狂成倍增长。他不能再忍耐了。所以,在看到河边的义军向西行进而并未驱马涉渡老哈河时,连想也没想是否再观察一下,便断然命令号手吹响冲锋号,他本人则一马当先向河岸驰去。

嘎达梅林和牡丹预料到官军会继续"追剿"他们,但却想不到这么快。他们以为洪顺等 20 人至少会坚持到黎明,等官军弄清义军已大部分突围而挥军南下时,他们已在老哈河南岸了。他们哪里知道,胡俊玉是有意在红格尔敖包屯屯南留下空当儿,让他们南逃,并派兵远远跟随。而且,洪顺只留下 20 人,装进枪膛的又大部分是打不响的臭弹,胡俊玉很快就猜出义军的绝大部分已突围中计,可以冲进红格尔敖包屯,不费吹灰之力地进行扫荡,然后全军向老哈河包抄了。

嘎达梅林驻马河边,眼望着逼近的尘烟,幽幽地说道:"看来,只有背水一战了。"

"嘎达,"牡丹说道,"以我们眼下的力量,是抵挡不住官军的进攻的。"

"可是,我们连退路也没有了。"

"就在这里渡河,或许有一半人会活着到达南岸。"

嘎达梅林略一思忖,挥手道:"就这样。你带他们渡河,我留下十几个人掩护,不让官军很快冲到岸边。"

"不,我决不离开你!"

"也好,让我们死在一起吧。——陶克陶!带领弟兄们下河泅渡,到达南岸,就各奔前程吧!——听着,弟兄们!全部留在这里拒敌,只能全部战死。身强力壮的自愿留下 10 人，和我一起阻止官军的进逼，其余的人立即下河，全速向南岸泅渡！"

"嘎达叔！"陶克陶说道，"让我也留下吧！"

"混蛋！快执行命令，别耽误时间了！"

陶克陶抹了一把眼泪，最后看了一眼嘎达梅林和牡丹，跳上马背，向人们喊了一声："下河！"带头涉进河水。

人们纷纷驱马河中，向南岸泅渡。

自愿留下的不是 10 人，而是 20 人。嘎达梅林扫视了一眼这 20 个准备以死换来更多弟兄们生的同伴，表示认可了。他说道："分散开，找好地形，向敌人射击！"

这 20 人都是神枪手，手持双枪的牡丹更是弹无虚发。走进射程的官军，纷纷中弹，跌落马鞍，其余的人不敢再向前驰驱了。

20 个人居然顶住了上千人的进攻！他们为涉进河中的同伴至少赢得了 10 分钟时间。

但是，20 个人毕竟是太少了，子弹也极有限，何况又有 5 人相继阵亡。再坚持下去是毫无意义了。嘎达梅林发出命令，凡打光子弹的，立即下河南渡。

最后，岸边只剩下嘎达梅林和牡丹两人了。

"我的子弹光了。"牡丹说道。

"我还有一颗，本想留给自己，但我刚刚看到一个人，只得送给他。"

"谁？"

"胡俊玉。"

"把子弹退下来……"

"为什么？"

"我来打！"

"不，我才是他不共戴天的敌人。"

"我更有把握打中他的头颅！"

"我也会的！——你注意看，我开始瞄准了。就让命运之神作一次判决吧！如果我打不中他，你就……"嘎达梅林本想说："如果我打不中他，你就嫁给他吧。他至今还在爱着你。"但他终于没有把后半句话说出来。

嘎达梅林扣动了扳机。

这最后一颗子弹只打中了胡俊玉的左臂。

两个人都看到胡俊玉晃了一下，用右手捂住左臂，却没有落马。

"我们走吧。"嘎达梅林泄气地说道。

"走吧。"牡丹说道。她突然产生一种轻松感。但她不知道，这种奇怪的轻松感是因为胡俊玉没被嘎达梅林打死，抑或是终于可以撤退了。

他们向河边爬去。他们的坐骑站在水里早已等得不耐烦了。

他们涉入河水，爬上马背。

胡俊玉和李守信首先冲到岸边。大队人马铺天盖地而来。

胡俊玉请求李守信下令，任何人不得向最后下河的一男一女射击，至于已泅渡到中流的义军，谁打死一人都可获十块银洋的奖赏。

官军争先恐后地向河中射击。义军纷纷中弹落水。

此刻，太阳已经升起。不知是义军的血，还是早晨的阳光，把河水染得一片火红。

李守信握着手枪问道："胡兄，这两个最后下水的人，一定是嘎达梅林和牡丹吧？"

"是的。"

"你想生擒他们吗？"

"不。"

"那，你想亲自动手。"

"我发过誓，要亲手打死嘎达梅林。"

"牡丹呢？"

"她不应该死，必须保证她活下去。李团长……"

"我明白了。但是，我也曾向崔旅长立下军令状，保证亲手击毙嘎达梅林的！"

"李团长！……"

"好了，我们俩一起开枪。"

胡俊玉想了想，说道："好吧。但请你一定不要误伤牡丹。"

"除非我有意误伤她。"

"求你千万不要这样。"

"你可真是个痴情的男子！不过，成全你一次好了。把枪举起来，你来喊口令，争取都打中嘎达梅林的头颅！"

两颗子弹几乎在一刹那冲出枪膛。奇怪的是,两颗子弹击中的部位却都是嘎达梅林的后背。

　　但是,这足以置嘎达梅林于死地了。

　　胡俊玉原拟在打死嘎达梅林后,便驱马入水,截回牡丹。但令他惊异的是,只见牡丹伸手抱住嘎达梅林,回首怒视了一眼,便把嘎达梅林失去生命的身体用力拉到自己的马上,然后扯转马头,朝北岸走来。

　　胡俊玉和李守信莫名其妙地对视了一下,牵马立足,目不转睛地盯着一步步接近的牡丹。

　　牡丹原没有游出多远,很快便踏上北岸了。她从容地跳下马背,把嘎达梅林的尸体抱放到河滩上。然后,平静地站起身,一言不发地凝视着只隔数步远的胡俊玉。

　　胡俊玉拎着手枪,不知所措。

　　李守信说道:"胡兄,你遇到难题了,是不?"

　　胡俊玉没有回答。

　　"说实话,这女人的确很美。但看样子,她不会让你快乐的。莫如采取个彻底了断的办法,如果你不忍动手……"

　　胡俊玉侧目大怒道:"听着,你再这样重复一句,我就向你开枪!"

　　"你这是何苦来! 好好,我不说就是。我这也是为你着想嘛。"

　　"李团长,请你离开这里。这是我个人的事,由我自己去了结它吧。请原谅我方才的失态。"

　　"没关系,没关系。我走就是。我理解你。"

　　"谢谢。"

　　李守信回身走开了。他一边站在岸上欣赏河中的义军战士在枪声中不断落水,一边不时偷偷观看着胡俊玉以及和胡俊玉对峙着的牡丹。

　　牡丹见胡俊玉只是怔怔地看着自己,久久没有说话,便张口说道:"胡俊玉,你赢了。现在该高兴了吧?"

　　"不。恰恰相反。此刻我才真正认识到,我永远不会成为胜利者。我原想,我看到仇人倒在我的脚下,我会快乐得开怀大笑。但我真的打死了他,快乐却更远地离开了我。是的,牡丹,我没有胜利,更不会有快乐了!"

　　"但是,你会得到张学良的奖赏的。"

　　"我冒着九死一生的危险,并不是期望高官厚禄。"

“你不必啰唆了。”

“牡丹！……”

“听着,胡俊玉！你眼前的最佳选择就是朝我开一枪。”

“不,我不能,绝不能!”

“那就命令你的部下放我走。我再拉起一支队伍,来和你们周旋。”

“我会放你走,但不能让你带着对我的仇恨走。是我打死了嘎达梅林,他是你的丈夫。打死他,我不后悔。但因此给你造成痛苦,是我本该想到却没能想到的。我不能原谅自己,不能原谅一个给你带来痛苦的人。我……是的,我只有死在你面前,才能准确地说明我此刻的心情。但是,我不能朝自己开枪,那样,无疑是在逃避惩罚。我此生最后的希望是,让惩罚通过你的手获得实现。”胡俊玉说着,向牡丹走去,把手枪放在牡丹脚下,又回身走了几步站定,“牡丹,把枪拿起来。那里还剩一颗子弹。”

牡丹手中握住胡俊玉的手枪,连她自己也永远记不起是在什么心理驱使下和怎样拾起这支手枪的。她当时只有一个异常简单的想法:这颗子弹一旦射出,一切就算彻底结束了……